白落梅

作品

月小似眉弯

YUE XIAO
SI MEI WAN

贰

一梦华胥

湖南文艺出版社
HUNAN LITERATURE AND ART PUBLISHING HOUSE

博集天卷
CS-BOOKY

月小
似眉弯

目录

第五卷 ○

华胥梦境

第六卷 ○ 空老年华

第七卷 ○ 云水禅心

月小
似眉弯

月小
似眉弯

○ 第五卷 ○

华胥梦境

鼎盛过后必然要回归平静，
这是一种自然规律，
任谁也无法更改。

烟霏雨夜话知心

　　鼎盛过后必然要回归平静，这是一种自然规律，任谁也无法更改。

　　夏日似乎还是这么漫长，明月山庄虽然清净舒适，可是面对这样的季节，总会生出慵懒之心。这个后宫，仿佛又沉浸在一片宁静里，一种无可奈何、无可释放的宁静。我知道在宁静的后面，潜藏着许多的隐忍和困顿，许多的消磨与疲惫，那么多的累纠缠着后宫的女子，不同的人用自己不同的方式消解。

　　我是众多人中最得意的一个，至少她们这么认为。可是面对这夏日的漫漫长夜，我也常常辗转无眠，无事时就添香读书，自题诗一首："溽暑常劳夜睡迟，春秋不误对书痴。生年所愿修风骨，要赋江南第一诗。"我本无才空自傲，只不过用来聊寄闲情，自我宽慰罢了。

淳翌近日政事繁忙，虽处明月山庄避暑，可是宫里频频有重要奏折传来。朝政的事我不过问，每次见他疲倦，就静静地为他沏茶，陪他闲聊，总是希望他可以在我这里尽量放松。

好好的天，下起了雨，夏日的雨来得很急，似碎玉般零落，打在闲庭、楼阁、窗台上，窗外的杨柳、翠竹，还有许多花草都浸润在水雾里。荷盘上盛满了雨露，因为承接着水的重量朝不同的方向倾斜。我凭栏半倚，闲捧一本《诗经》听雨，懒展愁眉，千般思量，却不知为谁。窗外散漫着雨中泥土的气息，那么多的粉尘在雨中潮湿，它们无法默默轻扬，只能极力地散发身上的味道，让世人感知，尽管渺小如它们，也是真实存在着的。

黄昏，雨落得缓了，在清凉的风中，感受到了一种薄薄的秋凉。明月山庄的秋天也许来得比别处更早，这是一个四季不太分明的地方，给人更多的感觉是清凉。

晚膳只喝了几勺白米粥，觉得口中清苦，百般无味。

在没有黑尽的夜里，透过窗扉看到一盏宫灯朝庭院缓缓移来。不知是谁，在这样凄清的雨夜里，寻访月央宫的我。

我披上一件白色的薄风衣，在暖阁的窗前静候着。

"姐姐。"谢容华迈进门来，将身上的绿风衣脱下给贴身宫女丹如。

我忙迎过去，握着她的手："妹妹，这么晚了，下着雨，怎么还有劳你过来看我。"见她发上还沾着雨丝，手有些凉意，忙将我的白风衣脱下披在她身上。

她推辞："姐姐，不用，这会儿不凉了。"

我关切道："披上吧，不要受凉，你那风衣都沾了雨。"

"嗯。"

坐下，红笺为我们沏了热茶。

歇息一会儿，我感觉谢容华似有心事，方问道："妹妹，发生了什么事吗？"

她淡笑："没事，只是夏夜漫长，又落着丝雨，心中烦扰，想过来与姐姐闲聊几句。"

我轻叹："是，我听了一天的雨，觉得心中寥落，隐隐又带着不安，太喧闹的日子，觉得无法接受，可是太冷清，又总感觉有什么事要发生。"

她表情惊讶，问道："姐姐知道些什么吗？"

我不解地看着她："知道什么？究竟发生何事了？"

她脸上恢复了平静，淡淡道："其实也没什么，不过是一些闲闲碎碎的事。我平日里就不爱在意这些，她们且说她们的去。"

我也不想强问她什么，觉得她来这儿该说的自然会与我说，便随口问道："舞妃近日可好？有几日不见她了，我也没出月央宫，一来是天气的缘故，二来觉得慵懒疲倦。"

她低眉轻叹："雪姐姐这几日病了，我昨日去过，说是夜里着了凉。"

几日不曾关心，谁知她病了，自那日淳翌寿辰之后，我与舞妃仿佛生疏了些，我自觉愧疚，不好多扰她，而她不知是为了什么，也许怨我，也许是她自我叹怨，或是心境不好。总之来往少了，可是我心中却依然关心她。

我亦叹息道："几日不曾去看她，竟是病了，那我们现在可要去一趟翩然宫？"

谢容华摇头："还是算了，下着雨，让她静养歇息，过几日我们再一同去问候。"

"嗯，这样也好，免得见了平添烦扰。"说出此话，我的确怕舞妃见我后觉得心中不欢，因为淳翌，我对她的愧疚有增无减。

沉默片刻，我唤道："妹妹，你有怨过我吗？"

她微笑："姐姐又说傻话了，我怎会怨姐姐，你我姐妹相交，贵乎知心，其他的一切，都与这无关。姐姐得宠，我为你祝福，姐姐不得宠，我也为你祝福。无关荣辱，真的。"谢容华一脸的诚恳，令我感动。

我握着她的手，激动道："妹妹，我都明白，你不必再说，日后我也不再说生分的话，你我姐妹只贵乎知心。"

她看着我，说道："姐姐，你知吗？近日来后宫总是闲言碎语，说皇上已值盛年，可是膝下还未有娇儿承欢。"

我凝重地点头："是，刚来宫里不久时听秋梿说过，皇上还是王爷时，如今的皇后曾生小王爷，养至两岁，病夭了。后来有几位侧妃只生过小郡主。"

"是，其中也包括云妃，她产下小郡主，却死于伤寒。"停顿片刻，她低眉叹息，"而我，在皇上身边几年，却一直未怀得他的骨肉。"

我握紧她的手，安慰道："妹妹莫要伤怀，我亦是无所出，相信外面的人都传我与皇上如胶似漆，却依旧腹部平平吧。"

她宽慰道："姐姐又何必听她们碎语，只是为皇室绵延香火，确实是我们这些嫔妃该做的。再者与皇上同父同母最亲的陵亲王性格有些怪异，都说他是风流王爷，只留情，不守情，至今也没好好地纳妃。"想来陵亲王自在惯了，喜欢山水风月的人，难免风流，可是若要痴守一段爱恋，自是可遇不可求的。

看着谢容华，我叹息："我有劝皇上雨露均沾，他答应了我，而且每月也临幸一些嫔妃。只是最近他政事繁忙，连来我月央宫也总是匆匆离开。"

谢容华蹙眉，一脸的忧虑："是，听说前朝的余党闹事，朝中有几位老臣又各怀心事，加之关外的晋阳王手握重兵，早已觊觎中原浩瀚疆土……"

我心中惊叹，原来这些朝中大事，谢容华都知晓清楚，平日里见她对凡事都漠不关心，如此看来，她是个有大智慧的女子，只是看着，搁在心底，继续做平和的自己。与她相比，我仿佛寻不到方向，看似清心，实则陷落，枉负了四时景致，耗损锦绣年华。

沉思，觉得手心薄凉，饮一杯热茶，缓缓道："妹妹，你今日来，就为这事吗？"

她嘴角泛起清凉的笑："姐姐，我只觉心中烦苦，许多事纠结在一处，加之这冷冷丝雨，撩人愁思，只有姐姐这儿明净清澈，可以令我释然。"

她从袖中轻轻取出一张折叠的红笺，笺上镶着一朵白梨花，微微笑道："姐姐，我一贯不懂诗词，可是每次见姐姐作诗填词，可以那般道尽衷肠，来时我也试写了一首，想拿与姐姐来看，请姐姐多指点。"

"妹妹说笑了，指点不敢，只是我也想读妹妹的兰章。"我接过她递给我的红笺，一股梨花的淡雅幽香扑鼻而来，顿觉舒心。她字体俊秀，工整洁净，一首《长相思慢·雨意》似烟霏丝雨般落入眼帘：

> 骤雨初微，仿如丝细，涟涟淡入窗扉。盈栏半卧，懒展愁眉，千般思量为谁？错抱相思，暗将闲愁随，怎堪情违。忍负良时，又无眠，误把玉垂。泪犹侵衣衾，梦回春园，梨亭蝶影双飞。轻颦浅笑，红径踏花，不欲思归。风过影摇，痴情空，云笺题诗。更飞花冷雨，凄切庭轩，心奈何为。

我轻轻叹息："妹妹，过悲了些，只是这雨后的落红，瓣瓣似血，怎能不让人伤怀？这万千的情思，缕缕心肠，怎能不让人哽咽？"

她执我的手，手心亦是那般薄凉："姐姐，我就知道，只有你能懂我，我平日里不是个爱悲叹之人，可是一旦入了这心魔，却又难以驱散。姐姐一语道破我心事，明我情肠，这万千的思绪也算是梳理清楚了。"

我感叹："妹妹，我们都要彼此珍惜，无论将来命运如何，也要坚持到最后。既然无法决定自己的命运，那我们只好顺着命运的轨迹去寻找适合自己的生存方式。"

"是，姐姐，自我进王府，再入宫，就明白，我没有归路了。"她眼中悲戚，想起她方才的词，错抱相思，误把玉垂。难道在认识淳翌之前，她心有可恋？我猛然想起那个儒雅的身影，贺慕寒，难道……不愿去多猜想，只是无论是谁，都希望她能好好度日，而我，所能做的，只是祝福。

我给了她一个坚定的微笑："妹妹，你我走的都是不归路，可是这条路，亦会有我们想要的风景，亦会有感动，如果没有走这条路，也没有我们的相逢，更没有我们的相交。"

她感动："那姐姐，我们就一同走完这条路，穿越那些风风雨雨，不为史上留名，只安心做后宫三千佳丽中的自己，无论得宠还是失宠，就在这儿终老，或繁华，或落魄。"

"好，我答应你。"我握住她的手，"妹妹，今晚就留在月央宫吧，我们姐妹也可以秉烛夜话，彼此宽慰。许多的事郁积在心里，总需要找个人倾诉，在这明月山庄的日子，只怕不多了，其实我很忧心回到紫金城。"

她蹙眉叹息："姐姐是说那梦境吗？一直这样纠缠，总不是办法。难道真的不知道缘由吗，还是？"

我清冷一笑："或许大家都知，独我不知。"我看着她一脸的迷惑，说道："妹妹，万事都有定数，如果你偏离了定数，转来转去，还是会回来。生如此，死亦如此，早就注定好了。"

她颔首："我信，我早就信了。"

看似百般寂寥的一天，在雨中闲度光阴，可谢容华的到来，让我明白，我该为淳翌做些什么，为大齐皇朝做些什么。当务之急是绵延香火，只有这样才可以稳定江山。抛开后宫一切的纷扰，让自己平和，让淳翌爱我，也去爱她们。

都说夏季的雨，落了就很容易停息，可已经三更时分了，还有疏雨敲窗，宿风萦耳。我和谢容华二人中宵夜话，直至疲倦无力才各自缓缓睡去。

睡梦里，也听得到雨声。

不期而遇翩然宫

这雨，一落就是好几天，一点都不像夏季，如同那初秋的丝雨，绵绵不断，扰人愁思。这几日，我都没有出过月央宫，安静地在宫里掩帘听雨，捧书闲读，消磨着光阴，也消磨着自己。

淳翌前夜来过一次，听我弹了一会儿琴，喝完茶便随内务府总管走了，说是陵亲王有事要与他商议。我心想着淳祯平日里甚少与淳翌商议国事，也不知究竟发生了何事，不过这些都不是我好过问的。我希望后宫安宁，天下安宁，这样日子虽然过得平淡，但至少无忧，在后宫做着寂寞却平静的妃子，也是一种幸福。

潮起潮落，花开花合，人生亦是如此，尤其是在皇宫，那种安宁的生活是不可求的。我心中留恋着在明月山庄的生活，在这里我不会有噩梦侵扰，且我生性爱静，爱凉，我喜欢这里萦绕着的那种薄凉的感觉，如烟似梦，难以驱散，而我独自沉浸在其间，在虚幻与真实中生活。

这一日晨起，有朝霞映窗，那场漫长的雨终于停歇。立于窗前，看窗外草木清新，阳光丝丝缕缕地照射在洁净的树叶上，泛着清亮的光芒。仿佛这个世界一切又有了新的开始，而我也想将潮湿了几天的心取出去晾晒。

换上新装，清新淡雅地打扮一番，携秋槿往翩然宫行去。近来心中一直挂念舞妃的病，因下雨才没出门。今儿个天气好，本欲邀谢容华一起，但想起前段时间淳翌寿宴的事，心中一直觉得愧疚不安，于是决定独自前往，若她有话要对我说也方便些，而我也可以跟她解释清楚，这么久的情谊，不想她为此事而介怀。

进翩然宫，有宫女迎上来，对我施礼："奴婢参见湄婕妤，婕妤娘娘吉祥。"

我问道："舞妃娘娘呢？在寝殿休息吗？"

宫女回道："娘娘这几日身子不适，方才皇上过来看她了，此刻正在西暖阁聊天呢。"

我心想，淳翌特意过来看舞妃，对舞妃来说，一定是难得的二人相处的机会，我此刻若进去，难免又打扰他们，只怕如此一来，我与舞妃之间的隔阂会再次加深。可是明知圣驾在此，不去参见，似乎又说不过去，为难之后还是决定离开。

我对宫女说道："既然皇上与舞妃娘娘聊天，我就不打扰了，回头你跟舞妃娘娘说，我晚上再来看她。"

"是，奴婢遵命。"

刚要往门外迈去，被一个熟悉的男声唤住："湄卿……"

我转过头，看见淳翌朝前殿走来，对我微笑。

我忙走过去施礼："臣妾参见皇上。"

他上前扶我："免了，免了。"随后问道，"来看舞妃？"

我点头："是，听说舞妃娘娘受了风寒，特意过来看看。"

　　他微笑地问道："那怎么不进去探望就要走呢？"

　　我莞尔一笑："没有，臣妾想着皇上此刻陪舞妃，臣妾晚上再来陪她，这样一天就有好几个人来陪着，岂不是一件很快乐的事？"

　　淳翌爽朗地笑道："哈哈，朕说呢，原来湄卿还想到了这么远。"停了一会儿，又说道，"好了，这会儿朕陪你一同进去看舞妃，这样舞妃更开心了，还能同时见两个人，她本以为朕走了呢。"

　　我心中黯然，舞妃看着我与淳翌一同进去，会开心吗？我真的不知道。淳翌牵着我的手，我轻轻地松开，他疑惑地看着我，转而微笑，我只不看他，同他往舞妃所在的暖阁走去。

　　进阁见舞妃临在窗边，背对着门，似乎听到脚步声，转头看来，脸上流露出惊讶的神情，只一会儿又恢复笑意："湄妹妹来了，定是方才在翩然宫与皇上不期而遇了。"

　　我忙迎上去，微笑："雪姐姐说对了，我才来，恰巧遇到皇上，皇上说想再来看看你。"其实，我只是没有更好的话能说，告诉她皇上想再看看她，是我唯一能说的了。

　　她虚弱地微笑："有劳皇上，有劳妹妹了。"

　　我打量她，只几日不见，她仿佛瘦了许多，脸色也苍白，我想起了谢容华的词："忍负良时，又无眠，误把玉垂。"想来舞妃也是因为相思而忧心，加之气候的缘故，才会染了风寒。

　　淳翌上前搀扶她，柔声道："怎么下床了，朕让你卧床休息的，窗口风大，当心又着了凉。"

　　她朝淳翌柔软地微笑："臣妾没事，臣妾只是想临着窗台看看阳光，听听风声，躺在床上好累。"

　　淳翌关切道："朕看你精神还不是很好，还是躺着去，好吗？"

　　"臣妾真的没事，难得皇上和湄妹妹都在，我们坐在一起喝喝茶，闲聊会儿，就会舒服多了。"她偎着身边的椅子缓缓坐下，对我和淳翌说，"请皇上和湄妹妹也坐会儿。"

总觉得这个时候，我的出现是多余的，可是又无法离开，只能在此相陪。

看着舞妃柔弱的样子，我眼中流露出关切："雪姐姐，等身子好了，我们出去走走，外面的空气和景致都很好。"我转头看向皇上，笑道："如果皇上那时有空，就陪我们姐妹一起，听说明月山庄还有许多闲置的空山空景，臣妾也想游览一番。"

淳翌点头微笑："好，朕把手上的政事忙完，就抽时间好好地陪你们。"他执舞妃的手，柔声道："舞妃，你一定要养好身子，朕还等着你在蝴蝶花丛中翩翩曼舞呢。"

舞妃的眼中掠过一丝温暖的光，微笑："臣妾听皇上的话，尽快好起来，臣妾的舞只留给皇上一人。"

我打趣道："雪姐姐对皇上痴心一片，只是为皇上舞的时候，不知我们其他姐妹能不能有幸观赏呢？"

舞妃笑道："湄妹妹取笑我，当日皇上寿辰，我还用我的舞衬你的琴音呢，只是我的舞姿不及妹妹的琴音夺人心魄。"

我羞道："哪儿有，当日我不过伴奏，只为一睹姐姐的婀娜风姿。"

"结果呢？"她问道。

"结果我想起了那日我们读庄子的《逍遥游》，说起了庄周梦蝶，蝶梦庄周的故事，我感觉姐姐就像那只破茧而出的斑蝶，穿过多风多雨的季节，多情地舞动阳光与岁月，飞到了大齐皇宫，只为飞到皇上身边，做他生命里最爱的一只彩蝶，缠绵悱恻，不离不弃。"我动情地说着，这些都是我的真心话，可是在内心深处我却有着许多的感叹。舞妃是千年前的斑蝶，只为淳翌而辗转到今生，而我是什么呢，许多年前的一粒粉尘吗？又是怎么漫过这道高墙，做了淳翌身边千百个女子中的一个？这样的爱，我宁可不要。

舞妃一脸的激动，盈盈笑道："湄妹妹真是好才学，竟能将平凡的我说得这么美。其实我哪里是庄周梦里的蝶，不过是来自偏远南疆的女子，有幸与皇上结识，得皇上宠爱，才有今日的地位，今日的幸福。"

"是，我们都是幸运的女子。"这句话，其实我是反着说的，我觉得进了皇宫的女子是最不幸的，再多的绫罗绸缎都抵不过自由。可是在迷月渡的我，自由吗？天涯歌伎和后宫嫔妃，我选择哪个呢？如果可以再让我选择一次，我宁愿做天涯歌伎，放逐江湖，接受世海沉浮，滚滚尘涛。人都是如此，倘若真的陷入污浊红尘，我也许又会渴望进宫，只是我所侍奉的是九五之尊的天子，是一个爱我胜似天下的男儿。当然，胜似天下，是淳翌告诉我的，我不知道能否可以当真。

淳翌静静地看着我们，眼中隐含着我看不透的深意，我不知他是在感叹近日对舞妃的冷落，还是在为我感叹，抑或是想得更多更远。沉默一会儿，他一手握住我，一手握住舞妃，深情道："你们都是朕的爱妃，记住，珍惜自己，珍惜彼此，就是珍惜朕。"淳翌这句话说得极好，珍惜自己，珍惜彼此，就是珍惜他。他暗示我和舞妃要和平相处，莫要卷入钩心斗角的纷争，他的话，我明白。对我来说，爱情比情谊重要，可如果让我选择，我会选择情谊，舍弃爱情。所以，我可以舍弃淳翌，为傅春雪，为谢容华，只要她们认为，那样会幸福，我可以这么做。

我给了淳翌一个坚定的答案："皇上，您放心，臣妾和雪姐姐会好好珍惜自己，珍惜彼此，也珍惜皇上。"

舞妃也坚定地点头："是，臣妾亦然。"

淳翌起身，深吸了一口气："今日天色不错，可惜舞妃病着，不然朕陪你们出去走走。"

舞妃笑道："臣妾此刻觉得身子大好，可以出去走走的。"

"不行，太医说你需要静养，再养几日，朕亲自来翩然宫接你，可好？"

"嗯，臣妾听皇上的。要不皇上陪湄妹妹出去走走，今日难得空闲，好好地赏阅一下山庄的风景。"她一脸的笑意。

淳翌转头看向我："湄卿意下如何？朕最近忙于政事，又接连下雨，觉得满身的霉尘味，也想出去晒晒。"

我心中有难意，却又不知如何推托，只微微笑道："皇上，您还是自己随意走走吧，我想在这儿多陪陪雪姐姐。"说出此话，不知舞妃心中是否会厌烦，我承认，我不想与淳翌漫步赏景，是因为舞妃，而我想留下来陪舞妃，亦是事实。

淳翌朗笑："呵呵，好，你们姐妹情深，湄儿就留下陪舞妃解解闷，朕独自去走走。"

"臣妾恭送皇上。"我和舞妃齐声道。

淳翌朝我们微笑，转身离去。

看着他的背影，我有种莫名的寥落，心仿佛被剜去了什么。很多时候，我想丢弃什么，又想得到什么，连我自己都不知道。

千般心事无从诉

舞妃也陷入一片沉思，眼神中带着几许留恋；还有淡淡的失落与茫然。我心底叹息，一旦爱上，想要洒脱已是不能。

我执舞妃的手，关怀道："姐姐，累了吗？是否要躺一会儿？"

她微笑："不累，妹妹，你陪我坐一会儿，我现在很怕一个人，一个人总是会想起太多。"

我搀扶她坐下，宽慰道："姐姐如今是身子不舒服，才会胡想。我也是，病了的时候心底最脆弱，那时候就很怕孤独。你宽心养病，病好了，一切又如初时美好。"

"如初时美好？"她眼神缥缈，带着一种难言的忧郁，扎疼了我的心。

我叹息："姐姐，无论是如初，还是已经成了经年往事，这些都不重要，重要的是自己内心还留存着那份美好的回忆。"我明白，她所谓的如初时美好，一定是指与淳翌初见的欢乐，只是今时不同往日，谁又能给谁一份永恒？

她嘴角泛出一丝薄冷的笑意："妹妹，你觉得我是那种愿意守着回忆过日子的人吗？"她的话问住了我，在我心中，舞妃一直是一个柔软安静的女子，她只给我一种翩然娇弱的感觉。可是自我与她对弈几次，与她深聊几次，才觉得，在她安静纤柔的外表下隐藏着一颗炽热的心，而这颗心需要淳翌去点燃，然后她做一次尽情的焚烧，哪怕化为灰烬，也是甘愿。

我沉思微笑："姐姐，你有的不只是回忆，你还有现在，还有将来，你觉得现在不好吗？其实，现在的你，依旧风华绝代，是宠冠后宫的舞妃娘娘，又有几人可以与你争宠呢？"事实本就如此，淳翌所宠的，除了我，也就是舞妃和云妃了，这样不好吗？我宁愿做他千百女子中最平凡的一个。纵然爱，也要爱得倨傲，绝不低头。

她凝神，眼神迷离："也许你说得对，我该满足，如此活着有什么不好，为何要去做那风云不尽的女子，惹来一身的怨恨，伤了别人，伤了自己。"

我轻握她的手，淡淡的薄凉穿过我的经脉，流淌在我身体的各个角落，我忍不住打了一个寒战。这时候，我深刻地感觉到，眼前的女子，是一个谜，不是我当初第一眼见到的模样。当初我觉得她是一个尤物，令人心动而柔软，而今在她身上，我读出另一种灼人的炽热与入骨的寒凉。

一声叹喟，低语："姐姐，别再想了，记住皇上方才的话，珍惜自己，珍惜彼此，也珍惜他。你只管把身子养好，让皇上陪你去赏阅明月佳景。"

她沉默片刻，低低问道："妹妹，你爱他吗？"

我心惊，他？他是谁，皇上，淳祯？宫里也只有这两个男子与我有瓜葛。我低眉淡语："我知道，你爱他，至少，比我爱得深。"我没有直接回她的话，而是将爱转移至她身上，我所谓的他，是淳翌，舞妃爱淳翌。

"是，我爱他，第一眼看到他的时候我就爱上了他。自此，没再更改。"她语气坚定，神态却淡然。

我微笑："他也爱你。"

"是，他也爱我。"她低眸，停了一会儿，才问道，"妹妹，你知道我是如何认识他的吗？"

舞妃是如何认识淳翌的，我真不知，只知道当年她的舞艺令淳翌迷醉，之后就将她留在了渊亲王府，做了侧妃。我看着她，轻轻摇头："姐姐，我不知。"

她饮了一口茶，微微笑道："其实也没什么，我不过是南疆派来为王爷演出的舞者。"

我接下她的话："因为你的舞翩然绝世，与当年的渊亲王一见钟情，从此便有了这么一段佳话，成就一段姻缘。"

她微笑："很寻常是吗？听过很多吗？"

"是，很寻常，很寻常的身世，很寻常的相遇，可是寻常的后面总是掩藏着许多不寻常的爱恋，不是吗？"我对她微笑，也许舞妃刚才很想告诉我一些什么，可是话到嘴边，她还是说不出口。所以就简单地说完，让我简单而明了地知道。我从不愿意去探究她的隐私，她的来历，因为我的身上也有着不寻常的来历，倘若后宫的人知道我本是迷月渡的一名歌伎会如何？知道我不是岳府的千金，而是金陵城外的农家女子会如何？也许多人已经知道了，那些自认为的秘密早就已经不再是秘密，这些我都不介意。淳翌都知，我又怎会介意其他不相干的人？

她眉眼现落寞，只不说话。

此时的她就像一个脆弱的孩子，需要关怀与安慰。我握她的手："姐姐，你莫要再多想，养好身子才是重要的。你可以从遥远的南疆来到此处，与皇上相遇相爱，就是缘分。上苍既然给了你们缘分，就不会轻易收回。他爱你，你是他的舞妃，是后宫的舞妃，任谁也无法取代，我也不能，所以，你就安心做你的舞妃。而我，或许只是这里的过客，待到有一天，会悄然离去。"说完之后，我心中亦觉悲戚，有种莫名的寥落。

"妹妹，难道你不爱他吗？"她问我，眼神里隐含着疑惑，似乎很想知道真相。

我轻浅一笑："姐姐，说爱太累，我还是喜欢这样安心地过活，安心地做他的婕妤，他宠我一日，我就偎依他一日，他不宠我时，我就离开。"

"离开，去哪里？"她继续问道。

我淡笑："问得好，去哪里？自入了这宫门，我就没想过还能离开，他不宠我，我就老死在深宫，我不会累，我会让自己慢慢地老去，直到老得不能再老才会死。"我终于发觉了自己的弱处，其实我真的是如此想吗？只怕我未必有这么坚强，在深宫里等着老去，等到繁华落尽的那一天。

她赞道："妹妹到底是勇敢的女子，姐姐我自愧不如。"

我笑道："姐姐莫听我的，我只是随口而说，不过是薄浅之人，说一些薄浅的话，说过也就罢了，这些无缘由的话当真不得。"

她脸上露出笑意："想不到妹妹竟是如此有趣之人，我们且不说这些让人沉重的话题，不如到院外去走走？"

我将她搀扶起，微笑道："姐姐，莫要累着，听话，去躺着，养好身子，到时陪皇上一同游阅明月佳景，那该是一件多么快乐的事啊。"

我看到她想象的目光，脸上浮现心中的企盼，只对我盈盈一笑："是，赏阅四时佳景，的确是件令人开心的事，妹妹到时也一起，我们大家放开心怀，好好地游玩。"

我点头微笑："嗯，所以你现在去休养，好好吃药，过几日我再来看你。"

她不舍道："我还是送送妹妹吧。"

我怕她出门吹了风，执意不肯："姐姐，莫要任性，这就躺着去。"我将她扶至床榻，看着她躺下，才放心。

转身离开时，她对我依依道："妹妹若是得空了，记得常来翩然宫。"

我心中生出一种酸楚，轻轻点头："姐姐放心，我在这里一日，就陪你一日，不会让你孤单。"

心中沉甸甸的，直至走出翩然宫，感受到太阳倾泻下来的温度，才舒了一口气。今日的舞妃让我纠结了太多的感觉，仿佛之前我对她的认识是那么浅显，"缥缈难捉"用在她的身上倒合适。她的舞，能及之人不多；她的棋，高深莫测，自问棋艺并不算泛泛的我，在她面前像个初学的孩童；她的思想深沉高远，论禅说道，亦让我惊叹。这样一个女子，本就注定她的不平凡，每当我想起她要在灿烂时死去，心中总会有种疼痛，只是她有她的宿命，我又能奈何？

"娘娘……"秋樨轻轻唤道。

"嗯，何事？"看着秋樨，我便明白，我心中所想之事她都清楚。

"奴婢只是见娘娘陷入沉思，所以唤一下，无事的。"她微笑道。

行走在幽静的石径，杨柳夹岸，微风吹拂，抬头望着湛蓝如水的天空，洁净的白云飘浮游走，不禁笑道："不如我们四处走走，都说明月山庄还有许多荒废的景致，来了这么久也没有好好探访，今日我倒生了兴致。"

秋樨欣喜道："好啊，奴婢陪着娘娘。"

漫无目的地行走，穿过柳岸花堤，重重殿宇楼阁，一路幽僻，花枝横阻，拂摇阵花之雨，绿条幔挂，见海棠幽韵多啼尽，石畔摇曳几竿翠竹。

"娘娘。"秋樨低声唤我。

"嗯，你说吧。"我知秋樨是真有话要对我说。

她一边走着，一边轻轻问我："娘娘，您是否觉得舞妃娘娘最近与从前有所不同？"

我面带惊色看着她，问道："你为何突然问起这个，你是否发觉了什么？"

"奴婢只是感觉，感觉她最近性情有些改变，娘娘与她走得甚近，奴婢希望你们都能好好的。"秋樨的话外之意我不太明白，但是我知道，她已经觉察到我与舞妃之间那淡淡的隔阂，觉察到舞妃对淳翌的爱，而我是阻挡他们的根由。

我淡淡回道："我会的，谢谢你，秋樨。"

　　她微笑："娘娘，您待奴婢这般好，奴婢珍惜这段主仆情分。"

　　我给了她一个感激的微笑："秋榈，今后的路，还要你陪我一同走完，也许那条路将很艰辛。"

　　"奴婢知道，这么多年，奴婢都知道。"

　　"那就帮我，陪着我。"

　　"一定会。"她坚定地说。

　　我们朝着前方走去，朝古柏耸立、白杨冲天的无人之境走去，我不知道我要去哪里，也不知道我要寻找什么，也不知道我会遇见什么，更不知道我是否会迷路，此生会不会再也走不出来。

谁知一梦是华胥

信步前行，古径苔幽，藤葛缠绕，笼翠浮烟，前面密林阻路，仿佛左右可通，又似乎无路。只看到隐隐青山耸立在眼前，路旁还伫立着几块大石，被青苔层层包裹，仿佛隐藏着许多不为人知的秘密。

秋榭扶着我的手，低声道："娘娘，我们还是先回去吧，我看这里荒凉得很，烟雾萦绕的，阳光都仿佛比外面暗淡。"

我抬头一笑："我喜欢这样的地方，仿佛带着一种隔世的荒芜，愿意走在无路的荒野，感受这份找不到方向的茫然。"

秋榭看着我，眼神幽邃而深远，低低说道："娘娘，自奴婢第一眼见着娘娘，就感觉到您身上有着不同凡响的气韵。"

我淡笑："秋榭，我的身世你不知，若是知，就不会这般说了。有时候太寻常的人和事反而觉得复杂，复杂的人和事倒觉得简单寻常了。"

秋榧微笑："奴婢在宫里多年，也算是阅人无数，对人和事总会生出许多特别的感触，奴婢相信自己的感觉。"她的眼中仿佛蕴藏了许多阅历，秋榧比我年长些许，且记得她还有个会占卜的姨妈，曾经为我卜过卦，似乎知道许多的事。还记得胡妈妈告诉我，我远离皇宫才能远离噩梦与血腥，不然难免有一场浩劫。言犹在耳，只是我不愿去想起，还有楚玉的话，我在翠梅庵的时候，他是不愿我再回皇宫。拯救了一个人，就必然要毁灭一个人，我不要别人的拯救，我要自我救赎。

我倔傲地抬头看着前方的空茫，想要给自己寻找一条路，荆棘丛生，仿佛被层层阻隔。每当这时候，总会想起一些与禅相关的意境，我就是迷失在世俗中的渺小粉尘，不甘坠落，又飘忽不定。

秋榧迷惘地看着前方："娘娘，这里看似有路，又似无路，明月山庄真的好大，也不知道我们走到哪儿来了。"

我撩开身旁的藤蔓，笑道："我倒想看看这里究竟隐藏了什么，总是有种感觉，感觉明月山庄和紫金城都遮掩了许多秘密。"

"还能有什么秘密，自古后宫的秘密不过是……"秋榧欲言又止，她在后宫待的时间太久，对这一切都看得太透。

我笑道："不过是一些冤魂吧，其实哪儿都是如此，世间许多角落都有冤魂，只是后宫聚集得多些罢了。紫金城如此，我相信。可是明月山庄是避暑之处，算是帝王的行宫，后宫众人在此处的时间很短，想要冤死于此也是不易的。"

"娘娘，在此荒芜之处，说这些，您会觉得怕吗？"秋榧笑问我。

我不解道："怕？朗朗乾坤，昭昭白日，我不怕，再者我无愧于心，无愧于人，怕什么呢？"

"说得好，朗朗乾坤，昭昭白日，有什么可怕的。"一个男声喝道，我看到一抹白色的身影，如同在悄寂无声的山野里猛然惊蹿出的一只白狐。

我惊叫："呀！谁？"秋榧慌忙扶着我，拽紧我的手，脸色看上去也十分慌张。

"哈哈，方才还说不怕，这会儿怎么吓成这样子了？"那白衣从纠缠的藤蔓里穿出来，我模糊地看到他的影，这声音我认得出。

舒缓一口气，我才喊道："王爷，您为何藏于此处吓唬人，好不光明。"

他朝我走来，一袭白衣，朗目俊眉，笑道："小王还说你藏于此处吓唬人呢。"

我一脸的无辜，假意恼道："此处本就静僻，你突然这么大声，能不怕吗？"

他大笑："小王方才坐于此处沉思，见人影走过来，如此荒凉之地，本王不怕吗？"

我不解问道："王爷如何寻到此处来沉思？"我心想，他不会是跟随我到此处吧，不然为何如此之巧，这地方都能遇上。

"本王还疑惑，湄婕妤如何会到此处呢。"他反驳道。

"我，我是随意走走，没有目的走到这里，所以不曾有缘由。"我极力强辩，而事实本就如此。我反问道："那请问王爷您呢？"

他扬眉笑道："小王是到此处寻点东西。"

"寻什么？"

他惊奇地看着我："你很好奇吗？"

"不，只是随意问问。"

"那便好，众人皆知小王一贯喜欢山水风月、诗词曲律，还有一点一定没人告诉你，小王还喜欢探寻历史，搜索一些遗失的痕迹，拾捡过往的片段。"他一脸的神秘，仿佛这里真的隐藏着什么秘密。

我好奇地问道："哦，难道王爷发现了明月山庄隐藏着什么有趣的秘密？"

"有趣？"他不解地看着我。

我笑道："那是无趣？"

"历史遗留下来的能有多少是有趣的呢？"他语气转向沉重。

仿佛触到了内心的一份感慨，我低眉轻叹道："是的，历史都是厚重的，裹满了时间的青苔，带着硝烟弥漫过的滚滚气息，还有沉积在岁月深处的苍凉。"我转头看向他，打趣道，"怎么，王爷喜欢挖掘隐藏在历史深处的秘密，还是喜欢闻那岁月霉陈的味道？"

他微笑："湄婕妤说的话真是深沉，如此有才识的女子埋没在深宫，实在有些可惜了。"

我轻笑："王爷说笑了，自古女子无才便是德，臣妾惭愧……"一时间，我竟不知说什么好。

他突然拉我的手："你随小王来，小王带你去一个地方。"

我羞涩地低眉，极力想抽出手，他拽得紧，只得随着他前去，转头看向秋樨，她朝我微笑，我朝她点头，示意在此处等我。

艰难地走过一片荆棘林，他一路护着我，手上有几处被划伤，而我走在他身后，亦不知为何，就想这样无休止地走下去，我的心底深处一直渴望一种荒芜，仿佛我需要一次彻底的苍凉，才愿意回到草木欣欣的人间。我骨子里原来是这样的不安静，带着遗世的孤独与一种渴望毁灭的欲念。

山里的暮色来得早，正午方过不久，仿佛就到了黄昏，迷离的烟雾中，在山与山之间，挂着一轮鲜红的落日。本是夏季，可是风中却夹杂了一丝初秋的味道，吹拂在脸上，有淡淡的萧索之感。我叹息："山里的落日来得真早，外面的世界还是暖阳高照，这里已近黄昏。"

他眼神深邃："是，日落西沉，明月出岫，这样子很好。"

我抬头，一块断裂的石碑立在眼前，后面是一大片断石残垣，这里像一处被荒废的殿宇，遗留下的只是一些残缺的痕迹。我不禁讶异："王爷，这是何处？"

"华胥梦境。"他眼神迷茫地看着这荒凉之景，这些嶙峋的石块如同斑驳的尸骨，错乱不羁地摆放，像是僵硬的浮雕，又似梦里破碎的影像。

"华胥梦境。"我低语思索，好熟悉的名字，似乎在哪儿听过。方想起问道："到明月山庄的路上，不是经过一处华胥城吗？这里怎么又是华胥梦境？"

他蹙眉淡笑："所谓一梦华胥，本来此处就是梦境，整个明月山庄都是梦境，甚至整个天下都是梦境。"他似藏心事，话语出奇，且论及江山，我心有不解。

轻轻唤道："王爷，因何有如此想法？此处为何会叫华胥梦境？"

他笑道："小王也不知，只是几年前一个偶然，走到这里，总觉得这里有过繁华的过往，只是无从知晓。"他指着那些残石说道，"你看，这些断壁残垣，少说也有上百年的历史了。"

我依旧迷惑不解："难道王爷想要探寻的历史就是这里？可是你寻到了什么？"

他坦率地回答："一无所知。"

我叹息："也许历史本就没有答案，历史只是历史，历史与现在没有不同，现在也会成为历史，将来亦然。所以说存活着的是历史，死去的还是历史。"

他用幽深的眼神看着我，许久，唤道："岳眉弯。"

我笑："不，我不是岳眉弯，请王爷唤我沈眉弯。"这一刻，不知为何，我想要真实地面对一切，在这片荒芜的废墟里，仿佛人与人之间也需要这样荒芜地相识相知，任何的遮掩，都是无趣的。

"好，就唤你沈眉弯，从此无人之处就唤你沈眉弯。"他喃喃道。

"也许没有从此，因为我不打算在无人之处再与你相见。"我语气决绝，我知道，这样单独的相处，对我和他来说，都是种负累。

他温和地笑："许多事，不是你我可以左右的，今日，难道是我唤你来的此处？你为何要来？"

是啊，我为何要来？我来是因为我孤独，我渴望走向更深的孤独，在苍凉的荒野中让自己彻底地迷失，或者彻底地清醒。我看着他，傲然道："感觉，一种感觉让我来的。"

"当年，也是一种感觉让我来到此处，当我走进华胥梦境，我就对天下再也没有任何兴趣了。"他嘴角浮出一丝薄浅的笑意，像在嘲笑自己，嘲笑我，嘲笑天下。

我冷笑："因为你看到了最后的荒芜，你没有勇气面对这个过程，只有勇气接受这个结果。"

"什么结果？"他有意问道。

我决绝笑道："结果就是一无所有，一切是梦幻，是泡影。"

他浅淡一笑："你似乎看得很透，不像你这年纪的女子所能看到的。"

我笑："王爷看得更透，而且早在许多年前就看透了。"

他双手背于身后，挺直背脊，傲然道："本王生性如此，这些事物的真相本来就让人捉摸不定，本王又怎能从中了悟什么呢。"

我也一脸的倔傲："小女子也生性如此，无关年龄大小，也无关阅历沉浮，这是骨子里带来的，入了骨子的思想，就是与我不离不弃。"

他看着我，仿佛可以洞穿我的一切："你骨子里流着高贵的血液，在你的眉韵间，都可以显现。"

"哦，是吗？似乎有好几个人说过。很遗憾，也许我是投错了胎，我本是一个农家女子，与高贵的血统从来无缘。不及王爷，金枝玉叶，生在帝王之家。"我的话不知是在嘲笑自己，还是在讥讽他，也许说得有些过了。

他朗声大笑："帝王之家，你羡慕吗？"

我不屑道："不，我从来都不羡慕什么，帝王之家与寻常农家没有区别，因为江山是芸芸众生的江山，天下是天下人的天下。"

他赞道："说得好，不过是地位之争，能者居之。今日，你胜，你为王。明日，你败，你为寇。从来朝代更迭，不乏一代明君，都来自山野荒林。而那些生于帝王之家的所谓金枝玉叶，也会沦为草寇。所以，人没有贵贱之分，没有高低之分，亦没有等级之分。"陵亲王的胸襟令我对他生出几分仰慕，这样一个人，不适合当帝王，却是真正的智者。

我也用一种欣赏眼光看着他："眉弯钦佩王爷的胸襟，亦明白你为何不要天下，而选择纵情山水风月。"

他点头："是，天下是天下人的天下，你争了，也是这天下，你不争，还是这天下。"

我叹息："可是能看透的又有几人？自古为了天下血流成河，万顷苍池，填满了又坍塌了，坍塌了又去填满，不同朝代的人，却做着同样一件事。你说他们究竟是愚蠢，还是过于聪明？"

他看着那轮似血残阳，那血色的红染在他白色的衣襟上，有种灼然的悲壮。负手而立，面对万里河山，视之不屑，这样的男子，我只能钦佩。以往只当他风流成性，眷念山水，不理朝政，如今才明白，他将世事山河看得如此透彻。

许久，他对我说道："沈眉弯，你不是寻常的女子，你知吗，后宫里最怕的就是出现不寻常的女子，她的出现，要么强国，要么祸国。"

我嘴角泛过一丝冷笑："那你觉得我沈眉弯是可以强国，还是会祸国呢？"

"祸国。"他脱口而出。

"哦？王爷如此肯定？"

"是，因为你是一个慈悲又残忍的人。"

我冷笑："你懂我，原来也只是这么一点点。"

他轻叹："一点点就足矣了，走近你，就是毁灭自己，我可以为你毁灭，可是帝王却不能。"他的话让我心惊，他可以为我毁灭，是因为他不要天下，而淳翌不能为我毁灭，因为他有天下。难道有一天我会在他们兄弟之间做抉择？不，我沈眉弯任谁也不选，我只安分地做我自己，做得了一日算一日。

我叹息："王爷，你看得透千秋江山，看得透人生百态，看得透世事消长，为何看不透一个女子？"

"人的一生，最难消受的就是一个情字了。情会将人蛊惑，拥有情就是拥有自己，拥有天下就是拥有别人。情是感情，天下是无情的。"他的话隐隐刺疼我的心，这是一个无趣的话题，我必须要打断。

我笑道："情只会让一个人痴狂，而天下，却可以令天下人痴狂。"

他一脸傲气："我不做那万千人中的一个，我只做自己。"

我轻笑："我也只做自己，我不属于任何人。"

"好傲气的女子。"

"你也不错，傲气的王爷。"

他微笑看着我："与你说话很轻松，一点负累也没有，而且小王说的你都懂，许多不懂的人会认为小王疯了，他们背后常议论小王放荡不羁，不过我不在乎。"

我盈盈一笑："世间最难求的是知音，没有知音，宁可寂寞地死去，也不想多说一句话。"

山风吹拂，薄薄的衣襟在风中飘飞，看着这片残墟，我说道："其实他们不会孤独，这里一定住着许多灵魂，你说他们能感知到我们在说话吗？"

"应该可以，都说黄昏之时鬼魂就可以出没，听得见人间的对话，看得清人间的是非。"他煞有介事地说着。

站在风中看缥缈的残景，我叹道："这里住的也不知是哪个朝代的先人，像世外仙源，当时的明月山庄恐怕也只是绵延的山川。"

他回道："是大燕国，大燕王朝数百年，这里居住的一定是大燕国的部落。"

"大燕。"我略有所思，不知为何，每次听到"大燕"我都有种莫名的心惊，我的梦里总是会出现皇上与皇后，还有侍卫，仿佛衣着服饰就是大燕朝的，又不是那么清晰。我始终无法想到，自己究竟为何会与大燕有牵扯，难道因为我居住在大齐的皇宫，而那里曾经属于大燕，所以大燕国的魂魄就来侵扰？可江山不是我夺取的，为何偏偏独寻我？

"眉弯……"他唤道。

我回过神，低问："何事？"

"你在想什么？"

"什么也没想，脑中一片虚无，对这个陌生朝代的虚无，对人世一切的虚无。"我有种莫名的寥落，也许因为暮色下见到这样残败的景致，难免会生出情绪。

他牵我的手："回去吧，也许以后我不会再来。"

我没有抽出手，因为我感觉到他手心的温暖，此刻我贪恋温暖。看着他，问道："为何？"

"因为我要的结果，你已经给我了。"

"我没有给你结果，结果早就存在，迷茫的只是我们自己。"

他茫然："是，我们还不如华胥梦境的幽魂，至少这一处地方永远属于他们，而属于我们的地方，有太多的禁锢。"

我微笑："灵魂也是有禁锢的，当你羡慕他人的时候，他人也在羡慕你。"

"所以我们回去，去做自己，你做你的湄婕妤，我做我的陵亲王。"

暮色低垂，凉风拂过山林，树叶萧萧，我们穿过来时的荆棘之路，走向明月山庄，在明月山庄与华胥梦境的交界处，我松开他的手，我与他本无任何瓜葛，不过是同行了一条路，走进了一个遗落王朝的遗世梦境，没有探寻到什么，也没有失落什么，只是知道了彼此多一点而已，如此而已。

今朝明月又别离

走出来，好像又回到从前的世界，这里恰好是黄昏，而那里已经是夜幕垂落。

走过荒凉之境，就该是我们分别的时候。

我看着他，一旦走出华胥梦境，我似乎丢失了语言，只是看着他。

他对我微笑，很薄很薄地笑："回到这里，你又成了你，我又成了我，仿佛一切都无力改变，一切都不能改变。"

我轻轻点头："是的，就像经历了一场轮回，尽管想停留，也是不能。"

"你想停留在那儿吗？"他问道，眼中带着惊喜。

我有些恍惚，低语喃喃："我想吗？"其实我是想的，但也只是短暂的停留，一种意念而已，倘若要我永远留在那样的荒芜之境，我想我定然会枯萎，要不了几日，会荒凉死去，又或是迷茫地死去。

"回去吧。"他叹息。

"好，我回去。"我用很平静的语气说了很平静的话。

没有说再见，各自沿着属于自己的方向行走，我没有回头，我想他也不会回头。

怀着心事，走在重叠的楼台水榭间，这些路熟悉又陌生，就像许多的人，认识得越久反而越陌生，而陌生的时候，却常常觉得一见如故。世事总是给人一种假象，当假象不再模糊，在阳光下清晰的时候，一切就都是真实的了，只是真实的东西，太容易破碎。

秋棋一路随着我，也不言语，似乎我心中所想她都明白，关于我穿过一片荆棘丛林去了哪里，又与陵亲王做了些什么，她都不问，我想她都知，她了解我，她应该知道我是个多情又薄情的女子。所以，我的一切，她可以不过问，只需要陪着我，静静地陪着我。

是如何走到月央宫的，我已不记得，站在月央宫的大门口，仿佛回到了紫金城，这两处太像了，只是紫金城匾额上的"月央宫"三个赤金大字是我还未进宫时淳翌御笔写就的。如今的"月央宫"，是淳翌命人题的，站在此处，那份感觉已然不同。

才踏进院落，小行子已匆匆迎来："娘娘，您到哪儿去了，让奴才好找。"

"何事？"我淡淡问道。

他朝正殿方向使着眼色，低声道："皇上，皇上在这儿等您很久了。"

我不惊，淳翌等我，且由他等着，许是来到月央宫，见不着我，才在此等候的。

步入梅韵堂，见淳翌在殿前负手踱步，面带忧色。

我迎上去，行礼："参见皇上，让皇上等候，臣妾罪过。"

他朝我走来，脸上又忧又喜："湄儿，你究竟去了哪里，让朕好等。"

我起身答道："臣妾从舞妃娘娘那儿出来，看天气不错，阳光和暖，风景明丽，便四处走走。"

他假意恼道："朕当时让你随朕一同出去，你不依，待朕走后，你反而一个人赏景了。"

我微笑："臣妾那时想陪陪舞妃娘娘，怠慢了皇上，皇上莫恼。"

他执我的手，朝桌椅边走去，扶我坐下，说道："好了，这会儿回来便好，日后若要去哪里，也告知底下人一声，至少知道你去了何处，做了什么。"

我低眉应道："是，臣妾记下了。"

他关切地问道："怎么手这般凉，是不是哪儿不舒服？"

我轻轻抽出手："没有，臣妾觉得挺好，这明月山庄的暮夏就如同初秋一样，带着丝丝的凉意，尤其那山风，还夹杂着淡淡的萧索之感。"

"山风？"他似有不解。

"是的，臣妾去了好远的地方，明月山庄好大，穿过这些楼阁殿宇，后面是茫茫的大山，没有边际。"

他笑道："湄儿该不会一个人踏荒去了吧？建明月山庄的时候，后面的宫墙围得很宽，其间留存了几座树木茂密的山。但是先皇说不翻建，就留着大山，才可以显现明月山庄的清凉。"

我不解地问道："皇上，其实臣妾一直不明白，为何此处会名为明月山庄。"

他微笑："因为母后，这是先皇为母后而建的山庄，沧海月明，许多的事，朕也不懂，明月山庄建的年代不久，当初先皇是听宫里一位风水先生说的，这里临山依水，传说这里还有大燕朝豫襄王遗留的宝藏。不过只是传说，当年豫襄王夺得大魏朝的江山，留存了许多的宝藏。后来先皇在华胥梦境寻找过，一无所得。"

"华胥梦境？"我惊讶地喊道。

他疑惑地看着我："怎么，湄儿也知道华胥梦境？"

我忙掩饰："哦，臣妾不知，只是听这名字觉得很特别，想起了来时路上经过的华胥城。"

他神色平和，点头道："是，有一座华胥城，而这明月山庄还藏了一处华胥梦境，知道的人很多，不知道的人也很多。其实这也不是一个秘密，不过是一处荒废之地，可是先皇不许将其拆毁填平，说是要留着这个遗址，究竟为何，朕也不知。"

我思绪飘忽，原来华胥梦境并不是一个深藏的谜，知道的人其实很多，只是对别人来说那是一处荒园，埋葬的也许是宝藏，也许是嶙峋的白骨。只是在淳祯的眼中，看到的是沦陷的江山，是消亡的结局，不知皇上淳翌又会带着怎样的感觉去看它。

"你在想什么呢？"他唤我。

我回过神，笑道："还真是一处神秘之境。"

"是，朕只去过一次，其实就是一片坍塌的废墟，什么也没有，给人一种无比萧索苍凉之感，一朝繁华万古枯。至那以后，朕再也不曾去过了，你想去吗？"他问道。

我凝神："我，臣妾也不想去，皇上既然只去一次便不想再去，定是那处给人一种太荒凉之感，太荒凉的地方，去了心境难好起来。"其实，我不想告诉淳翌我刚才是从那里回来的，带着满身的萧索与疲惫，我不能告诉他，这一下午我与淳祯在一处，看了华胥梦境，看了落日，说了许多许多的话，该说的不该说的，他懂的他不懂的，都说了。因为，这对淳翌来说，是一种伤害，我知道他会不开心，甚至，会心痛。我不愿伤害他，因为这又是一次偶遇，我与淳祯的偶遇，是连我自己都无法预料的。

"那就不去，就算想去，也要等下次了。"

"怎么？皇上，我们要回去吗？"我听到这句话，心里无由地惊慌。

他点头，面带忧色："是，母后染了风寒，虽然传书来，说无碍，但朕还是不放心，想提前回宫，再者现在酷暑已消退，明月山庄的气候会越来越凉，朕也怕你们身子骨弱受不住。"

"那我们还是趁早回去吧，臣妾也忧心太后。"进宫多日，太后一直静养，除了皇后及云妃、舞妃她们去请安，其余的她都让免了。

淳翌点头："嗯，朕过来就是说这事，让你准备一下，这两日就要启程回宫。"

我似有恍惚，回道："是，臣妾知道，臣妾回头就让他们准备。"

他执我的手，低问："湄儿对明月山庄似有不舍？"

我抬眸微笑："不，此处清凉之景臣妾很是喜欢，但是臣妾也喜欢紫金城，出来这么久，也想念那里的月央宫。"其实我的话半真半假，真的是我的确想念月央宫的草木，那后园的秋千架，还有那花梨木躺椅，那儿许多的许多。然而我，却害怕回到紫金城，我怕那缠绕我的梦，怕回到那熟悉的地方，过那束缚的日子。虽然明月山庄跟紫金城的建筑一样，可是这里却让我觉得闲逸，比起紫金城要自在得多。在这里没有噩梦侵扰，我夜里睡得安稳，精神多了。

淳翌轻叹一口气："朕倒有些不舍，回去后要为政事繁忙，每日早朝，许多的事商议不完。在这里，积压了很多事没去处理，朕越来越觉得心累了。"

我宽慰道："皇上为国事烦忧，臣妾无法相助，觉得很愧疚。只愿皇上好生保重龙体，这是臣妾的福分，是天下万民的福分。"

淳翌朗笑："朕的湄儿有时说起话来，还真好听，朕爱听，听了心里舒缓多了。"

我温柔一笑："皇上爱听，以后臣妾就多说，只是臣妾平日嘴拙，说的话都不婉转动听。"

"那是湄儿心傲。"他脱口而出。

我低眉："湄儿在皇上面前不敢心傲，湄儿敬皇上，爱皇上，也畏皇上。"

淳翌一把将我拉至他身边，抱于他的怀里，深情地看着我，柔声道："湄儿岂会畏惧于朕，朕宠爱你，朕不要你畏，朕只要你爱，这样朕就开心。"

我含羞："湄儿自当爱皇上，今生如此。"我心中叹息，不知从几时起，我也学会了如此，我不想献媚于淳翌，只是在帝王面前，很难做到傲骨铮铮。我是他的妃子，我所能做的就是依顺，唯有依顺，才可以存留。我想起了淳祯的话，后宫最怕出现不寻常的女子，她的出现，要么强国，要么祸国。而他认为我是那祸国的女子，因为我慈悲又残忍，因为我多情又无情，因为我平和又傲然。

"湄儿。"淳翌温柔地唤我。

"嗯。"心中纠结着万千滋味，一时间，无从想起，无从说起。

他看着我，说道："想必你今日也累了，先用晚膳，今夜早点歇着，明日再收拾，反正要带的东西也不多。"

"皇上不留下一同用膳吗？"我问道。

"其实朕今晚宴请几位大臣，见你迟迟不归，一直忧心，方在月央宫等候。"

我焦急道："那皇上岂不是耽误了时辰，是臣妾的罪过。"

他朝殿外望去，暮色已深，回道："无妨，稍晚些也没关系。"

我起身："那臣妾就不多留皇上了，皇上今日等候臣妾，这情意，臣妾日后还，只一心待皇上好。"

他抚摸我的脸颊，微笑："好，朕记下了。"说完，拂袖转身朝殿外走去，留给我一袭英挺的背影。

晚膳，什么也不想吃，喝了几口汤便回寝殿了。

明月，明月，这里的明月与太后相关吗？沧海月明，世事桑田，究竟多少是过往，又有多少是永恒？

坐于烛台旁，心事如同风中的烛光摇曳荡漾。匆匆地来明月山庄一趟，发生了这许多的事，又似乎什么也没发生。我沉过湖，淳翌也因我落水。与淳祯几度偶遇，令我对他有了更深的了解。谢容华雨夜伤感，舞妃病了，云妃一如既往地骄蛮跋扈，皇后也依旧平静如常。仿佛一切都不曾改变，景致如此，人事如此，人心也如此。

我累了，我想安稳地在明月山庄睡去，因为我知道，我的噩梦又将在紫金城开始。我只是明月山庄的过客，就让我以过客的方式，与这里做一次沉睡的告别。

如何寒梅生雪境

这一夜却是无眠，辗转难安，清风拂过窗幔，看见窗外洒落的月光，还有摇曳的竹影。我披衣起床，走至窗前，浩瀚的苍穹呈现银灰色，那轮明月挂在中天，格外地澄澈明净。自古都是人望月，又岂知月也会望人。这轮明月，从迢递的远古，照耀到今朝，承载了许多人的叹喟，又漠然地看淡多少人。

烟屏坐在烛台下刺绣，一针一针那么细致，仿佛她的生命就是一幅绣品，供自己往返穿梭，又供别人观赏留藏。她究竟属于谁，自己也不知道。我当初将她从殷羡羡那儿救回，她就说要报恩，这一年多默默地跟随陪伴，尽心尽力，而我似乎总是太疏忽她。我不知道她和红笺随我进宫，会有怎样的命运，只想为她们安排好的归宿，让她们从此过上幸福安定的日子。

"小姐，我为您绣一幅踏雪寻梅图吧。"烟屏突然抬头说道。

我凝思："踏雪寻梅，如何这时候想绣踏雪寻梅图给我？"踏雪寻梅，与这夏季似乎相隔太远，我脑中浮现出一幅白雪红梅的画境，身上禁不住打了个寒战。

她微笑，仍旧低眉穿针引线，说道："我一直都想为小姐绣一幅踏雪寻梅的长卷，只是踏雪的只有你一人。"她举起手上白色的丝绸，笑道，"您看，美吗？"

洁白的雪境，鲜红的寒梅，还有那被白雪淹没的小径，若隐若现的人，我惊讶叹道："好美，烟屏，这是你何时绣的，都快要完工了。"

她看着自己的绣图，舒缓地叹一口气："我本要给小姐一个惊喜的，可是还是忍不住，因为现在就差将您的身影勾勒描摹得清晰些，我需要捕捉您的神韵。"

红笺端过烛台，走近了看，赞道："前几日你才绣了几株梅树，今天已经快绣完了，赶得这么急做什么。"听罢红笺的话，才知道烟屏为这幅踏雪寻梅已做了好久的准备，是想给我惊喜。

我感激道："难为你了，烟屏，我很喜欢，会好好珍藏的。"

烟屏满怀感激，说道："小姐，烟屏自知自己只是一个低贱的丫鬟，可是您待我亲如姐妹，与红笺姐姐一样好，这份情谊烟屏无以为报，烟屏只会这点绣功，就想着为您绣一幅踏雪寻梅图，因为只有您才配得起那美丽的意境，配得起那傲雪的寒梅。"烟屏的话令我心中悸动，一直以来我真的是太忽略她了，原来她还藏着这样的心思，知我爱梅如痴，喜欢雪境的清凉，喜欢梅花那冰洁傲骨。

我对她微笑，一时间，竟被感动填满了心怀。

"小姐，您就立在这儿，只需一会儿，我就能绣好了，已经勾勒出您的身影，我只需再捕捉您的神韵，只是烟屏的功底薄浅，怕描不出小姐的十分韵味，尤其是那冰洁的风骨，还有绝尘的姿色……"她那般入神地说着，与她平日的寡言实在有些不同。

我笑道:"你这丫头,平日里话最少,怎么今日嘴巴这么甜,跟换了一个人似的。"

红笺走过来笑道:"是啊,最近烟屏跟换了个人似的,整日就说要报小姐的恩,报恩,报恩,一幅踏雪寻梅图费了许多心思。"我心中有愧,她为我如此费心,而我却一无所知,只关心自己的事,从未关注过她们。

我抚摸烟屏的发梢,柔声道:"傻丫头,别想这许多,我都忘了,你也忘了吧,不过是举手之劳,我真没费心。你就安心地跟着我,我若好,你们自然也好,我若不好,你也只好随着受苦。"

秋樨为我端来一杯热茶,关怀道:"娘娘还是早些休息的好,养好精神,过两日还有许多的路程要赶。"

一谈到赶路,我想起将要离开明月山庄,心中就无法释然,叹息道:"无法安睡,不知为何,就是心中隐隐地不安。"

秋樨为我将风衣裹紧,宽慰道:"那是心魔,过了便好,说不定在明月山庄住了这许多日子,回到紫金城一切都改变了呢?一切都重新开始,再也没有心魔,没有噩梦,娘娘可以快乐地做湄婕妤。要知道,皇上宠娘娘,娘娘又不是那等骄纵之人,她们自是不能伤害到娘娘的。放宽心,一切都会好的。"

我淡笑:"我又岂会惧怕她们,就连那噩梦,我也不惧,该来的终要来,该去的终会去。"说罢,我心中长叹,方才我说无法安睡,心中不安,此时又说什么都不惧怕,如此矛盾,实在是可笑。她们自不会笑话我,只能我笑话自己了。

我叹道:"你们都去睡吧,就让烟屏留下陪我,我不能辜负了她的心意。"

红笺笑道:"那我和秋樨去为小姐煮消夜吧,您今晚都没吃什么。"

"好吧,炒几道爽口的小菜,一会儿大家一起吃,就当为这里的月央宫饯行,如何?"

红笺和秋樨欣喜道:"好,我们这就去准备。"

　　清凉明净的月光倾洒在窗台上，比烛光更加清透澄澈，也洒落在烟屏的绣图上，好似在月光下踏雪寻梅，那样地鲜活，那样地动人。

　　而我，披着一袭白衣，立于雪境中、寒梅下，只为寻那幽淡的梅香。望着月色，我陷入沉思，我想起了楚玉，金陵城郊外的柴门，此时的月色一定更加清幽宁静。有一种感觉，他也在临窗看月，那轮月和我这轮月是在同一个天空，同一种高度，同一种姿态。"玉魄生来浑似古，仙乡未入恐成魔。"他自称世外高人，知晓过去与未来，懂得乾坤变数，明白万古河山，可是却无法解救自己，我不知道这是谁的悲哀。

　　佛说，他是慈悲的，他慈悲地收藏人间的眼泪，却不肯慈悲地超度世人。他明知人间的苦难，却说天有天道，佛有佛法，人各有命，强求不得。既然天命不可违，六道轮回不可改变，又何必分什么神魔世界，何必救人又害人呢？各自守着自己的真身，等待着那不可免去的定数便好。

　　我转头叹道："烟屏，别绣了，我的容颜，自己都无法知道；我的性情，自己都不了解；我的神韵，自己都难以捕捉；我的风骨，自己都没有把握可以如初。"

　　她扬眉轻笑："就要好了，就要好了，有三分便好，不需要那七分。"

　　看着她，我怜惜地问道："烟屏，告诉我，你家在何处，我认识你许久，都不曾问你的身世。"

　　她蹙眉，伤怀地叹息。

　　我怜惜道："不想说便不要说，过去的只是过去，纵然可以影响到将来，却无法跟随到永远。所以，该忘记的时候就忘记，有一天，碰触的时候再也不痛，就真的是忘了。"

　　她点头凝思，轻诉道："我，我自小就被人卖来卖去，我也不知道我的家在哪里，更不知道什么是家。只有随小姐这一年多的日子才知道活着的快乐，之前，我只是知道自己活着，别的，就一无所知了。"她轻描淡写地诉说，可是我却能体味她人生路程的悲苦。她与我年龄相当，与之相比，我似乎要幸运得多。儿时有双亲疼爱，双亲过世，我虽沦落烟花之地，可是毕竟身为主子，只需弹琴唱歌饮酒卖笑，还可保我清白。而她……

我宽慰道："都过去了，不是吗？日后就随着我，有一日过一日。"

她凄凉一笑："看相的先生说我命比纸薄，不得长寿，恐会早逝。"

我假意恼道："瞎说，都是些江湖骗子，岂能轻信。我儿时还有看相的先生说我是公主之命，他日定直上青云，遨游展翅。然而呢，我本是一农家女子，也未上得青云。"我话音渐淡，似乎那术士说对了一些，我虽不是公主，却是帝王的妃子，虽不上青云，却也是鹏鸟展翅。只是，那术士预测不到我的将来。其实，若要知道我的将来，问问楚玉便知晓了，只不过我自己不想得知而已。我不希望我的结局是我不想要的，我宁可不去面对，迷糊地过着每一天。

她轻浅一笑："小姐，无妨的，烟屏此生无憾。活着与死去，没有什么差别，只是欠您的恩情不报，烟屏难以心安。"

"你尽说些傻话做什么，来日方长，我视你为亲人，不会将你抛弃，你且放心。"

"我没有不放心，小姐待我情重，我自要报答，所以我才想到绣一幅您喜爱的图，作为纪念。"烟屏话语伤感，令我心痛，本不该在这离别之时说这离别之语。平日里只当她心思薄浅，是个平淡安分的姑娘，竟不知心事如此之重，看得比我还明白。

我轻叹："莫要多想了，平日你话语最少，今日尽惹我心伤。"

她一脸的愧疚："那是烟屏的不是了，烟屏还要服侍小姐，为小姐绣一辈子图。"

我笑道："这就对了，好了，你也别绣了，来日方长，歇会儿。"

她低眉挽线："就几针了，已经绣好了小姐的模样，我再给这梅花添点红线，我觉得还不够艳。"

我低头看去，见图中的我立于梅树下，漫天琼玉飞舞，落在我的衣襟上，我一袭白衣轻轻回眸看那一树的红梅，它在雪中傲然地绽放，美得惊艳。最传神的是那眼眸,妩媚动人,又冷漠孤清,仿佛看不到红尘的一切,只有那梅花香雪。我惊赞:"太美了,烟屏,太美了,我会好好留存,永远地留存。"

她一边抬头看我笑,一边还在穿针引线,只听她轻轻呻吟,那针扎在手指上。

我忙看向她的指头,红色的血溢出,比那红梅更加鲜妍的红,疼惜道:"快快包扎一下,这梅花我极爱,这样子便好了。"

她将手上的绣图交予我,笑道:"小姐,这是烟屏的心意,希望您会喜欢。"

我款款接过,感激万分:"我喜欢,喜欢得紧。"

看着那几树寒梅,想起我攀折梅花的情景,不禁挥笔在桌案上写下一句:"一点清素,一怀风骨,一段尘路,多少人攀折,却为谁辛苦,又被谁辜负。"

烟屏看着赞道:"小姐真是才高,我将这诗句绣在旁边吧。"

"不用,且放着,待以后闲时再绣。"

看着这踏雪寻梅图,我感慨万千,口中喃喃自语:"怜她幽香绝俗,更为她冷傲冰骨。看那芳华分付,又如何,将她留驻。"

心中有些不安,今日烟屏的举止让我不安,如此季节,绣那寒梅雪境,生了凄凉。都道弹琴不能断弦,刺绣不能见红,仿佛这一切在预示着什么。

芳华分付。

几番醉里梦前朝

虽然之前知道行将别离，可是依旧有些留恋。打点行装，带上我心爱的琴，与此处的月央宫告别。行程定好了，是明日，明日清晨就要浩浩荡荡地出发，如来时一样，会有许多人叩首跪拜，高呼万岁。只是明月山庄偏于一隅，不会如金陵城那番热闹。

谢容华和舞妃来的时候，我正在喂前院池中的鱼，来明月山庄几月，前院小池塘里种的莲仿佛开开合合地经历了几个轮回，那些鱼却依旧长不大，还是那么柔软弱小。但我知道，唯有它们是快活的，来的时候它们不曾欢喜，离开的时候它们也不会伤悲，仿佛一切的离合聚散都与它们无关。

舞妃着一袭红色的云锦宫装，将白皙的肌肤映衬得更加粉嫩，看上去气色比前几日好多了。她见我偎着栏杆喂鱼，含笑道："妹妹真有雅兴，明日都要走了，这会儿还这么有闲情。"

我将喂鱼的食盒递给红笺，迎过去："雪姐姐和疏桐妹妹来了，我来这儿几月都没有善待它们，临走前，就让它们知道我还藏有一颗慈悲的心吧。"

谢容华取过红笺手上的食盒，也喂起鱼来，吟吟笑道："我也来发发慈悲。"转头又撒了一把食物，对鱼儿唤道："鱼儿，多吃些，来年再来看你们。"

我笑道："你这丫头，玩笑起来真有意思。好了，咱们还是回屋里坐会儿，站在这儿累。"

走进梅韵堂，命宫女准备好吃食点心。

谢容华环顾梅韵堂，叹道："如果不说这是明月山庄，我还以为真的在紫金城，这里的格局都一样，太像了。"

我抬头看着正殿"梅韵堂"三个锦绣大字："是，我也常常误当这是紫金城的梅韵堂，仿佛这里就是一生的归宿。"

舞妃抚摸坐着的椅子，笑语："这里的桌椅等都是紫檀香木制成的，与紫金城的还是有些区别。"舞妃一贯心思缜密，只是不知此话所寄何意。

我转开话题："还记得我们初来明月山庄，在这里饮酒闲聊吗？竹叶青，白玉杯，仿佛还在眼前，转眼就要离开了。"

谢容华笑道："怎么，今日还要喝吗？竹叶青可是我最爱的，当日听完湄姐姐的话，回去之后，就特意取来白玉杯盏，用来饮竹叶青，那感觉真是不一般。"

"想喝吗？"我颇带诱惑地问道。

"想，不仅想喝，还要一醉方休。"她豪气干云，与平日的温婉判若两人。

舞妃捧起一盏茶，慢品："喝醉了看你们明日如何赶路，到时要皇上带上两个醉妃前行……"她停了一会儿，笑道，"不过那样倒着实有趣。"

"谁说朕要带上两个醉妃前行啊？"淳翌趁大家不经意时翩翩而至，我们三个人齐齐朝殿门望去。

"臣妾参见皇上。"齐声施礼道。

淳翌迎上前微笑："爱妃，免了，免了。"

大家一齐坐下，淳翌看着一桌的菜肴，乐道："几位爱妃在此痛饮呢。"

我笑道："哪儿有痛饮，酒都还未取出来呢。"

他往桌上一寻："的确没看到酒，方才听舞妃说，要朕带上醉妃，还以为你们在这儿品酌佳酿。"

谢容华举起空空的杯盏，笑语："皇上，臣妾倒是想饮酒，可是湄姐姐用空杯待客。"

"你这丫头，我哪儿有，方才还问你是否要饮酒。"说完，我朝小行子唤道："去，取几坛竹叶青来。"

舞妃惊讶地喊道："几坛？湄妹妹，这岂不是要将疏桐妹妹给浇醉了。"

淳翌问道："为何要取竹叶青，谁爱喝？"

谢容华看着淳翌："皇上忘了吗，臣妾爱喝，不过臣妾更爱用白玉杯盏喝，酒一倒入，呈现翡翠绿，好看极了。"

"哦，有这回事吗？"他面带疑色。

我将小行子取来的酒倒入准备好的白玉杯盏中，竹叶青瞬间呈现翡翠色，一片澄绿。淳翌欣喜道："有趣，此番效果，连朕都不知。"

谢容华举起杯盏，对着我们笑道："先干一杯，就当是饯行，为明日。"

"好。"大家举杯同饮。

我朝淳翌问道："皇上到月央宫来有何事？"

他夹了一块花生糕吃着，答道："没事，朕来瞧瞧你收拾得如何了。"他看向舞妃："方才朕从翩然宫过来，说你到月央宫来了，朕恰好要到此，便想着在此见你。"

舞妃感激道："臣妾有劳皇上挂心。"

"朕见你身子康复，也放心了，还怕明日出发，你体质弱要受不了。你们路上都要照顾好自己，这几日皇后又病了，身子都这么弱，让朕好不忧心。"

我们忙回道："皇上放心，臣妾会照顾好自己。"

"那就小酌几杯便好，各自回宫歇息，别伤了身子。"

淳翌说要去皇后那边探望，只浅酌几杯，先行离开了。

只剩我和舞妃还有谢容华。谢容华说："湄姐姐，我们就再多留会儿，你别嫌烦。"

我笑道："寂寥如斯，哪里还会嫌烦，虽然只是与景物的离别，可不知为何，我心中仍会不舍。"

舞妃看着我："那是因为妹妹情多，其实那些看似无情之人，实则情深，仿佛伤了别人，然而到最后，伤得最深的是自己。"舞妃的话暗藏深意，她所说的无情是指我吗？我平日待人冷暖不一，淳翌和淳祯都说我过于冷漠。有情无情，我自己也无法明白。

我朝舞妃微微笑道："姐姐，我自问还无法超脱，三分冷漠，三分无情，又藏三分温暖，这样的人，到底是如何，我自己也不清楚。"

谢容华举杯饮尽，开怀而笑："其实每个人都是矛盾的，带着多方面的性情，谁敢说自己纯粹如一？"

我点头："是，慈悲的人有恶念，多情的人反倒无情，温婉的人也会豪放，过喜则悲，过强则弱，过荣则辱，过盛则衰……"

舞妃盈盈笑道："湄妹妹又在这儿参禅了，我一直喜欢你身上这一点，就是禅韵悠然，仿佛前生就与佛结过缘，这份感觉是在任何人身上都捕捉不到的。独你有，而且这么通透。"

我低眉浅笑："我虽有，却依旧在红尘中沦陷，不得解脱。"

她抿嘴一笑："那是因为你住在红尘，懂得并未就能做到。莫说你，那些高僧、老道，佛法精深，道法自然，可是真正能够彻底超脱的又有几人？无欲无求的人有吗？"

谢容华赞道："说得好，既然无法做到，不如不要知道。"饮下酒，转而说道，"听说皇后娘娘的身子越来越不如从前了，她信佛，每日都在经堂读经敲木鱼，也许太过痴迷反而容易沦陷。"

舞妃看着她："这话在这里说说也就罢了，皇后潜心拜佛，慈悲为怀，佛祖会垂怜于她。"

我微笑："其实后宫的女子都过于寂寞，每个人都需要有一份寄托，除了对皇上的眷念依附，应该还有属于自己的心灵寄托。比如雪姐姐的舞，舞就是你的魂魄，疏桐妹妹的画魂，而我就是琴上知音了。"

谢容华赞同道："是，说得极对，就是如此。只是凡事不要太过，过了反而成了负累，适可而止即好。"

舞妃含笑："若人人都可以做到适当而止，做到这么理性，就不会有那么多纷扰了。"

谢容华再饮一杯，笑道："所以什么也不去想，今朝有酒今朝醉。"

我夺过她手中的酒杯："别喝了，再喝真要醉了。"

舞妃扶起她："走吧，疏桐妹妹，还是早些回去歇息，让湄妹妹也可以歇着，明日还要赶路。"

谢容华笑道："好吧，各自散了去。"

我起身挽留："不多坐会儿吗，反正我也无事，该收拾的都收拾好了。"

舞妃对我微笑："不了，也累了。"

送她们至门口，转身回来再看一眼池中的鱼，然后，恹恹懒懒地回到寝殿。因饮了几杯酒，觉得胸口有些疼，昏昏沉沉地睡着了。

我做了一个梦，梦见我去了华胥梦境，那里不是废墟，而是一片富丽堂皇的景致。朱墙碧瓦，殿宇楼台，种植着参天的古柏苍松，隔院花香阵阵，山水亭台，风景如画。

殿内歌舞升平，我不知道我在哪里，仿佛我只是虚幻的影，他们感知不到我的存在，而我却能鲜活地看到他们。帝王、王后，我忽然知道这是梦，这帝王是豫襄王，带着凌厉的霸气，他夺下大魏的江山，开国大燕，统领天下，成为王者至尊。只是我为何会梦见他，也许是日有所思夜有所梦吧。关于华胥梦境，对我来说是一个谜，尽管我不想知道谜底，可是那份感觉却萦绕着我，淳祯对世事的茫茫，淳翌的平和，仿佛都刻在我的骨子里。

我又看到许多的帝王，一个接一个在眼前闪过，不同的服饰，不同的装扮，可是那明黄的衣袍，那赤金的黄龙，却一样地将我震撼。

淳翌，是淳翌，高高地坐在龙椅上，举杯大笑，他为何看不到我。淳祯也在那儿，穿着同样的龙袍，坐在龙椅上，一定是幻觉，幻觉。

我感觉到一阵眩晕，那些女子舞着曼妙的水袖不停地旋转，丝竹之声时而激越，时而坦荡，时而婉转，时而明净。笙歌明丽的景致越来越模糊，离我越来越远。

直到我从梦里醒来，都没有见着传说中的宝藏，无论是虚传，还是真实，都与我无关。一个禁锢在锦绣囚牢中的女人，再多的宝藏对我来说都是虚设。

醒来的时候，已是三更天，我这一觉睡得还真是沉，想要再睡已是不能。月央宫里的人好似已经开始起身，为清晨的归途做着准备。我倦懒地躺在床榻上，睁着眼，什么也没想，只是睁着眼睛等候天明。

殷红飞血溅金陵

　　我居然在等待中睡去，还睡得那么沉。秋榭唤我的时候，大家都已经准备妥当，我带来了什么，就带走了什么，这里的一草一木，我都没有多取。

　　在这里服侍了我几月的人对我有些眷念不舍，我命秋榭取来些金子，给他们分了去，也算是主仆一场，有些情分。也许来年，我还能见着他们，也许，不论将来有什么也许，我只做此时想要做的。

　　对我来说，这里唯一留恋的居然是那池中几尾鱼，朝夕相处几月不曾对它们关怀，走时却带着不舍。我就是不明白，为什么人都如此，难道我也要做他们中的一个？不会，沈眉弯不会如此。

　　所有人整顿好，从自己的宫殿排列至御街。明月山庄的护卫、宫女和内监等人齐来恭送，这场面丝毫不逊于离开紫金城时的模样，一样地惊心动魄，一样地肆意铺陈。淳翌和皇后坐明黄的车辇，旗帜上镶着赤金的黄龙，大齐的天下，在长风中凛然回荡。

我掀开轿帘，漠然地看着眼前这一切，这些跪伏在脚下的人汇聚成一条七彩河流，带着一堆一堆的千年意象，他们欢呼，他们狂舞，他们沉醉，他们流连，只是任何的膜拜，都不过为了一场华丽的装饰，甚至没有思想，没有信仰，在王者至尊面前，他们就像一地蝼蚁、一堆尸骸。从这个朝代转到下一个朝代，丢弃了肉身，放飞了灵魂。但如果没有这些附属品，又怎能衬托出天子的华贵，天下虽说是天下人的天下，可是那位掌权者依然是高高在上，无人企及。

如何离开明月山庄的，我已经不记得，我的意识完全停留在方才那混乱的意念间。也许舞妃说得对，我前生与佛结过尘缘，我自问不是个理性的女子，可是却总会在有无间流露出一些智性又痴愚的思想。这一点我在楚玉身上也见到过，我心里一直有一种感觉，就是楚玉不可以躲避万丈红尘，隐居在山野荒林，柴门乡间。他要么出世救赎世人，要么世人拯救于他，不然他会在仙魔之间彷徨，丢了自己。

车行至华胥城时，城中的百姓早已蜂拥而至，形形色色的男女、老人小孩，仿佛在膜拜神，并祈望这万能的神可以给他们力量，带来丰衣足食的幸福的安稳生活。我不知道此时淳翌是怀着怎样一种感触去看他的子民，并想赐予他们一种怎样的说法。这些力量，就像滔滔的江水，可以将一切理性淹没，只为这一份尊荣。我不知道淳祯看到这样磅礴的气势会生出怎样的想法，难道如同在华胥梦境一样吗？那里是一种残缺与破碎的苍凉，而这里却是万古沸腾的辉煌，他是否会因这璀璨的时光而为从前的放弃感到惋惜？

华胥终归是一梦，浩浩荡荡的大队人马终于碾过了起伏的人流，辗转至山野路径。此时相伴的是明月清风，烟树云海，奇峰险壑。往前看，仿佛路狭隘逼仄，回眸，又觉得大野苍茫。除了行走的马车声，还有御林军整齐的脚步声，周野一片寂静，偶尔听得见飞鸟扑闪着翅膀惊飞，顺着山势直追青云而去。

就这样一路劳顿，过了好几个州县，眼看就要回到金陵城。越是临近，周遭的风景我就越是熟悉，而我却在熟悉中感到害怕，有一种隐隐的不安。

红笺望着帘外，欣喜地指着远处的风景："小姐，您看，到了金陵城，那个方位该是我们以前居住的地方。"

我顺着她手指的方向望去，见青山隐隐，那郁郁苍苍处似乎是我的故乡。

烟屏轻叹一口气："其实我倒不想回到金陵城，我许多的梦都是在这里破碎的。"烟屏近来的反应倒让我费解，以往我对她关注太少，不知她内心掩藏了许多不为人知的秘密。

我安慰道："莫要想太多，回宫去好好歇着，大家都放松心情。"

秋榇点头："是，回头大家都好好歇着，尤其是娘娘，身子遭了几次罪，回宫后奴婢好好给您进补。"

说着话，已经到了金陵城，都城的繁华盛景自当是天下第一。那一处是楚钏河的画舫游船排成长龙，这一处是盛隆街香车宝马络绎不绝。所有的人行车马为了迎接皇上的到来，都停下了脚步，匍匐地跪拜在盛隆街的两边，齐呼万岁。

这一路上看过来，我也嫌累了，只是淳翌还得不停地招呼他的子民。那些嫔妃也饶有兴致地招着手，一个个想展示自己母仪天下的风度，而真正母仪天下的皇后，却显得淡定多了。

大家都沉陷在一片欢喜中，我仿佛看到每个人都带着笑脸，为了迎合这虔诚的万民。

正当陶醉的时候，突然，人潮沸腾起来，所有的人都齐齐立起了身，人流朝不同的方向拥去，而每个方向都被堵得水泄不通。

我心中大惊，谁在制造混乱，转眼，已有几十名黑衣人从天而降，手持刀剑，往这边直刺而来。

只听见一片惊呼声："护驾，保护皇上！"然后看到护卫和御林军一起抗衡那些黑衣人，而这些百姓中有许多人从腰间、背脊、手腕处抽出刀剑，齐往我们这边厮杀而来。

淳翌已经不在我视线之内，只见他的宫车被一大群的护卫围着，我的宫车也有护卫围绕着。秋樨紧紧地拽住我的手："娘娘，莫怕。"此时我心中无一丝惧怕之感，我正在猜测是什么人发动的暴乱。难道是前朝余党？他们为何选择在金陵城内，用百姓来制造混乱？刀剑无眼，这会伤及多少无辜。再者这里是京城，天子脚下，皇宫里还有大批的御林军，他们一旦赶至，计划还能得逞吗？这一路经过许多险峻之地，为何不选在那些偏僻的地方下手，而独独选择在京城？

我很想跃下马车，赶至淳翌身边，可是此时却动弹不得。风吹拂轿帘，我看着那些黑衣人齐刷刷地挥舞着利剑，一剑封喉，一排侍卫倒下。

有小孩的哭喊声，女人的嘶叫声，男人的怒吼声，老人的呻吟声，那么多声音纠结在一处，令人揪心不已。我心中祈祷着淳翌无事，可以渡过此难，那些黑衣人各个武艺精湛，杀气腾腾，锐不可当。

我的车轿已不知在何时被刀剑劈开，红色的轿帘落地，轿顶掀开，眼前的混乱令我惊呆了。许多轿子都被劈开，车马堵在一起，四周的护卫与他们奋力抗衡。

一片血肉模糊，有人断臂，有人断首，飞血四溅，我第一次见到如此惨烈的景况。这些人想要弑君篡位，却是不惜一切踏着无数的尸体往最高处攀登，哪怕最后换来一声声梦断尘埃的撕裂声，也是从容赴死，无怨无悔。这不是普通的江湖之斗，而是一场帝位之争，我几乎可以断定这些人是前朝的余党。得知今日淳翌回宫，试图杀之，若取胜，便好，若不能取胜，制造一场混乱也算是达到目的。

他们腾云驾空，挥剑如雪，只见一个黑衣蒙面人飞身跃至我的头顶，一柄明晃晃的剑朝我刺来，我心想躲不过了，只是我纵是要死，也要死在自己的手上，谁也别想杀死我。正欲往车下跳，秋樨紧紧地拽住我，这使剑之人一个旋转，朝我平刺而来，一旁的烟屏猛地冲在我身前，还未待我醒转，那柄剑已刺入她的身体，不偏不倚，正中心脏。

她倒在我的怀里，我抱着她，那柄利剑飞速拔去，鲜红的血飞溅在我的脸上。手捂着她的胸口，汩汩的热血直涌出来。眼前那剑又朝我刺来，我不躲闪，此时心痛万分，轿外的侍卫还在厮杀，已顾不得我，红笺和秋檠齐将我护住。只这时，又一个黑衣蒙面人将那人的剑挑开，二人战了起来。我也顾不得想那许多，只紧紧捂住烟屏的伤口，她面色惨白，虚弱地笑着："小姐，看……看来我，我的预感还是准……准确的。"

我想哭，却落不下眼泪，只心痛地看着她："不要说，不要说话了，我会救你的，我救过你一次，还可以再救你的。"我朝人群呼唤道："太医，太医在哪里？"可是混乱的人群中，我的声音被淹没了。

红笺和秋檠帮忙拆开包裹里的衣裳，捂住烟屏的伤口为她止血。她唤我："小姐，小姐，寻梅图已……已绣好，你的诗……诗句也绣上了，在……在……"她指着她一直携带的小木箱。

我含泪点头，轻唤她："我知，我知，你莫要再说话。"转头看向人群，已看到岳承隍带着大队人马齐齐赶来，而刚才混乱的百姓慢慢地散退。那些黑衣人见势纷纷借着轻功飞走，一枚玉佩突然落在我的怀里，我一惊，朝落下的方向看去，只见是方才救我的黑影，是他，我记得他束冠的青发。

淳翌已不知何时来到我的身边，他的手臂被白色丝帛裹着，渗出鲜红的血。我凄楚地唤道："皇上……"

他拥我入怀："没事，朕没事，回宫去吧，回宫去。"他是那么无力，想要温暖我，而自己却被刚才一场浩劫消磨得筋疲力尽。

我抬头看着清澈的蓝天白云，可是在如此明净无尘的天空下，却泛滥着浓郁的血腥气味。淳翌命人将这些死去的百姓及侍卫厚葬，给家眷抚恤，其实死伤得最多的还是侍卫，百姓只是殃及的池鱼。可是我的烟屏，却为我如此，我不明白那黑衣人为何要如此残忍地将剑刺向我，听说云妃也受了伤，刺杀手无缚鸡之力的女人，也未免太不磊落了。

　　大批御林军已赶到，马车行驶过血迹斑斑的盛隆街，直往宫里奔去。一路上，我只知道紧紧捂住烟屏的伤口，她越来越虚弱，血已经染透了衣衫，连同我怀里那枚玉佩，也被染红了。

　　仰望长天，却无力呼喊，心中一阵阵的刺痛……

一缕芳魂何处归

　　我曾经渴望过战争，当我听到楚玉说他曾经做过剑客，一天杀了三百人，尸横遍野，血流成河时，我有过短暂的瞬间，想要看一场这样惨烈的厮杀，感受那快意江湖的血腥。楚玉说一个人在临死前擦拭了楚玉剑上的血，那血是他自己的，在他微笑死去的那一刻，楚玉丢掉了剑，选择回烟霞寺，可是寺中已容不下他。

　　我这样想着，众人已经到了紫金城，御林军在宫门前排成整齐的长龙，那气势无比地雄伟。我无心观赏这样的风景，当务之急是回到月央宫，救治烟屏。

　　马车在月央宫停下，护卫将烟屏抱至她的住所，因淳翌有许多的事需要处理，临别时我找他要了一个太医。

梅心她们见到我们这样回来，着实一惊，秋棳主持大局，命她们烧水煎药。

经过太医紧张的救治，烟屏的血总算止住了，而我一直抱着她，已经筋疲力尽。

红笺走过来替换我，心疼道："小姐，您去换件干净的衣裳，这都被血染透了，这会儿让烟屏歇下，我会照顾好她的。"

我将太医唤至梅韵堂，严肃地问他："有几分把握？"

太医垂首："恕臣无能，无有返魂之术，娘娘准备她的身后事吧。"

我挥手："你且退下，去救治那些需要救治的人吧。"

我唤来秋棳，蹙眉道："你去帮烟屏收拾下，让她干净地走吧。"

换上干净的衣裳，我走至烟屏身边，看她脸色苍白如纸，气息微弱。秋棳和红笺正为她擦拭身子，换上素净的衣裳，此刻，我才发觉，原来烟屏是这样楚楚动人。救她的是我，害她的也是我，让她新生的是我，将其毁灭的还是我。

我想起楚玉说过，救活一个人，就会死去一个人，救好一个人，就会伤了一个人。难道一切都是有定数，轮回就这般地快。

我执烟屏的手，看着她："你还有何心愿，告诉我，能做的，我都为你做到。"

烟屏虚弱地看着我："没有，没有任何心愿。此生，如浮萍，死后也随水而去，如果……如果可以，我要去找……找到自己的故乡。"

我握紧她的手："好，那你安心地去，我不留你。"

她轻轻点头，合上眼："好，我睡会儿……"

走进西暖阁，唤来秋棳，低问道："都准备好了吗？"

秋棳双目通红，有哭过的痕迹，点头答道："准备好了，她说没带来什么，也不要带走什么。"被我一直忽略的烟屏竟说出如此干脆的话，倒让我觉得可敬。许多看似平淡的生命，到最后却最见真味，烟屏就是如此，身为下贱，命比纸薄，却比谁都清楚，看得比谁都透彻。

我轻叹："是，她做到了，她欠的，也还了。余下的，是我欠她的。"

秋榔安慰道："娘娘莫要如此说，烟屏忠心护主，她死得其所，只是奴婢没能为主子挡那一剑，奴婢惭愧。"她低眉忏悔，眉目间流露出苦色。

我用手轻拍她的肩，叹道："莫要如此说，当时情况那么危急，你已经一直护着我了。再说，我宁愿自己受那一剑，也不想你们任何一个出事，要知道，我也是不愿欠人的。"

她急道："奴婢忠心护主，是天经地义之事。"

我压低嗓子，沉沉道："我从没把你们当奴婢。"

"是，主子待人宽厚，这是奴婢的福分。"她头低得更下。

我叹息："你和红笺去陪陪烟屏吧，我就不去了，让她安心地去，走的时候告诉我就好了。静静的，莫要惊扰她。"

"是。"秋榔退下。

我想起在翠梅庵，师太告诉我，所有要离开人间的人，庙里都会请大师或师太诵经为他们超度。让灵魂得以安歇，从此远离痛苦，远离是非，远离灾难，也免去苦海轮回。

我这里没有超度的经文，想起我与画扇跪在佛前诵读的那本《般若波罗蜜多心经》，于是轻轻翻出来。

取出一串菩提子，一粒粒地抚摸，轻轻吟诵："观自在菩萨，行深般若波罗蜜多时，照见五蕴皆空，度一切苦厄。舍利子，色不异空，空不异色，色即是空，空即是色，受想行识，亦复如是。舍利子，是诸法空相，不生不灭，不垢不净，不增不减……无眼界，乃至无意识界，无无明，亦无无明尽，乃至无老死，亦无老死尽，无苦集灭道，无智亦无得，以无所得故……无有恐怖，远离颠倒梦想，究竟涅槃……"

无有恐怖，远离颠倒梦想，我相信烟屏可以远离世俗的一切羁绊，到一个属于自己的地方，从此自由地生活，她说她想要顺水漂流，流去她的故乡，我定会满足她。

我有种感觉，烟屏已经离我而去了，这里没有她的牵挂，我告诉她我不留她。

当秋樨和红笺红着眼睛来到暖阁的时候，我还静坐在那儿诵经，我希望她可以听见，然后彻底地忘记我，而我，却再也不能忘记她，因为，我欠她的。沈眉弯就是如此，我欠的，自当还，还不了，我就记着。

秋樨低声问道："娘娘，烟屏的后事如何安排？"

我回道："一切由你命人去打理，记住，留下一捧灰烬，我要撒向溪流，将她送回故乡。"

秋樨点头："好。"

我继续说道："将她随身携带的木箱也一并带了去，只取出她留给我的那幅踏雪寻梅绣图。其余的物件，都不要打开来看，只随她而去。"

秋樨不解地问道："烟屏留下了什么东西吗？"

我摇头："我亦不知，无论是否有留下，都让她带走。我们留不住她的人，也不要留住她的东西，就让属于她的物品陪同她，一起回到她的故乡去吧。"

"是。"秋樨转身而去。

红笺取过我手上的经书和菩提子，搁在案几上，哽咽道："小姐，我知您心里难受，若是想哭，就哭吧，莫要闷在心里，我看到了难受。"她一边拭泪，一边叹道，"我与烟屏相处的时间虽然不算很长，可是如今她一去，我说不出有多心伤，平日里朝夕相处地侍候小姐，日后说知心话的人也……"她还没说完就泪如雨下，我看着揪心，却一滴泪也落不下来。

我叹道："莫要伤怀，烟屏也不希望我们为她难过。她其实是最聪慧的女子，她预感到自己……"我的声音有些哽咽，也说不下去。想起烟屏说自己有看相的先生为她算过，命比纸薄，不得长寿，恐会早逝，她自己都感应到了，独我不信。

秋樨为我取来烟屏留下的踏雪寻梅绣图，说道："娘娘，这绣图您先收藏着，我还要去忙。"

轻轻地打开绣图，那寒梅雪境栩栩如生，还有那立于梅花下白衣胜雪的我，一切仿如昨天。我想起那夜她为我绣图，我临窗而叹的情景。她说画不出我十分风韵，只有三分就满足了，可是画中的女子，我是这般喜爱，她捕捉到我的眼眸，那般传神。

我记得烟屏的手被针扎伤了，只为绣那几瓣红梅，此时我似乎还看见那斑斑嫣红的血迹。那晚的血就给了我不安的感觉，弹琴不能断弦，刺绣不能见红，我的一句芳华分付，难道预示了今日？

红笺指着绣图的左侧，惊道："小姐，您看，您的诗。"

我看着那诗，想起那夜的喟叹，一字字，如同扎在心里：一点清素，一怀风骨，一段尘路，多少人攀折，却为谁辛苦，又被谁辜负。

这句诗暗示的究竟是我，还是烟屏。也许她有一点清素，没有几多风骨，可是也有一段尘路，被多少人攀折，为多少人辛苦，到头来，又有多少人将她辜负？我就是那个攀折了她，又让她为我辛苦，又辜负她的人。心念及此，疼痛不已。

红笺取过我手中的绣图，叹道："小姐，我将这图收藏起来，也是烟屏对小姐的情义。我与小姐这么多年，竟不如烟屏这般……"她话语又哽咽，泪眼模糊。

我叹道："红笺，我已辜负了烟屏，我断然不能再辜负了你。如果可以，我会不顾一切让你幸福。"

红笺感激道："我的幸福，就是一辈子追随小姐，不离不弃。"

我长长一叹："我的一辈子，只怕也不会那么长。"

红笺心伤地唤道："小姐……"

我朝她微笑："红笺，你知吗？今日当那剑客用剑刺向我时，我就这么想，我沈眉弯纵是死，也要自我了断，谁也别想杀死我。所以，我以后会安排自己的死法，我不会让自己病死，也不会让自己被人害死，更不会让自己老死。我会自我了断，死在自己的手上，才是我要的。"

红笺叹道："无论小姐是怎样死，反正红笺都陪着，绝不独活于世。"

"你何苦如此！"

夜幕垂落的时候，我临着窗台，一直看着月亮，握着手上那染了血的玉佩。这玉佩是楚玉的，我见过，温润的白玉上刻着两行诗：玉魄生来浑似古，仙乡未入恐成魔。

今日是楚玉救了我，他穿着黑衣在众多的人中，他持剑，俨然与那些刺客没有区别。难道他又做了剑客，为了某场交易而杀人？此次不是江湖纠纷，被刺的是当今皇上，他究竟是为了什么，究竟是什么让他重拾利剑，再次杀人？难道他已入魔，抑或是……

我不信，我断然不信。难道他掐算到我有不测，前来营救我？还是？他留下玉佩是为什么，难道仅仅只是告诉我，救我的人是他，还是其他呢？一连串的疑问令我头痛不已。

看着那轮明月，我又想起了烟屏，她那么决然地为我挡下一剑，只为了还我恩情，如此忠心，我又如何还恩于她？楚玉说救活一人便要死去一人，世间的债，总是这样轮回，到头来，谁欠谁的更多。

"烟屏。"我轻轻唤道，"就让我为你焚一炷清香，赠一首小诗于你，你好生地去吧。"

> 月魄盈窗夜露微，
> 焚香遥祭泪沾衣。
> 可怜柔骨赴忠义，
> 一缕芳魂何处归。

与君共话月央宫

　　一夜无眠，这是我从明月山庄回到紫金城的第一个夜晚，而烟屏成了紫金城里我身旁的第一个悲剧人物。当然，还有兰昭容，只是她的死与烟屏的死，于我来说，是两种截然不同的感受。

　　死者已矣，我不想过多地哀悼，人固有一死，旁人也不必沉浸在无边的伤悲中。我要让烟屏无牵而去，我知道，她希望我忘记她，就像她从来不曾来过，也不曾离去。她的一生换的只是一场灰飞烟灭，不留任何的眷念与纠缠。

　　临坐于镜前，红笺为我梳妆，却再也见不到烟屏为我挑选衣裳了，铜镜后面，仿佛看到她微笑的脸，渐渐地离我远去，我终究没有落泪。

　　红笺为我插上一串清晨的茉莉，那白色的朵儿，散发出淡淡的幽香。我不禁问道："现在是什么时节，竟有这般清雅的白茉莉。"

她细致地给我施淡淡的胭脂，回道："暮夏了，临近初秋，院里的那几盆茉莉开得极好，幽香沁人。"

我看着案几上的紫睡莲，有落过花瓣的痕迹，又滋生了两朵嫩蕾。好顽强的生命，一定要从春过渡到秋，在清新的季节萌芽，在炽热的季节开花，在薄凉的季节死去。

我轻轻启齿："红笺，回头你让小行子选两盆雅致些的茉莉放到我的暖阁里去。"

红笺点头："好，一会儿我亲自去选。"

临在窗前，开始打量这里的风景，分开几月，却没有丝毫疏离的感觉。小院依旧，楼台依旧，还有那望不到尽头的蓝天依旧，只是我身边的人，少了一个。

红笺端来一碗燕窝，柔声道："小姐，喝一点吧，从昨日到现在你还未吃一点东西，身子要紧。"

我接过银碗，一勺一勺地吃起来。我的命是烟屏用命换的，我自然要珍惜，如若她生前我有辜负，死后我断然不能再辜负于她。

淳翌来的时候，我正卧躺在花梨木的椅子上，闭目养神，什么也没有想，只让心平静下来，告诉自己，好好地生活。

他抚摸我的额，我猛然睁眼，见他满脸倦容，我忙起身相迎。

他安抚着我："躺着，躺在这儿，莫要起来，朕就坐你边上。"

他临着我的躺椅坐下，柔声道："今日可有用膳？"

我点头："有，请皇上放心。"

我想起他昨日左手臂受伤，关切道："皇上，您的手臂……"

他摇手："无妨，就臂膀上被利剑划了一道口子，太医已经给上了药，过几日便好了。"

我看着他受伤的左臂，被华服遮住，丝毫看不到伤痕，心中突然有些疼痛，低声道："可以让臣妾看看吗？"

他微笑："真的无妨，再说包扎好了，也看不到什么。"

我固执地说："臣妾就是想看看。"

"好。"他边说边挽起袖子，手臂上被一块白色的布包扎着，还渗着丝丝血迹。

我轻轻地抚摸那伤处的边缘，柔声道："还疼吗？"

他用右手抚摸我的发，轻声道："不疼了，这点小伤，无碍。"

我重新躺回到椅子上，深深吸了一口气，叹道："皇上，为什么人的一生总是会有如许的曲折，也许做一个平凡百姓，会少了很多的牵扯。"

他笑道："做百姓有百姓的痛苦，做天子有天子的悲哀，都不会容易。"

我沉默，看着淳翌，昨日的事件过后，他依旧可以微笑，可以温柔待我，次日便带着伤痛来宽慰我。我想他此刻的时间，该是异常珍贵的。

他轻叹一口气："湄儿，你放心，我会将烟屏厚葬，并赐予她封号，她如此忠心护主——"

"皇上。"我打断淳翌的话，继续说道，"不要将她厚葬，也不要给她什么封号，什么都不要，臣妾会为她安排一切，皇上不必忧心。"

他凝神片刻，点头："好，朕都依你，你觉得如何好，就如何去做，只是不要过于心伤。"

我淡淡一笑："臣妾不再心伤，让她轻松地来去，不留眷顾，不是更好吗？"

"嗯，就让她自在地来去吧，朕也为她祝福，因为她救下我心爱的湄儿。"淳翌拥住我，我觉得累，需要偎依。

我偎依着他，低低说："皇上，臣妾想求皇上一件事。"

"何事，你尽管说来。"

"臣妾想出宫一趟——"

"出宫？"话还没说完，淳翌紧张地看着我。

我点头："是的，臣妾想出宫，臣妾答应了烟屏，要将她的骨灰撒向溪流，让她去寻找故乡。"

淳翌思忖着，半晌说道："现在出宫极不安全，朕放不下心，你且将她的骨灰撒向宫里的溪流也是一样的，无论从哪里出发，都是流向同一个地方。"

"不，臣妾要带她出宫，一定要带她出宫。"我语气决然，似乎不容他拒绝。

淳翌轻叹："好，朕依你，不过答应朕，身边多带几个侍卫保护。"

我笑道："不用了，如果只是臣妾出去，是可以担保不会出事的。"

"哦？"他不解地看着我。

我定定神，问道："皇上是否查出了此次行刺的那些黑衣人的身份？"

他蹙眉："朕还在彻查，只是那些黑衣人各个武艺高强，大多用轻功逃脱了，抓到的，也都自尽身亡，无一活口，且身上又无任何特别的标志，所以还难以断定究竟是何党派所为。"

我轻轻点头："是，臣妾也想不出，是什么人会来这样一次突然的袭击。但是他们来的人数不算多，只是选了一些高手，为的是速战速决，还是给我们一个恐吓呢，或是单纯地制造一场纷乱？"

淳翌表情凝重，深吸一口气，沉沉说道："也许没有这么单纯，他们各个身怀绝技，几乎刀刀致命，而且不只刺杀朕，就连朕的妃子也不放过，肯定不是普通的江湖帮派所为。"

我脑中闪过楚玉的身影，他身在蒙面人之中，挥剑救我，以他的身份，不是江湖剑客，又会是什么呢？一个世外高人会参与刺杀皇上的密谋事件吗？除非他重出江湖，为了某种目的而来。前朝余党？难道楚玉是？此事令我费解，可是又不知能与谁商讨，楚玉这个人，就连舞妃和谢容华都不知道，纵是画扇，我也隐瞒着，总觉得他是个奇人异士，其身份令人琢磨不透，是个解不开的谜团。

"湄卿……"淳翌唤我。

我回过神应道："嗯。"

他看着我："你想到了什么吗？"

我忙掩饰："哦，不，我什么都没想到，只是在回忆那日的情景。"

他轻拍我的背，说道："别去回忆了，好好歇着，想多了累心。"淳翌怕我回忆那场血战，其实我已经木然了，对于那血，我一点都不畏惧。

我点头："没事，皇上，臣妾并不畏惧。"

他转头望着我："当剑刺向你的时候，你想的是什么？"

我微笑："臣妾想的是，沈眉弯纵是死，也要自我了断，你们谁也别想杀死我。"

淳翌叹息。

"皇上为何叹息？"

他嘴角扬起一丝薄浅的笑意，问道："你知道他们举剑刺向朕时，朕想的是什么吗？"

我猜测着，是皇位，是天下，或是他自己，抑或是我？我摇头："臣妾不知。"

他叹息："很遗憾，是你。"

我微笑："为何遗憾呢？只是臣妾不值得皇上这般痴心，皇上的心应该系忧天下万民。"

他冷冷一笑："那个时候，天下万民都不再重要，因为没有朕，他们会有新君，这个世界，谁没了谁都可以活下去，只是活着的意义不同而已。"淳翌有灰心之意，既是看得如此透彻，又为何要独独牵挂我？

我沉默，微微叹息道："人在最脆弱的时候往往想的是心底最深处的那个人。"

"是，朕那一刻就想着要过来保护你，可惜人潮拥挤，朕被侍卫围住。很遗憾，湄儿想的不是朕。"他脸上流露出淡淡的失落，我心中难安。

我宽慰道："皇上，你冤枉臣妾了。"

"朕有冤枉你吗？"

我傲然道："有，当时臣妾就想着跳下马车，到皇上身边去，臣妾想着纵是死，也要死在皇上身边。"话一出口，我心有愧，的确，我当时想着要到他身边去，可是我不曾想过要死在他身边，我的死与任何人无关，包括他——淳翌，与他也无关。

他欣然地看着我："是朕冤枉你了，只是你方才那样说，朕心中难免失落，朕待湄儿的心湄儿早已知晓，只是湄儿待朕的心始终让朕琢磨不透。"

我低眉浅笑："这话皇上似乎问过，臣妾也告诉过皇上答案。臣妾的心里只有皇上，皇上爱臣妾一日，臣妾也会爱皇上一日，绝不辜负。"

他一把搂过我，微笑道："朕说过，宁负天下，也不负你。"

我轻轻叹息，在心里，很轻很轻。

他看一眼窗外，说道："朕该走了，许多事还等着处理，朕今日已经命人全城彻查那些黑衣人的下落，希望他们可以给朕一个好的结果。"

我心中猛然一惊，楚玉，楚玉也是众多人中的一个，那他……想他行迹飘忽，从来都是他见人，无人可以见他，他身怀绝技，又知晓前世今生，乾坤万象，有什么躲得过他的测算呢？这样一想，就放下心来。

我低问道："皇上心里有答案吗？"

他转过头："什么答案？"

"就是那些黑衣人的来历。"

他蹙眉："朕猜测是前朝余党，前段时间为这事闹过一阵，这次越发地凶狠了，他们的队伍庞大起来，力量也超过从前。只是对朕来说，他们成不了什么大事，最多也就是虚闹一场，就像烟花，燃过之后灰飞烟灭。"

"有那么容易灰飞烟灭吗？"我用疑惑的眼光看着他。

他自信一笑："朕说会就会，待朕彻查后，要好好地整顿一次，将他们一网打尽，免得他们再次兴风作浪。"

一网打尽。我不明白，为什么每个朝代总会有那些执着的人，做着光复前朝的梦，他们许多人都是为此穷尽一生，到头来，一无所有，换得郁郁而终的结局。其实谁当皇帝有什么重要的，只要天下百姓安居乐业，就是万民之幸，天下之福了。但人的私欲会埋没这些正气凛然的想法，从而一步步地沦陷，换来的只有历史河流上那流淌不止的鲜血。

我对淳翌淡然一笑："皇上，只要您认为对的，就去做，臣妾支持您。"

淳翌点头："这是朕的天下，朕要让朕的子民都过上安定的生活，若有谋反者，定不轻饶，若有降我者，朕必重用。"

我赞道："以仁义治天下，皇上的仁慈，是我大齐朝的福，也是天下万民的福。"

"好了，朕该去了，你好生休养。过几日，你要出宫，朕命人护送你，朕只怕是没时间陪你了，许多的事都接踵而来。"

我点头："臣妾明白，不劳皇上挂心，您安心处理政事。"

望着他渐渐远去的身影，我觉得我也该好好理顺自己的思绪，也许这次出宫，我会去寻找楚玉，问清他缘由，也许……

回眸又是一段烟

我来到月央宫后殿的大花园漫步，禁不住又想起了去年刚入宫的那个初秋，一样的石栏苔影，画亭古栋，一样的曲径幽回，石桥架波。看池中莲荷接翠，鸳鸯嬉戏，岸上紫薇纷繁，梧桐流香。

坐上那紫藤和杜若编织的秋千架，看那细细绿叶上相衬的小紫花，看蓝天如洗。我闭上眼，在暖暖的风中荡漾，红笺推动着我，一浪接一浪，高过云天。闻着淡淡的花香，我想起旧年时烟屏陪同着我，为我推动秋千架，与我一起悄看云卷云舒，静听花开花落。而今，我只能凭着想象在脑中回忆她的笑脸。

下了秋千，站在石桥上看鸳鸯戏水，我不知道，这一对鸳鸯是愿意在紫金城的池中养尊处优地生活一辈子，还是愿意在山野村舍的池塘自在地嬉戏玩闹。

我一边观赏鸳鸯，一边低沉着声音问："秋榉，烟屏的事都料理好了吗？"

秋榉站在我的左侧，轻声道："回娘娘，都料理好了，只等着您将她带出宫了。"

我点头："嗯，选个日子，我就带她出宫，皇上那边我已说好了，到时只需带她离去。我想我们在宫外的时间不会太多，很想请求皇上准许我再去翠梅庵住些时日，让师太她们为烟屏做场法事。"

红笺接话道："那我们就去吧，还是那里清静，才回这里几日，我就已经觉得闷烦。"

秋榉看着红笺笑道："你这丫头，哪儿是说去就去的，一般宫里的娘娘，都不可在宫外留宿的。除了皇后等几位身份极高的皇妃，平日里吃斋念佛，尚可在庙里小住。许多嫔妃就连回家省亲都不能留宿。"

我望着如洗的碧空，成群的鸟儿徐徐地掠过，它们也许都在寻找自己的故乡。

我微笑："其实在哪里都不得自由，都会有不开心，适应了都一样。但是人的心情的确需要缓解，我也想多在宫外留些时日，只是最近皇上这边事多，我不能不顾虑他，独自享受那份清净。"

秋榉用赞赏的目光看着我："是，娘娘识大体，皇上如此宠幸您，是有缘由的。当初您一进宫，我便有此感觉，这种冷暖交织的感觉，在娘娘身上总能隐约看到。"

"冷暖交织？"我重复这四个字。

她微笑："是，冷暖交织，若即若离，这样的美感，让人觉得可遇不可求，求之视若珍宝，不舍丢弃，因为，害怕远离。"

我不得不再次深深地品读秋榉，在她温婉贞静的外表下，掩藏着这般聪慧的心。我凝视她："秋榉，我这是天性使然，也许是这些年所经历的事，令我如此，也许……"

秋槐点头微笑："娘娘这样子好，可以收放自如，是有大智慧的女子。所以奴婢对娘娘一直都很放心，只是您过善也是弱点。"

我轻笑："一切都是表象，其实内在如何，我自己也不清楚。世事都如此，人也如此，再者世事难料，人心难测。"

大家都陷入一片沉思。

忽然听到一阵轻碎的脚步声，我朝那边望去，见谢容华带着贴身宫女丹如往这边走来，绰约风姿，一如从前。

我迎过去，唤道："妹妹怎么过来了，身上可好？"

她许是知我心中难过，脸上不曾有笑意，只关切地看着我："姐姐，这几日，我身子也不太好，今日才得闲来看你，你可好？"

我淡然一笑："恍如一梦，如果只是梦，我会告诉你，我很好。可惜不是梦，是真的，妹妹，这一切都是真的。"

她执我的手，宽慰道："姐姐，莫要伤怀，往者已矣，一切都归结于昨日，就让昨日远去，今日重新开始。"

我叹道："妹妹，许多的事许多的人都不能再开始了。"

她凝神点头："我知。不能开始，就让一切结束，死者已矣，生者只能珍重。"

"是，死者已矣，生者珍重。"我仿佛看到烟屏对我微笑，浅浅淡淡地笑，从清晰到模糊，从亲近到疏离，直到什么也看不见。

我们漫步在花丛水畔，这么多丽景，也不知需要怎样闲逸的心来游赏。

她抬头看我："姐姐，这次在盛隆街遇刺，发生得太突然，你可知是因何而起？"

我摇头："妹妹，此事我一无所知，当日我险些遇刺，是烟屏……"话未说出，声已哽咽，我以为我可以忘记，其实我不能。

她宽慰道："姐姐莫要想了，这次也死了好几位嫔妃，红颜薄命，未免太可惜了些。皇后惊吓得病了，雪姐姐也病了，云妃受了点小伤，正静养着，还有许多嫔妃都因惊吓而整日忧心忡忡。"

我叹息："浩劫，一场小小的浩劫，只要制止住了，一切都会平静，若没制止住，更大的浩劫还在后面。"

谢容华蹙眉含怨："不明白为什么要如此争夺，伤及无辜。"

我冷冷一笑："无辜？谁无辜？是皇上无辜，还是我们无辜，或是天下百姓更无辜？"

谢容华叹道："姐姐，有些话，我们私底下说也无妨。其实每次的改朝换代，都是用鲜血来祭奠，尸骨来交换的。换来的，又是一片太平盛世。死者沉寂，生者又何欢？"

我嘴角扬起一丝不屑的笑意："朝代更迭，人世偷换，早已看惯了，历史的天空都是红色的，滚滚的江涛都是浑浊的。"

谢容华怀着深意看着我："姐姐，你仿佛经历了许多事一样，对于历史，看得这么透。我倒是想深刻些，可总是沉不进去。"

我笑道："我哪儿有，都是在书卷里读了些。妹妹方才的话还不够深刻吗？其实女儿家也不必懂这么多，尤其是宫里的女人，平实些好。"

谢容华点头："是，所以我说私底下与姐姐说这些无妨的。平日里我算是最平实的了，平实到谁也不曾注意我，这样好，我喜欢这样，无忧。"原来，谢容华是有大智慧的，她将她的智慧掩藏得这般深。但她绝对是一个朴实的女子，没有任何心计，她所懂的，是因为她具有慧根，她的慧根，只让懂得的人欣赏。我想皇上淳翌一直对她宠爱有度，就是因为懂她，而我认她为知己，也是为此。

我赞赏道："妹妹如此襟怀，确实让我钦佩，枉我自诩聪明，原来最薄浅之人是我。"

她笑道："姐姐如此说，要羞杀我了。"

我莞尔一笑，长发随风飘散，我为了荡秋千，特意没有盘发髻，反正在自己的月央宫，也无外人。

谢容华说道："对了，姐姐可曾去探望太后？"

我一惊，回宫几日，我早已把太后得病的事忘却，想来淳翌怜惜我心情不佳，也不曾提起此事，再者太后一直爱静，也不愿接见我们这些人。我回道："不曾，这几日心境不佳，未曾见客，再者太后得病，需要静养，没有传诏，是不敢造次的。"我转而问她，"妹妹可曾去过？"

她回道："也不曾，回来这几日人心惶惶。我连雪姐姐那儿都没去，只知道她病了，等再过两日，我去探望她。"

我点头："妹妹代我给雪姐姐问个好，我就不去了。过两日，我要出宫一次。"

"出宫？姐姐要去哪里？"

我轻轻一叹："我要将烟屏的骨灰送出宫，她的遗愿是随着溪流飘然远去，寻到她自己的故乡。"

谢容华叹道："多好的年华就这般悄然离去，姐姐，你有此忠仆，也算是今生无憾。"

我长叹一声："是，但她不是仆。当日我若知救她，会让她遭此劫数，宁愿那时随她自生自灭，好过如此。"

谢容华轻叹："当日姐姐救烟屏之事，我也曾听说过。姐姐侠义心胆，才能令她为你如此不顾一切，我相信她了无遗憾。"

"是，她有预感。以往，我只当她平实勤恳，不善言语，实则她聪慧异常。她在死之前，为我绣了一幅踏雪寻梅图，并告诉我，有算命先生说过，她不得长寿，恐要早逝。"

谢容华似有所悟："看来世事皆有定数，一点都不会错。"

"是，那日她绣图时见血，我就有不祥的预感，只是没去在意，却不想……"我想起烟屏，心中还是疼痛不已，话到嘴边，不忍再提。

谢容华握紧我的手，似乎要传给我力量："姐姐，淡了吧，淡了才会好。"

我微微一笑："嗯，我早已淡了。待我出宫，就为这段缘做一个了结，从此埋放在心底深处，让她活在那里，我用心滋养她。"

谢容华微笑："说得好，用心滋养她。姐姐出宫要多保重，最近城里乱得很。"

我点头："放心，最近城里一定很安静，四处的官兵守卫都防范严谨，那些人不敢轻易出来犯事。"

谢容华也认可地点头："是的，想来他们不会再轻易犯事，皇上为此事操心得很。"

我淡定自若："皇上会处理得很好的，我们都宽心。"

她羡慕地看着我："姐姐，真羡慕你，又可以出宫，我才回来几日，又觉得被束缚了似的。你若要去翠梅庵，也为我在佛前拜拜，点上一炷心香，再替我求些经书回宫，可好？"

我应道："一定，妹妹放心。不如妹妹与我一同出宫，时间仓促，我也不会逗留太久。"

她摇头："不了，还得再去请示皇上，我也不想他烦心。再者姐姐是有事而去，我何苦这时添这个乱，让那些人心中记着。"谢容华真是细心之人，想得这般周全。

我轻轻点头："还是妹妹想得周全，我若去翠梅庵，一定为你做到。"

谢容华牵我的手："有劳姐姐，出来也久了吧，我们且先进去，我也该回去了。你走时我就不再送你，也祝愿烟屏一路走好，此后永无再见之日了。"

我淡笑："会再见的，那个地方，将来大家都要去。"

她笑道："是，都要去。"

两个身影，慢慢地掩映在飞花疏影间，只留下微微的清风，在林间徜徉，一切的景物都不曾更改，更改的是人事。

香骨已随梅花溪

玄乾二年八月十五日，历书上写：吉日，宜嫁娶丧葬，宜乔迁动土。

金陵城外，翠梅庵。我走的时候，告诉淳翌，当日便回，只带上秋榤和红笺，还有小行子与小源子。我执意不肯让侍卫随同，觉得宫外任何时候都不会有这般太平，一场浩劫后的太平，是悄然死寂。

一路风尘，匆匆地赶赴，没有约定，妙尘师太见着我的时候，有些意外。

我一身清素，简约如初，我不想将宫里的任何浮华带来这里。而且，我要为烟屏着素，吃斋。

跪于佛前。佛说："你又来了。"

我抬头浅笑："都说人生何处不相逢，而我每次与你相逢，都是在此。"

佛舒展而笑："你错了，佛无处不在。"

我不以为然："今日我来此，不是来与你参禅，也不是来找你清心，更不是有求于你。"

佛问道："那你因何而来？"

我淡笑："我来此，只为送一位朋友，还有我许诺了另一位朋友，她让我在佛前跪拜，并点上一炷心香。只是如此，再无其他。"

佛慈眉善目："你真是个倔傲的孩子，但我还是想你留下，尽管我知道没有任何地方可以留住你。"

我点头："是，世海浮沉，秋尘如梦，沧海桑田。莲花圣境我虽爱，却不是我要的归处；后宫繁华我虽不慕，可也不会执意挣脱；滚滚尘寰我虽怨，可我也会一路坚持到底。"

佛赞道："好，心明如镜，却依旧可以做到收放自如。"

我笑："心明如镜，收放自如。佛，你总是如此取笑我。"

佛垂首："你做你要做的事吧，我不介意你常来，你不知道，其实佛才是最寂寞的。"

我傲然："我知道，佛的寂寞，从来都是独尝。"

佛凝神看我，终究没再说什么。

我叩首，起灭由心。

妙尘师太的禅房。坐于蒲团上，桌上还是那盘未下完的棋，两个空空的杯盏，却依旧能闻到淡淡的茶香。我又忆起了岳承隍与师太棋中品人生，一品就是十年。若说执着，又有几人可以如此淡定？若说淡定，又为何要如此执着？

师太看着我，沉沉说道："你是否要为烟屏在庵里立个牌位？"

我轻轻摇头："不用，只劳烦师太为她诵经超度便好，此后，她的灵魂再无牵挂。她活着，记得她的人不多，她死后，也不要人来祭奠她。"

师太双手合十："阿弥陀佛，贫尼知道了，佛祖会垂怜她的。"

我淡然一笑："师太，我一会儿就要离开了，你能赠予我几本经书吗？我为朋友而求。"

师太微笑："佛法无边，经书都是赠予天下有缘人，广结善缘，无所求，也无所舍。我去取些，你好生拿去。"

我施礼："谢过师太，相信愿意与佛结缘的世人许多。"

师太为我取来几本书，我略一翻看：《莲花经》《妙尘集》《云水禅心》《三世因果》《弥陀经像义》，各三份。

我捧着经书微笑："师太，只是看书名，就让人心静了。我喜欢这些线装书，这本《妙尘集》可是你所著？"

师太点头笑道："是贫尼的一些禅诗，浅薄之作，只为遣怀，成就一点禅意。"

我看着"妙尘"二字，禅韵悠然，淡定轻远，展眉微笑："我回宫后一定细读，沾染师太空灵的韵味与悠远的禅意。"

师太垂首，随即从袖中取出一个红色的小锦盒，锦盒里装着一枚白色的莲花。她递给我："这枚白玉莲花是我师父传与我的，我将它赠予你，可佩戴，也可搁置在盒子里。"

我郑重地接过，感激道："谢过师太，您将如此珍贵之物赠送于我，我定好生收藏。"

师太点头："此物送予有缘人，你若遇到与你投缘之人，也可转赠。"

"好。"我爽朗答道。

她轻拂我肩上的衣饰，柔声道："去吧，就到后院的梅花溪，那里的溪水最为澄澈，将烟屏的骨灰撒向梅花溪，一定可以让她得偿所愿。"

我凝神："好，我这就去。"

辞别师太，我带上秋樨和红笺，穿过庙宇长廊，黛瓦碧窗，来到后院。忆起当日与画扇在此赏梅吟诗，恍然一梦，几月不见她，不知她是否依旧如故。若她得知烟屏的死，不知道是会叹惋我当日不该救她，还是会淡然视之。我更倾向后者，画扇心思缜密，淡定平和，若说慧根，我不及她。

今日不得空，不然定要唤上她，在此重逢，虽没有梅花满径，却有碧荷如初，早桂盈香。一年四季，我偏爱秋，我喜欢轻闻风中那淡淡的薄凉，吸入肺腑，怡然自得。

走至青石小径，已听到流水潺潺，轻灵婉转。穿过花丛，上木桥，见桥下溪水清澈，卵石铺就，都说水滴石穿，其实穿石的是时光，经过千万年的洪荒，那些石块被琢磨成美石，泛着圆润的光泽，浸染岁月的沉香。

接过红笺捧的一小盒骨灰，轻轻地撒向溪流，轻语道："烟屏，这是梅花溪，你的一切将从这里开始，随水漂流，顺风而去吧。"

看着那细碎的骨灰在风中飘扬，又慢慢地沉落到清澈的水中，找不到痕迹，缓缓地远去。我如释重负，觉得总算不负烟屏所托，再也没有比这梅花溪更洁净的地方了，她的离去，是为她今生做一个了断，从今以后，烟屏只是一缕轻烟，偶尔在我的生命里萦绕，淡淡的，不会疼痛。

红笺执我的手："小姐，别想了，我们去走走吧，天色还好，难得出宫一次。"

风拂过我的发丝，我点头："好，去走走，我们先去与师太辞行。"

沿着来时的路归去，没有回首，也没有欣赏这一路的景致，更无一丝留恋与怀想。一切为空，空是因为满，心中已满，再也装不下什么。

妙尘师太在大殿等我，我踏过木质门槛，又看见佛，还有屋梁上挂着的那盏香油灯与蒙尘的铜镜。

素净的檀香在经堂萦绕，为我洗心涤尘。

看着师太带着十来位小尼正在殿堂诵经，击鼓，敲着木鱼，闭目虔诚地吟诵。这些女子就像正唱着曼妙空灵的梵曲，婉转动听，却又明净如洗。

我知道这是为烟屏超度，为她的灵魂可以远离颠倒梦想，远离孽海沉沦。我希望烟屏只做一缕轻烟，无形无色，无识无味，想飘到哪儿就飘到哪儿，在无尘境界里免去一切轮回。

我静静地低眉倾听，待一切都结束的时候，我看到千盏莲灯在佛前莹亮。

师太对我微笑："斋堂已备好素斋，还请施主前去用膳。"

我施礼："谢过师太。"是的，我要在这里食素，这一餐，是为烟屏。

飘然转身，没有看佛，我与佛，已经无须告别，他会目送我离去，并且看着我的人生从此起起落落。

梅缘堂。翠梅庵用膳的地方都取这般别致的名称。

红木的桌椅，一桌丰盛的素斋，我最爱的是那盘如意笋，用素菇和笋丝清炒，清淡爽口，简洁明净。

我抬头问师太："你久居庵中，可知世间之事？"

师太轻浅一笑："施主说笑了，贫尼虽居住庵中，可是天下事又怎能不知。只是知归知，空归空。"

我点头："是，其实这不是一种避世，而是自我的超脱。"

师太垂首："超脱自我，才能超脱众生，若是自我都不能超脱，又如何去超脱他人。"

我微笑："师太说得对，只是每个人的人生不一样，命运总是将人牵着走。就像那许多场浩劫，谁能拯救呢？"

师太轻叹："万事皆由人起，要拯救也是人来拯救。佛无力，佛只能去感化世人，而最后的生杀大权，还是在于人的意念间。"

我应道："是的，江河无逆转。朝代的更迭，谁也制止不了，没有千秋万代的江山，也没有长生不老的世人。人生无非就是八个字：生老病死，喜怒哀乐。"

师太微笑："眉弯，你真是一个聪慧的女子，我几次都忍不住将你留下，可是又不想你年纪轻轻就从此常伴古佛青灯。"

我浅眉淡笑："师太说笑了，眉弯是痴儿，痴儿只适合留于红尘，让红尘去消磨，直到磨尽最后的锋芒，才可以来此平静。"

师太轻轻点头："是，这个过程我经历过，只是很短暂，也许我比你更幸运。"

我起身："没有幸与不幸，一切随命。"朝师太双手合十，"师太，我该归去了。"

师太还礼："好，贫尼不留施主，你安心地去，她已经超脱了。"

我点头："我知道，我早就知道。"

师太轻轻挥手："去吧，贫尼就不远送了。"

走出翠梅庵，回到红尘中，恍如隔世。每次都有这般感触，毕竟佛界与红尘真的隔了一道看似很近，实则遥远的距离。只一道门槛，便隔离了七情六欲，贪嗔痴怨。

红笺问道："小姐，现在该去哪儿？我看回宫的话尚早了些。"

我随即说道："去曾经去过的山径走走。"话一出口，才明白心中藏有何意，我想沿着从前的山径，去寻找那座柴门，看看那座疏篱院落是否还住着那个温润如玉的世外高人，我要知道他是否真的再次入世，并且成为一名剑客。

小行子和小源子将马车停于庵外，在那儿等候。

我携着秋槿和红笺，踏着细碎和暖的阳光，朝隐约的山径走去，此路茫茫，不知前方等待我的会是什么。无论是何种结果，我都可以接受。

岸在前方不回头

行走在山间小径，远离皇宫，远离闹市，远离禅院，也远离江湖，这里有着自然山水的天然韵味，淳朴又清新，没有世俗的粉尘，却泛着泥土的清香。

阳光透过两旁的树影交叠地洒落在地上，越往前处去，仿佛心中的弦越发地紧。

我边走边对秋樨说：“秋樨，这不远处就是我的故乡，我就是出生在这片宁静的土地，是山野乡间普通农家的女儿。”

秋樨环顾四野，轻轻点头：“嗯，很宁静的地方，若是一生平淡地在这里，也是不错的。过着简单的男耕女织的生活，安居乐业。”

我薄冷一笑：“的确如此，只是命运会将人愚弄。”

　　秋榠微笑："这只能表明娘娘本就是不平凡的人，是一颗璀璨的明珠，在哪儿都会闪亮，你的明亮，属于君王。"

　　我转眸看她："明珠？"而后低眉独自浅笑："皓蓝明珠。"此时，我想起的是淳翌送予我的那颗皓蓝，那些温润的日子，仿佛越来越久远，而今，陷入无尽的浮华中，来去不定。

　　我又想起了爹娘，他们一生平淡，视我若掌上明珠，却偏偏在我十二岁时双双而亡，居然还是饮鸩自杀，任是如何我都不会信的。只是时过境迁，我又还能寻找到什么？不过是一抔黄土，几尺蓬蒿，还有几分叹怨。

　　走过几处转弯的山径，红笺遥指前方，笑道："小姐您看，那小屋子居然还在呢。"我朝着她指的方向望去，是曾经疏落的小柴门，那老旧的酒旗还高高地挂在门前，于风中轻扬飘荡。我想起了春天的那个烟雨之日，与红笺到此处避雨，一座空落的屋子，里面只有破旧的桌椅和厚厚的灰尘。

　　秋榠也朝那方向张望，说道："那儿看上去是一处乡间的酒家。"

　　红笺笑语："是酒家没错，可惜是一个空荡无人的酒家。那里面我们进去过，荒凉得很，都是旧物和灰尘。"

　　我再往前看，曾经那处让我避雨的柴门也还在，只是不知道里面是否还有清淡的茶香和那个谜一样的男子。心中有些急，可是脚步却越发地缓了。

　　红笺轻唤道："小姐……"

　　我回神抬眸看她："嗯。"我知道红笺想要说什么，想来此时她心中也紧张，那日的玉佩她是见过的，只有她知道我与楚玉的事，秋榠不知。相处这么久，我已把秋榠当作亲人，所以这事对她来说不应该是秘密。

　　我淡淡一笑："走吧，我们就去前方的小屋。"

　　秋榠疑惑道："不是说是荒废的吗？"

　　红笺微笑，指着前方："你看，不是那酒家，是再前面的一处，偏些的，临山脚的那一间小屋子。"

　　秋榠表情有些迷茫，不再吱声，随着我们同去。

越是临近，脚步越沉，我望着简陋的柴门，没有炊烟袅袅，仿佛没有丝毫的烟火气息，只是清寥地坐落在那儿，我感觉不到他的呼吸，丝毫都感觉不到，难道他真的不在？

一股早桂的清香幽幽飘来，是篱笆院落种的桂树，缀着疏淡的黄色小蕊，香气盈人。

我对着秋樨和红笺做了止步手势，独自推开篱院的竹门，看着院中杂草丛生，没有从前的兰圃菊落，也闻不到屋内传来的柴火气息。我知道，他不在这儿，因为这里已然荒废了一段时日，一眼就看得出。

但我还是朝里面走去，轻轻推开虚掩的门扉，那把门环都泛着锈蚀的痕迹。一股淡淡的霉陈味传来，这味道呛得我心痛，因为闻到这味道，就知道，他真的是不在这儿。

整洁的桌椅，一切摆设如初，只是上面已经积压着厚厚的灰尘。我看着曾经与他取火煮茶的地方，已经空无一物，走过去，那扇窗，半开半掩，没有探窗的粉桃，也没有绵绵的春雨，只有几许淡淡的秋阳。

好静，这种安静让人心中恐慌，曾经发生在这里的欢声笑语不复存在。我在这里聆听过他的故事，关于他离奇的身世与谜一样的经历，在这里初识这块老玉。

我从袖口取出那枚玉佩，斜暖的阳光照射过来，泛着夺目的光芒，像剑的寒光，那一日，那夺命的剑。难道他真的去做了剑客，如果他真的去了，江湖从此会掀起更大的腥风血雨。

我沉沉叹息："唉……"

临着窗台，看远处起伏的青山，漂染着一些红叶，原来已入初秋，那些叶子会慢慢地随着季节染红青山。一种薄薄的苍凉袭过心头，当日我问他，能否省略我所有的过程，然后告诉我人生的结果。他说，除非将我冰封，可冰封的只是我的容颜，待我醒来，山河或许更改，人世却依旧如昨。如今物是人非，又算什么呢？

想要离去，可是却又不舍，总在期待着什么，期待一份渺小的奇迹发生。然而，当奇迹来临的时候，我却以为是在梦里。

他从后面环住我的腰身，我在瞬间惊颤，心中无比悸动。转过身，退后几步，躲开他的怀抱。楚玉的突兀之举确实让我吃惊，急道："你……你……"

他一袭白衣，还是那般清澈明净，不染俗尘，与那个黑衣蒙面的剑客判若两人。他微笑地看着我，柔声问道："吓着你了吗？"

我心中仍有悸动，语气却平和："没有。"

他依旧微笑看我："我知道你会来的。"

我冷冷一笑："你自然知道，难道我还能忘了你会占卜算卦，知晓过去未来吗？只是这么小小的事，怎能逃过你的预计？"

他负手一笑："就算我不会占卜，也知道你会来此，当日我留玉，也是为这。"

我蹙眉："你留玉，只不过想告诉我，那个人是你，可是你为什么要告诉我是你呢？默默地做过也就罢了，你可知道，我并不想知道那个人是你？"

他依旧温和地看着我，微笑道："真生气了？其实并没有什么，只是想把玉留在你身边，让你感知到我在陪着你，知晓你的一切，这样你也就不会那么害怕了。"

我不以为然："可是我的感觉不是如此，你的玉能轻易就这样交付给我吗？"

他目光温柔，似一潭明净的碧水，低低道："为何不能？"

看着这目光，我面若红霞，一时间竟不知说些什么。

停了一会儿，我深吸一口气，问道："告诉我吧，你知道，我今日来此是向你要一个理由的。"

他临着窗，往远处眺望："问吧，想知道什么我都告诉你。"

而我心里空荡荡的，却不知道从何问起，半晌，才问道："你真的离开了这里吗？"

他答道："是。"

"何时的事？"

"你走后不久。"

"为何？"

他抬头一笑："需要理由吗？像我这样的人做事从来不问缘由，因为所有的缘由在我这里都不是缘由，我只是凭着感觉去做事，至于对错，我不想知道，至于结局，我也能预测。我告诉过你，我唯独不能预测的就是自己的结局。"

我薄冷一笑："你终究还是没入仙乡。"说完，我轻轻推开那扇虚掩的窗，屋内瞬间通透了许多，半片阳光洒落下来，夹杂着细碎的粉尘。我指着窗外："你看，这里多么安宁，青山为伴，绿水相依，你为何还要丢弃这里？"

他漠然一笑："既然你觉得这里好，当日为何不留下？"我脑中闪过他当日留我情景，而我毅然地选择离开，而且告诉自己，无论将来是怎样的结局，我都坦然面对。

我有些恍然，低低回道："我抵不过命运。"

他苦涩："难道我就能抵得过吗？"好无奈的话语，令我心中伤怀。

我微微点头："是，既然抵不过，我又何必勉强你，你有你的人生，何况你的人生比我的更加艰辛。"

他清冷地笑，有种看尽浮华的寒凉，轻叹："我本身就是邪恶的，你忘了吗？我做过剑客，在我手下死了的人成百上千，我捉的妖比我还善良，我救活一个人就要死去一个人……"我仿佛看到他的心底正经历着许多痛苦的挣扎，那些层叠的记忆一直纠缠着他，这个看上去明净如玉的男子，却被这么多伤痛的回忆禁锢，不得而脱。

我叹息："忘了吧，忘了你会解脱，忘了就一定可以解脱的。"

他苦笑："我的生命里没有忘记，你忘了吗？我知晓一切，从来都是知晓，没有忘却。"好无奈的话，原来知晓一切比不知晓的人要痛苦这么多。的确，知晓一切却无力去改变一切，这样莫如懵懂不知，活在迷离的世界里。

我方才的气恼，方才的郁闷，全部散尽，看着他，心中竟滋生隐隐的疼痛，低低地说道："可你也不要重新去做剑客杀人，你种不了菜，避不了世，过不了隐世的生活，你可以去摆摊算命，去捉妖，实在不行就去行医，再不然，回庙里也好啊。"

他扬嘴一笑："如果你说的都可以去做，也不会有今日的彷徨了。"

"你彷徨？"我看着他，眼神带着锋利。

他声音凄楚："是，我彷徨。茫茫天地，没有属于我的归处，偌大的世间，容不得我。"

"那你，为什么，要刺杀皇上？"我终于还是挤出我要问的话。

他转眸看着我，随后轻轻摇头："我没刺杀他，他的死与生，对我来说，一点也不重要。再说，我知道他的结局，他的结局不是由我来安排的。"

我不解："那你为何？他的结局？他的结局会如何？"我似乎有些紧张，极力想知道淳翌的结局，又害怕知道。

他看着我，眼神坚定："你真的想知道？"

我点头。

"无悔？"

"无悔。"我不知道我为何会爽快地接过这句话，话已说出，收回已是无用。

"盲，短寿。"他一字一句说出口。

我表情平静，点头："我知了。"

他看着我："你似乎很平静。"

"是，不知从几何起，我早已坦然。"话说出口，我心里却有着疼痛，也许我真的不那么刻骨地爱淳翌，为何听到他如此结局，还可以如此无动于衷。我心痛吗？有痛的，只是痛得好淡好淡。

他平和地看着我："还有什么要知道的？"

我问道："你那日为何会出现在盛隆街？"

"因为你。"他目光灼然，仿佛要渗进我的内心。

我淡笑："就为我？"

"是。"

我冷笑："为了我去杀人，还是为我去救人？"

他微笑："只为你，救你。"

"那我感谢你。"我依旧冷漠。

"不用，这是我自己想做的，我若不想做，任谁也勉强不得。"他眉宇间隐藏着一股傲气，与世抗衡的傲气。

"可你救活我，就要死去一个。"我执拗地看着他，甚至有些负气地说。

他微笑："这次不同，这次是先死去一个，我才救回你。"我想起烟屏，当日先是烟屏为我挡那一剑，后是那黑衣人再向我行刺时，楚玉持剑救了我。

我沉沉地叹息："不论是何种，都不是我想看到的。"

他点头："我明白，当日烟屏也是我所救，这次虽说因你而死，实则是因我。因为我救了你，就必定要牺牲她。"

我看着他："那日是你将字条传至迷月渡我的房内，让我次日去衙门接烟屏的？"其实这件事，我早已猜到，我猜到是楚玉让我前去，只是我始终不知道他是用何种方式做到的而已，不知道他是如何让官府放了烟屏。

"是我，其实你也知道是我。"他很坦然，坦然地揭穿我的内心。

我微笑："是，我知道，只是我不知道你是如何做到的。"

他淡然："死者已矣，既已是昨日之事，就别再提起，日后你或者会明白。"

"好，我的确不想提起，关于殷羡羡当日的死，关于烟屏如何得救，我都不想知道了，那些事仿佛发生在前生，迷月渡是前生，月央宫是今世。"

我有种过尽千帆的倦意。

"你能如此想，很好，也很不好。"

"没有好与不好，只有是与不是。"

他看着我："你还有什么想问的吗？"

我轻轻摇头："没有了，问与不问都一样。"

他笑："你错了，问与不问不同，你问了，会有你想知道的答案，你不问，答案将隐藏起来。"

我傲然："我相信答案会隐藏，但我更相信，会有水落石出的一天，一切的隐藏都只是为了以后更彻底的结果。"

"你悟了。"

"我没悟，这只是事实。"

"对，事实就是如此，隐藏得越久，那个结果会越彻底地呈现出来。"

我沉默。

他似乎不甘放弃："你真的不想知道那些黑衣人是谁，他们为什么去拦截、刺杀你们吗？"

"不想。"我漠然地看着他。

"那你也不想知道我现在究竟在做些什么，去了哪里？"他的表情有着淡淡的失落。

"不想。"我依旧倨傲，随后语气柔缓了些，"你究竟想要我知道你的什么？纵然我知道又能改变什么吗？楚玉，我信你，你早已脱胎换骨，不会再做以前做过的事，像你这样的人，不屑重复过往的事，你想知道的只是自己的未来，所以你会朝前走，丝毫不愿意回头。因为你唯一预测不到的是自己的未来，为了这份唯一，你会走下去。"

他叹息："唯有你懂我，你是这么聪慧的女子。"

我微笑："忘了告诉你，聪慧的女子都不会有好的结局。"随即又说道，"对了，有人说，后宫里不能出现不寻常的女子。她的出现，要么，强国，要么，祸国。"

他笑道："那个王爷告诉你，你会祸国。"

我惊看他："你如何知道？"问后不禁轻笑，这些事又怎能瞒过知晓一切的楚玉呢，他虽然不能看到，不能听到，却能感应到。我低低问道："我真的会吗？"

他平和地看着我："会不会都不重要，纵然没有你，国终究有一天也要败落，哪儿有千秋不改的江山，哪儿有万古长存的朝代。"

我清冷笑道："也是，纵然没有沈眉弯，也抵不过那个结局。我是强国还是祸国有什么重要，我不需要名流千古，也不在乎遗臭万年。"

他赞道："好，也独有你沈眉弯可以说出这样的话，可以如此纯粹，如此决绝。"

我长叹："佛说我心明如镜，收放自如。其实只说对一半，我的确心明如镜，却不能收放自如。"

楚玉仰身长笑："佛都不能收放自如，何况你呢，所以你莫要叹怨，我也不能，我若能，也不必在世海沉浮，冷落秋尘了。"

我朝他微笑："的确如此，佛都不能，你都不能，更何况我。"

"所以说，就继续心明如镜地走下去，到了该终止的时候，自然会终止。"

"好，就这样沿着生命的轨迹走下去，无论前面是什么，都不回头。"

他点头："是，因为回头不是岸，过去才有岸。"

夕阳沉落，我和他静静地立于窗前，看着那轮似血的夕阳慢慢地沉落在山间，染了整片天空，这样夺目的景致总是隐透着苍凉。我爱黄昏，爱的是这份悲壮的美，爱的是这份苍凉的底色，仿佛人生没有这份底色就不算完美，历史没有这份底色就不再厚重。

最后一抹红色隐退，暮色悠悠地来临，晚风渐起，透过窗牖拂过我的发梢，带着千丝万缕的薄凉。

是我打破这维持许久的沉默，淡淡说道："我该走了，天色已晚。"

"是，你该走了，今晚，我会留下，为你留下。"他静静地看着我，带着温软与柔情。

"好，为我留下。无论明天你会去哪里，今晚就为我留下。"话语由心，说出来是这么坚定，这么真挚。

我将玉佩递给他："拿着，丢了玉，你就丢了灵魂，玉可以镇邪，我相信它会让你身上遗留的几许邪念慢慢地退去。"

他没有拒绝，因为我不容许他拒绝。他接过玉，轻轻地抚摸。看着我，柔声道："眉弯，我抱抱你，可以吗？"

"好。"

他轻轻地将我拥在怀里，我偎依着他，他的衣襟间散发着盛年男子温暖的气息，还有一丝淡淡的沉香，不，是佛陀的味道。我有种预感，楚玉不会成魔，他不会。

离开他，离开他，此刻我要做的就是离开他。我不需要任何人将我依附，也不需要任何人来依附我。

松开他的怀抱，我淡然一笑："楚玉，你珍重。"话毕，转身离去，没有眷念，不留牵怀，岸在前方，绝不回头。

踏出屋外，暮色渐浓，那淡淡的清桂在晚风中更加幽香入骨，让人沉醉。我深深地呼吸，仿佛想带走这里的气息，尽管我知道，我什么也不能带走。

看了一眼红笺和秋榫："让你们久候了，抱歉。"

不等她们回话，我朝篱院外径自走去，她们默默地随在我身后。我知道，她们懂我，这时候，要做的，就是陪我走完这蜿蜒的山径，在翠梅庵前，坐上等候的马车，然后马不停蹄地朝紫金城的方向行去。

岸在前方，绝不回头。

今宵月色好朦胧

今宵月色好朦胧，人生有如一场风。坐在马车里，有清凉的风拂过轿帘，我掀开帘子，看寥落的星辰。离紫金城越来越近，兜兜转转，我始终还是离不开这里。

红笺执我的手："小姐，今日回宫晚了点，也不知道会不会有事？"

我转头看她，淡笑："放心吧，不会有事，我会跟皇上解释的。"

秋榫看着窗外的夜景，叹道："其实，奴婢也很留恋宫外的生活，有幸陪娘娘出宫几次，也知足了。"我想着秋榫定是自小就被送入宫中，为人当奴婢，受了许多的苦。她的性子比常人要坚毅，也比常人更聪慧。

我看着她："相信我，只要有机会，我还会带你们出来。"

远处那金碧辉煌的宫殿，挂满了红红的灯笼，在夜色里更加璀璨夺目。

人的心其实是随景而转换的，回归山野乡间，在柴门犬吠的月夜里寻求宁静。当回到这灿烂煌煌的宫殿，想要再找寻那份淡定的宁静又是何其难，再沉静的心也会被这情境带动得浮华。比如我，在金陵城外只觉得自己是平凡的沈眉弯，回到紫金城才知道自己原来是月央宫的婕妤娘娘。

宫门口安排了许多的御林军和护卫，这次遇刺事件发生后，宫里的防守更加严密。我持着淳翌给的令牌，一路无阻，坦然进宫。

寂夜的御街格外清冷，一排排大红的灯笼有种被粉饰的太平，却无法将这份清冷消散，反而增添了几许萧索。

径自往月央宫走去，才进院门，见梅心她们急着迎上来："娘娘，您可算是回来了。"

我不应，朝梅韵堂走去，淳翌坐在堂前的蟠龙宝座上，看着我走来，脸上没有一丝笑意。

我心中平静，也无一丝惧怕，只走上去行礼："臣妾参见皇上，请皇上责罚。"

他淡淡回道："免了。"我知他心中不快。

我轻轻坐在他的身侧，不等他询问，自己回话："皇上，臣妾去了翠梅庵，将烟屏的事办理好之后，因想起儿时的故宅，见时辰还早，便沿着山径去了山野乡间走走。谁知一晃已天黑，这才耽搁了回宫的时辰。"

淳翌看着我，片刻，才叹息道："朕并无怪你之意，只是如今城中不太平，朕就不该答应你不让护卫跟随，这么晚不回，朕心里着急。"

我带着歉意："是臣妾不好，让皇上在百忙之中为臣妾分心。"

淳翌仍蹙着眉："湄儿是不好，怪朕把你宠坏了，朕忙完事，就立即到月央宫等你，一等就是几个时辰，心急如焚。朕极力地忍耐，不派侍卫沿路去寻你。"

我微笑："哦，皇上不忧心臣妾的安危吗？"

淳翌傲然："不忧心，湄儿走时信誓旦旦，说会平安归来，朕一直信你，为何还要忧心呢？"

我起身挽着他的手，带着娇态："好了，皇上莫恼，臣妾这不回来了，您到暖阁去歇息，臣妾为您煮茗清心。"

二人朝暖阁走去，方才的不快瞬间消散。

坐下来，红笺已为我们煮好香茗，我面带倦意。

淳翌关切道："今日爱妃是不是又心伤了？"

我淡笑："没有，臣妾很平静，在庵里，想要心伤都不能。"

"都安排妥当了吗？"

我点头："是的，臣妾将烟屏的骨灰撒在庵里的梅花溪让她漂流远去，从此我与她就是天涯陌路，她有她的方向，我有我的港湾。"

淳翌执我的手："我就知道湄儿不会拘泥于这些，大爱无言，你都放在心里了。"

我莞尔一笑："大爱没有，只是越来越平淡了。"

"和朕在一起也无激情吗？"他语中含落寞。

我微笑看他："当然有，吾有心，吾有情，臣妾对皇上的情意不会更改。"

淳翌饮下一盏茶，叹息："朕近日政事繁重，冷落了湄儿，湄儿可有怪朕？"

我忙说道："皇上为国事忧心，湄儿怎会在此时怪皇上，湄儿只怨自己不能为皇上分忧。"

淳翌长叹。

我轻问："皇上，是否查到了在盛隆街行刺的人的来历？"

淳翌皱眉——那深浅的痕迹如同他起伏的心情——低低说道："有点眉目，基本可以断定是前朝余党，但又不是那么简单，这次他们勾结了江湖的众多帮派，其实朝廷一直忌惮江湖的势力，江湖看似散乱，实则有许多风云人物，许多的叛乱也因他们而起。"

"江湖。"我重复这两个字，仿佛看到楚玉说的那场腥风血雨的厮杀，自古江湖多风雨，他曾经走进过江湖，做了江湖中的饮血剑客，只是他口中的江湖与淳翌所说的江湖是否是同一个？朝廷与江湖原本没有过多的纠缠，只是江湖庞大，淳翌说得对，风云的人物都是从江湖脱颖而出，到后来起势，动摇江山。

"湄儿，你在想什么？"淳翌轻声唤我。

我回神看他："皇上，您是否相信世间有那种奇人，可以预测乾坤日月，知晓过去未来，世间的一切都知晓，哪怕是江山的起落，朝代的更迭，都了如指掌？"话一说出，我有些后悔，我这是在想什么。

淳翌不解地看着我："为何突然发出这样的奇想？"

我淡然一笑："这不是奇想。"

"难道有真人真事？"他问我。

"也许有，臣妾只是问皇上是否相信。"

淳翌大笑："如果有，天下还能容下这样的人吗？这么强盛的人存在，天下必定大乱。"

"若此人隐逸山林，不问世事呢？"

淳翌冷笑："纵是佛陀也难做到，这么不平凡的人，会做那么平凡的事吗？隐逸山林的人，都是遁世之人，是落拓之人，是怀才不遇之人，对朝廷、天下、人生不满之人。"

我漠然："看来这样的人，是真的不能存活于世了。"

淳翌神情镇定："是，纵然无人将他杀死，他也会被自己的奇异之处累死。"

许久，我才问道："如若是皇上遇见，能容得下他吗？"

淳翌扬唇一笑："朕若得不到，必杀之。"

我点头，喃喃道："对，这样的奇人异士，得不到，必杀之。"

淳翌用一种犀利的眼神看着我："湄儿，你为何说起这个，难道你出宫遇到了什么特别的人，特别的事？"

我摇头："没有，只是乍听到皇上说江湖，想起了许多。就想着若天下有知晓过去未来的人，会如何。"

"不会如何，历史从来都是顺着轨迹行进的，不会因为任何人而改变，朕或许可以改变天下，却不能改变历史。"淳翌有种通透的释然，这个天子，有时令我觉得过于多情，有时又觉得过于睿智。

我脑中闪过楚玉的话：盲，短寿。

看着淳翌，我低低唤道："皇上……"

他转眸看我，柔声问道："湄儿有心事吗？"

我否认："没有，只是觉得有些累。"

淳翌拥我入怀："到朕的怀里来，依附朕，朕守护你。"依附，依附是疏离，我不想依附任何人，因为我不想累人，亦不想累己。

我轻轻叹息："皇上，您也累了，您先回宫歇息，待政事忙完，臣妾好好地陪皇上，为皇上煮茗弹琴，焚香诵经。"

淳翌问道："诵经？"

"是的，臣妾从庵里带回了几本经书，以后读与皇上听。"

淳翌点头："也好，佛学理论精深博远，对朕治理天下还是有帮助的，一个雄才伟略的帝王需要过人的悟性，才能坐稳江山。"

我赞道："的确如此，佛学适合世间的芸芸众生，无论是帝王将相，还是市井凡人，它都能给不同的人不同的感悟，不同的启发。"

"是的，自古以来，参禅悟道的帝王不计其数，朕不痴迷，可是却也喜欢。"

"那好，以后臣妾就与皇上下棋参禅，当日在明月山庄的棋局臣妾至今仍念念不忘呢。"我陷入短暂的回忆。

淳翌拥紧我，柔声道："朕今夜不走了，朕要留下来。"

我面若红云："皇上，您不是累了吗？"

淳翌微笑："正因为累了许久，朕和湄儿都需要好好地释放心中的压力与重负，你说朕有多久没一亲芳泽了？"

沐浴，更衣，在月光下披着如瀑布般的长发，淳翌从身后揽紧我的腰身，闻着我身上的淡淡幽香。

"湄儿，幽香入骨，每次朕爱你，都要爱入骨髓，不至骨髓不能罢休。"淳翌喃喃道。

我转身微笑："皇上，你对臣妾这般宠爱，就不怕吗？"

"怕什么？"他问道。

"红颜祸国。"我一字一字地说出。

淳翌嘴角轻扬："朕不信，也不怕。"他一把将我抱起，朝榻上走去。

雪白的帘幕垂下，红烛熄灭，淳翌说，只要月色清风相伴就好，那朦胧的月色透过窗牖斜斜地洒在床榻上。

淳翌在我身上缠绵缱绻，我似夜半的海棠，妖娆多情，依附着他，依附着他。

我嘴角却扬起一丝轻笑："今宵月色好朦胧，人生有如一场风。"

梦一段云水禅心

　　第一缕阳光照射进来的时候，我迷糊得睁不开眼，枕边的人已不知何时离开。淳翌从来都是一个勤恳的好皇帝，无论他多宠幸我，每日早朝他都准时而去，不会逗留。所以说，红颜祸国，我还没那么大的能耐。

　　披衣起床，倦倦懒懒，想起昨夜居然无梦，难道在经历这些让人疲倦的事后，我已经百毒不侵？还是需要一种淳翌所说的真正释放，肉体的释放，让灵魂也随之美妙轻灵？

　　长发齐腰，我看着镜中的自己，眉目淡雅，肌肤白皙，五官端秀，若说倾城，真的称不上，若说惊艳，也差那么几分，若说绝世，太过了些，若说平淡，又有些牵强，连我自己都不知道如何看待自己。那对如水的眸子，干净清澈，却又缥缈迷蒙，贞静的外表下隐现出一种冷傲与高贵。这些气质与风骨都是与生俱来的，而我的冷却是因着生活的历练，对人情世事更加淡漠。

喧闹过后的平静总是这样让人不知所措，当烟屏的故事成了过往，我不知道如何开始新的故事。其实，烟屏不是这个故事的结局，只是加深了我对这个事件的印象，倘若没有她的死，再凄美的故事对我来说也不过是一个过程。她的死，让这个故事得以永恒，一种绚丽凄绝的永恒。

想起昨日从翠梅庵带回的经书，我该送去给谢容华，可从来都是她来月央宫，我几乎不曾去过她的羚雀宫。我心倦怠，总是少了热情。

唤来秋榈，说道：“你且让梅心去羚雀宫将谢容华请来月央宫。”

红笺为我梳理发髻，看着镜中的我，微笑说道：“小姐，其实我还是喜欢你少女装扮，宫里的装束比宫外总是要正统些，我总怀念以前在宫外的随意。”

我低眉一笑，万千心事似这几缕青丝，看着镜中的她：“红笺，还记得你小时候为我梳发吗，总是扯着我一两根细发，弄疼我。”

红笺笑道：“记得，可是每次疼你总不说。”

我微笑：“我若说了，你会更加小心翼翼，那样会适得其反。自小我就知道，许多的伤处需要掩藏，每天的疼痛，倒让我记忆更深。”

红笺为我绾好发髻，将穿好的白茉莉别在左侧，右侧斜插一支简约的翠玉簪，我一直都觉得白色与翠色相配在一起干净。

一袭白衣，素淡婉约，只要不出宫，我都着素装，宫装让我觉得很累赘。

才用过早膳，谢容华已经来了，带着一脸的笑意看着我：“姐姐今日真是宛若仙子，这样的绝尘独秀，莫说是男子，就是女儿家看了也要心动。”

我笑道：“妹妹又来打趣我了。”这边打量她，浅浅碧衫，袅袅婷婷，发髻上也盘了一串白茉莉，馥郁馨香，不禁赞道：“翠衣衫，雪凝妆，只有妹妹才配得起茉莉这清雅的芬芳。”

我执她的手坐下，说道："妹妹，昨日我去了佛前，与佛对话，告诉佛，我的跪拜是受朋友所托，并且为你点上了那一炷心香。"

她眼神流露出向往，回道："有劳姐姐记着我的话。"

"自然是记着的。"我转头命红笺取来昨日的经书。

那经书用淡黄色帆布裹着，泛着淡淡的檀香，闻了心清绝俗。

轻轻掀开，第一本蓝色书页线装的《云水禅心》露出来，谢容华眼睛一亮："好淡远空灵的书名，仿佛是一首梵音。"

我抚摸那几个字："若能为这几个字写一首词该多好，然后谱成曲，只是我心境不够，难以达到这份空灵的境界。"

谢容华凝神微笑看我："姐姐，你一定能的，我等着。"

我将那五本书取了一份给她："一份给你，一份留予我自己，还有一份我赠予雪姐姐。师太告诉我，经书赠予天下有缘人，广结善缘，不求不舍。"

谢容华用羡慕的眼神看着我："姐姐真幸福，可以多番与师太交谈，何时我也能去翠梅庵小住几日，跪在蒲团上与佛对话，食素斋，读经书，看那弯佛院的月亮。"

我微笑："妹妹，佛度有缘人，妹妹一定可以结此善缘，这机会又怎会没有呢？"

"也是，不求不舍，才是好的心境，我不如姐姐，可以参透，人与人总是有差距，今生我都比不得姐姐，但是我也不想比较，因为姐姐是独一无二的，姐姐不屑与任何人比较。"谢容华用了"不屑"二字，让我觉得她对我真的是了解，这两个字，傲中带冷，冷中含傲，其实我是真的不屑与任何人比较，我的不屑不是因为自傲，而是无心，我无心去计较这些。

转移话题，看着经书，问道："不知雪姐姐可好，我也没去看她，还是让她静心几日，再将经书赠予她，我想她会喜欢的。"

谢容华点头："是的，这两日宫里防范严密，又无比安宁，仿佛没有一丝生气，我也不便四处走动，离你这儿还近，想着没事就来与姐姐做伴，过些平淡的日子也好。"

我想起了昨日妙尘师太赠予我的白玉莲花，她告诉我，若遇得有缘人，就可以相赠，我觉得谢容华是个简单澄净的女子，无须过人的慧根，只需要简约宁和。而我不想给自己的生命里留下太多的物品，留得越少，我的牵挂与尘缘就会越少，那样，我可以走得更轻松。相信妙尘师太也是如此，她赠予我，是为了解脱自己，让我沾染更多禅味。而我赠予谢容华也是为了解脱自己，让她与佛结更深的缘分。

我唤道："红笺，为我取来昨日师太相赠的红色小锦盒。"

红笺递给我时，我轻轻打开，那枚白莲花静静地躺在盒子里，无论历经多少岁月年华，它依旧纯白如一，并且更加温润明净。

"好雅致别俗的白莲花。"谢容华惊喜道，她注视着白莲花，流露出别样的情感，我知道她是喜爱的，这样的尤物，见之都喜。

我还是问道："妹妹可喜欢？这是师太赠予我的，也是她师父传与她的信物。"

谢容华赞道："姐姐果然深得人爱，师太转赠给你，可见你在她心中的分量是何等之重，这段缘分让人羡慕。"

我微笑，将锦盒递给她："妹妹，我现转赠于你。"

她惊喜，又忙推辞，连声说道："不，不，姐姐，这是师太赠予你的，是她对你的情谊，我又怎能收下？"

"可师太还说了，若遇有缘人，我可以转赠。妹妹与我有缘，与佛有缘，且妹妹善良真挚，心中明净似水，只有你配得起这白莲花。"

谢容华依旧推辞："姐姐，我没有你说的这般好，且明净如水的是姐姐，只有你才配得起。"

我笑："也许我是配得起，但是你比我更相配，更何况我心已淡，不想留住什么，只想独自渐行渐远。妹妹，你许我洒脱自如，好吗？"

谢容华似乎明白我话中的深意，坦然道："好，我收下，并且珍藏，但我知道，我不会再得遇有缘人，因为姐姐今生便是我唯一认为的有缘之人。"

我欣然："一切随缘，妹妹只管珍藏就好，总觉得每个女子身边，都需要一件彻底属于自己的心爱之物，有意义并且值得怀想的物品。"说完，我看着手上的玉镯，这是我一生要佩戴的饰品，有了它，我又怎能求得更多？

她握着锦盒，一脸的虔诚："佛家的信物，我自会好生珍藏，与佛的缘分，与姐姐的尘缘。不求不舍，来去由心。"

我赞道："不求不舍，来去由心。妹妹，就是要如此，任谁也伤害不到谁。"

谢容华叹道："一场风波过后，这样的平静仿佛蛰伏着什么，是一种隐忍的渴望，还是另一段风波的开始？"

我看着窗外，微风细细，桂花的芬芳隐约地透进暖阁，一片宁静与平和，于是淡笑："妹妹，其实天下本无事，这些人非得将平静的天下搅乱，不这样，生活又何来激情，历史上又如何记下那深刻的一笔？如果人人都向往平和，在姹紫嫣红的人间优雅宁静地老去，留给后人的又还能有什么？"

谢容华点头叹息："姐姐说得对，有些人求不到千古流芳，宁愿遗臭万年，只希望历史上记下这么深刻的一笔，而不在意这一笔的分量，不在意是辉煌还是黯淡，不在意颜色是黑是白。"

我笑道："名利熏心，纵是换来了，又得到什么。也许这些人更该常伴佛前，多读经书，少些执着，多些平和，人生的路才能走得更远。"

谢容华捧起经书，随意翻阅，静静说道："姐姐，以后的日子，我会更加平静。"

"平静就好，平静地活着，平静地幸福。"我淡淡说着，因为我觉得平静对任何人来说，都是一种奢求，尤其是后宫的女子。

她看了一眼窗外，阳光纷洒，说道："我出来有几个时辰了，每次来姐姐这儿都不愿归去，这份心的宁静让人留恋。"

我展眉微笑："时光匆匆，总是在不经意的言语中流去，有时就在静思中悄然流去，在手指尖间、眼眸中流去，我们失去的越来越多，得到的越来越少。只有一点是与日俱增的，就是平淡的苍凉，在平淡中苍凉，因为岁月的转移，因为年轮的更替。"

谢容华凝思着，突然转向我："对了，姐姐，忘了告诉你，这次遇刺，陵亲王受了重伤，不过昨日听到他已度过危险期，静养一些时日就会康复。"

我心中惊颤，表情平和，轻轻点头："既是度过危险期就好。"话音方落，心中思量，为什么他受伤的事淳翌丝毫没有提起，为什么没有任何人告诉我他受了重伤。

"姐姐……"谢容华唤道。

我回神看她："嗯。"

她似乎感觉到什么，轻轻说道："姐姐，若得知什么消息，我会来告诉姐姐的，我那边虽不热闹，但是在宫里待久了，认识的人也比你多，消息自然也多。这事是贺慕寒告知的，他去过陵亲王府。"

我点头："好，有劳妹妹。你与贺太医熟悉，他对这事知道得清楚。"

她起身告辞："那姐姐，我就先回羚雀宫，改日再来看你。"

我亦起身相送："好，妹妹有空常来，我在月央宫等你。"

她点头："我会的。"

将谢容华送出月央宫，转身在前院驻足，院中的桂花仿佛在一夜间开了许多，都是些早桂，黄色的细蕊盈在枝头，芬芳四溢。

我想起了淳祯，此时的他在王府静养，在他病重的时候是否想要我的陪伴？我想起了楚玉，在他漂浪江湖，茫茫无处可寄的时候，是否希冀我可以跟随左右？还有淳翌，他有了江山，又有了我，得到这么多，又将要失去什么?

月央宫,月央宫,你要留住我多少的寂寞,又要锁住我多少的情思?

归去吧,在云水禅心的意境里寻一份短暂的清宁,只是短暂,就足矣。

一段秋浓与君说

秋天真的来了，仿佛在一夜之间，暑夏的气息就风卷残云般地消退至尽，而那缕缕秋凉已深深地落入院中，透过窗牖，我闻到浓淡有致的秋味。

桂花越开越浓郁，庭院里每天晨起都看到他们在打扫落叶和满径的落花。都说一叶知三秋，这个时候，我知道，秋事已浓，其实未浓，浓的是这份清冷的心绪。

一切都比我想象的平静，后宫的人养伤的养伤，养心的养心，朝廷里严格紧凑地办事，可是一切都在暗中进行，虽然紧张，却悄无声息。我此后不再问淳翌这些事，我当初连楚玉都不问，更何况是淳翌。我所关心的只是他的情绪，然而他并不将这些心烦表露出来，在我面前，他更多的是温柔与关怀。

从谢容华那里，我得知淳祯的伤已渐渐康复，这些日子很想找个机会去探望他，只是一入宫门深似海，我又怎能以一个嫔妃的身份去关心一位王爷？更何况我与淳祯一直保持着那种若即若离的感觉，等着我犯错的人只怕是一大堆，若此时出什么差错，不但害了自己，更连累了淳祯。忍，这么多年，我只学会了这个妙字，忍，相信忍过之后一切都是清明。

太后与皇后的多病，云妃受伤后的安静，舞妃近日来的岑寂，还有嫔妃们的冷落，仿佛都在极力让这个秋天来得更快。我的月央宫，常见的客人依旧是皇上和谢容华，舞妃就来过两次，一次我将经书赠予她，此后她便潜心在翩然宫读经参禅，还有一次，是谢容华邀她过来，因为经书上那参不透的禅意。

今日午后，皇上命小玄子过来传话：今晚要留宿月央宫。以往淳翌都是悄然而来，从来不曾叫谁来传话。想来那几次无声前来，都打乱了我的心绪，这次特意命小玄子过来说声，我好有所准备。

秋日的白天不再漫长，黄昏方过，夜幕已来临。

晚膳我喝了点梅花莲子汤，用雪花糖清炖的，鲜香可口。

坐在暖阁里等待，一直以来，我都觉得等待是一件累人的事，丢去了自由，被一件事情牵绊住。其实，我心里根本就不在意，只是又不得不坐在这里静待。最近淳翌总是来月央宫，我也很少坐上凤鸾宫车，在清风明月下的御街行驶，踏响那沉寂的青石板路。我想是因为宫里最近经历了一场风雨，淳翌不想再起更多的风波，凡事低调，好过那些人在背后明争暗斗。

我也不再过问淳翌是否去了哪个宫，又临幸了谁，这个时候，只想平静度日，与我无关的事，不再多说一句话。

我在花梨木的躺椅上静静等待，一杯香茗也在等待中慢慢冷却。就这样，迷迷糊糊地入了梦，梦里那久违的宫殿和帝王与皇后似乎如约而至，这一次，我站在他们中间，努力地呼唤，可是谁也听不到我的声音，他们从我身边擦肩而过，仿佛看不到我的存在。那一瞬间，刚才的繁华已无了踪影，我孤零零地站在寂寥的长街，夕阳沉落，整个宫殿都沉浸在血色的斜阳中，连同那些草木，还有湖水，都是似血的红……

我在惊颤的梦里被唤醒，淳翌俯身立在我身旁，执我的手，柔声道："湄儿，做梦了吗？在这里睡，当心着凉。"

我睁开惺忪的双眼，迷糊道："嗯，又做梦了，还好皇上将臣妾唤醒，让臣妾不用在梦里沉迷。"

淳翌笑道："你说了沉迷这两个字，那应该是好梦，好梦才会沉迷，噩梦是沦陷。刚才我看见你表情恍惚，眉结深锁，才将你唤醒，若是甜美的微笑，朕还不忍心呢。"

我薄浅一笑："哪儿还有美梦，每次都是重复的梦境，臣妾也习惯了，以后臣妾在梦里就告诉自己，这是梦，只是梦，醒来一切都好了，那样就不会害怕。"

淳翌疑惑问道："什么梦？以往听说你总做噩梦，想着是因为身子虚弱，什么梦一直纠缠着你呢？"

我弱弱起身，伸了个腰，笑道："没有，没有什么的。"而后转眸望向窗外，见夜已黑尽，只有浅淡的月色微微地洒进来，我说道："夜又黑尽了。"

淳翌搂紧我的腰身，问道："用过晚膳了吗？"

我点头："嗯，梅花莲子汤。"

淳翌微笑："湄儿，一说梅花，我又想起旧年的冬日，你总给朕煮梅花茶喝。如今……"

我笑道："如今湄儿给您煮茉莉花茶，淡雅幽香，不输于梅花茶。"

淳翌饶有兴致地说道："好，朕今夜本就是来与湄儿品茶对弈的，顺便谈谈经书。"

我看他眉目间含着倦意，许是为近日来的政事操心，于是轻问道："皇上心中有解不开的疑惑吗？"

淳翌看我，眼藏深意，笑语："朕的心事瞒不过你啊。"

我浅笑："湄儿只愿做一杯茉莉花茶，让您静品忘忧，其余的，什么也不想。"

淳翌拥我入怀，柔声道："今晚朕就在你的月央宫，静静地陪伴你，哪儿也不去了。"

"好，臣妾也静静地陪着皇上。"

室内弥漫着淡雅的茉莉芬芳，让人静神忘忧。我们静品茉莉香茗，一盘棋，几卷经书，还有一对红烛在寂夜里熠熠高照。

我凝神问道："皇上，是否是最近政事繁乱，您需要理清当下的局势？"

淳翌只看着棋盘，那明朗的纹路却纠结依附在一起，仿佛脱离了谁，都无法成阵。他点头："是，天下，天下就是一盘纷乱的棋，每当朕心中烦乱或觉得浮躁时，就喜欢下棋，在棋中看天下，一目了然。"

"那登高望远呢？"我问道。说这话时，我想到若处高处，一览众山，手可摘明月星辰，脚下尽是万里河山，江涛滚滚，该是何等的气势。

淳翌仿佛也在思索着登高望远的豁达意境，凝神片刻，方笑道："那感觉也好，负手立于高处，仰望日月星辰，江浪河山，尽现王者风流。"

我流露出向往的神情："是，只是自从那日在明月山庄与皇上棋中论江山，也觉得江山在棋中便不再那般复杂了。"

淳翌朗声笑道："这就是谜，棋局看似简单，实则繁复无比，那一日我们所看到的只是简单的一面，而深刻的那一面，朕不与你谈。"

我微笑："原来皇上是怪臣妾浅薄了，不愿让臣妾触及那深刻的一面。"

淳翌手执一枚白子笑道："朕并无此意，深刻之处，难免有太多的欺诈，朕不愿与湄儿如此斗心，朕知道，朕未必能赢你，但是朕的湄儿本性天然，不触及这些欺诈与阴谋，不是更好吗？"

我似乎明白他的话，不禁问道："那皇上平日与谁对弈呢？"

"朕的皇兄，陵亲王。"他不假思索道。

我讶异："他？王爷平日里只爱山水风月，丝竹之音，如何愿意与皇上谈论天下局势，在阴谋间对衡呢？"

　　淳翌爽朗笑道："若论雄才伟略，朕远不及皇兄，他见识广博，武库心藏，绝非一般碌碌男儿。只是他看得比朕明白，他不适合当皇上，只适合当一个智者。"淳翌的话透露出他对淳祯深刻的了解，当日在华胥梦境我也有过此等想法，他俯揽江山，将万顷苍池融入眼中，他看尽历史潮音，这样的人，虽有雄才伟略，却缺乏那份激情。因为他看得透，所以这一切不再是诱惑，而是一种繁华的抵触，是鼎盛的虚无。

　　淳翌一直没有告诉我淳祯的伤势，我不知道他是有意掩藏，还是觉得他的伤与我根本就不相关，甚至是其他什么。他不提，我亦不问，只微微笑道："陵亲王的确有博远的才识，只是山水风月更适合他，山水风月也是一种至高的人生意境，他可以不断地在这意境里追求。而天下的高度，却不是他想企及的。天下有皇上，就足矣，皇上是热血浇铸的男儿，有治国的才能，有关注百姓的慈悲之心，有平复天下的霸气……"说这些，不是我要讨好淳翌，在我眼中，他的确比淳祯更有关注天下百姓的慈悲之心，淳祯太自我、太自傲了，一管玉笛便可以吹奏他的人生。

　　淳翌用一种深不可测的目光看着我："湄儿，你似乎对朕和朕的皇兄都有深刻的了解。"

　　我浅笑遮掩："臣妾不敢，只是一些浅薄的愚见，说不出皇上和王爷的三分，你们会下那些高深的棋，会谈论深刻的话题，臣妾也只会说些眼中所能看到的事了。"

　　淳翌品一口茶，口齿漫溢着清香，展眉笑道："其实朕心里明白得很，朕的湄卿是闺阁中的高人，巾帼不让须眉，你是朕的女诸葛，有时候不需要言语，朕只要来到月央宫，看着你的神情，与你品一杯香茶，听你弹一首古曲，下一盘棋，这些都可以让朕郁积在心中的结松解，让朕拨开迷雾见月明。"

　　"臣妾又不会巫术，何来皇上说的这般神奇，一笑一眸间都藏着深意？"我说这话时，几乎要笑出声。

　　淳翌微笑："这感觉说了你也不会明白，就如这杯茉莉花茶一样，慢慢

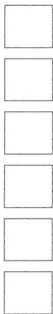

月小似眉弯

梦华南

YUE XIAO
SI MEI WAN

白落梅

地品味其中透骨的芬芳。每种花都有不同的味道，现在朕才明白。"

我点头笑道："皇上才明白吗，所以说不要只品梅花，其实还有许多的花草值得您去品味，您会发觉，原来许多的话都蕴藏深意，甚至比梅花更加值得让人去喜爱。"说这话，我似乎在告诉皇上，后宫佳丽三千，不是独我美貌非凡，独我聪慧过人，那些媚骨红颜，都是尤物，而皇上可以每日采折不同的花朵，去熬煮不同的芬芳，细细地品味，会发觉，原来他拥有的都是人间绝色，世中佳品。

淳翌似乎听出我话中之意，笑道："湄儿真是聪慧至极，但是朕告诉你，任世间百媚千红，朕独取一色，任凭弱水三千，朕独取一瓢。其余的，可以赏慕，可以把玩，可以品尝，也无须用尽心、性、情、志去爱。"

心、性、情、志，他用了好强烈的四个字，一时间，我竟无言相对。

他沉默片刻，手执棋子，笑道："好了，良宵苦短，我们先下完这盘棋再说，朕还有许多事没理清，待理清了，朕今夜还要独取你这一佳色，独饮你这一瓢秋水。"

我思虑着，淳翌的天下如今是何模样，且看这棋局了。

一轮弯月照古今

　　月央宫，秋水阁。茉莉的芬芳在暖阁里漫溢，轩窗外，那一轮弯月，清凉如水，明净中透着几许禅意。

　　淳翌说，这暖阁，从此就称之为秋水阁吧，下棋，弹曲，参禅，悟道，明净若秋水长天。我说好，在繁闹的世间，还有皇上给我的一处宁静的居所，此生足矣。

　　薄薄的月色洒落在棋盘上，还有荧荧闪烁的烛光，仿佛它们也在等待一场壮丽山河的万千景象。这个过程，容不下丝毫的雕琢，容不下点滴的破绽，也容不下一丝的犹豫。淳翌告诉我，错一子，也许就此满盘皆输，对一子，也许可以重见天日。

　　这一次，他执白子，我执黑子，因为他是君临天下的王者至尊，而我充当那些争夺天下的叛臣草寇。我要成为他的探路石，一步步助他赢取天下，稳固动荡飘摇的山河。其实如今的天下是稳定的，只是要做到滴水不漏，太难。

淳翌取正中的位置，落一子，笑曰："这就是朕，独立于苍茫的山巅，巍然绝秀，遁迹白云，这样高远的意境谁人不慕，谁人不爱。"

我微笑："是的，皇上，自古帝王都是孤绝的，可是无论在哪儿，都有繁华作为背景。哪怕遁迹白云，高韵淡然，可是不会在生满古苔的角落，阑珊醉去。簇拥他的人，成千上万，而觊觎他的人，也是上万成千。"说完，我取一枚黑子，搁在离他不远不近之处，进可攻，退可守。

淳翌胸有成竹，笑言："如今的金陵城，有三个强大的势力，也是三处命脉，三道玄关。他们结合在一起，依助彼此的势力，企图慢慢地吞噬河山。"他言语刚落，我已摆好三道阵势，黑压压的一片棋子，立即将白子围困。

我假装漫不经心，淡然而笑："皇上，你看臣妾这么落子可对？"

淳翌沉着冷静，点头："嗯，不错，原本朕认为的疏漏之处，如今在你的布局里显得严谨多了。"他抬眸看向我，"湄卿可知这三大势力为哪几处？"

我不需思索，便点头答道："臣妾知，前朝余党，江湖至尊，朝廷叛臣。"

淳翌给了我一个赞赏的目光，细细说道："前朝余党领头的是一个叫冷玄宁的，与朕年龄相当，据说丰采翩然，见识非凡。只是不知道他是以何种身份出现的，前朝的王室贵胄皆已除尽，并没有留下大燕皇族血脉。"

"唉……"我一声长叹，似乎觉得这样的杀戮过于残忍。只是若想得到天下，就必然要一路杀尽那些挡道之人。用滚烫的鲜血和嶙峋的尸骨来祭奠新的朝代，仿佛这是后人重复做的事。若不除尽，反而会被其灭之，适者生存，想要做明君就必然先做乱臣。我看着淳翌，他眉扫春风，目含秋水，与那些凶残的杀伐者的确有太大的距离。当然，这些先皇都为其做过了，而淳翌只需扫除残存的障碍，继续做他英明睿智的皇帝。

淳翌手握棋子低眉沉思，指着棋盘散落的棋子，轻轻说道："湄卿，你看着这个方向，这里的阵势可不比前朝余党弱，这是江湖武林至尊——楚仙魔。据说谁也没见过他的模样，他隐藏在背后，统领整个江湖，势力日渐强大。以前所谓的江湖，不过是一些闲散的武林人士聚在一起切磋武艺，喝酒吃肉，快意逍遥。他们虽不为朝廷卖命，但是也不做有害朝廷的事，从来都是互不干涉。如今在短时间内突然冒出这样一个人物，倒让朕费解。"

"楚仙魔……楚仙魔……好怪异的名字，似曾相识。"我喃喃道。脑子里费力去思索，楚，楚玉，仙，仙乡，魔，成魔。难道？我不禁有些心惊，难道他去做了什么武林至尊，与前朝余党联手了？

淳翌唤道："湄卿，你想到了什么？"

我回过神，浅笑："只是觉得这名字有些特别，仙怎能和魔相配在一起呢？"

淳翌朗声大笑："哈哈，此人定是狂傲不羁，自称仙人，又想成魔，往往这些离经叛道的人更要多加防范，因为他们想法怪异，难以捉摸，猜不透他们的心思，如何才能取胜呢？"淳翌用了离经叛道这几个字，这适合楚玉又不适合他。不知为何，我几乎有些确定这个人是楚玉了，除了他还有谁会取这个名字？除了他，还有谁如此飘忽不定？可是我不明白他为何要选择这条路，他既知天下之事，这些与他又有什么瓜葛呢？

我一边思索，一边与淳翌针锋相对，瞬间觉得江湖上这楚仙魔威力甚大，我的黑子不由自主地将淳翌的白子团团围困，我在等着淳翌寻找突破。

淳翌笑道："湄卿，仿佛我们这样走棋，不按常规的式路，冥冥中有一种力量牵引着，一入棋局，想要抽身都难。"

我垂眉一笑："呵呵，这就是所谓的'人在江湖，身不由己'吧。既然入了棋局，就要为自己争条出路，哪怕棋毁人亡，也无悔。"

淳翌轻笑："湄卿，你认为这小小的阵势真的可以围住朕吗？"他漫不经心地落下一子，顿时杀出重围，绝处逢生。我暗惊，看来我真的是忽略了淳翌的才能与谋略，但是仔细一看，白子明显弱于黑子，我琢磨着还可以借助另一种势力，那就是朝中叛臣。

我问道："皇上，你说朝中叛臣是在朝为官的那几位位高权重的老臣，还是关外的晋阳王呢？"其实我这话是明知故问，关外的晋阳王势力庞大，他根本无须借助前朝余党和江湖势力来灭大齐，再者他久居关外，与余党和江湖合作，反而吃亏，倒不如继续留守关外，看他们争夺，到时坐收渔翁之利，一举攻城，岂不快哉？而朝中那些老臣，当年为先皇打下江山，倚老卖老，各个手上都有自己的势力和门生。如今新皇登基，他们自然要留点颜色，趁前朝余党和江湖的动乱，也来搅上一搅，让湖水不再平静。我想就是如此了，原本平静的人，也会被勾起欲望的。

淳翌笑曰："湄卿，想必你比我清楚得多吧？"

我微笑："的确，不过叛臣其实最好收服，他们无非就是想得到尊崇，真的把江山让给他们，他们未必坐得了，他们生来就没那命。但是收服不好，会适得其反，毕竟他们在朝为官，对于朝中的事了如指掌，倘若联合外界，这样就腹背受敌，想要取胜，有一定的难度。"

淳翌点头凝思："湄卿的话不无几分道理，这些朕也明白，不过朕就是不想惯坏他们，你有所不知，这些老臣总拿自己当功臣看待，有时在朕面前都无理，让人气恼。"

我莞尔一笑："这些也是需要技巧的，聪明如皇上，一定可以令他们做到从此对我大齐尽忠，不敢有二心。"

淳翌一脸的傲然："朕可以把握住，想觊觎朕的皇位，不是那么简单的事。"看着淳翌，我心中想着，难道皇位对他来说真的那么重要吗？不过试想，这是祖上辛苦打下的江山，他只是第二代，若江山在他手中毁灭，又拿何颜面去面对先人。更何况这皇位本是陵亲王淳祯的，倘若在淳翌手上丢失，试问他又如何面对皇族中人？这一切，我都能明白，所谓高处不胜寒，既然站在了高处，就要有承受寒凉的能力。

我手握棋子，一时间不知如何下落，我笑曰："皇上，这棋就下到这儿吧，臣妾认输。"

淳翌蹙眉："为何不继续呢？朕还没觉得赢了呢。"

我端起茉莉花茶，淡品，微笑："皇上，这次湄儿去翠梅庵，佛告诉湄儿，说湄儿心明如镜，收放自如。湄儿将此话转送给皇上，真正心明如镜，收放自如的是皇上，皇上是天子，有着这样博远的襟怀与气度。"

淳翌喃喃道："心明如镜，收放自如。朕倒喜欢这两句话，不过湄儿你只说对了一半，朕的确心明如镜，也的确收放自如。只是朕对你，就无法做到自如。"

我低眉浅笑："皇上怎么说起湄儿了，此刻说的是皇上的才略。"

淳翌大笑："朕要江山，也要美人，两者兼得，朕此生再无憾事。"淳翌的话，让我觉得他的人生未免太过完美，古人云，鱼和熊掌不可兼得，而江山与美人往往也会相抵触。淳祯说我祸国，楚玉说淳翌"盲，短寿"，这些都暗示了淳翌的命运。难道他的命运与我牵系着，但是我又如何会去伤害他？

我笑道："皇上，其实当前的局势你一目了然，今晚的棋局只是投石探路，该如何做，臣妾无须知道，相信您能做得很好。无论是什么冷玄宁，楚仙魔或者是些别的什么人，都抵不过皇上，皇上在臣妾的心里是王者至尊。"话毕，我倒觉得心中一凉，若是楚玉真心要与淳翌相争，只怕淳翌难是他的对手，相对来说，淳翌虽为天子，但毕竟是凡人，而楚玉有着奇异之处。但那日我与楚玉相谈，他对江山皇位是绝对不屑的，这其中的缘由我还不能弄明白。也许是他在故弄玄机，或是其他，让人费解。

淳翌展眉而笑，尽现王者风流："湄儿何时说话这么甜，朕觉得暖心呢。"

"臣妾一直都是如此，是皇上偏生要以为臣妾冷漠。"

淳翌浅笑："好了，朕也不再纸上谈兵，棋中论战，那些事朕有把握处理好。余下来的是要和湄儿说禅悟道了。"

我微微蹙眉："皇上，您看夜色已深，还无睡意吗？"

淳翌看了一眼窗外，明月疏影，清凉寂静，笑曰："湄儿想就寝了吗？"

我一脸的羞涩："臣妾是怕皇上劳累，明日还要早朝。"

淳翌点头："那朕就听湄儿弹奏一曲，清心抒意，再与湄儿共眠。"

"好，待臣妾想想，为皇上奏何曲才可以清心抒意。"

悄然起身，走至窗前，看树梢的那一弯月牙。淳翌立于我身旁，对着月色微笑："湄儿，朕每次看到月牙就会想起你的名字，沈眉弯。你的名字让我一见难忘，千古难忘。"

我盈盈浅笑："很寻常的女儿家名字，哪儿还能流传千古呢。"

"因为弯月照千古，无论是前生，还是今世，无论是过往，还是将来，这轮月亮会一直追随着每个人，给人明亮，也给人清冷。所以湄儿也是如此，人如其名，冷冷暖暖，却让人爱入骨髓，不能割舍。"他缓缓道来，仿佛为我铺展一幅千古明月的画卷。

我只是看着月，不再言语，思索着该为他弹什么曲子呢……

谁道红颜多祸国

走至琴案，看薄浅的月光落在琴弦上，折射出丝丝冷韵。我款款坐下，撩拨弦音，顿觉心清。

看着淳翌，我微笑："皇上，臣妾上次去翠梅庵带回几本经书，如今一晃已有月余，那几本经书也翻阅了许多次，其中最爱的是那本《云水禅心》，我此刻就弹一曲《云水禅心》好吗？"

淳翌凝神看我，点头道："好，云水禅心，这四个字听起来就雅韵非凡，禅意悠然。"

"是，仙佛的意境，云烟缥缈，秋水清冷，洗我禅心。"

拨动琴弦，在如水的月光下，泠泠清音缓缓而起。我唱道："空山鸟语兮，人与白云栖，潺潺清泉濯我心。潭深鱼儿戏，风吹山林兮，月照花影移，红尘如梦聚又离……多情多悲戚，望一片幽冥兮，我与月相惜，抚一曲遥相寄，难诉相思意，濯我心……我心如烟云，当空舞长袖，人在千里，魂梦常相依。红颜空自许，南柯一梦难醒……空老山林，听那清泉，叮咚叮咚似无意，映我长夜清寂……"

琴音起处，似月华洗峰，云波泛木，星斗灿然，玄清可触，仿佛看到叠云的宝刹，香烟萦绕，雾霭重生。观日坠山丛，月出孤木，江海碧涛，风露幻影，笑谈世逸，荡然心雅。

淳翌似乎迷醉在缥缈的琴音里，不能醒转，而我也迷醉在《云水禅心》的画卷里，无法自拔，想象着那禅韵无边的意境，花寂竹幽，菩提扬枝，洗尽铅华。

淳翌负手而立，只是望着窗外，我喜欢看他颀长的背影，头束金冠，一袭华服，俨然我当初见他的模样。

我盈盈起身，走至他身边，轻轻地偎依在他怀里，他拥紧我，柔声道："湄儿，你知道吗，我很怀念在迷月渡的日子，虽然那是烟花之地，可是因为你，朕觉得那儿洁净，那儿美好，那儿的月色比宫里的还美，淡淡的烟花巷，细细的杨柳风。"

我禁不住笑道："皇上，不知者还以为您迷恋烟花之地呢，不过臣妾明白，您是喜欢那份感觉，人生若只如初见的感觉。"

淳翌拥紧我："还是湄儿明白朕的心意，不过朕不是迷恋那份人生若只如初见的感觉，而是怀念那份初识的美好。你宛若仙人，当时朕就想着要娶你做王妃。后来先皇过世，朕初登宝座，恰好要选秀女，朕就设法安排选你入宫，做朕的妃子。"

我笑道："如今皇上好梦成真，是否是时间久了反而有些失落，因为当初宛若仙人的女子也不过是寻常之姿，愚人之见，凡事皆平平。"

淳翌看着我，假意恼道："朕不许湄儿这样说自己，你在朕的心里永远都是仙人，只是朕从来傲气凌人，纵是仙人朕亦想得到，所以朕宠你，有时甚至畏惧你。"

我不解："畏惧湄儿？"

淳翌淡然一笑："其实也不是畏惧，当你很在意一个人的时候，就会害怕失去她。你虽为朕的妃子，朕还觉得不够安稳，恨不得日夜与你在一起，那样才不会分离。"淳翌说得这般真诚，我真的无法想象，这个在棋中谈论江山、风云霸气的皇帝会如此沉迷于我，甚至是有些不理性的沉迷，难道所谓的英雄难过美人关就是如此？当他布局与敌对阵时，丝毫看不出这般儿女情长。

我低眉浅笑："臣妾都进宫了，还能去哪儿，一生都在月央宫，此生都属于皇上，这样也算得上日夜厮守了。皇上，这样子还不够吗？"

淳翌将我拥得更紧，喃喃道："不够，不够，朕觉得还不够，朕要湄儿的心与朕紧紧相依，这样就离不开了。"淳翌像个孩子般地依恋着我，让我心中柔软又无奈。

我近乎许诺地对他说："皇上，臣妾的心不给皇上，还能给谁呢？难道皇上感知不到吗？"

淳翌低声道："湄儿身上总有一种逼人的冷漠，不知为何，朕怕这样的冷漠，要知道，男儿有时比女儿家还要情深，一旦爱上，便难以自拔。"看着淳翌的样子，我竟有些怨自己了，令一个帝王如此，不知道是不是我的错。

我叹道："皇上，红颜祸国，臣妾不想影响您的情绪，臣妾希望皇上一心为国家大事着想，而湄儿就默默地在后宫支持您，不离不弃，这样不好吗？"

淳翌有些气恼，锁眉道："谁说红颜祸国？朕就不信，朕要红颜，也要江山，凭谁又能与朕争夺呢？朕不怕他们来与朕斗，朕只要有你陪伴，任何的难事都可以迎刃而解。"不知为何，我真的有一种不祥的预感，我觉得淳翌的爱换来的是我对他的害。他有多爱我，我就会有多害他，在这个后宫，不能有强烈的爱，有的只能是伪装。他对我的爱，同样也成为一种害，嫉恨的人会随他的爱越加嫉恨，只怕到时我不受伤都是不能。

我轻轻叹道："皇上，臣妾有句话，不知是否当讲。"

"你讲，朕不怪你。"

"臣妾其实并不慕后宫的繁华，臣妾一直想要的生活是一种平淡安稳的日子，做普通的百姓，相夫教子，老此一生。"我淡淡说道，实则心中隐藏了许多无奈。我不愿意争斗，不愿意拖着这样华贵的皮囊在这里与人纠缠。

淳翌轻叹："朕生在帝王之家，有朕的无奈，先皇用血汗换来江山不易，朕不能这样丢弃，这是责任，治理好大齐是朕的责任，朕要对得起大齐，对得起先皇，更要对得起天下百姓。"淳翌话语凛然，让我觉得他不是虚情，在他的心里的确有一份正义，一份责任，一份与天下息息相关的命运。他是被命运控制的人，他的命运早已不属于自己，而是属于千千万万的苍生。可是，我又在想，若是真没了淳翌，难道苍生都跟着消亡吗？当年大燕被灭，多少百姓残病伤亡，血流成河，千万的墓冢，可还不是换来了大齐的富庶。倘若淳翌离开，会有新的明君替位，指不定天下又是一番繁荣的景象。不过这是一场赌注，谁知道他的离开会换来何种结局，到时百姓流离失所，我沈眉弯才是真正的千古罪人。遗臭万年我不在乎，可是要我去伤害苍生，我不愿意，更何况，我对淳翌的爱，还没有到达这种不顾一切的地步。

"湄儿……你恼朕了吗？"他唤道。

我淡然一笑："不恼，皇上是个有责任、有正义感的君子，是大齐的好皇帝，我又怎会因小情而让皇上丢去大爱呢？"

他沉沉说道："朕不是贪慕繁华，朕说过，宁可负天下，也不负你。只是如今还没到这样选择的时候，如果真有那么一天，朕可以放了你，但定不负你。"

"放了我？"我一脸的疑惑。

他点头："是，放了你，如果你真的想要过平淡的生活，如果有……"他话未说完，可我已经明白，他想要说如果有合适的人，他会放了我，让我与他人白首相携，不再分离。这话虽然天真，可是又不无道理。当我厌倦这一切，如果楚玉可以为我丢弃那所谓的江湖至尊的名号，我愿意与他隐没江湖，归居山林，不问世事。如果淳祯可以为我丢弃王爷的爵位，放下一切，我也愿意与他离开后宫朝堂，从此浪迹江湖。也许我真的太坏了，我想要追求的不过是一份自由，而这些男子，才真正是我的棋子，我游戏了他们，事实上也被他们游戏。到头来，究竟谁做了谁的棋子？

我嘴角扬起一丝冷笑："皇上，放了我，不如辜负我。我宁可被你辜负，也不愿你将我放弃。"说这话，我依然带着我那与生俱来的傲骨，其实，若他真的放弃我，以我的个性，又怎会与别的男子过上安稳的生活？我会选择离开，而后，独自过活，哪怕是苟且偷生，我也要活着。也许他们永远都无法了解我究竟是怎样的女子，我要么活着，不顾一切地活着，要么死去，拼尽一切地死去，谁也别想彻底地拥有我，谁也别想。

淳翌始终不肯放开我，一直拥紧我，而我亦无力离开，我与他之间，不知谁比谁多情，谁又比谁懦弱。淳翌叹息："湄儿，你会不会觉得朕有些懦弱？"

我抬头看着他，浅浅地微笑："皇上是王者至尊，有着凌云的霸气与旷世的威严，怎么会懦弱呢？"

"因为朕没能答应你，让你离开。"

我微笑："纵然您答应湄儿，湄儿也不会走。如今政事纷乱，皇上只需安心治理朝政，湄儿答应您，静静地守在月央宫，皇上空闲之时，就到月央宫秋水阁来，湄儿为您吟诗作曲，陪您下棋品茗，研经参禅。一生一世都如此，好吗？"

"好，朕只管治理朝政，湄儿只需在月央宫等候朕，这样便好。"他松开紧锁的眉结，仿佛释然多了。

我站得有些疲累，夜色已沉。

淳翌拥过我，柔声道："湄儿，明月已沉，红烛高照，我们也该回寝殿安歇了。"

我点头："这一晚上尽说了这些事，好漫长的夜。"

淳翌笑道："朕希望跟湄儿在一起的时候都漫长，今晚下棋论天下，听曲悟禅音，继而又感知湄儿对朕的情意……"

我莞尔一笑，不再言语。

淳翌拦腰一抱，我本能地搂住他的颈项，把头埋在他的肩上，闻着他身上的温热气息。淳翌在我的耳畔喃喃道："湄儿，你知吗，朕想你为朕生儿育女，当一个女子做了母亲后，就再也不会舍得离开了，朕想要属于我们的孩儿，朕可以给他们一切。"

我娇羞不语，心中却感慨万千。其实，我并不想为他生下一儿半女，因为在我看来，生长在帝王之家是悲哀的，我不想我的孩子经历这样的悲哀。

轻轻叹一口气，叹在心里。

又是一年飘雪时

　　这一睡，就睡去了整个秋季，当枯叶落尽，我醒来的时候，已是冬天。冬日的萧索与苍凉，将尖锐与柔软都包裹起来，不再有突兀的棱角，也不再有似水的柔情。一切都在凋零与苍茫的季节里沉寂，包括一些阴谋与情事。

　　待冰霜起时，已是琼碎山河，第一场雪无声地下落，碎玉飘零，纷洒扬空，远山素裹，近水寒波，楼台凝霜，明月笛韵。在如絮的飞雪中叹流年漫度，光阴如梭，这是我来宫里的第二个冬天。庭内苍木虬枝，一朵蜡梅点黄韵，惹来冷峭冰雪，疏影寒风。

　　我立于书案前，执素笔在铺好的琼纸上洒墨，几茎虬枝苍韵，一笔彤香轻点，一幅雪境寒梅图似淡墨在水中洇开，生动了整个冬天。我轻描疏影，点染温润墨色，写就梅花暗香，题句：怜她幽香绝俗，更为她冷傲冰骨。看那芳华分付，又如何，将她留驻。

又到了踏雪寻梅、听竹、访松的季节，想这紫金城，树木虽多，府邸虽宽，上林苑虽气派，却始终有高墙相隔，楼台殿宇阻挡，不及山林苍茫无边，碎玉般的山河尽收眼底。闺阁庭院中的寒梅、翠竹、青松独姿雪境，却又相伴携手，虽不作闺阁之叹，无病态之容，却不及山林幽谷大气从容，与白云相伴，山水为邻，淡泊清远，飘然忘尘。

红笺为我端来一碗热腾腾的汤药，柔声道："小姐，该喝药了。"

我轻轻咳嗽，搁下笔，看着那幅寒梅图，不禁想起了烟屏为我做的那幅刺绣，如今事过境迁，人已消散，只留下这么一件余物，令我偶然地想起。我端过药碗，轻声道："红笺，去将烟屏那幅踏雪寻梅图取出来，我想看看。"

她转身后，我将汤药喝下，微微的苦涩，之后却有淡淡的甜。这药我已经喝了半月，咳嗽也不见起色，那日夜里起床看月，被风露所欺，加之最近后宫虽宁静，可是终日以来的噩梦却依旧对我不离不弃，虽然已经习惯，却无法不觉得疲倦。

红笺为我取来那幅绣图，我接在手上，仿佛闻到了时光的沉香，还有搁在木盒子里的那种独有的木屑味。轻轻打开，一幅踏雪寻梅图依旧如昨，梅是红的，是那种鲜莹的红，赏梅的女子飘逸如风，淡雅似梅。我又看到那双眼眸，看似有神地凝视梅花，却缥缈迷离，疼痛如昨。

"小姐，你又想她了，若她还在，一定会将你这幅画绣出来。"红笺看着烟屏的绣图和我的画淡淡地说道。

我又想她了，其实我想起她的时候已经越来越少了，只是偶尔某个瞬息，刹那间的片段，甚或是想起她的某段剪影，一缕笑容，她的一切，在我的记忆里越来越薄浅。最后只剩下这段寒梅雪境的回忆，因为她的血点成梅花，有了血，就无法再忘记。我看着红笺，轻浅一笑："是的，想起她了，只是越来越淡，尽管还是会生痛。"说完，我又咳了几声。

雪还在下，纷纷扬扬，仿佛只是为了成就这份意境，给所有看雪的人一种如梦似幻般的美感，也遮掩了许多已然毕露的邪恶，还有那些正在悄然筹划的阴谋。

我听到轻盈的脚步声往秋水阁走来，进门的是谢容华，穿一袭红色的雀翎大衣，镶着细细的金边，看上去高雅又有品位。平日里谢容华极少这么穿着，今日倒让我眼睛一亮。

我走过去迎她，为她拂拭大衣上的絮雪，笑道："妹妹如何这下雪的天来了？"我握着她的手，冰凉的，忙牵她走至暖炉旁取暖。

她褪下风衣，里面着一件月白色的宫装，看上去又回归之前的清雅素净，微笑："这第一场雪就下得这般大，路上都有很厚的积雪，若不是姐姐还病着，真想邀你去上林苑赏雪，太美了。"她眼睛里流露出欣喜的神色。

我轻轻咳嗽："是啊，这么冷的天，我不敢出门，怕受了风寒，又不知这病要拖多久了。"

谢容华怜惜地看着我："姐姐莫要忧心，我今日特意请了贺太医过来，让他好好为你诊治，开个药方，好好地调理滋补一下。"

我点头微笑，看着红笺："快快有请贺太医。"

不一会儿，贺慕寒着太医的官服进来，他肤白如玉，看上去温文儒雅，很有书卷味，如此青年才俊在后宫担任太医一职，不可多得。

他见我忙施礼："臣参见婕妤娘娘，婕妤娘娘吉祥安康。"

我迎道："贺太医免礼。"

命红笺端来茶水点心，我知贺慕寒与谢容华交情颇深，且是她特意请来的，也就把他当客人看待，一点都不生分。

他启齿道："臣听谢容华说湄婕妤前些日子染了风寒，吃了药还不见好，特意过来为婕妤娘娘诊治。"

我微笑："有劳贺太医了。"

隔着一块丝帕把脉，贺慕寒看上去经验丰富，许久，才缓缓说道："娘娘是气虚血弱，引起肝火加重，才会久咳不愈，不能用太凉的药，也不能太暖，只有吃些滋阴润肺、安神滋养的药，才能好转。"

谢容华在一旁点头："我也觉得贺太医说得对，其实姐姐就是气虚血弱，这样咳下去不好，伤肺，人也吃力。"

我禁不住又捂着嘴咳嗽起来，端了茶轻轻地抿了一口，方觉咽喉舒适了些。

贺慕寒坐在一旁为我提笔开药方，我这边与谢容华闲聊。

我感慨道："多谢妹妹如此为我费心，特意请来贺太医为我细心诊治，姐姐我真是感激不尽。"

谢容华摇头浅笑："姐姐，你如何还要与我生分，这些日子见你病着，我心里焦急，一直有皇上御赐的太医等候，我也不敢造次。今日恰好我也有些不适，请贺太医过来，提起你，才想着过来看看姐姐的。"

我忙问道："妹妹怎么了？"

"其实没事，只是近日来有些偏头疼，吃点药就无碍了。"

我微叹："妹妹一定要保重身子，我是深有体会，身子不好做什么都觉得无力。"我看着窗外碎雪纷飞，笑道，"你看这么美的雪景，我多想穿上狐裘大衣出去赏雪，可是身子拖着，连月央宫的门都不敢出，莫说月央宫，这秋水阁都不敢迈出去，起身就觉得身上发冷。"

谢容华安慰道："所谓风寒入骨，就是这般的，需要一些时日才能康复，姐姐就安心静养，临着窗看外面的雪景也是一样的美。"我随着她一同看着窗外，雪花轻盈，拍打着窗棂，枝头上已积压了层层的白雪，一阵微风吹过，簌簌地下落，真美。

贺慕寒递给我药方，说道："请娘娘过目。"

我莞尔一笑："贺太医笑话我了，我不懂玄黄之术，太医开的药，我放心，只管命人取药去，今日就换了你的药服用。"我虽这么说，仍旧朝药方看了一眼，他字迹飘逸，有虚怀若谷的坦荡，从字体上都可以看得出他是一位正人君子，气质非凡，关于药方只略略地看到远志、五味子、百合、枣皮等几种药材。

我递给一旁的秋榗，说道："命小行子去取药。"

“是。”秋樨转身离开。

我忙唤贺太医坐下品茗，这是早晨红笺去采的，院里有几株蜡梅，开得甚少，被采来煮茶，实在有些残忍，可是禁不住蜡梅沁骨的幽香，再取了些洁净的雪水，和蜡梅一起放在银铫子里煮，放些雪花糖，清香宜人。

贺太医细闻，叹道：“久闻婕妤娘娘煮得一手梅花茶，如今一见名不虚传，臣真是三生有幸，可品得这般琼浆玉液，瑶池仙品。闻之清香沁人，都不忍品之了。”

我笑道：“贺太医过奖了，品完后这样说，我才当之无愧。”

他轻轻抿了一小口，赞道：“名不虚传，妙哉，妙哉。”

我微笑：“谢贺太医如此赞赏。”

他放下杯盏，对我说道：“其实娘娘的病只需放宽心，多休息好，夜里睡眠很重要，睡眠不好容易引起虚火，虚火旺咳嗽就难好。”

我很想告诉他，我夜里被噩梦纠缠，没几个夜晚是安稳睡着的，但是这些话终究没说出口，只叹息道：“我是夜里睡眠不好，太医方才说要开些安神滋补的药，我想服过之后，会有些效果的。”

他点头：“是，臣方才开的好几味都是安神滋补的药，娘娘服过后，静心安睡，病情会见好转的。”

我沉默一会儿，才轻轻问起：“贺太医，我有一事相问。”

“娘娘请问，臣知无不言。”

我直言道：“不知陵亲王的伤势如何，如今是否彻底康复？”

他答道：“陵亲王伤势甚重，上回的剑偏两寸就刺进心脏，又失血过多，好在全力抢救才脱险。如今已无大碍，只是至少还要静养半年，才能彻底地恢复元气。”

我微微点头：“那就好，多多调养，便无碍了。”我朝他说道：“谢过贺太医。”

他摇手：“不客气。”

品过几盏茶，谢容华看了一眼窗外，说道：“姐姐，我们也该走了，你好生静养，相信吃过贺太医的药会见好转的，我改日再来看你。"

我要起身相送，他们执意不肯。

我立于窗台前，看窗外纷纷絮雪，丝毫不肯停歇，想着今晚一定会下得更大，明日的紫金城该是怎样一番美妙绝伦的景致。透过树影，我看到谢容华和贺慕寒的身影渐渐地消失在茫茫的雪境里。

琼玉飘至云雪阁

第一个雪夜，淳翌没有来月央宫，这是我意料之外的事，因为我记得，我来紫金城足足有几月不曾与他相见。而那一次的邂逅是在上林苑的香雪海，也是那一日，我知道我是因何而进宫，又是做了谁的妃子。

世事苍茫，浮生若梦，转眼又是一年春秋，又是飘雪的季节，那万千道劲的苍枝在风雪下显得更加肃穆萧然，只是含苞的初蕾还等待着时光的酝酿，经历层层风雪后，在岁月的枝头，才会尽情地绽放，无声无息，却散发着沁人的香气。

我的等待，仿佛就是为了这一季的梅开，还有那一季的梅落。我所记得的也只是这些花开花落，其余那些琐碎的人情世事，过去了，就渐次地忘记，因为，只有忘记，才是最好的选择。

暖阁的炉火烧得很旺，时不时还能听到银炭相撞的火花声，我知道，再美的银炭，燃烧过后，都是一堆残灰，在风中起灭，落地为尘，随水消亡。

我想起与淳翌烹茶煮茗的许多个夜晚，窗外寒风料峭，室内却温暖闲逸。其实每个季节都有不同的美，春日可以踏青观景，夏日于山庄乘凉赏月，秋日采菊饮酒，冬日只需围炉取暖，这样一年四季皆入画中。只是还需要一个陪着你赏景的人，倘若没有那份懂得，我宁可孤独地看风景，也不要落入别人的风景。

炉火旁放了一盆洁净的雪水，我看着白雪慢慢地融化，渐而成了一盆冰洁的寒水。这样子会增添几许湿度，屋内不至于干燥，对咳嗽会有疗效。秋槿是个心细之人，能做到的，她都会尽一切努力为我做到。

室内弥漫着蜡梅的幽香，还有浓郁的药香，交织在一起，濡染了一种别样的味道，也给了我一种别样的情怀。病时虽然恹恹无力，可是有时慵懒也是一种美，镜中的容颜苍白憔悴，弱不禁风无一丝骨力，也是一种残缺的美。

轻轻地咳嗽，红笺为我端来新煎的汤药，轻声道："小姐，趁热喝下，这是贺太医开的药，吃下去，希望今晚能舒适些。"

我点头，端过药碗，没有蹙眉，安静地喝下，就像品一杯苦涩的清茶，品味某一段苦涩的人生。

窗外的雪还在纷扬地洒落，如同探寒问暖的精灵，轻盈地拍打窗棂，我立于窗台，看着灰蒙的天空，雪夜是没有月亮的，那碎玉般的白雪是从瑶池落下的仙琼，不知这雪今晚又会落入多少人的梦中。

我临案执笔，在白宣琼纸上题下两首绝句《吟雪》：

闲观飞絮沾衣衫，始觉清风吹面寒。

应喜庭梅识天意，为君竞放报平安。

碎云裁锦织春衫，砌玉堆珠片片寒。

始信梅花无俗意，独开雪境占华年。

这一夜，梦梦醒醒，咳嗽稍微轻了些，咳嗽一轻，我也在雪夜里渐渐地宁静下来。心中有种难言的失落，亦有一种难言的惊喜，因为雪，这洁净无瑕的白，给所有韶华当头的女孩子带来了一份如烟似梦般的惊喜。

晨起时，我走至窗前，雪花不知疲倦地下了一夜，终于停歇，看着满树银白琼玉，缀满枯枝，让原本的苍凉多了几许纷繁的美丽，尤其是那翠竹，被白雪层积，却依旧挺拔翠绿，一派高节，如风清骨峻的雅士。蜡梅的幽香扑鼻而来，如蜡般透明的花朵上层染着晶莹的白雪，第一缕阳光的照射，刺疼了我的眼眸。

红笺为我取来披风，关切道："小姐，这儿有风吹进来，别站太久，先去梳洗，用过早膳，再来赏雪，好吗？"

我轻咳两声，微微点头："好，雪花糖炖的燕窝就好，只需小银碗半碗，我吃不下，吃完还要喝汤药。"

红笺展眉微笑："小姐想吃什么，我都猜得到，已经用银铫子熬好了，一会儿就能喝。"

坐在菱花镜前，看我淡妆素然，红笺为我画细细的眉，抹淡淡的胭脂，梳我最爱的流云发髻，斜插我心爱的翠玉梅簪，镜中的我，有着曼妙的身姿与美丽的容颜，不倾城，不绝代，但足以令许多人倾心。

用过早膳，小行子进来禀报，说皇上身边的小玄子在梅韵堂候着。

我回道："唤他进来回话。"我倦倦懒懒，亦不想出去见他。

小玄子进门施礼："参见婕妤娘娘，愿婕妤娘娘福寿康宁。"

我抬头问道："小玄子，何事？"

"皇上在云雪阁等候娘娘。"小玄子说道。

我问："云雪阁？可是皇上邀我一同赏雪？"

小玄子微笑："娘娘果然冰雪聪明，皇上一大清早就命奴才们备好茶点，此时的云雪阁美极了，皇上命奴才快快前来传话。"

"除了皇上，还有别的娘娘吗？"其实我心里已知，皇上定是趁这第一场雪落下，邀请各宫娘娘聚在一起赏雪品茗。

"有的，云妃娘娘和舞妃娘娘等都会去的，这会儿估计已经到了。皇上还专为娘娘备了轿子，此时正在月央宫外等候。"

我点头："知道了，你先在外面候着，我一会儿便来。"

看着小玄子弓着身子出去，又想起他在迷月渡时假扮小厮，转眼已快两年光景了，真是世事如梦，不知两年后，甚至十年后，这一切又会是什么模样。

红笺轻声说道："皇上也真是的，明知小姐身子不适，染了风寒，外面这般冷，这一去，吹了风，可怎么得了。"

我笑看红笺："你这丫头，好大的胆子，怪怨起皇上来了。我知你一片心意，大概皇上觉得雪景很美，再者又有专轿接送，出门也不会被风吹到的，到了云雪阁又可以围炉，不至于有多冷。"我望着窗外，停了的雪又纷纷飘洒起来，其实我喜欢出门时迎着飘洒的纷雪，这样赏雪才有美感。

秋棋为我披上白色的狐裘大衣，细心地系好领口，帽子也戴上，关切道："这样子出去就不怕了。"转头唤道："梅心，取个小巧的暖炉过来。"

秋棋接过暖炉递给我："娘娘拿好，暖着手，就不会冷了。"这是个很精致的手炉，淳翌御赐之物，到了冬天，我都要用手炉暖着，我怕冷。

秋棋伴我前行，红笺执意要随着，我命她们都穿厚实些，毕竟她们要在风雪中伴轿行走，也怕她们受了风寒。

走出梅韵堂，院里的积雪已经被他们扫净，堆积在两旁，厚厚的，几树蜡梅的幽香扑鼻而来，沁人心骨，我紧了紧狐裘大衣，缓缓前行。

才出宫门，有冷风袭来，碎雪扑打在脸上，冰凉刺骨。我走进轿内，掀开轿帘，看着一片冰雪的美景，惊叹不已。御街上已被清扫干净，两旁的积雪厚厚地堆着，甚至有些宫女和小内监在堆雪人，嬉笑玩闹，这样的时候，在冰雪的世界里，相信谁都可以忘形。

两旁风景甚是迷人，如置梦幻，伟岸的松柏，摇曳的翠竹，还有许多不知名已落尽叶子的枯树，还有那闻得到梅香却不知梅树在何处的飘忽感觉。

穿过楼台殿宇，穿过翠湖石桥，穿过寒雪清风，来到云雪阁。云雪阁其实也属于上林苑一处风景绝佳的楼阁，需上层层楼梯，在楼台高处赏尽上林苑的景致。

当我一袭白衣立于她们中间时，感觉那么多的色彩将我层层包裹，我竟然觉得自己有种脱离凡俗的美，与她们格格不入，却又必须要走进她们。

淳翌坐在蟠龙宝座上，倜傥潇洒，头戴皇冠，身着黄袍，那么凌然霸气，那么不可一世。

他起身相迎，微笑道："湄卿，就属你最迟了，还好没辜负这番雪景。"

我施礼，随后笑曰："皇上与各位姐姐真是好兴致，不过这是今冬的第一场雪，的确需要尽情地欣赏一番。"说完，我又轻轻地咳嗽起来。

淳翌立即扶我起身，柔声道："湄卿的身子还不见好吗？其实朕也该想到，只是想着这番雪景，只有在云雪阁才能感受到其间的风华韵致。"

我莞尔一笑："好得差不多了，看这絮雪，飘影琼国，柔若无骨，也纷洒素香，真是人间别境。"

"是啊，所以朕搁下繁忙的政事，与爱妃们同赏这一帘飘雪，几卷冬梦。"他笑意吟吟地看着大家。

我看着坐在一旁的云妃，许久不见，她大概因为受伤也憔悴不少。我善意地朝她点头，而她仿佛对我仍有敌意，只微微笑道："湄妹妹可要保重身子，这般柔弱只会让皇上心疼，让大家也随着心痛。"

我浅笑："多谢云妃娘娘关心，您也多保重。"

走至舞妃身旁，轻轻坐下，这旁还有谢容华，有久未谋面的顾婉仪，她朝我盈盈微笑，许久不见，却依然有种亲切的感觉在心间萦绕。

桌上摆放着各色点心，炉火上煮的茶在沸腾，那么多热气在寒风中飘散，让云雪阁也有了几分仙味。

仿佛每个人脸上都带着欣喜，我不知道她们是真的欣喜还是假意给大家一个笑脸，但是，在如此琼玉的河山面前，如此冰洁的世界里，谁又还会带着那么多的邪念与不真？

煮炉烹茶，赏雪观景，本该是两个人的事，又或许是三五好友之间的事，如今，只是淳翌一个人的家事，他拥有后宫的红颜佳丽，在他看来，这些曼妙多姿的国色，都是他的女人。可是他不明白，女人多妒，宁愿只与他单独地赏雪看景，也不愿这样聚在一起将他分割，一块一块地咀嚼，再吞没，谁也尝不到真实的滋味。

我承认，我不多妒，因为我并不在乎，可是，我亦不愿与这些半敌半友的人相处。我宁愿淳翌单独去云霄宫，或是去翩然宫，甚至羚雀宫、紫莺宫都好，也不愿意在这个精致无双的云雪阁，看着万千雪景，给每个人留下一段残缺的心情。

大家都在相互谈笑，但是我听到的更多的是沉默的声音。我知道，一会儿在这里会有一段段笙歌妙舞，丝竹之音奏起，歌我盛世太平，享我后宫华丽，抒我雪意长卷。

一段年华写沧桑

絮雪纷飞，穿枝弄影，落在萧萧的树林间，濡染成诗意无边的风雅，落在浩渺苍茫的大地上，化为冰洁的粉尘，落在碧池烟波里，化作一池清透的寒水，落入斟满琼花泪的酒杯中，带着玄幽的芳泽，落入诗人曼妙多情的诗卷上，带着飘逸的轻灵，落入画者精妙传神的画境里，带着水墨的清雅，落入古琴流云似水的弦音中，带着苍凉的幽远。

我喜欢听炉火细细的煮茗声，而此刻我独自沉醉在这雪境中，竟不愿醒转。

那边传来淳翌明朗的声音："去取些酒来，把琼花泪温上几壶，比喝茶要让人舒适。"我心所思，雪天煮酒，让我想起了仗剑江湖，仿佛酒与剑，琴与诗总是这样不离不弃，而淳翌的琼花泪，不再是为我一人。不知从几何起，我与他之间丢了从前的那份感觉。迷月渡的凝月酒，紫金城的琼花泪，前者原本不是只属于我们，那是无奈，后者却也不再属于我们了，这是人为的，我无言。

琼花泪，果真是琼花泪，在炉火上温煮，芬芳四溢，醉人心骨，不曾饮下就已醉了。我很怕这样的感觉，酒未醉人，而人却自醉。

一人一盏，纹金的杯盏，斟的尽是琼花泪珠，举杯碰饮，浅酌慢品，每个人喝的都是不同的滋味。诸多滋味，独我心明。

只听到顾婉仪低低地说了声："好冷艳的酒，纵然温得这般热，入口还是觉得清凉，点滴地侵入心骨，漫溢至身子每一个有经脉的地方。"如此的感触，是我第一次饮琼花泪的感觉，看来世间似冰雪的女子还是有，只是需要在茫茫人海中细细地寻觅，顾婉仪在我心中不是寻常的女子，她的话验证了我的感觉。

我不禁对她敛眉微笑："顾妹妹，你的感觉好别致，只是，我懂。"

她微微垂首，浅笑："我知道姐姐懂，而且琼花泪也只有姐姐配得起。"她声音极低，在众人面前，她的遮掩，我是明白的，但是我听得很清晰。

淳翌看着众妃微笑："饮琼花泪，是聚在一起行酒令，还是看众爱妃各献才艺呢？"

云妃接话道："行酒令纵然有趣，只是不能尽显各位妹妹的真正才艺，臣妾以为还是依着各位妹妹自由发挥的好。"皇后因身子虚弱，这样的聚会她都来得甚少，而此时云妃便成了众妃之首，她的话大家都附议着。

淳翌点头："也行，就依爱妃。"

我淡淡说道："皇上，莫如让爱曲律的姐妹各自弹奏丝竹之音，可歌可舞，大家聚在一起，既可赏雪，也可闲谈，自由自在，一派洒脱闲逸、音曲和谐，不是更好吗？"

淳翌赞赏道："好，好，还是湄卿说得好，本该不拘泥，你们各自寻各自的乐趣。朕就在这儿自斟自饮，独赏佳人曼妙多姿的风韵。"

刹那间，弦音流淌，琵琶、竹笛、管箫、古琴，她们纷纷选择自己喜爱的乐器，奏自己钟情的曲子，也有人轻歌曼舞，饮酒嬉笑。这些人，都是我陌生的，而我熟悉的那几位，似乎都极为安静，我不知道那些嫔妃是因为真心喜爱而流露出欢乐，还是为了取悦淳翌，又或是其他。

我看着谢容华，点头微笑："妹妹，我们不如到风雪中赏景？"

谢容华笑道："妹妹正有此意呢。"她看向舞妃和顾婉仪，她俩相继点头。

起身向皇上告辞，淳翌见我们兴致甚欢，准道："好，你们且去玩，不过每人饮下三杯热酒，暖着身子，这样不会受寒。尤其是湄卿，身子还不见好，不可逗留得过久。"

我盈盈笑道："臣妾知道，谢过皇上。"

连饮几盏琼花泪，似觉心口微微地烫，还有些许疼痛，低低地咳嗽几声，披上白狐裘大衣，同她们缓缓地走下楼阁。

立于飞雪花影间，不由得感叹造物者之神奇，可以将这天然旖旎的世间景物染得这般玉洁冰清，如临画境，又似梦中，令人沉迷，更是陶醉。

雪花落在我们的衣襟上，轻灵地拍打我们的脸颊，融为寒水。

舞妃执我的手，轻声问道："听说妹妹近日都在病中，我也不曾去月央宫看你，眼下见着了，真的是瘦多了，你一定要多保重。"

我含笑看她："姐姐，我已然好多了，你也一直在病中，我也不曾去翩然宫看你。我们都彼此珍惜，彼此保重。"

"好。过了这冬又是春暖花开，我一定要等到姹紫嫣红，平静地等待，换得最后的绚丽。"她看似平静地诉说，可是我却总能听出那份冷艳与决绝。

我叹息："姐姐莫要多想，还记得我说过的吗？人生散淡只求安，只有安才是最后的宁静。"

她浅笑："妹妹，各有各的活法，我愿意用平淡换来那一夜的璀璨，尽管，如同昙花，只是短暂，却美得永恒。"

谢容华走至我们身边，笑道："两位姐姐在聊些什么，这般入神。"

我抬头望着纷洒的白雪，双手展开，雪花落入掌心，瞬间融化，含笑道："在论这飞雪，乃世外仙姝，为何偏生落入这污浊的人间，是想要遮掩这些烟尘，还是要证实自己的清白？"

雪花轻盈地落在谢容华红色的风衣上，她展眉微笑："姐姐，倘若不曾有这四时明景，人生就真的再无眷念了。无论这白雪是因何而来人间，至少给我们带来了欣喜。"

我点头："也是，都说瑞雪兆丰年，只是自古以来，兴亡皆是百姓苦，我们深居在紫金城赏雪，不知宫外又是何等景象。"

舞妃笑道："妹妹多虑了，宫外自然是喜气洋洋，家家户户围炉闲话，期待来年的收成了。"

我不作答，只是想起了儿时在城外赏雪，乡村篱院，爹爹坐在炉火前饮酒，娘亲为他炒几道小菜，而我和红笺在院落里堆雪人。年少不经事，又岂知家里有过的困境，天灾人祸，还有许许多多不为人知的悲凉。瑞雪，也难解人间疾苦。

顾婉仪手握一个小雪团，走过来笑道："姐姐们，我们说好了只赏雪，不感叹人生，不悲人间疾苦的。"

谢容华点头轻笑："是了，这样吧，我们也不吟诗，只聊聊这风雅之景。"

舞妃问道："如何算是聊聊这风雅之景呢？"

谢容华嬉笑："当然是这雪中耐寒之物了，可以在这琼纤不染，朴素无华的景致中依然郁郁葱茏，临雪竞放，也唯有岁寒三友了。"

顾婉仪赞道："于雪境中品论岁寒三友，当为绝佳之时。除了寒雪飘飞之时，就再无这样的心境了。"

谢容华笑道："岁寒三友，如今我们是四友呢。"

顾婉仪莞尔一笑："我们也可以梅兰竹菊居之，这样不就完美了。"

谢容华赞道："好，果然好。梅的冷艳孤傲当属湄姐姐，兰的飘逸出尘当配雪姐姐，竹嘛……"她看着自己和顾婉仪，笑道，"我与顾妹妹，竹和菊取谁呢？"

顾婉仪微笑："竹的高洁清逸，碧色诗篇，当属疏桐姐姐，而我，喜欢秋菊，一壶秋心，野逸疏篱，雅韵天成。"

我微笑："梅兰竹菊四君，能配得起的真的不多。梅花的香韵绝俗，疏影横枝，素蕊冷骨，我自是不及的。"

舞妃执我的手："湄妹妹配不上，还有谁人配得上，瘦而不馁，香而不媚，冰肌玉骨，只有你相似。"

我笑道："那我们各吟一首属于自己的诗，梅兰竹菊，趁这风雪日，寒冬日，为念。"

"好。"谢容华爽朗应道。

舞妃和顾婉仪也相视点头。

各自沉思，在飞雪中踱步，静听云雪阁笙歌丽曲，醉看雪境的碧湖琼树。我为梅，当先吟之，看这虚实之景，风中闻得幽淡梅香，心中竟无好句，浅浅吟道："冰绡瘦骨和雪香，茕影小窗照夜长。千载谁伤寻诗客，一段年华写沧桑。"

顾婉仪叹道："千载谁伤寻诗客，一段年华写沧桑。这两句好喜欢，仿佛说的就是我们，那初梅绽放，明明是风华绝代，却有着沧桑的虬枝。就如同我们，明明是韶华当头，心却仿佛都在老去。"顾婉仪把我想说的话说尽了，也把我诗中之意诠释得淋漓尽致。这个女子，与我有着一段隐约的缘分，只是我愿意这样淡淡地相处。

舞妃也赞道："的确是好句，湄妹妹的诗句入骨。"

谢容华笑曰："赏过湄姐姐的梅，该品雪姐姐的兰了。"

舞妃莞尔一笑，轻轻吟道："粉润洁疑古韵寒，香幽碧削瘦春衫。风流不落寻常梦，素袖情怀共岁阑。"

我听后赞道："还是姐姐的古韵天然，风雅绝俗。一句'风流不落寻常梦，素袖情怀共岁阑'写尽了兰花的天然逸尘，淡雅情怀。当赞！"

谢容华盈盈笑道："两位姐姐吟得这般好诗，我这个自称君子竹的人，真是难了。"

顾婉仪对她微笑："我压阵才是最难的呢，你且快快吟来。"

谢容华款款吟道："修成翠羽抱山眠，留待薛涛巧手闲。十丈虚怀垂青史，一笺碧色赋诗篇。"我心中叹，果然不辜负这君子的高名，可见谢容华的心已达到一定深远的境界。

顾婉仪投给谢容华一个十分赞赏的眼神，笑道："姐姐方才还谦虚，这个可难倒我了，压阵之作，如何吟都是落名了。"

谢容华打趣笑道："你快快吟来便是。"说完，朝手上呵了口热气："好冷啊。"

顾婉仪衣襟上也落满了雪花，我轻轻为她拂拭，她对我浅笑，漫吟道："凌霜凝露竞风流，野域疏篱未足休。雅韵天成偏与淡，劳君一笑解秋愁。"

我赞道："竟是我落名了，你们一人比一人好，顾妹妹的一句'雅韵天成偏与淡，劳君一笑解秋愁'，竟放达洒脱多了，独我拘泥在伤境中，不及你们豁达明净。"

舞妃盈盈一笑："各有千秋，风韵自然。"

看着曼舞的雪花，我沉醉于这样的美丽，也忘了凉意，只轻轻咳嗽，缓缓吟道："芳颜和雪化春泥，梦断幽香心自持。瘦影虚怀秉高洁，揽衣沾露叩东篱。"

谢容华欢声赞道："好，好，梅兰竹菊四君子皆入诗中，湄姐姐高才。"

我迎风咳嗽，浅笑："妹妹笑话了，只是觉得今日别有意义，又想起那日我们在明月山庄共绘一幅梅兰竹菊的画景，当日我抚琴，疏桐妹妹临画，雪姐姐曼舞，顾妹妹清歌。今日这四君子又恰好符合了我们的心境，当真是难能可贵。"

　　顾婉仪点头微笑："的确如此，所以说冥冥中总有注定，过去的会应验现在的，现在的又会应验将来的。"此话听上去颇有禅意，却又不无道理。

　　见那边小玄子踩着积雪急急走来，施礼道："皇上请几位娘娘回云雪阁去，久了当心受了风寒。"

　　我朝她们看了看，脸上都冻得有些发紫，而我也觉得透骨地寒凉。四人相伴朝云雪阁走去，踩在厚厚的积雪上，深深浅浅的印痕，长长的一路，靴子上沾了细碎的雪花。

　　清风拂来，那幽梅的暗香随着飞雪扑鼻而来，*丝丝缕缕渗透进骨子里*。

百代浮沉皆有数

走至云雪阁的时候，她们还在尽情地欢娱，奏曲饮酒，闲谈嬉笑，谁也注意不到谁的存在。而我却发现，云妃和许贵嫔已不在，不知道去了哪里。

淳翌依旧握着酒杯，在那儿斟饮，脸上红红的，似有醉意，见我们走进来，招手唤我们过去。才上前，他便拉住我的手，笑道："湄儿，来，陪朕饮几杯。"感觉到我手的凉意，惊道，"如何这般凉，快快取暖炉来，方才朕就不该让你们出去。"

已有宫女为我递来了暖炉，我冷得发麻的手捧着暖炉有些疼痛。淳翌命舞妃和谢容华她们也坐下暖手，喝热酒。

我忍不住咳嗽起来，觉得头也有些沉，想来风寒真的是加重了。淳翌醉意醺醺，一直执我的手，也不放开，让我临着他身边坐下，举起酒杯，轻说道："先饮一杯热酒御寒，在风雪里站得太久了。"

"谢谢皇上。"我轻轻饮下，不觉冷艳清冽，只是热辣辣的，烧灼着胸口。

那些嫔妃看着我与淳翌亲热，方才那般喜悦的景象不再有了，各自停下了手上的乐器，歌舞也停歇，坐在自己的位置上品起酒来，吃着点心。

淳翌真的有些醉了，一直握我的手，握得那般紧，甚至带着暧昧地与我贴得那么近，我极力想要躲闪，可是他却不依。浓烈的酒味有些呛人，他对我微笑："方才你们在下边都谈论了些什么？"

我回道："只是看雪景，不曾有其他。好美好美的雪景。"我一边说，一边望着楼阁外依旧飘飞的絮雪，心中充满了浪漫与温柔。此时的我，只想回到月央宫，在暖阁里，静躺在花梨木椅子上，烧着旺旺的炉火，温煮着香茶。

如果可以，愿意让淳翌静静地陪伴着我，与我说一些流年世事，讲一些古今传奇，我慢慢地睡着后，也依然陪着我。

纵然我独自躺着，也好，一本经书，若有若无地翻看，狐裘的锦被暖暖地盖在身上。只要红笺坐在我身边，讲一些儿时的乐事，回忆那段美好的童年。然后我在暖暖的炉火边慢慢睡着，来场南柯一梦，如果可以，不要醒来。

"湄儿……"淳翌轻声唤我。

我猛然回过神，微微一笑："怎么呢，皇上？"

淳翌笑道："朕问你呢，还问朕，总是走神，在想什么呢？"

我歉意道："皇上，臣妾恐怕风寒有些加重，此时头有些沉。"

淳翌关切地抚摸我的额，说道："朕陪你回月央宫歇息，唤上几个太医前去问诊，再开些药喝下。"

我轻轻摇头："皇上，不要了，臣妾只想回去静躺，睡上一觉，醒来就会没事的。"

"那好，朕先送你回去。"

我依旧摇头："不用了，臣妾坐轿子回去就行，皇上留下陪姐妹们继续赏雪，只是少喝些酒，再喝要醉了。"其实，当着众人的面，我不便去提醒他什么，可是我的确担心他喝醉，伤了身子。

淳翌执意相送，我执意拒绝，就在两人纠缠之时，有内监匆匆来报，只见他神情慌张，叩首道："皇上。"

淳翌蹙眉："何事如此慌张？"

"回皇上，陵亲王说有要事与您商议，此时在御书房外等候。"

"知道了。"

淳翌看着我，我忙说道："皇上请快快去，臣妾也先行回去了。"

淳翌点头："好，那朕先去，晚上去月央宫看你，你好生歇着。"随即，他朝在座的嫔妃说道："爱妃们，你们可以继续在这儿赏雪饮酒，累了就先行回去，朕一会儿不再来了。"说完，他转身急急离去。

舞妃、谢容华和顾婉仪也与我一同走下楼，其余的嫔妃也纷纷离去，毕竟，没有了主角，再美的布景，再多的配角，也无法演完一场戏。

我坐上轿子，一直咳嗽，也无心再观赏外面的雪景，只盼尽快回月央宫，我需要好好地休息。心中还思量着淳祯寻找淳翌会有何事，这样大雪纷飞的日子，急着入宫，他的身子痊愈了吗？

踏进月央宫，忽然觉得有种归属感，还是这里亲切，这里属于我。雪花覆盖了院内的景物，可是却遮掩不住那些苍劲的虬枝，还有疏梅的暗香。

他们围坐在梅韵堂烤火，这下雪的天也无事可做，各自享受这份闲逸舒适的生活，带着久违的喜悦。

我一进去，全都围上来，嘘寒问暖。

我微微笑道："你们且玩着，不必侍候我。"说完，径自朝暖阁走去。

暖阁温暖而舒适，炉火里燃着沉香屑，脱去白狐裘大衣，静静躺在花梨木椅上，朝着秋榉招手："去帮我把小行子叫进来。"

"娘娘是想让他去皇上那边打探消息吗？"她机警地问我。刚才皇上被匆匆叫走，她也是知道的，这两年，我把她当作最亲近的人，所以这些事她也不忌讳，直接问我了。

我轻轻点头："是，我想要知道，不然我放不下心。"话一出口，我自己都不明白，我是为淳翌放不下心，还是为淳祯放不下心，或者是为这紫金城放不下心，又或是为大齐放不下心，为这千万的黎民百姓放不下心。我没有这般伟大，我知道，我只是想知道淳祯究竟何事找淳翌，仅此，而已。

小行子弓身立在我身旁，问道："娘娘有何事吩咐？"

我轻轻说道："你去小玄子那儿打探一下，看看陵亲王找皇上何事。"

他点头转身离去。

我唤住他："等等。"

"还有何吩咐？"

"此去不要太急，若是打探不到，就罢了，莫要让人生疑。"

小行子眼睛机灵地转动："请主子放心，奴才会做好，很快就回来回话。"

我挥手，示意他去。

静静地躺着，听炉火细细的焚烧声，它们会疼痛吗？不会，它们平静地期待这么久，只为这样一次燃烧，纵然化为灰烬，也是一生无悔。我只是静静地感知着这一切，甚至还听得到窗外簌簌的风雪声。

直到黄昏，小行子才回来，只见他冻得发抖，脸上也发紫。

我命他暖了再回话。

他哆嗦地说："主子，奴才终于打听到了。"

我问道："究竟是为何？"话才出口，才知道，自己原来是这般心急。

小行子朝手上呵气，说道："主子，奴才也是听小玄子有一句没一句地说，好像说有个江湖至尊叫楚仙魔的，在江湖上闹事，皇上还说江湖上又会有一场腥风血雨，而且会危及朝廷，因为他是有预谋的。陵亲王得到消息，才匆匆来宫里告诉皇上，叫他严加防范，未雨绸缪，以免到时忙乱阵脚，又出差错。"

我问道："除了楚仙魔还有谁吗？"

小行子摇头："没听到了，就知道说有场什么武林比赛，全国各地的武林高手都会云集到一起，为的好像就是对付朝廷。而且楚仙魔现在的势力非常强大，以他的能耐，几乎可以呼应半壁河山。"小行子绘声绘色地说着，仿佛在诉说一场传奇故事，一段关于武侠的经典传奇故事，我听着也觉得扑朔迷离。

"楚仙魔，楚仙魔……"我喃喃道。

小行子轻声说："娘娘，这楚仙魔也不知道是何许人也，竟这般神通广大。"

我对着小行子笑道："你且退下暖身子去，回头有赏。"

"奴才谢主子荣恩，小行子不求赏，能为主子办事，是小行子的福分，小行子只想尽心为娘娘办事。"小行子甜言蜜语的时候倒还真可爱。

小行子退下后，红笺轻轻走至我身旁，欲言又止。

我看着她笑道："说吧，我知道你有话要说。"

红笺低声道："小姐，这楚仙魔会不会……"

没等她说完，我就接话道："你也猜到了？看来真的是他了。"

"是，我有种直觉，是他。"红笺带着肯定的表情。

我点头："那就必然是他了，也只有他才会有这样的能力，可以在短短的时间内统领整个江湖，如此威震无边。因为他知晓过去未来，懂得乾坤变幻，他也许不能覆雨翻云，却比一般的人有更大的能耐。他也许不可以改变结局，却会更改整个过程。"

红笺似懂非懂地点头："小姐说的大道理我不太懂，只是我不明白他为什么要这样做。他不是世外高人吗？不是想拯救苍生吗？为什么还要做这些有害无益之事？"

我冷冷一笑："我也不明白，也许我们看到的都只是他的表象，一个有这么大能耐的人又怎么甘愿一生平凡呢？也许有什么事刺激了他，改变了他，也许他想找回真正的自己。"我心想着，竟有些遗憾，还记得那日离开他时，我觉得他不会再成魔，觉得他淡漠一切，可是此时的情景，却比我想象的更加离奇，更加不可思议。我不知道改变他的是什么，究竟是什么要将他改变，是他自己，又或者是世事，还是某个人。

"我想静一静，红笺。"红笺听完我的话，悄悄退下。

我轻轻起身，走至窗台，雪花已不知何时停了，那暗淡的天边，竟透着缕缕的霞光，而那边，还有一弯浅淡的月亮，这样的景致，实在是少见。

看着这样的雪景，不禁心生感触。

临着桌案，提笔写就一首《临江仙》：

> 翠竹疏梅拂雪院，霞光透染朱帘。多情我亦写红笺。新词成旧韵，好梦在昨天。
>
> 百代浮沉皆有数，今将过往抛闪。年华似水已擦肩。离合终是命，自古月依然。

我叹息，不知明日，明日的一切是否会改变。

参到无参皆如此

夜很深的时候,淳翌来到月央宫,此时的我,依旧躺在花梨木椅子上,什么也不想做,什么也不想吃,只想静静地躺着,思量着那些曾经发生以及行将发生的事。

淳翌轻轻走至我的身边,他脱下那袭明黄的锦袍,上面还沾了一些絮雪。我起身迎道:"皇上,雪又在下吗?"

淳翌轻轻点头,拂了拂衣袖:"是的,只停了一会儿,我衣襟上的这点碎雪,还是方才院子里落的。"

他走至案前,看见铺叠的宣纸上点点墨迹,随手取过来看,赞赏道:"湄儿好词,只是这词颓丧了些,你在病中,不可作如此颓丧之句,况且朕一直陪着你,怎可如此叹怨好梦在昨天呢?正值韶华当头,又岂是年华似水已擦肩。"

我忙走过去将宣纸取下，笑道："皇上，臣妾是闲来无事，写着玩的，不可当真。"

淳翌微笑："湄儿，诗词可以道尽衷肠，由来都是心中所想，心中所思，心中所感，又岂是写着玩的呢。你放心，朕不怪你，许是朕近日太忙，冷落了你。"

我轻轻摇头："不是的，皇上，只是看着这雪月，心生感慨而已。"

淳翌看着窗外凝思，轻念道："百代浮沉皆有数……自古月依然……朕最爱这两句，浮沉有数，明月依然，写得好。"

我莞尔一笑："是的，浮沉有数，明月依然。"

闻到蜡梅清幽的芬芳，这才看到案几上的古青瓷瓶插着一枝蜡梅，虬枝上缀满了如蜡的芳瓣，惊喜地问道："皇上，是您为臣妾折来的吗？"

淳翌微笑，柔声道："是朕方才在院子里折的，折来寄相思，让湄儿闻着幽香入梦。"

"臣妾谢过皇上。"我朝他施礼。

彼此有了短暂的沉默，只是临着窗台，虽然是夜晚，那灰蒙的夜空，晶莹的白雪，将夜色映衬得很明亮，我能清晰地看到窗外雪瓣飞洒，卷若鹅毛，纷落西东，或悄挂梅枝，或飘入竹叶，或卷进重幕。在朦胧的烟雾中迷望，还有不知名的鸟儿临在枝头，不畏严寒，仿佛在期待着什么，又好像什么都没有期待。

淳翌轻轻叹息："都说瑞雪兆丰年，可是百姓的疾苦，还是需要朕这个天子来解除。"

我心惊，这话是我白日所说，只是话意不同而已。我沉声道："是，兴亡百姓苦，瑞雪纷飞，却不能解人间苦难，而皇上可以，您是皇皇天下、百姓心中的神。"

淳翌看着我，问道："你知道什么吗？"

我轻浅一笑："看皇上心中有事放不下，臣妾也明白一二。"我没有告诉淳翌我所知道何事，这些私下打听的事，说出来反而让他笑我多事。况且后宫嫔妃不能参政，这虽不是参政，但也是朝廷中的事，与我无关。淳翌想告诉我自然会说，而我去询问，只会让他生厌。

淳翌叹道："此番江湖至尊横行不到几月，势力日渐壮大，这样一闹，世道必乱，人心必浮。关内有江湖波涛、前朝余孽、朝中叛臣，关外的晋阳王，又想吞并中原，看来兵交血战之时行将到来了。"淳翌今日显然比往日的忧虑更深，往日他信心十足，觉得万事尽在他的掌握中，如今棋逢对手，也不知他有几分胜算。但有一点，我很明白，倘若楚仙魔真是楚玉，他决意要与淳翌对抗，那么这场战争必定是历史上最灿烂也最残酷的一笔。这两个不同背景的男儿，如若真的针锋相对，我处在其中，是否该冷眼相看？

窗外一袭凉风拂过，雪花乱舞，吹香影动，我轻轻说道："皇上，您说这究竟是风动，还是雪动，又或是花动，人动，心动呢？"我想起当日我偎依在楚玉怀里，闻到佛陀的味道，我那么决然地断定他不会成魔，不会改变，难道我都错了吗，我的感觉都错了吗？

淳翌静默，只负手看着窗外，沉声道："湄卿问得好，是风动，还是雪动，又或是花动，人动，心动。万物虽在动，心却是静止的，人虽是静止的，心却在动。这就是人与物的区别了，此时，想必是心动吧，才会如此不能淡定。"

我将手探出窗外，几瓣雪花落在我的手心，瞬间因为热度而融化，只有丝丝的薄凉，却让我觉得舒适，不禁轻声叹道："皇上，如此雪夜良宵，如此需要相守相依的季节，为什么总是有那么多的纷争，大家都相安无事地度日，各守其位，过自己的日子，不好吗？"

淳翌温柔地拂过我额上的发，低声道："傻瓜，要都这样，如何会有杀伐纷争，如何会有起落沉浮，如何会有沧海桑田呢？"

我释然道："也是，无悲欢不成曲，无泪泣不成书，无成败少斗志，世世如此，代代传颂，人生都是如此的，臣妾应该用更平和的心态来面对，皇上呢？"

"朕当然要勇往直前，拿出所向披靡的气势，将这些人一一铲除，还我大齐清明盛世，还我百姓安稳生活。"他双手举起，急急地说道，信心倍增。我在他的眉眼间找回了曾经那份凌然的霸气，却又暗暗地心忧，楚仙魔的出现会将一切改变，那时的风浪只怕是难以预料的。我想要阻止这一切，如果他是楚玉，我愿意一试。不为淳翌，不为楚玉，也不为大齐，不为天下苍生，我只是想试一试。

我用赞赏的目光看着淳翌："臣妾会默默地支持您，相信这一切都是暂时的，待他们明白，会真心地拥戴皇上，因为您是仁慈的明君。"

淳翌嘴角轻扬，挤出一丝冷笑："湄卿不知，有时历史上不需要仁慈的明君，而需要那种冷酷无情而霸气十足的君王，哪怕他们暴戾，惹得天怒人怨，却能真正地干几番事业，给世人留下刻骨的记忆。而那些所谓的仁慈明君，到头来，反而只是默默无闻，在历史上留个不温不火的名字。"

我低低问道："皇上，您在意这个名字吗？"

淳翌沉默，片刻之后，淡然笑道："若说不在意，是假的，虽说是虚名，可是人生在世，也就图这些，若是什么都不图，活着也等于虚无了。爱恨情仇，悲欢离合，只有尝尽了才算得上完美的人生，你说呢？"

我点头微笑："是，皇上说得对，一般人尚且如此，更何况是天子。再平庸的天子，于史书上都会留名，更何况是皇上这样的明君，有勇有谋，又仁慈清朗。"

淳翌大笑："哈哈，湄儿说得朕很心暖，不过朕虽在乎，但不会强求，只做到朕该做的，至于史书上给朕留下怎样的一笔，都不那么重要。"淳翌原就是个豁达真诚的人，今日这番话更证实了这点，他坦诚地说出自己想要的，又坦然地接受将来世人给予的。虽然如此，但多少还是会有纠结不清的心绪。

我赞道："皇上豁达如此，让臣妾佩服。世人都无法做到无欲无求，佛亦不能，仙也不能，倘若真的无欲无求，存在也没有灵魂了。您说仙佛有灵魂吗？"

淳翌笑道："你这一问难倒了朕。朕相信是有的，仙佛没有灵魂，如何去度人，去掌管乾坤万物？朕是天子，天下都属于朕一人，可是朕还是有得不到的。"淳翌这话，其实我明白，他们得不到的，都是人心。淳翌可以得到天下的万物，天下的人，可是这些人中还是会有背叛，会有不忠。佛与仙亦是如此，不是所有的人都信佛，都信仙，还有魔与他们抗衡。自古仙人为了世情，而被贬落凡尘的不计其数，难道说他们没有修炼到境界吗？所以说，世事没有绝对，一切似是而非，虚虚实实。参来参去，世味相同，莫如不参，冷眼相看。

我沉浸在自己的心绪里，淳翌轻唤道："湄儿，你又在深思吗？"

我抬头微微笑道："不曾深思，只是在想着皇上方才的话。"

淳翌用他深邃的眼眸看着我，那眸子，在烛光的映照下，那么清澈，那么锐利。他低低说道："湄卿，有时候，你的沉默比言语更能穿透人心。"

"穿透人心？"我不解地问道。

"是的，穿透人心，你的睿智与聪慧足以穿透人心，你洞察人情世事，你知晓一切，只是你不说，你从不说。"

我浅淡一笑："皇上，您这是在赞赏臣妾，还是在指责臣妾呢？"

"当然是赞赏了。"他脱口而出。

"可是臣妾真能吗？臣妾不能，也许臣妾是知道许多，明白许多，可仅仅只是明白，我自问不能穿透人心，最多只是知道一些表象的东西。因为，许多人连自己的心都无法明白，又如何让别人去理解呢？"我语气中带着丝丝的无奈，我觉得自己都碌碌难脱，又如何去穿透别人，如何去知晓别人？我不能彻底地明白楚玉，也不能清晰地了解淳翌，亦不能深刻地知道淳祯。还有后宫这许许多多的女子，我都不能真正地明白。

淳翌微笑："能知晓这么许多，已经是难能可贵了，若把人事琢磨个透彻，就无意义了。湄儿从来都不主动去猜测什么，我就喜欢你这样的漫不经心。哪怕是对朕，你亦可以做到如此。"

"若真做到，臣妾亦不会如此了。"

"如此？"

"嗯，如此。"

我们相视而笑。

淳翌拥着我，低声问道："湄儿，你说明天，明天会怎样？"

我笑道："皇上，方才臣妾也在问，明天会怎样，然后皇上就来了。臣妾觉得，明日会有暖阳高照，雪后的天晴，将沉睡的万物唤醒。冻结多厚的冰，亦会有消融的那一天，这些积雪，化起来很快。就如同皇上处理的政事，只不过是近几月堆积得深些，时间还算浅，所以处理起来，还是可以得心应手的。"

淳翌欣喜地亲我的额头，笑道："湄卿吉言，朕一定可以顺利融化那些寒冰，还我大齐明净山河。"

我点头道："一定可以，臣妾信皇上。"

淳翌搂紧我的腰身，柔声道："只要湄儿陪着朕，再多的寒冰，朕也不惧。"

我偎依着他，喃喃道："臣妾一直陪着皇上，不会离开。"我没有用不离不弃，也没有说永远，我心里无法承受那么重的词，只想淡淡地偎依。

雪花还在飞舞，仿佛要绽放它所有的激情，但我深信，明日，明日一定会有阳光。

梦里已识硝烟味

又是一个多梦的夜，在梦里纠缠，梦里经历的事，比真实生活的一年都要久长。一夜的梦，如同过了一年，甚至更长，搅得人好不心累。

我疲惫而慵懒地醒来，一束白色的阳光从窗棂透洒进来，落在琴弦上，折射出寒冷的光与我相望，我合上眼，深深地呼吸，寝殿内还有银炭燃过的味道，飘散着沉香屑的气息，还有隔夜的茶香，亦有缕缕晨曦的风，带着丝丝的薄凉与清新。

枕边的人早已离开，昨夜他对我百般温存，缱绻留韵，而我只是尽我一切心意去迎合他，我知道他需要我的温暖，我能给的，尽量给他，我不能给的，终究还是要保留。

他去早朝，从来不打扰我，只是安静地离开，每次，我都在梦中。不知他离开之时是否会轻吻我的额，又或是其他，这些也不是我所关注的。

昨晚说，今日一定会有阳光，我站在窗台前，看消融的雪水从瓦檐上滴落。我知道，无论积压了多深多厚的雪，都会消融，只是需要时间，时间是奇怪的东西，它可以销毁一切，也可以重建一切。

今日的淳翌大概就是消融寒冰去了，我不知道他坐在金銮宝座上，以何种方式与诸位大臣商议国事。他在位这么久，想必早已分清谁是忠臣谁是奸臣，谁真正有勇有谋，谁又只是纸上谈兵。

我有种预感，真的有一场战争行将拉开序幕，也许只有战争才能阻挡这份蠢蠢欲动的狂热与焦躁，然后还大地山河一份平静。分出成败，分出胜负，分出最后的结局。但是在我眼中，却没有成败可分，因为纵然你此时兴盛飞扬，也会有低落沉寂之日，纵然你此时颓败落拓，也会有风华再起之时。

梳妆，打扮，用早膳，一切如初，我将平静地等待，无论是战争还是和平，我相信我会一如既往，一如既往地做我的沈眉弯。但我心底，还是渴望出宫一次，我想证实楚仙魔是不是楚玉，如果是，哪怕他不给我这么做的理由，也无所谓，我只是想知道，尽管，我心里已经有了答案。

暖阁里烧着温暖的火炉，窗外冰雪在阳光下点滴地融化，我饶有兴致地煮着茶，美丽而慵懒地躺在花梨木椅子上。火苗时不时地蹿起来，跳跃得好高，燃烧得好旺，秋槿告诉我，今日会有客人来，她说民间有这样的说法，火苗蹿得旺，是欢喜，有客人而至。

我信。

舞妃来的时候，我没想到客人会是她，而且是独自一人前来。我不知道她为何而来，但是我依然欢喜，她的到来，让我不至于寂寞地在这儿怀想。

蜡梅香雪茶，用绿梅的绿砂壶品着，有种淡定的娴雅。

我轻问道："姐姐今日来月央宫可是有事？这般冷的天，要当心身子。"说完，我反而轻咳起来，昨日红笺煎的药我也没吃，不想闻那药味，只是白白辜负了谢容华的情谊。

舞妃饮下一口热茶，微笑道："妹妹自己要多当心身子，这天气一旦病上了，要好起来很难，所以一定要调理好，积得时间久了，会疲累的。"

我点头应道："我知道的，姐姐也要保重身子。"

舞妃抚摸胸口，说道："近日来，只觉得胸口疼痛，吃了配制的雪香丸，感觉舒适多了。"

"雪香丸……雪香丸……"我喃喃道，努力地搜索记忆，这熟悉的三个字，竟是在哪里听过，一时间又想不起来。

"妹妹知道这药吗？"舞妃问道。

我轻轻摇头："不，不知道。"随即，又忙乱点头，"好像知道，在哪儿听过似的。"

"这味药是宫外的朋友给我配制的，治疗头疼与心口疼，效果极好，据说很难调配，都会定期给我送些来。"她缓缓说道。

"定期？之前没听姐姐说过会心口痛。"我有些惊奇。而且她说宫外的朋友，此朋友一定非同一般，不然如何可以进宫将药送与她？也许是她身边的人出去办事，在宫外取的，是我多想了。

舞妃轻轻回道："之前一直没说，是旧疾，再说也不严重，吃了药管用。"

我微笑："这药是不是很香？每次在姐姐身上都能闻到一股淡淡的冷香。"

"嗯，冷冷的香，极好闻，我没带身上，下次拿来给妹妹看。"

雪香丸，我似乎想起了什么，当初殷羡羡死时，烟屏说去翠琼楼取药，取的就叫雪香丸，她那时说她家姑娘有头疾，一直服用一种叫雪香丸的药，记得她取出的是一个精致的红瓶子。那也是她唯一不在场的证据，但是她并没有因此而免去牢狱之灾。烟屏，这与烟屏相关的雪香丸，我如何能不记起。心中疼痛，隐隐地痛，总是会这样不经意地碰触到伤处，有些事，就是这么不经意。

我记起来了，可是我不想说。

舞妃叹息道："妹妹，近日来，我读经书，为何越读越无法参透？"

我也轻微叹息："姐姐，我都不敢去读经书了，因为我也无法参透。我说过禅不是用来参的，可是不参不悟，又如何去懂？"

舞妃喝一口茶，微笑："妹妹，我一直想去一次翠梅庵，都不得，这个心愿在心里积压了很久，我想去庵里听禅，静住一段时日。"

我微笑："姐姐，我倒是常去，可是去了那儿，回来依旧如此，那莲心也洗不尽我的铅华。不知道是佛辜负了我，还是我辜负了佛，每次我去那儿叹怨他，他叹怨我。"

舞妃惊奇道："佛也会叹怨？"

"当然，佛与人无异。"

舞妃似乎有些迷惘，低声道："佛应该没有悲喜，没有生乐，没有死苦。"

我淡笑："所以人总把这些寄托在佛的身上，希望他可以普度众生，超越生死，将苦难带走，只留下幸福与欢笑。"

舞妃浅淡一笑："妹妹，姐姐我有这么浅薄吗？"

我方觉自己有些过于武断，歉意道："姐姐，我知你去庙宇是想追寻那份空灵禅定的意境，而不是单纯地拜佛求经。如同我，我也不是，我只是喜欢那儿，可是每次去，我心里虽想逗留，可还是会决绝地离开。"

舞妃轻浅一笑："妹妹，我去了也会离开的，那里不适合我，只适合栖息短暂的灵魂，那个短暂，我会迷恋，但是不会陷落。其实，我是个清醒的人，许多人沉醉的时候，我都会醒着。"从点滴的闲聊中，总能看出舞妃的言语有着与柔弱外表不同的坚决。

我肯定地回道："我信，我信，众人沉醉的时候，姐姐都清醒着。如若可以，我会寻求那么一个机会，陪姐姐去翠梅庵，相伴跪蒲，与佛对望。"

"好，我期待着那一日。"

品茶，看着窗外的阳光，积雪压在树枝上，因为融化而慢慢地掉落。我打破了沉默的气氛，朝舞妃问道："姐姐今日找我还有事吗？"

舞妃微笑："妹妹觉得我心中有事吗？"

舞妃是极少独自来月央宫的，更何况在这冰雪消融的寒冷之时，我温和笑道："姐姐近日深居简出，极难得来月央宫一趟呢。"

"妹妹又何尝不是，我那翩然宫更是难寻妹妹倩影。"

"姐姐说得我好生惭愧，最近一直身子不适，极少出门，加之天气的缘故……"我极力想要解释什么，却觉得越说话语越苍白。

舞妃笑道："妹妹无须说什么的，我都明白。"

我微笑，一时间竟不知该说些什么。

舞妃轻轻问道："妹妹，你可知昨日陵亲王进宫找皇上商议何事？"原来舞妃是为此事而来的，想来她是真的关心淳翌，因为只有关心淳翌，才会关心朝政上的一些事，这些事与淳翌息息相关。但我知道舞妃是知道些什么的，我可以叫小行子去打探，她当然也可以命身边的小内监打听消息。只是她知道昨夜淳翌在我这儿留宿，所以，我知道的，不能对她隐瞒，那样生分了，会让她觉得虚伪。

我点头："其实也与上次在盛隆街遇刺的事有些相关，因为前朝余党，还有江湖的势力，他们近日来蠢蠢欲动，想趁机生事。"

舞妃似乎明白了什么，说道："其实这些事我多少也知道一些，只是以为他们不能生出什么大事来，不过闹闹，之后也就罢了。"

我蹙眉："无论如何，有任何的不安稳都让人生烦。"我想起淳翌说的，世道一乱，人心必浮。

"是的，最近皇上也比以往清瘦了些，都是为政事而疲累。他们一闹，苦的就是皇上，他要管的不只是朝政，还有天下万民啊。"言语间可以看出舞妃很关切淳翌，因为她爱他。

"是，所以我们姐妹只能默默地支持与关怀他，其余的，我们也做不了。"

舞妃扬眉问道："妹妹，你可知道那个楚仙魔？"

　　我心一沉，跌进慌乱里，但是仍故作平静，说道："听皇上说起，此人是如今的武林至尊，据说非一般人物，具体如何，我也不得而知。"

　　她凝思，转而说道："我有种预感，这不是个凡人，我的不安也因他而起。"

　　"因他而起？"

　　她叹息："是，强敌可畏，可畏。"

　　我不禁问道："姐姐预感到什么了吗？"

　　她点头："我闻到硝烟味，妹妹，我预感到一场战争行将来临，仿佛越来越逼近。"想不到舞妃与我有着同样的感觉，难道，战争真的要开始了吗？

　　我安慰道："姐姐莫要想太多，也许皇上可以很快地与他们谈和，到时便免去了兵戎相见，还大齐太平盛世。"

　　她温婉一笑："但愿如此。"说完，看着桌上的棋，轻声道，"妹妹，我们对弈一局如何？"

　　我摇手："姐姐，我与你逢局必输，无颜再提棋子了。"

　　"妹妹说笑了，我们只不过探讨一份感觉，输赢无碍。"

　　我微笑："也是，那好吧，反正也闲着发慌。"

　　二人品茗对弈，听炉火细细的烹煮声，其实胜败如何，我心中已知。只是，今日我与舞妃又能探讨些什么呢？难道有一天我与她也会像棋子一样针锋相对？

河山尽在风雨中

晴光拂过垂珠雪帘，将暖阁透洒得明亮清澈，炉火细细，茶香氤氲，若说轻浅的禅意，月央宫也有。我的暖阁，极尽简单素雅，我不喜欢脂粉味过重的装饰，喜欢洁净闲适的布局。

一盘棋，一沓经书，玉香炉若有若无地散着青烟，窗外雪竹冰梅，银楼琼宇，天然画景。分明是这诗意闲逸的日子，却为何总是要激起千层波浪，分明是这繁华锦绣的漫漫山河，却为何要突生那风尘起落的滚滚硝烟，难道这一切真的是循着历史的规律在运行？楚玉说他不能改变什么，也许这场战争注定要他来掀起，这是他不能逃避的使命。

舞妃凝神看我，轻轻说道："妹妹，你心神不宁，这样下棋会乱了阵脚，棋子未落，已然输了一半。"

我淡然微笑："姐姐，我心不乱，只是有些事，我想理清脉络，然后我就可以随着脉络延伸下去，找到我想要的答案。"

舞妃手执黑子，欲落未落，只笑道："其实一切都按照寻常的规律，只是我们不能适应这些所谓的寻常，所以每次在安稳的时候遇到动乱，就会不安。我亦然，今日就是因为不安，才来妹妹的月央宫，想与妹妹谈心，因为这个紫金城，数妹妹与我知心，知晓的事也比他人多，且冷静成熟。"舞妃一连串地说了这么多，却又句句说到要点，动与静乃寻常之事，她今日心不安，并且在她话语中听出了我在她心中的感觉。

我叹道："姐姐真的很关心皇上。"

舞妃看着我："妹妹如何再三这般说呢？"

"你的不安皆由皇上而起，你之所以如此关心当前的局势，实则就是在为皇上操心。"

舞妃浅笑："妹妹为何不说我是在关心自己呢？"

我不解地看着她："姐姐何出此言？"

舞妃笑："看来妹妹还是过于纯真，虽对世事看得透彻，心却纯净如一。有些事，只怕你想都不会去想。"

"那就请教姐姐了。"我微笑道。

"如若今日我去找云妃，姑且不说是云妃，换作其他嫔妃，她们见我对当前的局势心中不安，又打听朝政中事。你说她们会如何想？难道会同你一样，只是简单地说一句，姐姐真的很关心皇上吗？"舞妃的话语带着无奈与凉意，她说的我已然明白。

我微笑："不是我不会去想，而是姐姐这样的人物，容不得我去想，姐姐天然纯净，温婉淡雅，我又如何会去猜想姐姐呢？"

舞妃浅笑："我也并非妹妹想的这般纯净，或许我真的是关心自己的地位，朝廷动乱，大齐有危，我这个皇上的妃子当然要忧心。我要保住自己高高在上的地位，有丝毫与我相克的，我都要制止。只是我力单势薄，又能阻挡些什么？也不过是知道一些消息后，让自己徒添烦扰。"

我淡然而笑："姐姐又岂是贪恋华贵之人，她们看不透也就罢了，我不信姐姐会看不透。自古月有盈亏，世有荣衰，人有离合，也许我们是幸运的，活在这个已然安稳的朝代，还可以入宫享受荣华与尊贵，可是世事难料，谁又能预知明天呢？当我们荣的时候，就要想到辱时，合时就要想到离时，这样也就淡然了。"

舞妃轻浅一笑："妹妹，我不是个豁达的人，你说的我都明白，但是要我淡看一切，我做不到。我的平静就是为了等待最后的璀璨，我可以隐忍，可以隐忍许多年，我可以用一年来换取一天，妹妹你舍得吗？"舞妃的话是这么透彻，她如此透彻地在我面前显露她的真意，这让我不知是该感动还是该迷离。感动的是她的真诚，迷离的是我所认识的舞妃与这个舞妃有那么大的差距，不知是我错了，还是她本来就是如此。

我看着这盘凌乱的棋，叹息："我也不是个豁达的人，我不仅不豁达，我还懦弱。你内心坚决，可是依旧隐忍，而我的隐忍不是为了换取哪一天的璀璨，只是我无法把握自己。"

舞妃终于还是将手上的棋子落下，微笑道："妹妹，把棋下完吧，我们边下棋边说话。"

我蹙眉："姐姐，看着这盘凌乱的棋，我真的无心思。"

舞妃叹息，看着棋盘沉默。

我叹道："这棋子都是别人，没有我自己，我不想让他们做我的棋子，我更不想自己成为别人的棋子。我不想看到任何的阴谋算计，不想在棋中看到爱恨离别，不想在棋中看到是非成败，不想在棋中看到我不想看到的结局。"我言语激动，甚至把我自己都惊住了，此番话却是我真实的想法，我厌倦了在棋盘上预测江山，也厌倦了这样没有缘由的输赢。我不愿做淳翌的棋子，亦不想每次都这样悄无声息地败在舞妃的手下。我不在意输赢，只是想明白自己到底弱在哪儿，可是这样的想法，竟是成了奢望。

舞妃愣在那儿，半晌，才低声道："好，好，妹妹，我们不下棋。是姐姐不好，总是纠结于这些，其实我也是心乱。"

我平静下来，带着歉意道："姐姐，是我太唐突了，一时间，竟说了这许多疯话。"

舞妃执我的手，安慰道："妹妹莫要多想，你说的我都明白，其实并不是我赢你，是妹妹过于纯真，不忍对我用计，你让着我才会如此。"

我摇头轻笑："姐姐，我没有有意让着你，我用平常心相待，没有丝毫的伪装、忍让，是姐姐棋艺高超，我输得心服，无有怨言的。"

舞妃微笑："皇上在我面前夸妹妹棋艺高超，思维敏捷，落子平稳，他几次险些都要输与你。而你知道吗？我在皇上面前总是输，这又是为何呢？"

我朗声笑道："这难道就是所谓的相克吗？原来棋技不分高低，而是要看对手是谁，这样也就决定棋的胜负。"

舞妃凝思点头："妹妹说得很对，但是高手下棋才会如此，寻常人下棋，还是要看棋技的。"

"这是自然，想不到一时间又明白了许多。"说完，我嘴角泛起丝丝笑意。

二人起身看着窗外，枝丫上的积雪还没有融化，瓦当上的积雪慢慢地融化，像是落着雨，滴滴答答地下落，将地上的积雪雕琢成逐渐散大的窟窿。我们凝神看着这样的景象，心中思索着各自的人生，我的与她的无关，她的与我的无关。

淳翌来的时候，我们都还在沉思，直到他出声："两位爱妃在想些什么，竟是这般出神？"

我这才转过身，对他施礼："皇上是如何来了？臣妾有失远迎。"

淳翌摇手："爱妃莫要多礼。"

三人顿时陷入短暂的沉默中。舞妃打破了悄寂，微笑道："既然皇上找湄妹妹有事，臣妾也叨扰多时，就回去了。"

淳翌沉声道："舞妃且留下，朕只是来月央宫散心，你既然也在，就留下来，与湄卿一同陪着朕。"听淳翌的话感觉到他有心事，到月央宫是为散心而来。

"是。"舞妃答道。

我看着淳翌蹙眉，俊逸的脸上多了几分愁思，负手而立，似在叹息，忍不住还是问道："皇上遇到难事了吗？"

"就要开战了。"淳翌平静又冷淡地说出这几个字，却让我和舞妃的心里泛起了不平静的涟漪。

舞妃急声问道："是不是楚仙魔？"

淳翌猛然看着她："看来这个楚仙魔威力还真大，他的名字也尽人皆知了。"淳翌的话，让我听出他并没有疑我，是我将许多事告知给舞妃的，其实对我来说，这些事无须刻意隐瞒，早晚要尽人皆知。

我沉默，只待淳翌说出事情的缘由，为何要开战了，难道是楚仙魔向朝廷挑战？

淳翌嘴角扬起一丝冷笑："其实，也没什么可怕的，不过是乌合之众，朕一直相信，邪不压正。那些所谓的武林人士，打着正义的旗号，一统江湖，想夺朕半壁江山，自称为王，朝廷岂能容得下他们如此嚣张？"

舞妃轻叹："皇上，这些武林人士势力强大，最重要的一点是他们各个武艺高强，各门各派都有不同的绝技，若是集力与朝廷抗衡，只怕会有一番激烈的争斗。"

淳翌笑道："待他们召开武林大会时，朕会拿出许多稀世珍宝与几个官职作为奖品，自古以来名利都被放在首位，朕就不信，他们不会有丝毫的心动。"

舞妃赞同道："皇上好主意，他们之所以闹事都是为了名利，若皇上以此为奖励，他们也不会不心动。"

我淡然说道："只怕里面许多人都是前朝余党，若是那些人，还会这么容易心动的吗？"

舞妃看着我，回道："妹妹，偌大江湖，形形色色的人，他们是不可能齐心的，这其中有前朝余党，也有朝廷义士，更有正气忠良。到时他们之间也会有冲突，人心不齐，想要赢取就不会是件易事，而朝廷势力强大，江山稳定了多年，他们这么多年来都想反朝廷，最终都无疾而终。"舞妃的分析不无道理，的确如此。

我赞赏道："姐姐说得对，自古以来一个朝代灭亡，会有无数的人奋力挽回，可是失去的终究是失去，又有几人做到了重拾失去的河山？不过是多流了一些血，多些人做那无趣的梦罢了。"

淳翌欣喜道："看来爱妃们都明白得很，朕真是有幸。后宫的爱妃尚且如此，朕的大臣们应该更加明白，朕也无须多虑。"

我轻叹："这个楚仙魔想来非一般人物，皇上须得做好准备。"

淳翌轻浅一笑："朕早已做好准备，命人部署好了一切，朕相信楚仙魔非一般人物，但是自古以来，像他这样的高人也不计其数。若朕得用如此高人，是我大齐之幸，若不能得用，也无遗憾。所谓道高一尺，魔高一丈，万事万物都有定数。朕是真命天子，这已是事实，所以朕会放开襟怀，与他一战，输赢随天而定了。"

舞妃坚定地说道："臣妾相信皇上一定是胜者。"

"臣妾也信。"我说此话，并非敷衍，我是真信，我信淳翌是真命天子，而楚玉却会将自己伤得更深。因为他是慈悲的，当有一天，他清醒过来，他看到天下因他而乱，百姓因他而苦，他情何以堪？他又如何自处？

淳翌笑道："无论战争何时开始，朕都会处理好一切，两位爱妃不必忧心。"他看着窗外，说道，"方才朕来时，看到雪后的景致无比亮丽，你们身子弱，朕也不带你们出去游玩了，就在这里喝喝茶，说些轻松的话题吧。"

炉火一直燃烧着，在这个寒冷的季节，倘若连火都没了，也许人心会更冷。我喜欢看银炭燃烧，只是这样奢侈的生活，还会有多久?

月小
似眉弯

○第六卷○

空老年华

今冬又接连下了好几场雪，
琼落山河，冰封南北。

半掩黄昏半掩门

今冬又接连下了好几场雪，琼落山河，冰封南北。香雪海的梅花已经不约而绽，而我已不知何时丢了那份赏梅的心境，只是在月央宫里无端地蹉跎岁月，辜负华年。

后宫大概很多年都没有这么平静过，因为一场战争临将开始，大家都在关注着，当江山被危及的时候，谁还有心思争风吃醋。只有安逸的时候，才会想到争宠，想到为自己的地位奠定最坚实的基础，为此，不惜伤害别人，不惜付出一切代价。这样处心积虑地想要达到自己的目的，在后宫已成一种风尚，不觉为奇了。

淳翌越来越忙，每次来去月央宫都是匆匆，而说的也多半是政事。我心中觉得很烦闷，我渴望这场战争能够早点来到，既然这一切都不能更改，莫若早早地来到。无论是多么灿烂多么残酷的战争，都只是一个过程，待到尘埃落定，许多悬着的心也该放下来。其实，我知道结局会如何，我可以很平静地等待，兴亡最苦的是百姓，还有那些士兵，他们要接受战火的洗礼。

这日黄昏，我独自坐于暖阁，烹炉煮茗，静读经书，天色灰蒙，窗外又飘起了雪，今年的雪比往年都要多。我旧疾没好，新疾又患，白日参禅，夜间发梦，这样的纠缠，让人心累。

手握经书，倚窗吟叹："往事又来寻，犹记当年月下吟。漫道人生如雁旅，浮云，半世飘零到如今……我本住红尘，我本俗尘看未真。几度彷徨归去矣，无痕，半掩黄昏半掩门……"

"好一首《南乡子》，好一句'我本住红尘，我本俗尘看未真'。"身后传来淳翌的声音。

我猛然转身，施礼："臣妾参见皇上。"

淳翌将我扶起："湄卿免礼。"

他看着我，问道："在读经书？"

我点头："是，只是读完后添了更多感慨。"

淳翌执我的手："湄卿韶华当头，如今又为朕的妃子，如何是半世飘零到如今呢？"

我笑道："不过是臣妾一时之念想而已。其实臣妾主要想表达的意思是禅意淡定清远，而臣妾住在红尘，却不能看得那么真切，那般透彻。"

淳翌认同道："朕也偏爱这句，朕身为一国之君，尚且如此，更何况你呢。每次读经书，也觉得那境界无法达到，正是此意，'我本俗尘看未真'，却表达不出，今日湄卿一句，倒让我释然不少。"

我淡笑："皇上，臣妾倒喜欢那句'半掩黄昏半掩门'。"

淳翌赞道："朕也喜欢，这句很有味道。还有起句，'犹记当年月下吟'，湄卿说的是迷月渡的月夜吗？"

我含羞浅笑："皇上既知，何必还问臣妾呢。"话毕，我面若云霞。事实上，我的确是想到了迷月渡的那个晚上，我弹琴吟句，君成千里客，我做葬花人。如今一切都已改变，他不是千里客，我也不是葬花人，只是成了月央宫里的一个怨女。

淳翌微叹："朕也时常会忆起与湄卿初识之时，那个虽落烟花之地却飘逸绝尘的沈眉弯。当时朕身为王爷，大齐的江山由先皇掌管，朕怀念那段清闲的日子，常常闲游于金陵城，赏尽城中繁景，吃遍名楼酒巷，倒也自在逍遥。"淳翌说得自己跟纨绔公子似的，不过初见他时，确实觉得风流倜傥，如今身为一国之君，成熟稳重了许多。

我微笑："皇上，等春暖花开时，臣妾陪您再游楚钏河，尽赏金陵两岸明景。"我的眼神充满了无尽的想象，仿佛已经置身于那曼妙的景致，坐在龙舟上，看两岸依依杨柳，任轻柔的春风拂过我的脸颊、发梢。

淳翌仿佛也沉醉在春风的河畔，眉目间荡漾着温柔，欣喜道："好，朕来年一定带湄卿去游河，那年本欲陪你游船的，不巧宫中发生大事，之后便再也没得合适的机会了。"

我轻柔地说道："皇上有心，臣妾就很开心。"

淳翌搂过我的腰身，垂眉看我："待朕把政事都处理好，就陪你轻松地游船，以后一起赏阅四时佳景，过着只羡鸳鸯不羡仙的生活。"

我偎依在他的胸前，轻问道："皇上，最近江湖上还是那般乱吗？"

淳翌淡然一笑："江湖本不乱，他们井然有序得很，他们正在计划着召开武林大会，当然，这其中一定也有许多反江湖护朝廷的正义人士。江湖中也有朝廷的人，朝廷的人深入各行各业，这样也算是未雨绸缪，无论哪里出了事，都不会束手无策。"我恍然，原来治理一个国家真的是很复杂，不仅是朝堂之上的那些大臣、各地的州府、关外的众多藩王等，还包括这些市井之流的帮派。

我对淳翌的计划充满了信心，点头道："他们就算不乱，也要给他们制造混乱。之前朝廷有参与他们的武林大会吗？"

淳翌缓缓答道："一直都有，三年一次，朝廷一般都会拿奖品与官职去奖励他们，有些忠肝义胆的，愿意为朝廷效命，就留下，有些人习惯了江湖的自在，朝廷也不会勉强。武林大会无非就是展示各帮派的武术精华，实际上也就是摆擂，那些高手喜欢挑选与其相当的对手，在武林人士面前比试。"

我喃喃道："都说高手是寂寞的，有些人，一辈子都找不到适合自己的对手。所以常常听说，某某高手隐迹江湖，孤独终老。"

淳翌嘴角轻扬，发出冷笑："这样的人毕竟还是少的，人活一世，都有自己的欲望，不到最后，谁也不舍得放弃。"

"是，放弃就意味着背叛，背叛自己。"我冷冷道。

淳翌看着我，一脸的笑意："湄卿的话真有禅意，所以湄卿也不要放弃，做自己想做的事，爱自己想爱的人，在朕的身边过一生。"

我低眉，沉默一会儿，才转移话题，问道："皇上，您可知那武林大会何时召开？"

淳翌轻轻点头："知道，他们早就下了请柬，在岁末年初的时候，地点为中州洛阳，青云山庄。"

"中州洛阳，青云山庄。"我重复了一遍淳翌的话，也带着某种迷离的幻想，想着那个牡丹之城，在这隆冬之节，会发生怎样一段风起云涌的江湖故事。

淳翌继续说道："朕会命副都统杨世寻带上朝廷精兵去洛阳主持会议，到时谅他们也无法堂而皇之地商议反朝廷之事。"淳翌一副胸有成竹的样子，往往有备之战会给人带来信心。

"那就好，可惜臣妾无缘观战。"话一出口，才觉得有些唐突。

淳翌笑道："难道湄卿喜欢看那样的江湖之争？都是些粗犷的男子，持刀舞剑的，大口吃肉，大碗喝酒，朕都不太喜欢那样的氛围。"

我莞尔一笑："臣妾倒想看看那样的场面，该是多么豁达与豪情，以往只听人说起过，江湖多险恶，江湖也多情义，总想着见识一下他们豪气干云的风采。"

淳翌朗声大笑："湄卿，你就像闺阁中的清纯少女，憧憬着外面美丽的世界，把一切都想象得那般美好。"

我一副委屈的样子看着他："臣妾有吗，难道不是这样吗？"

淳翌拂过我额前的散发，说道："你既知江湖多险恶，就知道他们当中真正有豪气干云之风采的人物不多，所谓真正的侠客实在太少，而大凡都是一些阴险的鼠辈、小人物，只不过是混入江湖，无所事事罢了。稍微有些能耐的，又野心勃勃，要么就是自称武林至尊，要么就是笼络势力，争霸一方，甚至觊觎天下。当然，这要看他们的才能，朕相信，有勇有谋的人才还是有许多的，只是需要发掘，不然隐没在茫茫江湖，也就成了寻常匹夫了。"淳翌一席话，尽现江湖真实的一面，那偌大的江湖，卧虎藏龙，自然也会有一些鼠辈，这一切都是再寻常不过的事。

我淡然微笑："皇上，其实人世间美好的事很多，只是看各自的心境了。心境平和自然，一切都是安稳淡定，心境起伏不安，那么看一切都是飘摇躲闪的。当一个人把世味看透了，活着也不会有多少滋味。"

淳翌浅笑："真正能看透人情世味的人没有，那些僧者也不能，只是他们比我们多了些淡定与释然罢了。经历越多，苦难越多，也就更加淡定了。"

因为站的时间久了，脚底有些发麻，我轻轻挪动身子，说道："皇上来这么久，都不曾请您坐下品茶，您累了吧。"

淳翌搂着我的腰身，我们围炉坐下。

梅花香雪茶，这已成了月央宫冬日的特色，当初给淳翌独品，如今，只要是到月央宫来的客人，我都煮上这茶。其实也就是几瓣蜂蜜腌制的梅花，再取梅花瓣上的雪，放在银铫子里或者青瓷上烹煮，便有了梅花香雪茶。可他们偏生觉得月央宫的梅花茶清香宜人，品得出不同的风味。

淳翌关切道："湄卿近来身体可好？"

我轻抿一口茶，顿觉芬芳怡人，唇齿生香，微笑道："还好，前些日子久病了一次，这些时日好多了。"

淳翌宽心道："那就好，朕最忧心的就是你的身子。"随后，他又问道："那个梦呢？还常做吗？"

我坦诚道："是的，常做，只是已经习惯了。可每次梦醒，依然还会有恍如隔世之感。"

淳翌蹙眉轻叹："湄卿，你说朕要不要去张贴告示，遍访名医，看看服些什么药可以制住你的梦，或者求仙问道，访些奇人异士，总之，能让你安稳地睡觉就好。"

我轻轻摇头："皇上，不必了，这是心魔，需要自己去战胜。"

"心魔？湄卿有何心魔？"淳翌不解地问道。

我淡笑："臣妾也说不清，皇上不必为此事忧心，臣妾可以自己把握。"

淳翌知我不愿细论此事，便也作罢，只关心道："若有何不适，要告诉朕，不可隐瞒着。"

我点头："臣妾知道。"

夜幕悠悠地来临，薄凉的晚风透过窗棂拂进暖阁，我忍不住打了个寒战。淳翌和我依旧品茗夜话，今夜，他该是留下来了。

月央宫中话江湖

　　我似乎也被卷入那场武林大会的等待中，与我无关的江湖，却在我的心底画下了深刻的一笔，浓墨重彩的一笔。

　　这些时日只是在月央宫中读书弹琴，烹炉煮茗，偶尔几次踏雪赏梅，就这样闲度光阴。几场雪罢，转眼已是岁末年初。

　　玄乾二年十二月三日，紫金城，月央宫。

　　天气晴好才几天，眼看那些积雪已经慢慢融化，这一日，漫天又飞舞起雪花，今年的雪比往常任何一年都要多，一下就是几场，大瓣大瓣的朵儿，细细无言地飘着，覆盖了苍茫的大地，遮掩了世间的粉尘。

　　临近春节，整个紫金城却感觉不到春节的气息，每个人似乎都很忙碌，每个人似乎都很安静，都在等待这场所谓行将发生的战争，可是一切却平静如初。从明月山庄回来遇刺之后，紫金城从未有过这样的平静。因为楚仙魔的出现，那个莫名其妙的江湖，让大家陷入一片迷茫的恐慌，也许世间本无事，只是庸人自扰之。

月央宫的人围坐在一起，烹炉取暖，冬日里活少，清晨起来打扫积雪，按例扫去月央宫的灰尘。这日，大家取来许多颜色的纸，围坐在一起剪着，临近春节，他们习惯备上一些剪纸，贴在门窗上，为了增添一种温馨的气氛。

我在梅韵堂陪着他们剪了几幅图，梅兰竹菊，打算送与谢容华、舞妃和顾婉仪她们，为那次四人在雪中吟诗留个纪念。想再剪几个复杂的人物，却无了心境。

看着他们各自细心地剪着手上的图案，又放在一起对比，露出欣喜的笑脸。也许他们并不在意朝中会有怎样天翻地覆的变化，不在意外面的世界是动乱还是安稳。这些生活在底层的人物，整日里自称奴才、奴婢的人物，在他们沉闷的心里是否会希望发生一场战争，看到这些整日养尊处优、使奴唤婢的主子受到一种酷冷的惩罚？看到主子的命运有了天旋地转的转变时，是否会有一丝快感？看着他们一脸纯真的笑意，我不禁自嘲地笑了。

心中思索着洛阳城青云山庄的武林大会，有些迷乱，欲放下手中的剪纸，去暖阁静坐。才起身，见谢容华、舞妃还有顾婉仪相约而来，穿过雪院，来到梅韵堂。

我上前迎道："今日是什么日子，姐妹们都聚到月央宫来？"我就像有感应似的，扫尘相待着。

谢容华亲切地执我的手，笑道："湄姐姐，好些时日不见了，怪想你的。又是我这个多事之人，去邀约她们一同来看你，只为你这月央宫独有的梅花香雪茶。"

我盈盈笑道："有，有，早晨就命他们特意到香雪海去采了许多新鲜的花蕊，又取了几坛子的花瓣雪，我们可以慢慢地烹煮品尝了。"

随后，请她们一同到暖阁品茶。

暖阁里清洁无尘，一如既往地清新雅致。炉火上银炭噼啪地燃烧着，仿佛也在为我迎接客人，带着某种莫名的喜悦。银铫子里煮着雪水，青瓷杯里有腌好的梅花香瓣，都说茶禅一心，茶佛一味，茶禅可以洗涤俗尘，荡去世虑。

我命红笺取来我方才剪好的梅兰竹菊的剪纸，将那一纸幽兰赠予舞妃："雪姐姐，这兰花赠予你，春节时可以贴在门窗上，图个喜庆。"

舞妃盈盈笑道："谢谢湄妹妹，竟是这般手巧。"

再将一纸萧竹递给谢容华，笑道："妹妹，你看这竹剪得可像？我总觉得少了竹的高洁，这叶子少了竹叶萧萧的韵味，你且将就着。"

谢容华握着剪纸看着，欣喜地赞道："姐姐真是心灵手巧，往年他们也剪了好些，可是都没有姐姐剪得这般形象，有骨力，我喜欢极了。"

"喜欢就好。"我微笑地看着她。

再取过一纸簇菊递给顾婉仪，笑道："顾妹妹，你看这菊，你可喜欢？丝丝缕缕的瓣儿，确是难倒我了。"

顾婉仪细致地打开剪纸，投给我一个极度赞赏的目光："湄姐姐，看着这菊花，我好感动，丝缕的瓣儿，就像我此时千丝万缕的感动，真是喜欢极了。"千丝万缕的感动，顾婉仪这句话，倒真是熨帖我心。

我微笑道："莫要感动，喜欢就好。"只是淡淡地回语，心中却有别样情愫。

沉思片刻，心中想着，今日她们前来是否还有其他的事，想必洛阳城青云山庄召开武林大会，她们也是知晓的。

于是开口问道："姐妹们今日冒雪前来，只为我月央宫的几盏梅花茶吗？"

谢容华笑道："是我，我闲着无事，看着才停的雪又下了，就想着到月央宫来，又怕雪姐姐和顾妹妹闷着，就一同邀了过来。大家姐妹聚聚，围炉品茗，叙叙家常，找些温馨的感觉，也是好的。"

舞妃轻浅一笑："湄妹妹，今日其实也是个特别的日子，中州洛阳，青云山庄此时正在召开武林大会。"舞妃终究还是未能忍住，她心中甚为记挂此事，而我又何尝不是呢？我所记挂的并非只是武林大会，我更加记挂那个武林至尊楚仙魔，我很想解开我心间的谜，尽管这个谜对我来说早已有答案，可我还是渴望知道。

我轻轻点头："是的，只是不知会是何番景象，对于武林和江湖，我们都非常陌生，就像是传说，带着离奇的色彩。"

谢容华将手伸至炉火边烤着，说道："其实江湖并不是传说，每个朝代都有江湖的存在，除了朝廷、普通百姓，那些各门各派，就是江湖，就是武林了。"

顾婉仪接话道："我也知道一些，我在宫外的时候，常听爹爹说起，有少林、武当、峨眉还有丐帮等门派，他们属于名门正派，以匡扶武林正义为宗旨。"

舞妃回道："这些我都听说过，他们也不与朝廷作对，这次若不是出现一个在江湖上很有声势的武林至尊楚仙魔，其实皇上也未必忧心了。"

我淡然一笑："楚仙魔的出现未必就是反朝廷的，他为武林至尊，皇上为九五之尊，只要他不干涉朝廷之事，在江湖上称王争霸，也不觉为奇。"我话一出口，觉得自己有些维护楚仙魔，而事实也许真如我所说，楚仙魔无心反朝廷，只是做着自己也无法抑制的事。

舞妃不解地看着我："湄妹妹何出此言？难道你知道些什么？"

我轻轻摇头："我不知，只是这么猜想着，前些日子我闻到硝烟的味道，可如今却觉得很平静。"

"你岂不知，越是平静，就越是有纷乱的事发生吗？楚仙魔是否反朝廷，也不是我们能断言的。听他们说，他在外面势力强大，主要是与青龙会的人来往甚密，而青龙会聚集了许多前朝余党，这才是让人忧虑的。"舞妃话语急促，似乎对我的漫不经心生出乏意。

顾婉仪叹道："真不明白这些余党何必还要为那破碎的朝廷，破碎的国土做着如此奋力的挣扎，往者已逝，追悔已是不能，如今大齐江山稳固，凭他们的势力，纵然再有能耐，也无法动摇大齐的根基。"

谢容华点头称道："是的，只有那些已然近乎腐朽的朝廷，才会让人有机可乘，如今的大齐，想要动摇绝非易事，他们做的是徒劳无益之事。再说前朝大燕国，留下的又有什么？纵然留下几个王公贵胄，也只怕多年来一直隐没在山野乡间，性格软弱，定是难成气候。"

我微微笑道："妹妹们说的也不无道理，只是每个朝代，无论是有坚实的基础，还是已然腐败，都会有这些执着的人，再繁华的盛世都会有战乱，正是因为有战乱的洗礼，才会让坚实的变得松散，将腐朽的推翻，又有了焕然一新的世界。"

舞妃赞同道："湄妹妹说得对，经历了战争的洗礼，一切都不一样了。每个人的理念不同，执着的事业不同，那些余党信仰的是大燕国，试问，倘若我们是大燕国的人，又会心平气和地拥护大齐吗？"

我浅浅一笑："一切是非皆由人起，人皆因欲念、情感蛊惑了心，心动则乱，心止则静。我们谁也无法制止什么，因为，我们自己都在迷乱。"

谢容华叹息一声："我们都是后宫女子，这些其实都与我们无关的，都是男儿的事，我们的担忧不能改变什么，不过是徒添烦扰。所以有些事，我即使明白，也不想去参与，不想过问太多，这一生就安静地待在宫里，能待多久，就算多久。"谢容华一如既往地平和，她的心境一直是我所欣赏的。

"能待多久，就算多久。"我喃喃道，"妹妹说得好，我也是这样想的，所以初进宫时都说宫门深似海，对我来说，也没有多深刻，倘若心境平和，看一切事都是淡定的了。"

舞妃嘴角泛着一丝浅笑："如果每个人都如此，又何来的争斗呢？莫说后宫没有争斗，整个国家都不会再有纷争了。湄妹妹方才说人有欲念，有情感，这些会蛊惑人心，心动则乱，既然是有血有肉的人，又如何能做到心不动呢？"

顾婉仪浅浅一笑："其实，我们又何必纠结于这些呢？这个世界布满了荆棘，挣扎得越多，就刺得更深。有些人，过尽了一生，依然那般完美，有些人，过尽一生，却已是伤痕累累，千疮百孔了。"

谢容华掩嘴笑道："我看你们都该去翠梅庵参禅，不去修行太可惜了，说的话都这般有禅意。"

我微笑点头："的确如此，不去做姑子太可惜，去翠梅庵与妙尘师太参禅念佛，说不定此生可以修炼出道行，还可以普度众生呢。"

舞妃笑道："我可舍不得这繁华俗世，尽管我也喜欢庵里清净的感觉，可是我舍不得丢弃宫里的生活。"

谢容华打趣道："我看雪姐姐不是丢不下宫里的生活，是丢不下皇上呢。"谢容华一语道破天机，我心中也想着舞妃不舍的应该是淳翌。而舞妃这个高贵堂皇的位置，她真的在意吗？

顾婉仪浅淡一笑："我没有什么舍与不舍，世间万事皆不由人，不是想如何就能如何的，所以，我没有许多想法，人不犯我，我不犯人，人若犯我，我也不饶人。"顾婉仪的话显露了她的个性，这样的女子，我还是喜欢的，安分地在后宫，不欺人，也不被人欺。

几个人坐在炉火旁聊着一些细碎的话题，品茗赏雪，转眼已至午后，她们告辞离开，我送至门口。

站在纷飞飘舞的雪花下，我还是无法宁静，此时的洛阳，此时的青云山庄，又是怎样的一番景象？

难续鸾胶唯梦劳

一连三日，没有丝毫动静，我命小行子去小玄子那里打探消息，一无所获。淳翌一连七日不曾到月央宫来，我极力让自己平静，心中却有着一种莫名的牵挂。

我突然对这个江湖产生了莫大的兴趣，我想要知道那个浩瀚无边的江湖，每天每夜会起多少纷争与杀戮。楚玉曾经告诉我，他当过冷血无情的刺客，那饮血的剑刺杀了无数人，很多时候，我向往那样惊心动魄的一面，许多的死亡不一定要在战场，哪怕只是江湖上的厮杀争斗，那种血流成河的场景我在梦中无数次地见到，在似血的残阳下，那么悲壮，那么惊心，那么让人震撼。

在楚玉的骨子里，带着邪恶的意念，可是在佛祖的点化下，他慢慢地变得慈悲。内心的邪恶与慈悲纠结在一起，让他似恶非恶，似善非善，才会有昨日的种种罪恶，又会有以后的种种慈悲，亦有如此的似魔非魔，似仙非仙。而我亦然，我外表安静，心中淡定，可是骨血里亦带着一种邪恶，就如同在这样平静的时候，我渴望一场战争，渴望烈焰焚烧的感觉。我甚至希望我可以亲眼看着那血流成河，尸横遍野的情景，站在荒凉的高处，看着天地苍茫，人间悲绝的惨象，我冷眼看着这一切。

面对深藏在骨子深处某个角落里的我，我觉得有些酷冷的寒凉。所以无论楚玉做了些什么，我都能明白。我一个凡人尚且如此，更何况他这样一个知晓过去与未来的人，他身上的邪恶又岂能那么轻易地除去？孤独生魔，也许是因为过于孤独，他需要彻底地释放，如果称霸天下可以释放他所有的邪恶，那么，我宁愿他如此。既然无法平静，莫如来一次疯狂，就算天地动乱，万物变迁，又能如何？

我在等待，等待这一切的到来，等待腥风血雨，等待生灵涂炭，但是我知道，许多的等待最后都会成空。恶的极致就是善，善的极致亦是恶。

这一夜，我独自煮茗，抚弦拭韵，久未吟句，觉得文思枯燥，心绪空无，自弹自吟一首七律，聊以解闷排意：

> 后世方家论魏晋，行文古拙意清高。
> 气凌彭泽缘诗酒，纸贵洛阳愁笔毫。
> 吴越才思推二陆，建安风骨让三曹。
> 所嗟词理无寻迹，难续鸾胶唯梦劳。

弦韵清冷，心中之意依旧难以排解，起身临着窗台看去，一弯冷月洒落在晶莹的白雪上，几树梅花疏影横枝，几竿翠竹上积压着厚厚的白雪，远处还有青松傲岸耸立，仿佛这个季节，许多的树木都隐藏起来，只有岁寒三友，临雪孤傲，不与世群。

我听到轻缓的脚步声，仿佛押着韵脚朝我走来，这样的步子只有淳翌走得出。我没有回头，依旧看着窗外的寒雪，其实，我盼他，已经盼了七日，这七日，让我觉得漫长。

我的等待，与爱情无关，与江山无关，与楚玉也无关，却与那个陌生又熟悉的江湖相关。我很想知道武林大会上发生了什么，我不关心他们是否反对朝廷，是否叛乱，我只关心他们之间发生了什么争斗，出现了怎样与众不同的人物，又或者还有其他。

"湄卿……"淳翌从身后唤道。

我轻轻转身，盈盈浅笑："皇上，您何时来的，臣妾失迎了。"

淳翌靠近我，执我的手，笑道："你吟吴越才思、建安风骨时朕就在了，真是难为你了，如此好诗还在那儿嗟叹无好句。若说宫中才女，湄卿当推第一。"

我含羞道："皇上过奖了，宫中的才女太多，像与臣妾走得近的，舞妃、谢容华、顾婉仪，还有以前来往的锦秀宫的萧贵人、江常在都有才呢，还有云妃和许贵嫔……"

淳翌朗然笑道："朕后宫三千佳丽，各个都是精选而来，有才的女子自是不少。可是湄卿之才冠绝紫金城，无人能及，亦无人可比。"淳翌所说的后宫三千佳丽，其实只是个夸张的数字，他登大宝才两年，那些女子都是从各州府县精选来的女子，有许多淳翌面都没见过，莫说临幸了。这其中一定也有什么惊才绝艳之人，也许就这样孤独地老死在深院宫墙内，一生都见不到君颜。

我莞尔一笑："皇上这般称赞臣妾，让臣妾无地自容，后宫女子，各个才艺非凡，容颜惊艳，像臣妾这般的女子，只怕是多不胜数，能超越臣妾之人，更有许多，又何来冠绝紫金城之说。不过是守在皇上赐予的月央宫，静静地伺候皇上，不求惊艳，只为心安。"

淳翌搂紧我的腰身，我本能地将头偎依在他的肩上，静静地看着月光下的雪景。淳翌轻声说道："湄卿，朕也不与你理论，说再多也会被你拒绝，就当后宫女子各个都是国色天香，朕说过弱水三千，独取你这一瓢。"

　　我贴紧他，喜欢这样软软地依靠，听着他细微而有节奏的呼吸，闻着龙涎的馨香，还有盛年男子独有的成熟气味，突然对淳翌有些沉醉，仿佛以前所有的迷乱都只是一个女子任性的表现，我本平凡，既然平凡，就该依附我应该依附的男子，而不是一味地自我沉寂。这样想着，有种柔情在心中滋生，于是柔声道："臣妾对皇上，一直心存感激，我本烟花女，如何入皇廷。这一切都因皇上，臣妾的命运是皇上改变的，将我从烟花凌乱的迷月渡带离，带到这锦衣玉食的月央宫，金陵城花魁沈眉弯成了如今的紫金城湄婕好。皇上，您说，这算不算山雀成凤凰呢？有时臣妾站在楼台高处，穿过这后宫的殿宇楼阁，眺望远方，总会生出许多苍茫的感触。感触自己前生之酸楚，又感触自己如今的幸运。只是人仿佛总是不能满足现状，逝去的一切都是美好的，都是值得怀念的，而对当今的一切都会心生倦意，纵然锦衣玉食，还是会有难言的惆怅与无奈。"我身为一个妃子，在当今皇上面前，说出如许的话，算是一种背叛吗？这些又是怨言吗？这样悄静的雪夜，我不怕淳翌怪我，而此时我没有当他是皇上，只当他是天涯知音，知音是可以倾诉衷肠的，或许淳翌久居宫中，亦会生出这些感慨，身为九五之尊，纵横天下，亦会有不为人知的疲倦。他会明白我的心思，因为他说我缥缈难捉，而我倾吐的都是真言。

　　淳翌转头深深地看着我，眼神里流露出几许惊喜，还有一抹柔情。他轻柔地抚我的鬓发，柔声道："初见湄卿时，就已觉你惊艳，后有了在迷月渡调弦试音，那一弯月牙，像你的一弯眉，自那时起，朕就决意将你带离烟花巷，要娶你为妻。只是朕身在帝王之家，不能给你寻常人家的幸福，不能像寻常人家一样明媒正娶，可是那也只是一种形式，不是吗？湄卿要的断然不是这些，朕都明白，朕也会尽一切努力给你想要的。只是心灵的空落，还是需要自己慢慢地填补，朕说过，可以在紫金城守护你一生，却很难有勇气将你带离这些，从此笑傲江湖，抑或隐没山林，朕是天子，朕肩负着天下百姓，朕——"

　　我举起手，轻捂他的唇，那散着温和热气的唇，此时也温暖着我。我低低说道："皇上，莫要再说，莫要再说，臣妾都明白，您如今给予臣妾的，臣妾已经感激涕零，不敢再有别想，也不会再有别想，臣妾答应过您，陪您在紫金城，过尽这一生。无论荣辱，无论贫富，只这一生，再不会有下世了，是吗？"

淳翌将我拥得更紧，温柔道："这样的湄卿才是朕最爱的，朕的烦忧也只愿与你倾诉，你就陪着朕在这紫金城，有朕一日，也就有你一日。你放心，朕一定会坐稳江山，任何人都无法改变朕的行程，无法动摇朕的江山，无法占据朕的国土，更无法夺去朕的湄儿。"

我盈盈笑道："皇上又说笑了，湄儿是皇上的，又有谁人能夺去呢？"说此话时，我脑中掠过两个人的身影，一个是楚玉，一个是淳祯，我不知道这样算不算一种背叛，又算不算一种谎言，但我知道，一切都是善意的，善意的背叛与谎言，上苍不是都能原谅的吗？我这么说，只是求个心安，因为我不能告诉自己，要彻底地忘却楚玉，他给我的那种惊世迷离的感觉，是淳翌给予不了的。我也不能告诉自己，要彻底地忘却淳祯，他给我的那种遗世苍凉的感觉，也是淳翌给予不了的。对这样交错的感觉，我都有种莫名的依恋，只是我只要心的依恋，其余的，我都给不起。给不起的，我从来都不许诺，只能放在心间，让时光慢慢地沉淀，哪怕结痂，也只能沉淀。许多的故事永远不能开启，开启就意味着结束，结束并不可怕，可怕的是结束所要付出的代价。我心知肚明，此生，只要淳翌还是皇上，我就是他的妃子，纵然有一天他厌倦了我，离弃了我，我也不过是住在霜离苑的妃子，逃离，断是不能。

沉默，在月光下彼此沉默。

"湄儿……"淳翌柔声唤我。

"嗯。"我低低应他。

"一会儿我们坐下来细聊，朕今晚收到几日前从洛阳快马加急的信报，想必你也很想知道那场武林大会发生了什么吧。"他今日到来，的确是为了这件事。

　　我心有激动，却平静地回道："嗯，臣妾洗耳恭听，皇上这些日子不来月央宫，一定在为此事费心，如今见得您来，臣妾稍稍心安，纵然没有尘埃落定，但也应该平静些了。"

　　淳翌微笑地看着我："湄卿冰雪聪明，朕不说的，你都明白许多。但是朕愿意在这样安静的雪夜，与你品茗论事，你是女诸葛，他们总是附议我多，而实际的话题却引入得少，不如和湄卿说得自在。"

　　我笑道："皇上又夸赞臣妾了，总这样，臣妾会骄傲的。"

　　"不赞你，你也骄傲，只是你的骄傲，不是盛气凌人，而是内敛的冷漠。"

　　我娇羞道："皇上，臣妾还有冷漠吗，臣妾都不知道该如何用柔情来温暖您了。"

　　淳翌带着柔和的笑意拥紧我，我偎依在他的臂弯，柔柔地，懒懒地。

　　好静，好静的雪夜，薄冷的月光洒落在舒绽的梅枝上，散发出幽淡的冷香，我深深地吸一口气，是冷冷的霜雪味道，不知道你闻过没有。

一弯冷月照乾坤

　　窗外一弯冷月，细细的月牙，如同一弯眉。沈眉弯，这个并不大气，并不生动的名字，却轻缓细致得让我喜欢。娘说，我出生在这样月牙弯弯的夜晚，爹娘不识字，就给我取了眉弯这个名。

　　淳翌执我的手走至炉火前，这样的夜晚，衣香鬓影只属于两个人。淳翌与我之间，让我明白，身为帝王，还有那么一点好处，他喜欢与谁一起都可以，不受人束缚，比如今夜，他可以安静地留在月央宫，谁也不能干扰。这里是禁地，他有着至高无上的皇权，而我不必担忧会有人伤害我，这就是依附。

　　当初我在迷月渡，与那些男子饮酒夜话，虽然卖艺不卖身，可是每夜心中都忐忑不安，总怕一个天涯歌女，身为下贱，被人轻薄，亦无处倾诉。有些时候，有些男子对我言语行为不规矩，告知妈妈，她也是让我能忍则忍，只要不是越矩，都得承受。那几年，所遇之人多数都是附庸风雅之人，可以维持表面上的平静，也有一些慕名来往的商客，趁着醉酒而借机闹事者，都被我婉转地拒绝了。我沈眉弯自恃清高，岂不知烟花巷里没有真情，那些男儿都是寻欢的过客，我不会为任何过客而停留。

淳翌是例外，因为他可以行使他的皇权，至高无上，无人可阻的皇权。当初岳承隍无条件接受他的安排，让我一夜之间成了岳府千金，在岳府过了几月的小姐生活。岳承隍这个人，一直让我觉得深邃，初见时的感觉，之后所发生的一些事，以及在翠梅庵的邂逅，让我觉得这个风华灼灼的已过而立男子，有着不平凡的故事。只是他的故事，与我无关，世间有许多不平凡的人，他们都与我无关。

往事历历在目，看似很远，其实很近。如果我告诉别人，我不满足，我心中还有怨叹，也许谁人都不会原谅我。以我的身份，如今宠冠后宫，这绝非是一件好事，我能预感到，我的将来一定会有坎坷，待朝廷的事安静下来，后宫的争斗会如春笋一般滋长，而那时的我，就再也不能只守着自己的月央宫，静听花开花落，漫看云卷云舒了。

当我回过神来，才发觉淳翌一直凝视着我，静静地凝视。我对他莞尔一笑："皇上，难道臣妾的脸上写了字吗？"

"是的。"他笑道。

"什么字呢？"

"沈——眉——弯。"他一字字说出，用很缓慢的语速。而我更没料到会是这三个字，我的名字，这个代号。

我笑道："皇上怎么会想到是臣妾的名字呢，臣妾还以为会是别的词。"

他微笑："无须用词句来形容，眉弯就代表了一切，像窗外的月牙，朕还说过一生为你描眉，朕喜欢这个名。"原来他也有如此想法，正如我方才看着窗前的月色，想起了沈眉弯三个字，看来我与淳翌，有许多地方是交集的。

银炭烈烈地燃烧着，沉香屑在炉火上焚烧，室内弥漫着许多种香味，每一种香味都清淡幽冷，没有丝毫的浓烈。

炉火上慢煮着梅花香雪茶，整个冬日，月央宫从早到晚茶都没有断过，许多梅花成了沈眉弯的葬品。我爱它们，所以要害它们，不想它们零落成泥，再接受来世的轮回，莫如让我们将它们的今生饮下，这样或许就不再有来生了。

"皇上，请您告诉我洛阳青云山庄武林大会的情况吧。"我低低说道。

淳翌微笑地看着我，缓慢地说："你都准备好了？我看你思绪缥缈得很，每次这样幽静的夜晚，你想得总是太多。"

"皇上，臣妾其实很安静，安静得就像那轮月亮，弯弯细细的。"

淳翌沉声道："虽然弯细，却可以照见乾坤万物，可以看到过去未来，许多人都把情思寄托月亮，因为它无所不知，只是它从来只是冷眼看待世间的一切，是非成败与它无关，聚散离别也与它无关，生老病死亦与它无关。"淳翌的话，让我觉得前半句适合楚玉，而后半句，或许真的只有月亮才能做到了。

我浅笑："皇上，话题又扯远了，臣妾只是凡人，又岂能与明月相比。"

淳翌舒叹一口气，转而说道："朕告诉你，青云山庄的武林大会只是一个虚设，这个楚仙魔行事的确怪异，让人难以捉摸，他所做的事，是朕也无法预想到的。"

我露出一副惊讶的神情，问道："虚设？难道大会没有举行？楚仙魔没有去？"

淳翌猛然转头看向我："湄卿如何得知？"

我淡淡回道："臣妾只是从皇上话中猜想，您说是虚设，想来准备好几月的会议只是虚张声势，转移大家的注意力罢了。难道别的地方出了什么事？"

淳翌浅品一口香茶，轻吐一口气："杨世寻的书信快马送京来报，说武林至尊没去青云山庄，而各大武林门派都抵达了，最后大会虽然举行，但是跟虚设没有分别。所有的人都静观其变，唯恐其间有诈，只有那些小人物，在那里争夺朕赏赐的奖品，其余大的门派皆按兵不动。"

我蹙眉思量："难道是有阴谋？"

淳翌轻轻摇头："不会，什么也没有，不过是戏弄朕一番，投石问路罢了，朕也只是做到有备无患，不仅派杨世寻前去中州洛阳，整个京城也安排了御林军严守，以备他们暗袭。还有关外，朕调遣了兵力，防止晋阳王率大军冲关。"看来，淳翌这些时日都在做准备，他不会让自己束手无策，别人的担忧，都是多余的。

"那京城是否有事发生？"我禁不住问道。

淳翌蹙眉："楚仙魔在京城，一动一静，朕不明白他究竟何意。到底是想做他的武林至尊，还是觊觎朕的皇位，又或者只是为他个人兴趣而搅乱一湖春水？"

"一动一静？"我有所不解。

"是，一动是京城萧员外家遭遇暗袭，一夜间府中上百口被杀，此事虽与朝廷无关，可是在天子脚下发生这样的惨案，也不得不说骇人听闻。一静是此事发生后，京城又无比安静，仿佛腥风血雨只是一场梦。"

我更有不解："既然皇上说京城严加防守，他们又如何如此猖獗？再者那个萧员外是何许人物，会惹来灭门之祸？"

淳翌答道："这萧员外是朝廷中人，却与江湖一直有密切的联络，他是朝廷的心腹，这些年，许多关于江湖的事都是从萧员外那儿得知的。比如上次陵亲王得来的消息，说楚仙魔在江湖上秘密策谋与余党勾结，打算反朝廷之事，也是从萧员外那儿得知的。"

"难道皇上怀疑萧员外是被楚仙魔灭的？"

淳翌点头："除了他，还能有谁？这么强悍的力量，在朕的眼皮底下，杀人如此简单，不过朕认为这些都没什么，不过是印证了青云山庄的武林大会是个幌子而已。仅此，而已。"

我浅笑："也许一切都是虚假的，不过是他的欲念作祟而已。"

"哦？湄卿何出此言？"

我微笑："只是感觉，感觉如此，臣妾感觉他觊觎的不是江山，也不是江湖，也许他只是一个迷乱了心智的人。这样的人，成不了大事的，因为他不够冷静，不够狠，他的意识纷乱，一个意识纷乱的人，没有强烈的欲望，他所偏执的只是他个人的人格，那种近乎分裂的人格。"我仿佛在自言自语，而我所说的，只是对楚玉的感觉，他的行为，一定是迷乱所致。也许经过这一次厮杀，那剑上的血痕，会让他安静许多日子。这样一个矛盾的人物，注定是悲剧，我为他痛心。

淳翌饮下一口茶，眉目间现深意，只是看着我，说道："湄卿，你似乎对这个楚仙魔很了解，但是听你的分析，朕也觉得不无道理。对于这个人物，朕也做过许多的猜想，而且潜意识里朕觉得与他还有些亲近，很奇怪，是吗？"

我也品下一口茶，笑道："皇上，臣妾也只是凭直觉，这样一个知晓乾坤与未来的人物，他还会在乎什么至尊之位，什么江山吗？江山尽在掌握中，若是属于他的，他不争也是他的，若不属于他，他又何必做此徒劳无益之事呢？正因为他知道得太多，思想与常人不同，才会心智迷乱，需要释放。而释放的方式有两种，一种是疯狂，一种是沉寂。"又浅品一口梅花茶，觉得芬芳四溢，继续说道，"至于皇上说的潜意识里与他有种亲近之感，是因为敌和友本就是一念之间的事，如若敌人是强劲的对手，那么会有天涯逢知己的感觉。就像两个武艺高强的剑客，执意想争出胜负，却又会生出惺惺相惜的感觉。两个棋者亦是如此，一盘棋可以下数十年，不分高低，因为谁也不忍将谁灭去。"

淳翌朗声大笑："湄卿，你说得太好了，洞悉了一切，天涯逢知己，朕贵为天子，所以纵然是敌人，也必须是强劲的，普通的人物，又怎能与朕抗衡呢？这个楚仙魔既然知晓过去未来，非一般人物，朕从一开始就对他产生了莫大的兴致。"

我点头:"是,所以臣妾说,如果有战争,必然是一场灿烂而残酷的战争,因为可以与皇上相抗衡的人不多。就怕到时惺惺相惜,这场仗还没开始就已经结束了。"

淳翌笑道:"这样也好,朕不希望有战争,因为朕要体恤朕的士兵,还有天下的黎民百姓,朕不能为了个人的成败,而祸害他们,这是不公正的。"淳翌的话,让我彻底地觉得他适合当帝王,因为他不会为了个人的欲念,而放弃天下人的安危。冲动从来只是害人害己,只有理性地战胜自己,才是真正的胜利。希望楚玉也能明白,其实他不是不明白,只是生了叛逆的骨血,注定了他的矛盾,如同我,也带着邪恶的矛盾。而淳翌,他不矛盾,上苍给了他高贵的血统,还有一颗仁慈的心。

我向他投去一个赞赏的目光:"皇上,臣妾一直钦慕皇上的仁慈,绝不会为了个人的成败,而置百姓于不顾,所以只要有皇上的一天,大齐的江山就一定是稳定的,并且会越来越繁富,越来越安宁强大。"

淳翌微笑:"湄卿对朕这么有信心?"

我肯定地回答:"是,邪从来不能压倒正。"

"湄卿的意思是,朕为正,楚仙魔为邪?"

"是,至少现在是,他带着一身的邪气,但邪气一除,他依旧可以为正,那时皇上就会缺少这个对手,其余的人和事,更在您的掌握之中了。"我缓缓地说道。

淳翌看着我,轻浅地问道:"湄卿觉得谁人可以解除他身上的邪气呢?"

我坚定地回道:"他自己,能除去的只有他自己。"然而,我心中悄悄地问,我能吗?我不能吗?如果当日答应他,陪他隐逸山野,过着平淡的生活,此时这一切是否不会发生?也许我太高估了自己,他是楚仙魔,我的力量实在有限,就像我不能改变淳翌的江山一样。这个世界,谁也不知道,谁做了谁的棋子,或者彼此都只是别人的棋子。

　　淳翌点头："应该是如此，应该是如此。"

　　沉默片刻，他又说道："关外晋阳王已经动了火力，朕已经在镇天门派了重兵把守，建了一个万箭齐发的机关，谅他们也不能轻易攻破。"

　　我饶有兴致地问道："万箭齐发的机关？那是什么？"

　　淳翌笑道："这是一位军师想到的，费了长达一年的时间才建完，他们只要一攻城，就会万箭齐发，势不可当，这次晋阳王已经领教到厉害了。"听完淳翌的话，才知道，深居在后宫的我，实在是太孤陋寡闻，那些战场的事，我竟是一点都不解。

　　淳翌看我一脸的迷茫，笑道："湄卿无须知道这些，都是男儿家的事，你就好好地静处月央宫，这些事朕会处理好。"

　　我微笑点头："臣妾遵命。"

　　淳翌打了个呵欠，惺忪着疲倦的双眼，说道："夜色已深，湄卿，我们回寝殿早些安歇吧，明日朕早朝还有事要与大臣商议。"

　　"好，臣妾为皇上宽衣。"

　　一夜无话，就如同窗外月光下安静的雪。而我依旧有梦，梦里出现了许多纷乱的人物，还有我那内心深处渴盼的血，我喜欢快意江湖，迷恋上干净利落的死亡。我感觉有一个锐利的想法在朝我靠近，越来越近。

乾清殿外现祥瑞

年赏发下来的时候，才知道离春节只有那么几天，过年对我来说已经成了一种形式，没有快乐，也没有悲伤，与平常的日子没有任何的区别。今年的年赏比旧年的还要多，一大箱一大箱的礼品，都是绫罗绸缎，珠宝玉石，这些东西，对我来说，也没有任何意义，整日在宫里，实在是用不到。我给月央宫的人发下很厚实的赏赐，其余的，命他们抬到库房存着。

一如既往地平静，那些预感要发生的事，似乎一件也没发生，不知是没有发生，还是发生了我不知道。我已经不再命小行子去打探消息，淳翌每次来月央宫也不再谈论此事。我觉得，没有什么大的起落，一切是平静的。

月央宫的人这几日忙碌地打扫，将整个宫里挂满了如意小灯笼，贴上了剪好的彩纸，将平日素净的月央宫，装扮得有了颜色，这也算是给沉寂的日子增添一些生趣吧。尽管对我来说，并没有区别。

除夕前一天，内务府总管冯清全同旧年一样，到月央宫来传旨，明日大
年三十到乾清宫参加皇上与皇后主持的内廷家宴。

我打赏了冯清全，反正银两也多，不如拿去做人情，这样子日后有什么
事找他们也方便些。冯清全是个明白人，收到两个金元宝，缓缓地朝袖口藏
着，含笑道："谢谢婕妤娘娘赏赐，日后有什么事需要奴才办理的，奴才一
定尽心。"

我微笑道："冯总管客气了，日后还有许多需要麻烦你的事。"

他施礼告辞："多谢娘娘，有事尽管吩咐，奴才先行告辞了。"

我客气道："要不要坐下来喝杯茶？"

他推辞道："谢谢娘娘好意，奴才还要到别的宫去传话，先行告辞。"

冯清全走后，我跌落在一片茫然的无绪中，明日的除夕家宴，我一点兴
趣都没有。如往常一样，大家聚在一起热闹，喊来平日里养在宫里的戏班
子，杂耍班子闹闹场，笙歌曼舞，烟花烂漫，实在想不出还有什么别的乐
趣。不知其他的人是否跟我一样，心中厌倦这样的皇廷家宴，可是又不得不
去应酬，并且是衣着光鲜，精心打扮地去应酬。

这日夜里，我命秋棵和红笺为我准备梅花香瓣汤，并且煮上雪水，虽然
奢侈了些，但我需要好好地沐浴，洗去一年的粉尘与一年的困顿。尽管，我
知道来年还是这样的轮回，但是我依旧渴望一次洗礼，让我觉得自己还是冰
清玉洁的，如白雪的晶莹剔透，如梅花的幽香清盈。

褪去衣衫躺在水中，一道屏风将我隔绝在缥缈的世界里，氤氲的水雾蒸
腾着我的记忆。我告诉自己，我应该忘记许多我该忘记的事，给自己留下几
许空白。

红笺轻轻地为我擦拭如雪的肌肤，赞道："小姐，你还是这般美。"

我轻浅微笑："美什么，又老了一年，再过几年都不知道是什么模
样了。"

红笺笑道："能有多老，再老也才十八岁呢。我才老了，二十岁了，女

子一过二十，就成了老妇人。"

我轻抚手上的花瓣，绿梅、白梅、粉梅，朵朵都是那么鲜莹，泛着素雅的幽香。听了红笺的话，我不禁笑道："二十岁就成了老妇人，这样说，宫里有许许多多的老妇人了。"看着红笺娇羞的样子，心里生出了感叹，二十岁的女子，应该是孩子的母亲，可是红笺却守在我身边，是我耽搁了她的青春。我轻轻地撩起水花，轻叹："红笺，你是否愿意让我为你做主，找个好的人家……"我没有说下去，因为我不知道该如何往下说。

红笺微笑地看我，在迷蒙的烟雾里很是娇羞动人，她说道："小姐，红笺已经说过多次，不嫁人，终身侍候小姐，你在哪儿，红笺就在哪儿，以后莫要再说这些了，说了红笺心里酸楚。"

我扬起手抚过她鬓前散落的发，微笑道："傻丫头，酸楚什么，你这不是一直陪着我吗？我只是怕耽误你的终身，这样子留你，我太自私了。"

"小姐，红笺也不多说了，一心就只侍候小姐，其余的都等到来生。"

我笑道："哪儿知道有没有来生。"

"有也好，没有也好，都不重要，今生，我只侍候小姐，小姐在哪儿，红笺就在哪儿，这是我们十多年的情分，小姐莫要再提起了。"红笺语气坚定，此心已决，有种感动在我心中滋生。

我眼眸有些湿润："不说这些了，明日就是除夕，我们该开心些。"话音才落，我想起了烟屏，新年将至，她在另一个世界又是何番景象呢？明日，我要在月央宫祭拜她，为这段短暂的主仆情义，为这一命之恩。

换上素净的衣衫，在炉火前坐下，我喜欢每次沐浴后慵懒的感觉，松散地披着外衫，长发垂腰，无须轻妆淡抹，只是天然颜色，明净如初，还我少女本色。

我知道，这一夜，不会再有人来月央宫，各自都在自己的宫殿忙碌着自己的事。明日的庭宴，后宫嫔妃都会到场，还有许多王公子弟，那些人中间，会有我几月不曾相见的淳祯。我对他，不存相思，不存眷念，只是淡淡的牵怀，这种牵怀，对一个后宫寂寥的女子来说，也成了一种超乎常情的背叛吗？若说背叛，我不会承认，因为，这只是淡淡的牵怀，我断然不会与淳祯发生任何的故事。不是我不敢背叛，而是我不愿意去背叛，也不屑于背叛。许多人，需要这样的距离，若是靠得近了，这份美感将消散，直到荡然无存，我与淳祯，不需要如此辜负。我相信，他亦是如此之想。

下了整整一个冬天的雪，窗外的雪终于在这几天的阳光下消融，当所有的白色隐退后，万物回归本来的面目，苍凉的依旧苍凉，枯萎的已经枯萎，而生动的也依然生动。万物都有属于自己的季节与气候，人亦有属于自己的生存方式。逆向而行，只会遭遇更大的风浪，顺其自然，或许更可以找到人生的真意。

在薄冷的月色中睡去，与我相缠一夜的，还是梦。醒来后，天气依旧晴好，我知道，这一年的除夕并不会给我带来多少惊喜。

月央宫的人忙碌了一天，为我去赴宴做好准备，其实我并不喜欢这样郑重的装扮，清新自然就好了，可是毕竟是皇廷家宴，如若太过简单，只怕会招来她们的非议，说我对皇上不尊，又或者是其他。

午后，我坐在镜前，红笺和秋榉为我精心打扮。既要清新自然，又要高贵雅致，这是我一贯的风韵，在后宫每个人都有属于自己的风格，我的风格就是如此。镜前的我，着一袭丝绸浅红绣梅花的宫装，还是旧年那件孔雀裘的金线大衣，发髻上斜插一支御赐的金丝凤凰钗，今日的我，比以往高贵成熟多了，清新只是那份独有的韵味。

皇上遣来的宫车早已在月央宫外等候，我携秋榉和首领内监刘奎贵朝乾清宫行去。掀开轿帘，试图借着清冷的月色，温润一下我的心情，可是只有徐徐的凉风迎面吹来，令我更加清醒，清醒地告诉我，我不愿参加这样热闹的宴会。我想与月央宫的人，围坐在一起吃年夜饭，就算不能欢快，却也自在。而后，大家围炉守岁，静静地期待新年的到来。

约莫一盏茶的时间，已抵达乾清宫，这样盛大的宴会，和旧年一样，摆设在宽敞的殿外。虽然装饰与旧年不同，可是繁闹奢华的景象，却是一样的。我早就该知道，皇宫不会因为楚仙魔的出现而有任何的更改，也许此时寂寥的是楚仙魔，这个所谓的武林至尊在不为人知的角落独自伤怀，因为愈是喧闹的场景，他会愈加寂寞。我说过，于千万人中的寂寞是真的寂寞，因为我也有这样的感触。而楚玉，这样的感触应该比我更深，因为他本就是孤独的，世间没有人可以真正地了解他。

按例先给龙座凤椅上的皇上皇后施礼，再回到自己的座位上，一年，我没有任何的改变，依旧是正三品婕妤，我拒绝淳翌要给我的赐封，也许正因为我虽然宠冠后宫，却没有再度晋封，对她们来说，多少也算是一种安慰。

我用眼睛的余光关注到她们的目光，虽然依旧朝我身上斜斜地看来，却没有旧年那样锐利的妒忌，也没有那么深刻的好奇。一年多的时光，会消磨许多的人和事，连刻骨的恨都会淡的，更何况只是疯狂的嫉妒。

让我奇怪的是，来紫金城两年光景了，却从未见过太后的真容，旧年的除夕不见她，今年的除夕依旧如此。那次去明月山庄因她得病而匆匆赶回，我也无缘与她一见，看来她真的是不习惯这样喧闹的场面，或是因为身子太弱，禁不起这样的热闹，或是心绪太淡，不想见任何的生人，又或是其他。我不曾打听过关于太后的事，因为她对我来说，并不是个谜，只是一个可有可无的老人。太后的沉默，倒让我在后宫活得安稳，若是太后参与朝政，哪怕只是掌管后宫，想必我都不会这般闲逸。她连每日的晨昏定省都给免了，只有皇后与几位妃子能去与她相见。

目光与陵亲王淳祯邂逅的时候，我有片刻的停留。他俨然比几月前消瘦了许多，眉宇间虽然依旧英气逼人，可是更多了几分成熟与几许沧桑。许是因为上次遇刺受了重伤，加之近日来政事烦忧，尽管他不喜参与政事，可是大齐的江山亦与他有着不能割舍的情感。他亦看着我，眼神里流露出淡淡的欣喜与渴望，彼此都有着久别重逢之感。只是在这样的宴席上，任何一个目光，都可能被别人发现，从而作为诬陷的话题。

安静地坐在自己的席位上，不再关注别人，若有若无地品尝杯盏里的美酒，只是品不出什么滋味，清冽甘醇，有那么一点像凝月，却又不是。

　　第一支烟花的绽放，惊醒了新春的梦，也拉开了戏台的序幕。这些排演了几月的戏子，只为了这一刻尽情地表演，来取悦帝王，那些付出辛酸汗水的过程，都被遮掩，大家所能看到的只是此刻的完美与灿烂。

　　几场表演，比旧年更极尽磅礴的气势，展现出宫廷的辉煌河山，仿佛没有任何力量可以将其摧毁，我相信，任何一个人看了这些表演后，都会生出这样的感慨，如此的富丽，如此的阵势，如此的江山，又怎能轻易就被动摇呢？这样的场景会消释这几月来大家心中的惶恐与畏惧，使大家再次沉迷于紫金城的繁华鼎盛中。

　　我的心被塞得满满的，继而又空落落的，在最满的时候，仿佛又被什么剜去了，让我虚空。我越来越相信物极必反，只是这样的极致后面，隐藏的消亡会是哪一天？我想应该是很远很远，这是一个漫长的过程，从开始就注定了它的漫长。

　　漫天的烟火在璀璨地绽放，我看到许多喜悦的笑脸，仿佛在这样氛围下，我的空落是一种罪过。如果可以，我希望我可以饮酒赏戏，与他们一同守岁，如果不行，我想我还是会悄然逃离，如同旧年一样，选择独自寂寞地离开。

又是疏梅明月夜

　　我终究还是在宴会最鼎盛最繁闹的时候悄然离开，这是一种厌倦与疲惫的逃离，在宫里已是两年光景，我依然没有学会平静淡然地对待这荣盛的场景。这让我觉得浮华的皇家灿烂，在我内心深处仿佛划过一道伤痕，每次碰触到，都有一种隐忍的疼痛。

　　我退出的时候，也许并没有一双眼睛为我停留，大家都沉浸在这样欢愉的氛围里，谁又还会在乎谁的存在。我轻轻看向淳翌，他举杯浅饮，欢快地看着台上的表演，此时的他心中应该是被喜悦填得满满的。这个男子身上少了点忧郁的气质，所以他可以在快乐的时候快乐，在悲伤的时候依旧保持一份乐观的心态。他拥有帝王的霸气，还有平凡人的性格，大齐的江山在他的手上，应该很安稳。此时的他也许不知道我心中的落寞，这种在万人之中最尖锐的落寞。

独自往上林苑走去，月色朦胧，投下了幽淡的影，我紧了紧孔雀裘的披风，觉得夜寒露重，凉气逼人。穿过朱红金丝雕绘的长廊，廊内的风呼啸地吹过，抬头看着枯枝，划破了那轮月亮。我想起旧年的除夕，我独自离开筵席，也是往上林苑独自漫步，只是旧年踩着细碎的冰雪，没有目的地行走，而后有了与淳祯的那段雪夜邂逅。

淳祯，今年的他又会在哪里？是否已经习惯那样的繁喧，坐在属于他的宝座上，痛饮几番，在戏曲里醒醒梦梦？他不会，他不是淳翌，如若他可以，当年就不会将皇位让与淳翌，他明白自己，性格决定了命运，他的命运注定是这样，在山水里寻找寄托，看尽江山起落，朝代颠覆，有一种遗世的苍凉。只是，他生在帝王之家，又不能撒手不管。淳祯亦是一个矛盾体，他与楚玉相比，也好不到哪儿去，只是他生性放浪不羁，多了一分随意闲逸，少了几许邪恶与尖锐罢了。

月光洒在玉镜湖上，那浅浅的薄冰，折射出寒冷的光芒，我想起了旧年的那些红鱼，应该躲在冰层下面沉睡，它们不会被冻死，因为它们早已习惯了这样的寒冷。

在廊道里辗转，不知道自己该选择哪个方向，心里渴望踩上旧年的足迹，寻找旧年的往事，也许还会有一段邂逅在等待着我，也许那个人再也不会出来。无论会是何种结果，我都打算，不给自己任何机会，我不想纵容自己的背叛。

朝着另一个方向走去，与往事从此渐行渐远，只让自己拥有这份心情。其实没有什么不同，楼台殿宇，长廊石桥，这么多的风景，都层叠在一起，在夜色里，没有什么不同。有寒鸦栖树，见脚步声行来，惊慌地飞蹿而出，隐没在茫茫的夜色里。

选择在梅树围绕的梅亭里歇息，四周悄寂，只看得到远处天空的烟火烂漫，但是声音极为遥远。那么多的焰火在寥廓的苍穹绽放，迷离得就像遥不可及的梦。我想远离那不属于我的梦，在自己的角落里阑珊醉去。

在我沉思的时候，一声玉笛惊破这寒夜的悄寂，我心中悸动，是他，他为何会在这儿？我四处张望，笛声由远而近，似乎已经临近我身边。我慌乱起身，又不知该去该留。

笛声戛然而止，只见一袭白影穿过几树梅枝，朝我走近，他朗声笑道："湄婕妤，你说这算不算是一种缘分？"

透过幽淡的月光，我看清这个男子，依旧这般风采卓然。我心有悸动，却冷冷地看着他："是吗？如果王爷认为有意的安排算是缘分，那臣妾也无话可说了。"

淳祯走上台阶，与我临近，微笑道："湄婕妤难道以为这次邂逅又是本王安排好的？你也未免太高估本王了，本王难道有那等能耐，可以猜测到你心中所想？"

我顿觉失语，心中纷乱，脸上有恼意："那是臣妾的错了，不该到上林苑独自行走。"

淳祯依旧一脸的谦和，仿佛他从来都不会恼怒，执笛负手："其实，真的算是缘分，本王不喜欢那样热闹的场面。早几年，那时还没有你的存在，本王总是喜欢独自来上林苑漫步，踩着细碎的月光，横笛抒意。"淳祯所说的缘分，难道这是又一次的邂逅，可是真的是偶然的邂逅吗？谁会相信？

我淡然一笑："那是王爷有雅兴，臣妾不过是想独自走走，没有任何缘由。"

淳祯负手望月，轻吐一口气，笑道："湄婕妤又何必极力将你我拆离得那般远呢，这也不是本王的初衷。"淳祯的话令我似懂非懂，我所懂的是，我的确极力地想与他分离得远些，可是他的初衷又是什么呢？

我语气依旧冷漠："臣妾有这样吗？一切并没有什么不同，不过几月未见王爷，今夜又是除夕，臣妾该问王爷安好。"

淳祯转眸看向我，眼神里蕴含着柔情，柔声道："小王谢过湄婕妤，是的，几月不见，却胜似几年。好在小王福大，还有幸活着，不然，今日的上林苑只余你独自寂寞了。"他终究还是没能隐忍住，这话算是一种挑逗吗？

又或者是其他的什么？

"由来的寂寞，都只是我独尝。"这句话，是我对佛说过的，今日用在我身上，也未尝不可。

"是，由来寂寞，都只是独尝，你如此，本王亦是如此。"他语气中隐现丝丝无奈。

好静，静得可以闻到彼此的呼吸。

他打破了这份宁静，低低说道："你知吗，本王不是有意的，在你离开之前，本王就已来到这里，本王有意选择这个方向，就是想与往事远离。你的到来，让本王认定缘分。因为本王相信，你一定与本王一样，避开了去年的方向，而选择另一条陌生的路径。"原来他与我怀有同样的想法，极力想要逃避，可是又被命运牵扯到了一起，这样的缘，让我觉得隐隐地恐慌。

我轻叹："臣妾该走了，臣妾相信，只要选择远离，就一定可以渐行渐远。"

"湄婕好又何必拒人于千里之外呢，就当作天涯陌路逢知己，这样的夜晚，不能举杯痛饮，不能琴笛相奏，静静地说会儿话，还是可以的。"淳祯近乎恳求的语气，都说寂寞的人会惺惺相惜，其实我又何尝不想坐下来与他聊聊。我想起了在华胥梦境的那一次深聊，让我对他有了更深刻的看法。

我终究还是没有迈出脚步，浅笑道："王爷多多保重身子，臣妾也曾礼月求天，祈愿王爷渡过劫数，从此幸福安康。"

他闪亮着生动的眸子看向我，低低说道："礼月求天，礼月求天……本王这次可以渡险，湄婕好功不可没。"

我淡淡回道："王爷也救过臣妾，为王爷祈福是应该的。"

还是静，静得甚至可以听到冬眠的虫语声。

我看着我和淳祯的身影，在月光下，衣袂交叠，若是不仔细，我几乎会把他当成淳翌，本是孪生，这般相像的人真的不多。

"眉弯。"他低低地唤我。

我抬头看他微笑："你如何想起这般唤我？"我不想称他为王爷，也不想自称臣妾，那样太过生硬，此时我的心是柔软的。

淳祯笑语："无人之处也不可以吗？我喜欢这个名。"他也摒除了自己的身份。

"可以。"我肯定地回答。

淳祯抬头看月，那月亮半隐半现，只低低说道："几个月，仿佛又是一段沧海桑田。"

我问道："你所指的沧海桑田是什么呢？"

他看着我，眼神深邃，可我能读懂，他淡定地说："我和你，还有这些无常的世事。"

"你又在感叹了，你与皇上真的很不同，他不会生出如许的感叹。"不知为何，我竟把他与淳翌对比。

他嘴角扬起一丝浅笑："是的，皇弟不会，所以我说过他有君王风度，我没有，我适合做逍遥王爷。"

我轻轻点头："你我都有同样的缺点，矛盾、极端、懦弱。"

"哦？我也如此吗？"

"难道不是吗？"我笑道，"个性太明显的人，不适合做大事，容易走极端，要么就是极度的沉迷，要么就是夸张的崛起，看似心性淡泊，实则浮躁不堪。"

淳祯浅笑："看来你很了解我。"

"不，我只是了解我自己。"

"哦，那你与我，难道就那么相似吗？"

我吸了一口寒气，冷冷道："不相似又怎会有这样几次邂逅？"

他轻轻点头："那倒也是，但是我不承认自己懦弱。"

我笑道："不承认便不承认，这并没有什么。"

他突然问向我："你可知楚仙魔这个人？"

我心中一阵悸动，平和地回道："听说过，相信后宫的人都听说过。怎么，王爷为何突然说起了他？"

淳祯笑道："我倒觉得他有些像你说的，矛盾、极端、懦弱。"

"他懦弱吗？"随后，我轻声笑道，"是的，他也懦弱，他不仅懦弱，他还邪恶，慈悲的邪恶，比真正的邪恶更让人害怕。"

"他并不可怕。"淳祯语气坚定，仿佛对楚仙魔有着很深的了解。

我问道："王爷可与他相识？"

淳祯摇头："一个来无影，去无踪的人，本王无缘与他得见，从来只是他见人，没有人见他。"

我冷冷一笑："呵呵，王爷也未免高估了他，他有那么神秘吗？不过是一个比平凡人更可悲的人罢了。"

淳祯用一种探索的眼神看着我："眉弯何出此言？"

我浅笑："难道不是吗？传说他知晓一切，是个离奇的人，离奇的人必定有着离奇的身世，离奇的经历，这样的人与平凡必定格格不入，做不了一个平凡的人，知晓一切，却不能改变一切，他还不可悲吗？"

淳祯投给我一个赞赏的目光："你看得很透彻，可惜也只是你的猜测而已。"这话淳翌也对我说过，因为他们都不知道，这个楚仙魔我有缘得见，并且有着一段轻浅又浓郁的渊源。

我笑道："王爷对楚仙魔很好奇吗？"

淳祯点头："是，本王对这些离奇的人都会生出好奇之心，因为他行事不合常理。欲攻不攻，欲退不退。"

"王爷说的是他的战术吗？"

"是，既然想挑战武林，想抗衡朝廷，为何又如此矛盾，如此软弱呢？"

我轻轻走下台阶，来到一株梅树旁，闻着淡淡的梅香，漫不经心地说道："他要的不是江湖，也不是江山，他要什么，他自己都不知道，你要他如何不矛盾，如何不软弱？"

淳祯轻叹："听起来有些悲凉。"

"这就是代价，他的无所不知，造就了他与生俱来的个性，他要付出代价。"我冷冷地说道，仿佛楚仙魔的悲凉，与我无关，也许，原本就与我无关。

淳祯淡笑："若是有缘，我想与他一见。"

"他也许会杀戮江湖，血流成河，也许又会隐没，从此寻不到踪影。"

"你错了，既出江湖，想要隐退就没那么容易。你没听过一句'人在江湖，身不由己'吗？"

我折一枝梅花，把玩着，冷笑道："他不是人，他不能成仙，就只能成魔，这是命定，不能更改。"

"楚——仙——魔。"淳祯一字一字地唤出这个名字，仿佛同时也在咀嚼这个名字的内蕴与深意。

"是的，楚仙魔，他将有传奇的一生。"

淳祯看着我："我们呢？"

我轻轻摇头："我不知道，也许浮华，也许平静，也许……"

淳祯轻叹："也许有一天，我会远离皇宫，隐没江湖，做个垂风钓月的隐者。"楚玉也说过，要隐没，过上不朝天子，不羡王侯的淡泊生活。可是淳翌说过，只有怀才不遇的人，才选择隐居，因为不得志，落拓才选择放弃，这算是一种遁世还是懦弱呢？

我低低说道："未来太遥远，先过好现在吧。"

淳祯走近梅树，轻闻梅香："呵呵，自古英雄难过美人关，说得一点也不错。"

看着薄冷的月色，起风了，我感到冷，尽管话不尽意，想着夜色已深，乾清宫或许也该散场了，此处不是久留之地。我说道："王爷，夜深了，臣妾该回去了，今晚是除夕。"

"好，夜凉露重，怕是会着凉受风寒，早些回去吧，本王送你回去。"

我笑道："臣妾自己回去便好。"我想起去年雪夜与他闲聊，此事都被人拿出来做话柄，指不定今日也有人盯上了，不想横生枝节，还是小心为妙。

淳祯沉声道："眉弯就这么怕吗？"

"我怕？王爷真敢吗？你敢亲自送我至月央宫吗？你敢去，臣妾还敢为你烹炉煮茗，品茶夜谈。"

淳祯回道："我……敢……"

我冷冷一笑："你不敢，你不敢就只能忍着。"说完，我头也不回，急急地行走在洒满月光的小径上。心中思索着，这一夜我究竟又做了些什么，又说了些什么。

留下淳祯独自伫立在几树梅花下，他可以任意地采摘梅花，而无法亲近我沈眉弯。是的，他敢吗？他敢以王爷的身份送我回月央宫，敢在除夕守岁之夜，与我在宫内品茗夜话吗？他不敢，不敢就只能忍。

欲向梅庵寻因果

　　月色朦胧，这一夜所邂逅的，是我期待的，还是我极力想要逃避的？看来一切有因果，一切皆为注定，有些人，有些事，纵然你想逃离，经历几度辗转，终究还是会遇见。就像风中的两片落花，飘飞后，经过时间的流转，还会飘落到一起。就像流水中两枚旋转的落叶，经过岁月的漂流，依旧会相遇。但我相信，我与淳祯，只是几次偶然的邂逅，许是前世有着一段未了缘分，仅此，而已。

　　踩着细碎的月光往月央宫行去，如果谁告诉我，在紫金城会走失方向，我信，一样的殿宇楼阁，一样的亭台水榭，穿行在长长的廊道里，我自己始终踩不到自己的影子。

回到月央宫的时候，守门的小内监很着急的样子："主子，您可算是回来了。"我心想，难道是淳翌来了？

我径直朝梅韵堂走去，才发觉方才折的梅枝还在手上，梅韵堂里红笺、梅心、竹心她们都在，见我进门，着急迎上来："主子，可算是回来了。"

我朝红笺问去："怎么了？"

红笺为我褪下孔雀裘披风，说道："秋棋已命人回来问过几次，说找不到您，甚是着急。"

我笑道："我还能走丢了不成？不过是到上林苑走走，你知我是不爱那热闹的气氛的。"说完问道，"小行子他们呢？"

"都派出去悄声寻您了，不敢惊动别人。"红笺回道。

我点头："你且去让宫里的其他人将他们寻回，就说我回来了，免得惊动了他人，大过年的。"

"是。"红笺转身离开。

我甚觉疲惫，朝他们说道："你们且玩着，今儿夜里守岁，没事可做，不必拘束。"话毕，往暖阁行去。

进暖阁的时候，一阵馨香与暖意袭来，我打了个喷嚏，该不会是风里站久了，受了凉吧，一会儿喝碗姜汤。

将梅枝插在瓷瓶里，暖阁瞬间春意盎然，生活中偶尔有这样的点缀，也是多彩的。

独自坐在炉火前，温暖着冰冷的双手，这个除夕，也将这样平淡地过去，没有留下些什么，只是给我的年龄又增添了凝重的一笔。之所以凝重，是因为觉得自己老了。尽管，我不在乎我的年龄，可是在后宫，老了的女子就不再有风华。我想那一天，我该住到霜离苑去了，迟早会去。

秋棋他们陆续地回来，在梅韵堂围聚在一起赌钱喝酒，今天是特殊的日子，都由着他们闹去。

秋棋进来的时候，我躺在花梨木椅子上，身上盖着貂皮的大衣。

她走至我身边，低声道："娘娘，刚才皇上命人过来传话，今夜他留宿在皇后娘娘的丹霞殿，不能过月央宫来，让您好好休息，不要守岁到太晚，明日过来看您。"

我轻轻点头："知道了。"心想着，今夜他不来，倒让我觉得轻松，夜里见过淳祯，我不想再与淳翌一起，这样让我觉得负累。

静静地躺着，红笺为我取来煮好的姜汤，喝下去热辣辣的，觉得心口微痛。很平静的夜，也很温馨，他们大家聚在一起玩乐，我静静地躺着，什么都可以想，什么都可以不想。

躺在花梨木椅子上过了一夜，因为睡得很浅，梦也是轻浅的。醒来的时候，屋内弥漫着银炭燃烧过的气息，还有浸泡了一夜的茶香，阳光从窗棂照射进来，带着几许淡淡的温暖，我知道，又是一个晴好的日子。

我临镜梳妆，因为是新年，我让自己尽量穿得喜庆些。今日不想参加任何的活动，却又不愿闷在月央宫，倦倦懒懒不知所以之时，谢容华和舞妃相伴而来。

她们今日装扮得高贵又雅致，看上去光彩夺人。我忙迎上去笑道："雪姐姐、疏桐妹妹新年好，有何喜事吗？这般开心。"

谢容华走上前执我的手，打量我一番，盈盈笑道："湄姐姐也新年好，今日打扮得真是美极了。"

我笑道："哪儿有，跟寻常没有分别。"转而看向她们，"雪姐姐和疏桐妹妹的打扮才是雅致，让人耳目一新。"

我命红笺斟茶，对她们笑道："今日可有何喜事？"

谢容华坐在椅子上，微笑道："也没什么可喜之事，新年嘛，脸上带着笑容总是好的。"

我点头微笑："是，新的一年，总是要有新的改变，不然白长一岁了。"

舞妃看着谢容华，眼神里好似有话要说，谢容华转向我，话欲出口，又未见启齿。

我忙问道："疏桐妹妹有何事，不妨说出来。"

谢容华点头，盈盈笑道："湄姐姐，是这样的，这不过年嘛，想来去翠梅庵祈福的人一定很多，我和雪姐姐打算邀你一同去呢，这是我们的心愿，一直不得而去。以前在王府里还时常去，入宫就再也没有机会去了。"看来舞妃和谢容华今日来是想我在淳翌面前请求他准许我们去翠梅庵，这事之前舞妃也提起过，我没有做到，心中甚感惭愧。

我愧疚地看着舞妃："雪姐姐，真的很遗憾，几度想跟皇上说起此事，可是你也知道，这几月皇上为政事繁忙，我都无法开口，只好一直拖着，可是心里却记挂着，不曾忘记过。"

舞妃微笑，婉转说道："难为妹妹一直放心里，这些时日皇上为国事操劳，我若再提去宫外，的确是不合时宜。"

我点头："是的，但是这次不同，岁末这段时日安静了许多，加之如今新岁起初，万民同乐，我们去翠梅庵烧香祈愿，求大齐国泰民安，江山永存，这样美好的祝愿，相信皇上会很开心，一定会准许我们去的。"

谢容华赞道："对，湄姐姐说得好，求大齐国泰民安，江山永存，我皇万岁万福，皇上一开心，肯定准许我们去的。住上个三五日，吃斋礼佛，该是多惬意的事啊。"

我笑道："还要住上个三五日呀？这样不知道皇上是否会允许了，不过我尽力试试，直到说动他为止。"话毕，又说，"你们也可以试试的，趁着皇上宠幸时，那时候请求便好了。"

谢容华羞红了脸，说道："湄姐姐打趣人呢，我有提起过，皇上不准呢，这不就你去了几次，我们都不曾有机会去那儿。"

"我那是有特别的事需要办理。"说到此，我又想到烟屏，的确，我想去翠梅庵小住几日，去梅花溪看看烟屏，毕竟那里是我最后可以寻找她的遗迹的地方。

舞妃看着我，眼神里流露出一种渴慕，说道："那就有劳湄妹妹了，我和疏桐妹妹等候你的好消息。若能遂愿，我定当于佛前焚香叩拜，以谢皇恩。"

我微笑点头:"我尽力,我想皇上会许我们去的,住上三五日再回来,也许我们都脱胎换骨。"

谢容华掩唇而笑:"脱去这副凡骨俗胎吗?只怕是不成佛,反成魔了。"

"呵呵,说得好,不成佛,反成魔,我觉得我骨子里有着邪恶。"

舞妃接口笑道:"我骨子里也带着邪恶,但愿佛祖可以净化我。"

我嘴角扬起一丝浅笑:"佛祖也不能净化你,佛祖只是用他平和慈善的眼目看着你,至于能否穿透你的内心,还是要看自己的悟性与造化。"我似乎对佛带着某种不信任,其实我知道,佛有佛的世界,他不能超越一切来普度众生,只能用慈悲与禅理来点化世人。至于结局如何,也不是他所能料到的。

舞妃微笑:"看来还是湄妹妹去翠梅庵的次数多,参透的禅理比我深,这次我若遂愿,一定也静心打坐听禅。"

谢容华点头:"是啊,我也要如此,上次劳湄姐姐为我点上一炷心香,又劳妙尘师太赠送几本经书,这次有机会要亲自去那儿还愿。"

我端起茶杯,一饮而尽,笑道:"看来此次只许成功,不许失败了,皇上那儿,我是要缠定了。"

"嗯,一切有劳湄姐姐。"谢容华紧紧地执我的手。

舞妃起身,走至窗前,看着我瓷瓶中的梅花,赞道:"一枝独秀,绰约风姿,梅花的骨力看来真的只有湄妹妹能及啊。"

我亦起身相随,仔细打量这枝梅,朦胧的月色下没看清,回来又随意地插入瓶中,此时才看到此梅为白色,虬枝上绽放着白色的芳瓣,芬芳盈人,真是一枝独秀,风骨逼人。想起方才舞妃的话,不禁回道:"雪姐姐,每个人都有适合自己的植物,也许这植物就是自己的前生,我的前生或许就是一朵白梅,只是今生,我没把握保证可以如它那般清绝纯净。"

谢容华忙走过来接话道:"谁说不能,湄姐姐就如这枝白梅,清雅绝俗，独秀于后宫。"

我轻笑摇头，一时间竟不知再说什么好。

沉默片刻，谢容华低低说道："其实湄姐姐，这次去翠梅庵还有一事。"

我看向她，问道："何事呢？"

谢容华轻叹："姐姐，你我几人到如今都无所出，我与舞姐姐比你更甚，你来宫里也足足一年多光景，又受皇上专宠。我说的，你该明白吧。"

我轻轻点头："嗯，明白，只是此事也不能随我们愿的，可遇不可求。"

谢容华叹道："所以也要去翠梅庵，捐些香火钱，拜拜送子观音。"

舞妃赞同道："是的，我也有如此想法，为皇家绵延子孙后代，是我们做妃子的责任。若此事都不得圆满，那我们岂不是太辜负皇恩了。"

我沉沉一叹："人间许多事都难遂人愿，这也算是一种磨难吧。"

舞妃朝着窗口，双手合十，低念道："但愿菩萨垂怜，赐予我们姐妹麟儿，为皇家绵延子嗣。"

不知为何，我心中有些许的寥落，进宫这么久，淳翌极宠我，而我对于绵延子嗣的想法却极为淡漠，仿佛这些事都可有可无，都说做了母亲的女人是真正的女人，而我却还没有做好准备。母凭子贵，这是后宫女子常说的一句话，而我的地位，是否也要凭着我与皇上的骨血来维持？说真的，我并不在意。

也许因为此事嫉恨我的人太多，她们会觉得我受皇上专宠，而令她们极少有机会与皇上亲近，如此一来，皇上不能雨露均沾，绵延子嗣就更非易事了。想必皇后也会因此怪罪于我，只是因为她身子不好，没有寻得机会来与我话谈。看来我需要再度对淳翌婉转相劝了。

舞妃和谢容华坐下来与我喝了几盏茶，便起身告辞，临走时，不忘了叮嘱我向皇上求情，准许我们去翠梅庵小住几日的事。我心中想着，她们是诚心礼佛，皇上一定会应允的。

　　将她们送至月央宫门口，转身回来，伫立在几树梅花前，静思方才的话。

　　我告诉自己，万般皆是命，有，我珍惜，没有，我不强求。

觅我前缘一段香

　　午后的阳光有些温暖，我披上白狐裘风衣，携秋榈和红笺往后殿的大花园漫步而去。穿行在通往园中的长廊，清凉的风拂过我的发髻，闻着凉风的气息，我感觉到，春天似乎还很遥远。

　　萧索的庭院，找不到往日的赏心悦目，有些枝丫枯萎着，有些还攀附着葱葱绿意。我转过假山亭阁，桂林曲径，直往梅林行去，一片香雪，令人迷醉。阳光下，有蜂蝶起舞，赏尽佳颜，梅树上有他们系的红丝带，在风中飘舞。

　　秋榈告诉我，把心愿写在丝带上，然后系在梅树上，是对新年最好的祈福。我昨晚没有自己前来，只命小行子帮我系上，看着那风中起舞的红丝带，不知道哪个心愿属于我，记得我写下的是这么一句：来世乞得梅园住，觅我前缘一段香。这句诗是我之前与舞妃她们写诗时吟咏过的，来世就这一愿，今生我已无愿了。

没有去寻找哪一条丝带属于我，这个梅树上挂满了月央宫许多人的心愿，我准予他们如此，如果好梦可以成真的话，我也祝福他们。

穿行在花影之间，往事恍若烟云，新的一年开始，可是老去的故事还在梦里阑珊。那荒芜的秋千架只有伶仃的几瓣叶，紫藤花落尽，它们也在等待春天的那场烂漫的花事。

红笺轻摇空荡的秋千架，轻声问道："小姐，您要不要坐上去，我来推您。"

我抚摸着那枯萎的藤蔓，轻轻摇头："不了，穿得这般臃肿，坐上去也没那风中轻扬的感觉。"我仿佛看到一个曼妙的女子，穿着绿色纱衣，在秋千架上轻荡，长发飘扬，惊落了满地的杏花。

明丽的阳光让我觉得有些眩晕，凉风阵阵袭人，我也了无心绪。秋榭轻声说道："娘娘，这儿风大，站一会儿还是回去吧，不要着凉了。"

我被风吹得有些头疼，点头："好，这就回去。"遗失在这里的是故园的风景，只是看风景的人丢了那份浪漫的情怀。

走过石桥，看到几尾红鱼在清澈的溪涧游弋，它们的世界又是怎样的呢？大概与人也没有太多的分别，也有纷争，有纠缠，有矛盾，有无奈。

回到暖阁，一个人独坐，就这样坐到了黄昏。淳翌昨晚遣人来月央宫传话，说今日过来看我，我安静地等他。

静躺在花梨木椅子上，想着白日舞妃和谢容华跟我说的话，思索着该如何跟他开口，我很有把握他会答应。猜想着这一次出宫，不知道又将会发生些什么，在佛的面前，我是否依旧平静如初？而我又是否可以在那山野村舍，遇到那位久违的故人？楚玉，你是可以预知我是否会去寻你的，你可还会在那儿等我？如若你会，我信你不会成魔，如果你不会，也许，我也无法拯救你。

当月色悠悠来临的时候，我迷糊着要睡去，淳翌已不知何时到了我身边，手执一枝冷傲寒梅，温柔地站在我身边，微笑道："喜欢吗？"

我起身相迎，接过他手上的梅枝，轻闻那淡雅的幽香，盈盈笑道："喜欢，皇上总是攀折它们呢，只是莫要辜负了。"

淳翌爽朗大笑："朕定不会辜负它们，既然采折来了，湄卿必会好生相待，不劳朕忧心了。"

我将梅花插入窗前另外的瓷瓶子里，才发觉，与我昨夜采折的并没有什么不同。只是昨夜那枝会让我想起淳祯，今日的让我想起淳翌。许多时候，物所带来的感触，皆由人而起，由心而起。我想起旧年与舞妃她们吟咏的一个句子，不禁轻声读来："风流明月随云转，冷落梅花向雪开。"

"风流明月随云转，冷落梅花向雪开。"淳翌低低念道，扬眉微笑地看着我，"湄卿，这两句有些意思，朕喜欢。"

我轻笑："当作自题之句，皇上，臣妾前生是梅，今生是月。"

淳翌温柔地看着我，眼波流转，含情脉脉，柔声道："朕都知，所以朕给这里赐名月央宫。"

我面若云霞，含羞道："当日臣妾初进月央宫，就爱上了这三个字，也有自题诗'春寒知柳瘦，月小似眉弯'。"

"月小似眉弯。"淳翌喊道，"好，好一个月小似眉弯，朕喜欢极了，符合你的名字，也吻合朕的心意。"

我浅笑："只是好玩罢了，月似眉弯，这名倒真有趣。"

"是，初听之时，便觉得雅致，韵味天然。"淳翌道。

淳翌搂过我的腰身，临窗看月，已记不清多少次这样温柔地偎依，多少次倚靠在他的臂弯，看着宫廷的月亮。远处挂了一排排红红的大灯笼，我才恍然，此时还是新春佳节。

我轻轻抬头看向他，低低说道："皇上，臣妾有个请求，还请皇上答应。"

淳翌温和地看着我，说道："何事？湄卿知道，只要是你提出的请求，朕都会答应。"

我含羞道："皇上这样说，臣妾都觉得惭愧，好似臣妾无理，只是请求皇上。"

淳翌笑道："湄卿莫要多想，朕是玩笑话。朕的妃子中，就数你最淡泊，从不求朕，这倒让朕觉得有些空落。"其实淳翌说得对，我想要的，从不开口求人，纵然他是九五之尊，我亦如此。而出宫之事，与别的不同，若不开口，便不会有此机会。

我婉转回道："臣妾哪儿有皇上说得这般淡泊，只是皇上宠爱臣妾，在这后宫，什么也不缺，也无须再求皇上了。"

淳翌看着我，目光澄澈，带着赏慕，含着温情，微笑道："告诉朕，湄卿有何事相求？"

我莞尔一笑："其实是小事，只需要皇上准许便好。"

"何事呢，尽管说来，朕会依你的。"

我懒懒地依靠在他的胸前，闻着他身上那熟悉的气息，觉得很温暖，低低说道："是这样的，现在恰逢新春佳节，舞妃和谢容华想去翠梅庵小住几日，吃斋礼佛，祈求我大齐国泰民安，江山永存，我皇万岁万福。再者我们姐妹也真心想去翠梅庵小住几日，诚心礼佛，一炷心香，静心参禅。"

淳翌沉默片刻，假意蹙眉："是她们来寻你的？让你和朕说此事？"

我没必要隐瞒，淳翌是聪明人，我坦然回道："是的，今日舞妃和谢容华来过，臣妾正有此意，所以臣妾就告诉她们，臣妾将此事告诉皇上，请求您的准许。"眼波流转地看着他，柔声道，"皇上，您准许吗？"

淳翌大概是被我的柔情给迷惑了，柔声笑道："若是朕不许呢？"

我娇语："皇上不会不许的，我们是去为皇上祈福，为大齐祈福，为天下百姓祈福。"

淳翌朗声笑道："湄卿说的话如此动听，若是朕再不准许，就未免太不近人情了。"他抿着嘴，停顿了一会儿，才说道："这样吧，朕——准了。"

我忙欣喜道："谢皇上。"

淳翌微笑地拂过我额前散落的几根细发："你看你，开心得跟个孩子似的，难道紫金城竟有这般不好？"

我浅笑道："没有的，臣妾和姐妹们难得有机会一起出宫，自然是开心，再者又是去翠梅庵，这是大家的心愿。"

淳翌笑道："朕明白，若不是政事繁忙，朕也想出去走走，整日在宫里，的确烦心。"从淳翌的话中，我听到了许多的无奈，这个皇宫，有时候真的像个牢笼，里面关着无数寂寞的灵魂，这些灵魂等待着释放，否则都会疯狂。

"皇上准许我们住几日呢？"我似乎有些不依不饶。

淳翌看着我，深邃地笑道："湄卿希望朕准许几日呢？"

我低眉，轻声道："臣妾听皇上的。"其实，我心中隐忍得很，淳翌明知我不敢再提要求，又何必有意再来问我。

"三日，只能三日。"淳翌举起手，伸出三个手指，坚定地说道。

我知道，我该满足，欣喜地看着他："谢谢皇上，三日，就三日。"

淳翌笑道："何时动身？该不会是明日？"

我盈盈笑道："明日臣妾翻翻皇历，选个好的日子动身，只要皇上准许了，其他的，都不是难事。"

淳翌点头："好，君无戏言，湄卿放心好了，到时朕派侍卫护送你们去。"

我轻轻摇头："皇上，不必的，只需要一辆马车，几个随从就可以了，离得这么近，再说佛家圣地，还是清净为好。"

"也好，到时再说，就你们三人去吗？"

我心里瞬间想起了顾婉仪，于是连忙说道："顾婉仪也是个很有灵性慧根的女子，与臣妾走得甚近，臣妾也想邀请她一同去。"

"好，朕准了，朕说了，都依你。"他笑着看我，"湄卿，可还有什么事需要朕准许的吗？朕一并都准了。"

我想起白日里谢容华说的事，为了绵延皇家子嗣，需要皇上雨露均沾，此刻说出来，又不知是否合时宜，若不说搁在心里，终为后患。于是半真半假道："皇上，臣妾还是旧话重提，皇上闲时，多去别的姐妹宫里走走，皇后娘娘素日教导臣妾，都说让姐妹们好好侍候皇上，让皇上雨露均沾，为皇家绵延子嗣。"

淳翌转头看着我："朕想别的妃子应该是渴慕朕留下，湄卿几次三番将朕推往他人怀中。你说朕是该说你胸襟宽大的好，还是该说你对朕——"

我轻轻捂住他温热的唇："臣妾没有，臣妾是为皇上着想，替后宫着想。"

淳翌温柔地握住我的手，轻吻着，喃喃道："朕明白，朕今夜要湄卿怀上朕的龙种。"话毕，他将我拦腰一抱，不容我挣扎，径自朝寝殿走去。

我含羞地把头埋在他的胸前，感受着他的温暖，心中窃窃笑道：难道今夜真的如他所说吗？如果可以，我愿意。

灭烛轻解罗裳，在帷帐垂落之前，我斜看到窗前的那轮明月，今夜，有明月为证，我沈眉弯愿意为淳翌付出，并且，不后悔。

莲花圣境寻真身

玄乾三年正月初七，我查了历书，吉日。

坐上马车离开紫金城，离开这巍巍高墙的皇家庭园，我们就像是被关在锦绣笼子里的金丝雀，被放飞的时候，带着怯懦的惊喜与无边的向往。回过头，我看到巍峨的皇城，笼罩在晨起的万丈霞光里，无比地壮丽大气。这种皇皇气势告诉我，大齐王朝还在鼎盛繁华之时，这样的历史不会轻易就被改写。

一人一轿，我、舞妃、谢容华还有顾婉仪，这是第一次，四人邀约出宫，各自都怀着喜悦与感恩的心情。当我将皇上准许去翠梅庵小住三日的消息告诉她们的时候，舞妃微笑地告诉我，这件事真的只有我能做得到，谢容华却告诉我，她坚信这次我能说动皇上，顾婉仪对我的感激自是不在话下，她料想不到，我会在皇上面前请求将她也带上。许是缘分，我觉得这个机会应该为顾婉仪争取。

掀开轿帘，山野路径的景致还是一派萧索，枯树老藤，丝毫找不到春日的气息。两岸杨柳也只有丝缕的突枝，坚硬地垂泻，田埂荒芜，古道苍风。

只一个半时辰便抵达翠梅庵。之前没有派人到庵里通报，突然间宫里的几位娘娘到来，让妙尘师太也有些措手不及，很快，她恢复了平和。

她双手合十，说道："贫尼见过几位娘娘。"

因我与妙尘师太熟悉，便行在前面，施礼道："师太客气了，我们来此只想静心礼佛，所以师太不必称呼娘娘，这样反而……"我话没说完，但是我相信妙尘师太从我的眼神中可以看得出。其实为了安全起见，到这里来的娘娘需要隐藏身份，因为我们身边没带几个护卫，纯粹就是想来诚心拜佛。

谢容华亲切地走上前，朝妙尘师太微笑道："师太，几年不见，您依旧风清骨峻，飘逸出尘。"

妙尘师太看上去与谢容华也其为熟悉，施礼道："谢施主说笑了，贫尼已老矣。您依旧风姿绰约，更见清雅了。"

舞妃看着妙尘师太笑道："请问师太，那我呢？"

妙尘师太对舞妃微笑："傅施主，您比以往更加翩然夺目，高贵雅致。"我看到妙尘师太打量舞妃的眼神，就知道她们之间也是熟知的。听她们说起过，以往她们住在王府时，就时常到翠梅庵来小住，京城虽然不乏大小不等的庵庙，似乎大家都愿意聚集在此处，是因为这个山水气息还是妙尘师太，抑或是这里的香火更灵验？

唯独顾婉仪似乎与师太不相识。

说明来由，告诉妙尘师太，要在庵里小住三日，为我们准备四间厢房便好。

带着一身尘埃，我们走进大雄宝殿，齐齐跨过殿前门槛的那一刻，我心里在想，我们四个风华绝代的女子，究竟谁最有慧根，谁能最早领悟超脱，或是谁将会成魔，谁又将会成佛？

跪于蒲团上，双手合十，我抬头看佛，又是几月，他不见丝毫的沧桑，依旧如初般慈眉善目，带着丝丝缕缕的笑意。此时的佛，只与我对话，还是同时与她们对话呢？我忘记了，佛是万能的，他想要做的，都可以做到。

我平静地抬头，看着佛："佛，沈眉弯来了，不问前世，不问今生，也不问来世，只是来看看你，仿佛与你对话才是最真，最平静的。"

佛垂目笑道："见到你，很开心，其实，我一直在这儿，平静地等你。"

"等我？"我心中笑道，佛说话为何也这般长情？

佛曰："是的，等你，以很平静的心情等你，因为我是佛。"

我不解道："为何要等我？难道你迷恋我？"说完，我自己窃窃地笑，我与佛开玩笑，这样算不算一种罪过？

佛笑道："你这孩子，我是佛，你敢与佛开玩笑吗？"

我傲然："有何不敢，佛是慈悲的，慈悲的佛不会怪罪任何的世人，更何况我是善意的玩笑，佛应该开心。"

佛点头："嗯，我很开心，因为你此时的开朗，让我看到了那个纯粹洁净的沈眉弯。"

我假意蹙眉："难道我以往就不纯粹不洁净吗？"

佛笑言："你很在意我如何说你吗？你一贯傲然自我，谁也不在意，纵然我是佛，在你眼中亦是世间的一粒粉尘。"

我叹息："佛，你为何要如此说我，我沈眉弯真的可以做到如此无心吗？如若可以，我今世也就不用为人了。"

佛平和地笑道："你的今生，缘于前世，所以与今生无关。你说，你不骄傲吗？你在意谁？在意佛吗？"

我敛眉沉思，傲然道："是，我有我的骄傲，我不求人，不求佛，并不意味着我不在意，只是我不想让自己去在意。"

佛微笑："好了，孩子，你方才开我玩笑，这会儿我也是开你玩笑，这样我们之间就扯平了。"

我假意恼道："原来佛也会开玩笑，这般不肯饶恕人。"

佛浅笑："佛也会闷，日复一日，年复一年，也需要世人给予的乐趣。"佛的话，让我看到他的慈悲与温和。每个人心中都有一座佛，我的佛是否太温和太慈悲了呢？她们的佛，她们心中的佛又是怎样的呢？

我转过头，看了她们一眼，她们虔诚地看着佛，在心中与她们的佛对话。

我继而凝视我的佛，说道："佛，你还没有告诉我，你为何要等我，而且是平静地等。"

佛曰："因为佛的心不会起伏，佛是平静淡定的。"

"可是佛为何还会等待，佛也有挂念吗？"

"不是挂念，佛只是想度一切可度之人。"

我笑："佛不是说过，佛不度人，人要自度吗？"

佛也笑："你是可度之人，所以我想度你，只有度你，才可以度更多的人。"

我不解地看着他："我与别人有关吗？佛，让我告诉你，我只是我，与别人无关，你不要将那许多的人与我牵扯在一起，我平生最怕的，就是负累。我是沈眉弯，我自己的路，自己走。"话一吐出，我似乎觉得有些痛快，而佛，佛又会如何应我？

佛依旧很平和，淡然一笑："沈眉弯，既然相信因果轮回，就应该相信定数。这个世界，不是你想如何就能如何的，如果可以，今日你也不会跪于我的面前，与我安静地对话了。"

我嘴角轻扬，傲然道："我跪的不是你，我跪的是佛。"

"我就是佛。"

我几乎有些无力："是的，你是佛，我跪的是你，更多的却是我的心。"

佛轻叹："我等你，等你回头，回头有岸。"

我笑道："岸在前方，我并没有沉沦。"

"前方有泥泞，许多人可以走，而你需要止步，到佛这里来，佛会让你安稳淡定。"

我依旧倔傲："不，我许过诺言，我许诺的，就不会改变，纵然不愿意，我也不会改变。"

佛垂眉："痴儿，你要的幸福是真的幸福吗？"

我固执地笑道："佛，不幸福的是世俗，幸福的是我自己。我若觉得幸福，就是幸福，他们与我相关吗？"也许佛让我退出的是皇宫，他觉得我的存在，以后会伤害到后宫的女子。抑或是，我被淳祯说中了，我的存在，是祸国。与其说佛是拯救我，莫如说拯救后宫，拯救淳翌，拯救大齐疆土。难道我在他们眼中，已经是蛊惑君王的妖精了吗？

佛轻笑："难道固执的是我吗？"

我笑着点头："也许是呢，因为世人迷离，唯你独醒，独醒的往往最固执，固执地认定一件事，固执地知道结果，固执地想要改变过程，又固执地认为自己可以做到一切。"

"呵呵，这么说，佛最受束缚了，因为佛知晓一切，知晓一切的人也是最累的人。"

我争执道："可你是佛，你不是人，所以又不同了。"说这句话时，我想起了楚玉，知晓一切的人也是最累的人，楚玉是俗胎凡骨，他不是佛，他不能坐在莲花宝座上普度众生，亦不能做到无欲无求。他会生，亦会死。

佛温和地笑："不与你争执这些，我只是想留你。之前，我也留过你，可是我知道，那些过程是注定，我也不能省略，所以我让你走。可是今日，我还是要留你，尽管我知道，留也是徒劳，可我还是留了你，将来，希望你记得，我是留过你的。"佛的话，让我有种预感，我的将来，一定不会美满。他留我，是因为我有着不平静的将来，他希望我回头，留在佛的身边，留在佛的脚下，留在莲花的世界里，超脱自己，也超脱别人。

我一脸的决然："好，我记住了，并且，我不会后悔，佛，请你也记住，无论将来会有怎样的过程与结局，我都不会后悔我的选择，我会为诺言而生，为诺言而死。"其实，我不过是在给自己找一个理由，我所谓的诺言，只是对淳翌的一份应允，那算是诺言吗？我答应过他，无论发生了什么，我都守在月央宫，等他，陪着他。这不是爱，只是一种依附，一种寂寞无痕、美丽无声、孤独无边的依附。

佛点头："好，我也记住了。不过你还在这儿三日，这三日，你可以随时来找我，我可以解你疑虑，慰你烦忧。"

"好，我会再来找你，我是红尘中的女子，不想与你谈论红尘中的事。所以，我不会将烦忧告诉你，我只喜欢与你这样安静地对话，如此，便好。"

佛笑道："都由着你，你是个固执骄傲的孩子。我相信，有一天，你也会固执而骄傲地回到佛的身边，那时候，你来了，就再也不会离开。"

我淡笑："也许。"

我叩首，在千盏莲灯下，我没有一丝的心动。我喜欢翠梅庵，并不意味着，我要一生留下。

起身，与舞妃、谢容华还有顾婉仪相视而笑，在她们的眼神中，我读出了一种慈悲与安稳，是的，在佛的面前，任你再怎么邪恶，都会是慈善的。任由你有再多的纷扰，在这里，都可以寻得片刻的宁静。

踏出门槛，在妙尘师太的引领下，我们一齐走向她的禅房。

流水弦音是过往

　　正午的阳光透过瓦当倾泻下来，带着一丝微薄的暖意，洒落在我的身上，阳光下，我看到我们的身影，是那么不同。

　　穿过萧疏的长廊，凉风拂过我们的衣襟，许是因为缺少穿透的力度，厚厚的衣衫还是贴在身上，任由阳光洒落，依旧觉得冷。

　　走在前面的妙尘师太笑道："你们来得匆忙，不曾有准备，这会儿厢房还在收拾，先到我禅房小坐，喝杯热茶，等整理好了，你们再去好好歇息。"

　　我走至她身边，感激道："有劳妙尘师太，须得叨扰几日了。"

　　妙尘师太笑道："说哪儿的话，几位的到来，令小庵生辉，佛门虽为清净地，却需要像你们这样有灵性的女子，来听彻这心生万法、万法归心的禅音。"我心中思索着，都说在佛前人人平等，原来人与人还是有区别的，许多来庵里的香客，有几人可以听得懂心生万法、万法归心的禅音呢？只是带着一颗虔诚的心来，许一段俗世之愿，又匆匆地离去，来时又真的带来什么？走时又真的能带走什么？

走进她的禅房，一如既往地整洁干净，充满悠然的禅意，带着几许远离尘嚣的静谧。禅房里暖意融融，燃烧着木炭与檀香，这味道令人有着一种怀旧的迷恋。

盘膝坐在莲花蒲团上，如临云端，品着翠梅庵里的梅花香雪茶，这里的梅花，不染俗尘，清绝独秀，这里白雪，清澈晶莹，沾染佛韵，煮起茶来自然要比紫金城的更加幽香袭人。

舞妃淡淡地品着，微笑道："这茶果然清醇，以往品过湄妹妹煮的香雪茶，只觉似琼浆玉液，人间极品，如今品得师太的茶，才知道这里还有瑶池仙露。"

谢容华亦点头称赞道："的确是瑶池仙露，只怕饮下一盏，就可以洗去一身风尘，再饮一盏，可以褪去俗胎凡骨了。"

我接嘴笑道："莫不是三盏过后，便要成佛成仙了。"

谢容华春风得意地点头："妙哉，正有此意，才品一口，就觉得骨肉冰清了。"

顾婉仪静品一口，微笑道："的确是不同凡响，集梅花之仙骨，含天地之灵卉，才能煮就这样一杯清茗。"

我闻着清雅的茶香，点头称道："是的，比起月央宫的茶，真是多了一分冷逸出尘，有着禅佛的精妙。眉弯自愧不如，这茶还是师太如此风骨的人可以烹煮。"

顾婉仪立即说道："湄姐姐，不同的场合酝酿出不同的味道，月央宫有月央宫的风情，翠梅庵有翠梅庵的禅意，各有千秋，却都让人迷恋。品月央宫的茶，会想起姐姐的蕙质兰心，冰肌玉骨。品翠梅庵的茶，便会领悟到妙尘师太的佛法精深，道骨仙风。"顾婉仪的一番话，深入我心，我对她微笑，自是有一种别样情谊在其间。不知为何，我与她似乎无须过多的言语，却能深刻地感觉到那份懂得。

谢容华拍手称赞："妙，妙，说得实在是太妙了，顾妹妹此番话，亦说出了我心中所思所想，品月央宫的茶会想起湄姐姐的人，清雅绝俗，而翠梅庵的茶，带着氤氲的禅意，自有一种难以言说的味道，我两者皆爱。"

禅坐在一旁的妙尘师太慈目微笑："钟灵毓秀的女子，今日都聚到翠梅庵了，贫尼心中万分欣喜。"

我含笑道："师太过奖了，聚在一起与师太静坐品茗是大家的心愿，这心愿今日得以圆满，我们心中亦有着说不出的欣喜与感恩。"

舞妃欣喜地点头："是的，我盼了好久，才盼来这么一次机会，这几日一定跟随师太勤心礼佛，读经听禅，不辜负这来之不易的时光。"

谢容华微笑："我突然想着乘莲舟而来，乘莲舟而去，这该是多美的意境。"

我低眉浅笑："这来来往往的人中，谁是过客，谁又是归人呢？"

师太看着我们含笑道："离去是过客，停留是归人。其实一切在于你，是去是留，在于自己的心，所以过客与归人，可以自己选择。"

舞妃品一口香茶，淡笑："我的人生已然注定我此生只是庵堂的过客，我的归宿在紫金城，我离不开那儿，那里栖居了我的灵魂，我的梦想，我的一切。我只想做翠梅庵的无声过客，来了，走过，什么都不留下。"

谢容华思索片刻，说道："一切随意，过客与归人对我来说都是一样，停留过了，领悟过了，就足矣，在以后的日子里，至少还有浅淡的回忆，我只需借着这淡淡的回忆取暖，就没有遗憾。"

顾婉仪点头认同道："我赞同疏桐姐姐说的，我也只要借着淡淡的回忆取暖，就满足了。其余的，我不敢奢求。"

看着檀香袅袅地飘荡着，整个屋子弥漫着浓郁的香味，我凝神道："香是何味？烟是何色？莲花是何影？菩提是何境？"

师太平和地答道："无色无味，无影无境，听流水弦音，看明月过往，一切皆为空幻。"

舞妃品着香茶，微笑道："果然是禅意悠然，一直向往的境界在这里才能寻得。"她转头看向妙尘师太："师太，几年不见，你比以往更彻悟了。"

妙尘师太笑言："贫尼久居翠梅庵，红尘旧事已然淡忘，若再不彻悟，也辜负了这些岁月，辜负了我佛慈悲之心。"

我笑道："佛不会被辜负，辜负的最终只是自己。师太当年选择来到翠梅庵，常伴佛前，一定经历了很大的人生变数，也经历了许多的挣扎与思考，才会有如今尘埃落定的智慧。"

妙尘师太轻轻摇手："何来的智慧，只是远离沉沦世界，在宁静中将沧桑渐渐地淡入眉间，就成了如今这模样。"

顾婉仪朝妙尘师太笑道："这样很好，宁静淡定，清远高绝。"话毕，她转向我，笑道："湄姐姐，你知吗，方才我初见师太有一种很特别的感觉。"

"哦，什么感觉？"我问道。

顾婉仪回道："我乍见师太心中一惊，在她的身上有着与你极其相似的气质，那份与世无争的优雅。而且你们眉目间的韵味也极像，仿佛有着一段深不可测的渊源。"

我笑道："真的吗？那我真是得幸了，能与师太有此缘分。当初我见师太时也有亲切之感，也认为有一段渊源。至于深不可测，似乎有些神秘与迷离，但是我信这份感觉。"

师太手持一串木念珠，慈祥地笑道："是的，这是缘分，其实不仅是我跟沈姑娘，你们之间也有着极其相似的地方，只是你们自己不知道而已。"

谢容华赞同道："我信，如果没有相似之处，今日我们也不会相伴到翠梅庵来了，更不会有机会相伴跪蒲，共许凤愿。"

舞妃品着一口香茶，微笑："是的，在佛前求了五百年，甚至更久远，才能有这样一次相伴跪蒲。不知道要求多少年，才会有一次擦肩而过？"

顾婉仪答道："至少也要一百年吧，指不定还不够呢。不过每日匆匆擦肩的过客太多，如果我们不是深居在宫里，每天将会与多少人邂逅呢？只是擦肩而过，再相逢时谁也未必认得谁。"

我傲然道："我只做过客，不做归人。"

舞妃看着我笑道："妹妹，有时候有些事是身不由己的，当你想做过客的时候，偏生做了归人。当你想做归人的时候，却又只能做过客。"

师太微笑："看来你们都可以参禅了，说话都蕴含禅意，若是在翠梅庵静住几月，一定超越了贫尼十几年的清修。"

我婉言回道："师太又说笑了，几月抵过你十几年，我自愧几十年都不如呢。最难得的是一份心境，在纷扰的尘世中，要做到言行一致，的确太难。"

谢容华点头："对，再者我们能在翠梅庵小住几日，跪蒲听禅，点上一炷心香，已经很满足了。毕竟，我们只是这里的过客，注定成不了归人。"

顾婉仪看着谢容华，说道："姐姐，人生有太多的变迁，我想师太当年来到庵里，也没想到自己会是归人，也想着只是佛前的过客，可是却走进来了，并且再也离不开。"再也离不开，我想起了佛对我说的，如果我来了，就再也离不开，我突然间很信这话，因为佛有着摄人心骨的魅力，给你平和的智慧与超脱的安宁，让人眷恋不舍。顾婉仪真的是一个冰雪聪明的女子，我们四人之间，似乎她看得最透彻。

舞妃几乎带着肯定的语气："我不会，因为我已经是别处的归人，我的归处是紫金城，我愿意付出一切青春，并且无怨无悔。我要在那里灿烂，并且在那里消亡。"

我笑道："好，我知道雪姐姐会如此说，我欣赏你的决绝，不更改的决绝。"事实上，舞妃在我面前透露了许多次，我知道，这一生她是真的被紫金城束缚住了，因为她找到了一个让她为之甘愿付出一生的男子，这个男子就是淳翌。

师太淡定地说道："一切随缘，强求的结果未必是结果，省略的过程未必就是过程。到将来，你们都会明白的，我所明白的也许还不够多，但是，我相信，到最后的那一天，佛会告诉我一切。"师太的话总是这么见深意，我听后亦生出感慨，只是此时我想沉默，因为我失去了更好的语言。

大家陷入一片沉默，一个小尼敲门而入，对师太说道："师父，几位施主的客房已收拾干净，请她们入住歇息。"

我们相继起身，各自都觉得有些疲乏，想先行回房歇息。

师太说道："贫尼先领各位施主去厢房安置，歇息一会儿，就命人唤你们用素斋。"

随着妙尘师太，我们往后面一排整洁的厢房走去，因为是新春佳节，到庵里来的香客很多，许多的人就这样擦肩而过，不禁又想起了方才大家的对话。

入住下来，在翠梅庵我又该做些什么呢？

琼玉纷落翠梅庵

黄昏过后，阳光不知何时隐没，天空灰蒙蒙的，起了凉风。各自收拾妥当后，用过素斋，大家到我的厢房来小坐。

秋榉和红笺起了火炉，厢房里暖融融的，梅花香雪和檀香的味道交集在一起，氤氲着清雅离俗的气息。

大家围聚在一起，品茶闲聊。

谢容华揉搓着手，看着灰蒙的窗外，说道："真冷，看样子今晚要下雪了，白天阳光还那么好，说变就变，真是快。"

舞妃也看着窗外，点头道："是的，今晚要下雪，起风了。"

顾婉仪微笑道："来的时候，我还觉得惋惜，翠梅庵，以梅花自居，如今正是梅开季节，若是没有雪，不能踏雪寻梅，实在是太可惜。不料天公作美，今晚就下雪，明日这翠梅庵该是何番绝俗的景致？"

我看木炭火燃烧溅出的火花，最喜欢这种燃烧的感觉，想起顾婉仪方才的话，我来的时候也同样渴慕着有一场雪，覆盖在这个深山佛国，带给我们超颖世外的雅逸。我轻轻笑道："是的，这里的雪与别处的雪不同，明日我们应该可以在翠梅庵踏雪寻梅，这也是我来时所想。"

舞妃起身走至窗前，轻叹道："想起几年前来翠梅庵也下了一场大雪，我在庵里住了几日，踏雪寻梅，烹炉煮茗，参禅听经，那意境真是缥缈空彻。"话音才落，见天空果真飘起了几瓣絮雪，只一会儿，便纷纷洒洒地飘落。

我们看到雪花轻扬，相继起身，看着雪如梦如幻地下着，我伸出手，一抹雪花轻盈地落在我的掌心，丝丝缕缕的薄凉侵入骨头，我喜欢这样的感觉，沁凉的感觉。想起几年前的雪夜，我也曾来翠梅庵住过两日，与画扇一起，当时我与舞妃还是陌路，但我可以肯定，我没有见过她，因为像她这样的绝代女子，遇见过，一定忘不了。

画扇，落梅时节见过的画扇，这么许久，都不再有任何的消息。明日，我该唤她同来踏雪寻梅，恰好可以与舞妃和谢容华她们认识。我不知道，是在皇宫里锦衣玉食的我们幸福，还是沦落在烟花巷莹雪楼的画扇幸福，或者都不幸福。

看着舞妃，我浅笑："雪姐姐，几年前的雪夜我也来过翠梅庵，事实上，那几年，我常来此处，相信你和疏桐妹妹也是，只是我们竟然没有一次邂逅。"

舞妃微笑："缘分是这样，注定会相识的，纵然曾经有过无数次的擦肩，终究会遇见，我们这不在紫金城相遇了吗，并且如此相知、相惜。"她的话让我想起了从前说的，流水中的两枚落叶，经历了沧海桑田，最后还会交集在一起，若无缘，两枚落叶只会随着流水光阴渐行渐远，再也不会有重聚的那一日。

谢容华接话道："的确如此，无论怎样兜兜转转，我们还是会聚在一起，而且这样的相聚，说不定再也不会有分离。"

顾婉仪看着我，柔声道："我一直都信缘，自湄姐姐入宫后不久，我就知道你这样一个风华绝代的女子，与别人都不同。只是我一直远观，而不近赏。"

我转头笑道："因为许多美好的人和事，只能远观，而不能近赏。往往真实的就是破碎的，与其如此，不如一直在远处观望，或许还可以保持那份迷离的美。"

顾婉仪微笑："不，对姐姐不是如此，姐姐的真实比梦里更加让人迷恋。我不敢近赏，是怕打扰了姐姐的清净，因为我太平凡。"顾婉仪的话，让我有份相惜的感动，这种看似简单的平凡却有着深刻的内蕴。这样的女子，才是最真最美的。

我对她相知一笑，万千话语尽在心底。

雪越下越大，一场绮丽的风景就在今夜开始，几日后会结束，那时候，我们也将离开。

四人临着窗台赏了一会儿雪，而后小坐一会儿，各自回房歇息。我睡在整洁的香榻上，窗外絮雪纷飞，在暖意融融的禅院厢房里，我睡得这般安稳。一夜无梦，离开紫金城，也就是远离噩梦的纠缠。也许，佛是对的，翠梅庵适合我，他的等待，难道有一天会成真？我不属于紫金城，紫金城对我来说，也许就是一场噩梦，在那里，我永远无法得到真正的安宁，纵然有着天子的宠爱与庇护，我依旧噩梦不断，就像是被下了诅咒，被困住了。

被翠梅庵的晨钟唤醒，睁开眼目的时候，雪还在下，窗外已是一片冰雪银琼。院落里已有一些伶仃的脚印，深深浅浅的印痕，刺进白雪的灵魂里。我闻到疏梅的幽香，在轻盈的晨风中，淡淡地飘进窗牖，落入我的梦里。

我起床，简单地梳妆打扮一番，每次出宫装束都很随意，这样子让我觉得自在。临着书案，在白笺上写了一句：踏雪寻梅访故人。落款处：翠梅庵的一瓣梅。遣人去烟花巷的莹雪楼，将此信交与画扇，相信她知道这瓣梅是谁。

　　与舞妃和谢容华一同去大殿早课，妙尘师太居前，许多青尼立在佛前，念读着我们听不懂的经文，可是那空灵的吟唱，竟让人这般迷恋。面对这早晚固定的重复，她们是否会心生厌倦？当诵经成为一种习惯的时候，一切也就不再有累了。

　　我与舞妃几人并排立于佛前，各自吟诵着经书上的文字，我不能体味到其间的内涵，却能感受到那份禅意。其实我喜欢这种感觉，静谧的禅院，白雪世界，悠扬的晨钟，氤氲的檀香，将灵魂寄予在莲花的世界，没有一丝红尘的念想。而后，在禅房里读经书，品茗，或与禅友聚会研经，却也其乐融融。只是谁能守着这份孤独与寂寞，淡定地老去？在紫金城，每日慵懒地起来，不听经，不参禅，虽然寂寞，可是那些女子还有一份等待，尽管许多人的等待是那么渺茫，至少还有一个企盼。当一切了无欲求，才能彻底清心。我虽然没有等待，但还无法做到清心无欲。

　　早课结束的时候，我还在自己的思绪里迷离，这样的生活，过久了，会如何？会枯燥，还是会沉沦？也许不同的人会有不同的念想，不同的结局。

　　走出大殿，看雪花纷飞，心中异常惊喜。

　　谢容华用手捧着雪花，笑道："我们该去后院雪中访梅吧，莫要辜负这样的雪景，这机会很是难得。"后院，我与画扇那时访的是落梅，今日该一起赏雪梅了。

　　我朝她们神秘一笑："今日翠梅庵会有稀客，我们先去师太的禅房稍等片刻，此人大概一会儿就会到来。"

　　谢容华瞪大眼睛看着我，笑道："湄姐姐怎么如此神秘，你说的稀客会是谁呢？不说出来，闹得我在这儿猜测。"

　　舞妃也问道："是你在宫外的故人吗？"

　　我轻轻点头："是的，我们相处了几年，她是我在进宫之前唯一的知己。"

　　顾婉仪猜测道："一定是位女子，而且是同湄姐姐这般的名媛佳丽。"

　　我浅淡一笑："我不是名媛佳丽，想必你们也知道我来自何处吧？"在入宫时我虽然是借岳眉弯的身份进去的，但是相信她们都知道我本身来自风尘。会不知吗？那么多的女子，那么多的眼线，她们会不去派人到宫外打听我的来历？这位不需要选秀就直接入宫，且被赐封为正三品的婕妤娘娘，这位宠冠后宫的女子，究竟是什么来历，有着什么不为人知的身世？

谢容华执我的手，微笑道："姐姐，像你这样飘逸出尘的女子，是不问出处的，无论来自何方，都一样美丽绝俗。"

顾婉仪点头称道："是的，就是如此，姐姐来自何方，我从来都不在意，在我们心里，姐姐是缥缈仙人，清澈入骨。"

我朝她们笑道："好了，别尽夸我了，我们先去师太的禅房小坐，等待她的到来。"

四人朝师太的禅房走去，静坐品茗，围炉烤火，仿佛冬天的日子，都是这样打发的。

只约莫一个时辰，画扇便来了，是妙尘师太领着她进来的，一袭与我同样的雪白狐裘大衣，优雅的发髻，别着翠玉古簪，清新的装束，以及她身上天然的高贵气韵，结合在一起，是那样地惊艳迷人。

她乍见舞妃及谢容华她们几个，有些惊讶，随后微笑地走上前，看着我笑道："妹妹，好些时日不见，这几位可是你宫中的姐妹？"话毕，她施礼道："画扇参见各位娘娘。"

舞妃和她们立即起身迎道："画扇姑娘多礼了，既是湄姐姐（妹妹）的故人、好姐妹，也就是我们的姐妹了。"

我上前执画扇的手，笑道："姐姐，你长得越发标致了。"

她笑道："妹妹说笑了，画扇只会渐渐地枯萎老去，哪里还会越发标致。"

谢容华也上前打量着画扇，微笑道："怎么就出落了这么个美人，果真可以与湄姐姐相齐。"

舞妃点头赞道："是的，听说当年你们并蒂双魁，名动金陵。"舞妃的话，让我知道我进宫前的事，大家果然知道，连我和画扇并夺花魁都知道。

　　顾婉仪朝画扇微微一笑："我从来就知道湄姐姐的故人一定是惊艳的，这倾城之貌，让人赞叹不已。"

　　我笑着给画扇和舞妃她们做了简单的介绍，大家闲聊一番，便起身去踏雪寻梅。

　　一直执画扇的手，这么久的日子不见，让我觉得更加亲切。

　　出了禅房，琼玉纷扬，大家相伴着往翠梅庵的后院走去。

一朵幽香雪中寻

翠梅庵后院，我与画扇、舞妃她们几位在雪境中赏梅。仿佛翠梅庵的雪都是洁净的，落在洁净的黛瓦间，落在满院的梅花丛中，落在嶙峋的石头上，落在潺潺流淌的溪水里。

舞妃和谢容华还有顾婉仪三人行走在前面，我执画扇的手在后面漫步，雪花纷纷扬扬，宛若新春里初醒的梦。

画扇打量着我，心痛道："妹妹，你瘦了许多，遇到很多的不如意吗？"

我抬头看着飞雪，一瓣雪花落入我的眼眸，有一种冰凉的刺痛，轻轻叹道："没有不如意，也没有如意，一切就这么过去。"转头看向她，问道："姐姐，你呢？可还好？"

画扇淡淡微笑："我？依旧在烟花巷，就像水上漂游的浮萍，没有方向，也没有港湾，不知道该去哪里，也不知道何处是尽头。"

我伸出手，试图捧起这纷扬的雪花，免得落入尘埃，可是才入手心，便已化了，化成寒水，化成泪滴。我突然心中有个念想，能不能把画扇也带进宫里，做淳翌的妃子，淳翌与画扇也有简短的相识，上次好似听说在我之前，画扇认识岳承隍的时候就与淳翌相见过。转念一想，这想法未免太过天真，难道皇上娶了我这个烟花女子，还要再选画扇入宫吗？其实我很想画扇可以入宫，一来她有个依靠，总好过沦落烟花之地，整日陪酒卖笑，二来也可以将我陪伴，我们姐妹在宫里相处，就不用这么彼此牵念。

"妹妹，你在想什么呢？"画扇唤我。

我回过神，对她微笑："没什么，只是看着这雪，太美了，想起了许多。"

梅花在雪中傲然绽放，飘盈着幽清的冷香，每一朵都蕴含着一个故事。我们在厚厚的积雪上行走，穿行在花影飞雪间，沉浸在这份冰洁的美丽中。

舞妃转过头，看着画扇笑道："画扇妹妹，其实你的大名早已传遍金陵了，包括后宫，也有多人知道你。"

画扇转头看向我，莞尔一笑，问道："有吗，妹妹？"

我倒被她问住了，似乎所听不多，一脸的疑惑，想要告诉她不知道，又怕这样让舞妃面子上不好看，于是微笑道："自然是有的。"事实上，我素来不与人交往，除了舞妃和谢容华这几人，其余的人虽也会到我月央宫小坐，但大多都是因为皇上宠我，她们的到来总是带着一些让我不喜欢的目的。并且我命令月央宫的人也不许在外面嘴碎，以免给我惹来许多不必要的麻烦，所以许多的事，我还是不知道，就算他们知道，因为怕我责罚，也会隐瞒着。而我也不记得是否在谢容华面前提及过画扇，应该是没有，纵然有，也是轻描带过，我不喜欢与别人谈论我的从前，因为我的从前，带着太多的感伤与疲惫。

画扇走向舞妃，客气道："多谢雪姐姐的赞赏，画扇只不过是风尘女子，实在没有什么值得夸赞的，倒是您的大名，我如雷贯耳。"画扇一句雪姐姐，仿佛将大家的距离拉得很近，的确，在这翠梅庵，无须那么生分。

舞妃饶有兴致地问道："画扇妹妹，何来如雷贯耳之说呢？"

画扇微笑道："上次听眉弯妹妹说起你，绝代人物，翩然若舞，与她情同姐妹，入宫后很得你的关照。之后，在莹雪楼也有一些王公子弟和在朝为官的大人物提起舞妃娘娘，说的都是如何风华绝代、舞艺翩然。"画扇唤我眉弯，很亲切，我的确在她面前提过舞妃，只是舞妃几时成了烟花巷那些人谈论的话题了？画扇这么说，是否会令舞妃不高兴？不过，去烟花巷的的确也有许多风流雅客，不全是低俗之辈。

我忙附和道："是啊，就是如此，莹雪楼可谓是烟花巷最为雅致的楼阁，因为画扇姐姐接连几年夺取花魁，进莹雪楼的多为王公子弟和名人雅士，去那儿弹琴作诗，品茗听曲，好不风雅。雪姐姐又是皇上面前最受宠的舞妃，天香国色，最主要的是你曼妙的舞姿，我想见过的人一定忘怀不了，所以舞妃娘娘的大名，就是如雷贯耳了。"我一口气说这么多，仿佛在为画扇说的话做着解释，事实上，在烟花巷谈论的人，未必就是轻贱之人，我相信，画扇所听来的舞妃，一定都是赞赏其美貌的多。

舞妃仿佛并不介意，脸上还泛着柔和的微笑："这样啊，原来我也是个名人呢，那湄妹妹更是了不得了，当年的花魁，如今又宠冠后宫，倾城之色，想必知道的人更是数不胜数。"舞妃的话，让我听不出是赞赏还是带着别的意思，但既是情如姐妹，就不该有他想。

谢容华凑过来笑道："你们都是名人了呢，名动京城，唯独我，默默无闻，不过这样也好，过得轻松而自在。"

顾婉仪轻轻抖落一根枝丫上的梅雪，柔柔笑道："我也是默默无闻，可是我甘愿这样一生平淡，因为做不到，所以我甘愿。"顾婉仪的话中也隐含着几许无奈吗？人就是如此，得到的永远都是负累，未曾得到的又会遗憾。也许我们都不是那样急功近利的人，可是许多时候也不能免俗。

我淡淡一笑："这一切真的不重要，其实我们心里都明白，我们所在意的真的不是这些，每个人心中都有一份寄托，而所在意的，就是寄托的人和物了。"其实我说得很缥缈，所谓寄托的人和物，又究竟是什么？物包含了名利吗？舞妃总是希望自己可以灿烂地死去，她的灿烂，也不是名利，而是她与淳翌的爱情。

谢容华站在梅树下，抬头看着漫天的雪花，欣喜地说道："我们可是来踏雪赏梅的，这些话题一会儿到厢房去说，现在就一心赏梅吧。"

舞妃点头赞道："是的，这梅雪之境实在是太美了。"话毕，她看向画扇，说道："久闻画扇妹妹才高，几度夺得花魁，今日可要在雪中吟句，让我们品味一番呢。"

画扇轻轻摇手："不，不，听眉弯妹妹说起你们经常在宫里吟诗，我那雕虫小技，实在难登大雅之堂。再者，吟咏梅雪之句实在太多，让我再写出有新意的句子很难了。"

我点头说道："的确如此，吟过梅花千百句了，可是却始终不觉得有很好的，今日我们就干脆别吟诗了，就这样漫步在风雪里，随意聊聊心里话，也好。"

舞妃笑道："好吧，今日就饶了画扇才女，不过回头还要听你弹琴吟句，一睹你花魁风采。"

画扇盈盈笑道："好，到时就献丑了。"

谢容华舒了一口气，笑道："不吟诗也好，我最近越来越没心思，整日脑中空空的，好容易到庵里来小住几日，还要吟诗，真是辛苦。"

顾婉仪微笑道："正所谓诗易作，句难工。有时候，我也想要轻松闲逸的好，有时又渴慕用诗词来表达心中情怀。"

我执过画扇的手，笑道："姐姐，既然不要作诗，我们姐妹又难得一聚，不如细聊会儿，边看看这画风景。"

舞妃、谢容华和顾婉仪在雪中漫步，沉醉在漫天的飞雪下。

而我与画扇穿过雪径，不知不觉地来到了一座石桥上，桥下就是梅花溪。这三个字，勾起我伤痛的记忆。溪水潺潺，雪花落水而化，就像旧年烟屏的骨灰，落水就融，找不到丝毫的痕迹。

我叹息道："姐姐，你知道吗？"

画扇看着流水，转过头："嗯？妹妹，怎么？"

我沉沉一叹："烟屏，烟屏的尸骨就葬在此处。"

她脸色惊异："烟屏？"

我点头："是的，烟屏，当年选魁救下的烟屏，也是殷羡羡的烟屏。"

画扇轻叹："她终究还是薄命了，想当初，你救下她，如今她还是离你而去。"

我看着画扇，问道："姐姐，你应该知道在盛隆街遇刺之事吧？当日是烟屏为我挡了一剑，她不欠我的，她欠我的已经还了。"

画扇惋惜道："可惜了她这么好的年龄，她跟妹妹还是有缘分的，只是缘分也就这么长，所以妹妹无须难过，她的离去或许是最好的归宿。"又说道，"盛隆街遇刺的事我知道，后来我从岳承隍岳大人那里打听到你没事，就放心了。"画扇的话让我感动，在我遇刺之时她还打听我的消息，话语间流露出对我的关心。

我紧紧握住画扇的手："难为姐姐多情如此，我在宫里也时常会挂念姐姐，只是身在后宫，锦书难托，甚至还不如你在宫外自由。"

画扇叹道："真怀念以往和妹妹在一起的日子，我在莹雪楼，你在迷月渡，平日里时常有往来，遇到什么事，还可以与你一起商讨，可如今，只能一个人装着。"

我问道："姐姐就没再遇到别的亲密朋友吗？比如像我在宫里熟识的舞妃和谢容华她们几个。"

画扇轻轻摇头："妹妹，知己难觅啊，尤其是在烟花巷那样的地方。不过我与新的花魁，就是和你提起的柳无凭柳妹妹这几月走得稍近些，她也是个与众不同的女子，如今在春柳院，很是惹人喜欢。"

我脑中浮现出那个浅裙翠衫的女子，如弱柳扶风，楚楚动人，那个吟唱"乍暖芳洲寻翠缕，凭桥人迹香踪"的女子。我看着画扇盈盈笑道："好，这柳无凭给我印象很深，我一直都记得呢，姐姐可以与她交往，这是件令人开心的事。"

谢容华和舞妃她们走过来，笑道："该回去了，再逗留就要冻坏了，你们回到厢房细聊。"

我看着她们冻得青紫的肤色，点头道："好，这就回厢房去。"

执着画扇的手，我们告别这飞雪梅花，去寻找另一个温暖的梦，属于翠梅庵的禅梦。

烹炉煮茗话短长

行走在萧疏的廊道上，舞妃、谢容华和顾婉仪各自回自己的厢房歇息，她们认为我与画扇久未相见，一定有许多的话要说，希望我们姐妹二人到厢房里品茶细话。

温暖的厢房氤氲着幽淡的檀香味，还有梅花香雪茶的幽雅气息。我与画扇围炉品茗，心中的确积压了许多的话要与她倾诉。红笺见到画扇的丫鬟湘芩亦觉亲切，二人坐在一起，热切地聊着。

看着燃烧的火焰，心中感慨万千。画扇坐我右侧，打量着我，轻轻拂过我鬓前的一缕发，柔声问道："妹妹，你在宫里真的没发生什么吗？你看上去有些憔悴，瘦了许多，让人心痛呢。"

我抿嘴微笑："真的没什么，我在宫里很平静，尤其是这几月，没有发生什么事。以往所听到的后宫钩心斗角之事，初进去时倒觉得，后来因为那次盛隆街遇刺之事发生，后宫的女子也变得好安静。"

画扇轻轻点头："大概是人心不安，在不安的时候，就没有精力再去策谋伤害别人。在伤害算计别人的时候，首先需要的是自身的安稳安定，当自己是强者的时候才能去算计人，而自己还是弱者的时候，又拿什么去伤害别人呢？"

我认同道："的确如此，我亦是如此想，所以这种平静一直让我觉得是表象，当一切恢复到从前的时候，那些表象的东西会慢慢地蜕去，而后宫那许多的女子又会回到最初：去妒忌，去算计，去策谋，去爱，去恨……"

画扇轻浅一笑："莫说那几千佳丽的后宫，就连我们烟花巷，还不是处处争斗吗？难道妹妹都忘了？"

我点头："记得，哪儿能忘记，在迷月渡几年，也见多了，只是我从来都是避开这些，淡漠的人到哪儿都是淡漠的。"

画扇笑道："也不是这么说的，我相信妹妹心性淡漠，只是你宠冠后宫，想要淡漠，别人也是不许的。你不扰人，别人扰你。你不闹人，别人闹你。你不欺人，别人欺你。你不恨人，别人恨你。"

我端起香雪茶，轻抿一口，芬芳依旧，微笑道："姐姐看得真是清楚，的确如此，许多时候不是你想要淡定就可以淡定的，毕竟活在世俗中，你不改变世俗，世俗就要将你改变。无论你是否愿意，都是如此。"

画扇也品了一小口香雪茶，赞道："果然是好茶，清香沁骨。"随后对我微笑："妹妹，宠爱是一种累，也是一种罪，我能明白你宠冠后宫后的处境。"

我轻微叹息："姐姐，如果是累，我也要受着，是罪，也还是得忍耐。你也不必太忧心我，她们表面上做得都是极好的，毕竟谁也不敢违背圣意，而隐藏在背后的事，我亦会多加小心。至少最近很平静，尽管这样的平静让我不安。"

炭火炽热地燃烧，时而蹿起火苗，又快速地隐没。画扇轻轻问道："妹妹，上次中毒事件及有些事，都弄清楚了吗？"

我轻轻摇头："也没有弄清楚，只是仿佛要牵连许多的人，我实在不愿去纠缠太多，你知道的，我怕这样的累。"

画扇轻轻点头："我知道，但是你也要多防备，毕竟你是最受宠的，她们能这样罢休吗？只是时间的问题，你一定要谨慎。"

我禁不住问道："姐姐是否听到些什么？"

画扇缓缓地站起来，走至飞雪的窗前，看着大瓣的琼玉碎落，轻声说道："在烟花巷多少还是可以听到的，你也知道，那里来往的顾客也有许多有地位的人，烟花巷又处于京城，所以皇宫里的事，知道与传扬的自然就很多。"

我起身走至她身边，笑道："他们都知道有一个宠冠后宫的湄婕好吗？"

画扇微笑："是的，知道。我只关心你是否宠冠后宫，其余的我都不在意。"

我笑道："我知道你不会在意，因为真假从他们嘴里说出来就变味了。我更知道姐姐你希望我平淡地在宫里，不受冷落，也不受深宠。你之所以关心我是否宠冠后宫，是可以从此处判断我在后宫是否平静，是否安宁。"我的话应该句句是对的，我认为画扇就是如此。

画扇用她柔和的目光看着我，仿佛在告诉我，眉弯，所谓知己不过如此了。她柔声笑道："妹妹，相隔这么久，我们依旧没有丝毫的生疏，于你，语言都是多余的。"

我执她的手，宽慰道："姐姐，你放心，我会照顾好自己的，你也是，莫要让我担心。其实，我不忍将你独自放在烟花巷。你知道吗？我想要你陪着我，在后宫，虽然亦有争斗，但至少安定。其实那些不受宠的女子，只要有一颗平常心，不费尽心思去等待皇上的宠幸，安稳地拿着俸禄，没有谁会去伤害她们的。"

画扇将手伸出窗外，捧起几瓣雪花，笑道："妹妹，你看这雪花是六个角的，真美。"

我微笑："是的，很美，只是再美也会融化。"

画扇点头道："是的，再美也会融化，所以它要在最美的时候让人遇见，并且结一段尘缘。它们也不甘愿如此默默地下落，然后默默地化成一摊残水。就如同后宫那些女子，她们正值大好年华，难道会甘愿就此默默地埋葬在后宫，拿着那些俸禄，独守空房，寂寞度日吗？"

我看着轻扬的雪花，想着画扇的话，似乎也明白了许多。我轻轻说道："这是一个过程，每个怀春的少女都有着属于自己美好的梦，当梦没有破碎的时候，谁也不会让心消亡。非要经历过了，才会淡定，过尽千帆才会知倦意。是这样吗？所以她们还无法拥有一颗平常心。"

画扇微笑道："是了，就是如此，我们都算是有过一些经历的人，才会如此说，但是真正要做到，还是有一定难度的。我自问还做不到彻底的淡定，而且还差得远呢。"

我惭愧地回道："我也不能，只会说，却很难做到。"

"还得修炼。所谓慈悲至圣，酷冷成魔。"画扇笑道。

"魔……"我喃喃道，不知从何时起，这个字牵绊了我太多的思绪，甚至让我隐隐地疼痛。

"魔——"画扇将这个字拖得好长，似乎也陷入某段未知的思绪。

我们相视而笑。

我开口问道："姐姐想起了什么吗？"

画扇轻轻点头："是，妹妹也想起了什么吗？"

我淡笑："是的，也想起了一些事。"

沉默，在雪花中沉默，仿佛是个很美的梦，有些不想醒来，可是还是要珍惜彼此的时光，在翠梅庵短暂相聚的时光。

我打破了沉默，看着画扇，问道："姐姐，你应该听说过楚仙魔这个名字吧？"

画扇神情有些惊讶，又缓缓点头："有的，不仅听说过，还见过。"她的话让我明白，方才那个魔字，与这个叫楚仙魔的人相关。

我试探性地问道："很熟悉吗？姐姐与他很熟悉吗？"

画扇摇头："不，不是很熟悉，只是他来过莹雪楼几次。"

我还是禁不住好奇："他是个怎样的人？"

"慈悲至圣，酷冷成魔。"画扇一字一字地说出这八个字。这八个字蕴含了她对楚仙魔的所有感觉，是那么准确，这分明就是在说楚玉，他隐含着两面人格，一是慈悲，一是酷冷，而我所看到的，也就这两面。

我轻声赞道："姐姐说得太准确了。慈悲至圣，酷冷成魔。也许这八个字最适合他不过了。"

画扇笑道："是的，圣与魔，永远相近，也永远疏远。"话毕，她看着我，问道，"妹妹也认识他吗？认识楚仙魔吗？"

我没有丝毫回避，答道："我想，我是认识的。只是我不能肯定，楚仙魔就是我认识的他。"

"你认识的他？"画扇不解地看着我。

我轻浅一笑："是的。姐姐，传闻楚仙魔是武林至尊，武林至尊也出现在莹雪楼吗？"

画扇笑道："皇上都可以出现在迷月渡，难道武林至尊就不能出现在莹雪楼吗？"

"姐姐是笑话我，还是误会我了呢？"

"妹妹多想了，我只是这么随意说说，是想告诉你，人生何处都可以相逢。"

我点头："是的，何处都可以相逢，亦是何处不相逢。"

画扇神情迷离，似在回忆中，轻轻说道："只是那个楚仙魔，来时无踪影，去时无痕迹，每次都不知道他是如何来的，亦不知他是如何走的。"

我不禁笑道："姐姐把他说得跟仙人似的，竟有如此功力，不愧为武林至尊，可他终究也只是个凡人，必须接受凡人的生活与命运。"

"甚至还不如凡人，拥有世外高人的旷世神力，却要接受凡人的生活与命运，是悲哀的。"画扇淡淡回道。

"你似乎对他知道很多？"

"不多，也只是一份感觉。他来过几次，只听我弹琴，甚至不与我言谈，他是个沉默的人，沉默得让人心痛。"画扇的眼神告诉我，她在回忆，回忆与楚玉在一起的时候，那淡淡的记忆，已经深深地镂刻在她的心里。

我轻轻说道："是他搅乱了世俗的平静，但我相信，有一天，也会是他还给这世俗一个平静。"

画扇看着我，淡淡地说道："妹妹，我不想问你太多，但是我明白，你对楚仙魔的认识与了解，不会比我浅，甚至比我深了许多。他是个矛盾的人，之前闹出的腥风血雨，让他平静了许多，这样的挣扎，不知道他还能坚持多久。"

我叹息："姐姐，如果还有机会，见着他，告诉他，只做自己，做个完整的自己，不要让自己为这个世俗破碎，没有任何一个人、一件事，值得他去破碎。"

画扇轻轻点头："我记住了，我会转告他。难道妹妹不想亲自告诉他吗？"

我摇头："我找不到他。"

"想要找到，一定就能的。"画扇话毕，我又想起了离此处不远的乡野柴门，如果我想去，我要去，他是否真的会出现？他若是想见我，定会在那儿等待我，因为他可以预测我的一切，可我已经不想再见他了，我失去了见他的勇气。

"姐姐……"

"嗯？"画扇不解地看着我。

我看着窗外的絮雪，就这样无声无息地下着，覆盖了大地，也收卷了烟云，一时间，我竟不知说什么好，转头看着画扇，温婉一笑："姐姐，我心中有太多的话想说，可是又不知从何处说起，关于楚仙魔，关于烟花巷，关于柳无凭，亦关于这段时间里你人生的际遇。"说这些时，我想起了画扇以往与岳承隍相交亲密，如今他们又是如何呢？我不想问，许多的事，我都不想问，此时，只想与她静静地临着窗台，看雪。

画扇似乎明白我心中所想，只微微笑道："妹妹，许多的事我不说你也明白，此时，就让我们静静地看雪，雪花会告诉我们许多人间的故事，还有你我姐妹的心事。"

窗外碎玉飘零，梅花的幽韵在冰雪中悄绽，于寒树上生烟，素蕊粉瓣，恍如醒梦。在这翠梅庵，对爱寂寞的梅来说是幸福的，对贪恋繁华的梅来说是不幸的。无论，幸与不幸，它们此生都没有选择。

第七卷

云水禅心

仿佛外面的时光，
流转得总是太快，雪花还在飘落，
只是天空更加地灰蒙。

庵门雪夜有客至

仿佛外面的时光，流转得总是太快，雪花还在飘落，只是天空更加地灰蒙。黄昏的到来，给翠梅庵更添几分无声的静谧。深山禅院，飞雪黄昏，暮鼓敲响的时候，庵内的青尼都要去大雄宝殿做晚课。

画扇看着薄暮的黄昏，轻轻说道："妹妹，短短的相聚，又是离别，我想我应该淡看离别的，可为何还是会有些许感伤？"

我淡淡微笑："因为你要离别的人是我，姐姐的不舍，我又怎么会不明白。"我看着窗外纷飞的絮雪，想着回城的山径一定铺满了厚厚的积雪，朝着画扇说道，"姐姐，今日我是不许你回去了，天色已晚，这雪落个不停，山径一定被雪封了，现在回城，让人多不放心，只怕马车也无法前行。"

画扇推窗，看着暮霭薄雾，点头道："也好，出门时我跟妈妈说好了，今日会回去，因为晚上有贵客预约。这会儿也不管了，所谓的贵客，也不过是那些腰缠万贯的男子。赔笑喝酒，这样的生活，我早已厌倦了。"画扇的眉头微蹙，从她的神韵，我看得出那几许无奈与落寞，一种对生活的倦怠与疲惫。

我轻叹一声："姐姐，可有想过进宫？虽不为富贵荣华，锦衣玉食，但至少还有份安定，再者我们姐妹可以一起相伴，度这似水流年。"

画扇对我轻浅一笑："妹妹，我说过，一入宫门深似海，进去容易，出来太难。风尘女子的确不如宫里的娘娘，可是我在莹雪楼还有那么一点点自由，比如今日，我想要出来，是谁也不能阻拦我的。若是在宫里，就只怕不是件易事了。妹妹得皇上宠爱，尚有许多不如意，若不是皇上所宠的，只怕那境地只有凄凉二字了。"话藏深意，画扇告诉我，她要的是自由，的确，一入深宫，想要自由就不是如此简单了。可是在烟花巷又有自由吗？画扇是莹雪楼的头牌，妈妈自然是多关照，可是烟花之地毕竟不能长久，以画扇如今的年龄，也需要趁早寻个好的男子，从此有个依托，才不误了这芳华。

一时间，我竟不知道说些什么，自问我入宫已近两年，也未见得比在迷月渡过得轻松自如，但有一点，我可以不必去应酬那许多的碌碌男儿，我的生命里只需要藏着淳翌，他爱我，他是我的世界，他不爱我，他还是我的世界。他是后宫所有女子的世界，他是紫金城的天，后宫的女子不能离开这片天。

沉默了许久，我缓缓说道："姐姐，每个人都有属于自己的命运，记得妙尘师太对你说过：欲将此生从头过，但看青天一缕云。如今却换成了我，我总觉得，你要离开莹雪楼，所谓的青天一缕云，除了皇宫，还有哪儿呢？或许是哪座大的王公府邸？总之，我希望姐姐有个归宿，无论是否幸福，都希望你有个安定的归宿。"

画扇淡然一笑："既然是命运，那我就等待，总会有个结局的，难道一生都会无根无蒂吗？漂萍都有水相伴，我画扇也会有属于自己的港湾，也许不温暖，也许不能遮风挡雨，可是属于我的，我就停留。”

　　袅袅的檀香如烟似缕飘忽而来，我轻问道："姐姐，我们此时还要去经堂上晚课吗？"

　　画扇轻轻摇头："不去了，你听暮鼓阵阵，她们也快下课了，每次跪在佛祖面前，我要么平静岑寂，要么惊恐万分，我是佛前的边缘人，离不开，又进不去，这样的徘徊，只会让心更累。"

　　我微笑："姐姐，若是现实让你累了，你就到庵里来做梦，若是梦醒了，你就回到现实。这样的重复，尽管累，可是至少有个寄托，不会怅然迷惘。"

　　我们坐回到炉火旁，继续品茶闲聊。画扇说道："妹妹，自从你们在盛隆街遇刺之后，金陵城也分外地不太平，而烟花巷的生意反而好多了，乱世里烟花场所依旧歌舞升平，许多人愿意忘记烦扰，选择醉生梦死地生活来麻痹自己。"

　　我笑道："后宫里却恰恰相反，是一种出奇的平静，其实每个人心里都慌乱不堪，可是极度地压制着那份恐慌。这就是宫人与百姓的区别了，宫人在动乱的时候，首先想到的是自身的地位与生命，而百姓孑然一身，不必担忧权位，虽然在乱世里辛苦的最终还是百姓，可是没有深刻的拥有就不会有深刻的失去。改朝换代，换去的是君王，是那个皇朝的所有人，而百姓依然是子民，无论哪个朝代，都是百姓。"

　　画扇赞同道："的确如此，你说的，我也知道。所以我知道，这几月，你在宫里还是安静的，那么多的人，也许唯独你不会恐慌。"

　　我假意不解地笑道："姐姐何出此言？我既然是皇上最宠爱的妃子，当江山受到外界的干扰与威胁时，最恐慌的应该是我，倘若大齐有了动荡，我还能在紫金城受着我的尊宠吗？"

　　画扇微笑——那灵动的眸子，藏尽万千深意——对我说道："妹妹会在意这些吗？如若会在意，你就真的是幸福了，在后宫，三千宠爱于一身，享受着至高无上的皇帝的宠爱。可是你仍旧不觉得幸福，你不幸福，就是你不想拥有那样的生活。你认为那一切都是浮华的，骄傲如你，洒脱如你，你不会拘泥于那种浮华的幸福。"所谓知己，就是如此，画扇知我心意，那样浮华的幸福，我要不起，也不想要。

我淡淡说道："人和人真的不同，理想不同，追求不同，为人处世态度不同，所要的生活不同。"

画扇点头："的确是不同，世事总是这样阴差阳错，拼尽一生想拥有的得不到，不想拥有的，却一直缠绕在你身边。可是人生不能交换，如果可以，就各有各的幸福了。"

"姐姐想要的幸福是什么？"

画扇轻笑："与妹妹的恰恰相反，妹妹要的是安然淡定，物我两忘的幸福，而我要的，却是繁华世态里那份热烈浓郁的幸福。我并不甘愿平淡地过一生，妹妹，平淡让我觉得乏味，我厌倦了乏味。"认识画扇这么久，她想要的生活是什么，我还真的不知道，可她却知道我。原来在她们面前，最简单的人却是我了。

晚上的素斋是在厢房的客堂用的，因为下雪路滑，我和画扇都倦于到斋堂去，便命红笺为我们取了几道素斋，在厢房的客堂里用。

飞雪纷落不肯有丝毫的停歇，舞妃、谢容华和顾婉仪用过晚膳来我这儿小坐一会儿。大家聚在一起闲聊，有禅意却无禅心，仿佛每个人都在思索着自己的红尘世事。这翠梅庵只是灵魂的栖息地，收藏了疲惫，又会适时地还给灵魂，因为短暂的寄存不能是永远。

也许她们知道我与画扇有太多的话需要诉说，这短暂的相逢，之后又是长长的离别。而她们也要珍惜这样的时光，怀想着属于自己的心事。

夜色悄寂，我与画扇还在炉火前品茗细谈，从前的、现在的还有将来的，就这样无尽地言说着。

正当我们入神之际，却传来轻轻的叩门声。我启门时，站在我眼前的人让我无比震惊。

他，一袭白狐裘大衣，白色的狐裘毡帽，面如春水，眉扫秋风，温润如玉。他用手撑着门扉，微笑着看我："怎么？不让我进去吗？"

我愣在那儿一会儿，笑道："请进。"说完，松开手，迎他进门。

画扇亦觉惊讶，见楚玉进来，忙起身相迎，笑道："楚仙魔，你……"画扇话音一落，我明白了一切，楚仙魔就是楚玉，楚玉就是楚仙魔。

三人围炉坐下。我打量着楚玉，没有丝毫的改变，还是一如既往，这样温润的男子，如何会是楚仙魔，如何会是武林至尊，如何会掀起江湖上的腥风血雨？

"你就是楚仙魔？"我一字一句地问道。

他坦然地点头："是，楚玉就是楚仙魔，楚仙魔就是楚玉，你早就知道，不是吗？"

"是，我知道，早就知道，但我还是想问你，想你亲口告诉我。"我很坦白地回答，的确，我想要他亲口告诉我，但我不知道会是今晚，会在这个雪夜，我不是他，可以预测到什么，我甚至连感觉都没有。

楚玉看着我，说道："你有许多的话要问我是吗？"

"以前是，现在已经无须问了，因为我已经知道答案。"我傲然道。

楚玉温和一笑："答案其实你早就知道，只是你不愿相信罢了。"

画扇坐在一旁微笑："你们看来真的很熟悉，许多的话，我都听不懂，不知我是否要回避，让你们好好地聊聊？"

我忙笑道："姐姐，不必的，大家聚在一起聊聊，我们也恰好听听楚仙魔的传奇故事，看看他究竟是如何做的武林至尊，可以如此名震天下，动荡江山。"

画扇微笑："好，我也正想听听，素日里楚大侠对我可是沉默不语，今日我要与眉弯妹妹一同听你的故事，传奇故事。"

我看着楚玉，说道："江湖上都说，只有你见人，无人可以见到你，说得这般传奇，今日果然如此，翠梅庵不留男客，你却可以悄然无声地进来，该说你武艺高强，还是真的具有神力呢？”

楚玉傲然笑道：“莫说是翠梅庵，就算是高墙深院的皇宫，我也可以来去自如。”

“我信，你楚仙魔没有不能去的地方，没有不能做到的事。”我语气中似乎含着几许冷意，也许我恼他的傲然，恼他如此来去自如。

楚玉看我，眼藏深意，说道：“其实我说的，你知，我不说的，你也知，但我还是决意告诉你，因为许多的过程，我不想省略，我亦需要倾诉，不想在江湖上做那个神秘的人物，让所有的人用窥视的眼神来看我。”

“窥视？谁能窥视到你这个来无影去无踪的世外高人，江湖至尊？”我话语依旧藏着恼意。

楚玉无奈地摇头：“天下人都如此看我，你不能如此看我，因为你知道我的前尘过往。”

我摇头：“我不知，纵然知道，也行将忘却。那是你的人生，与我相离太远，我知道，亦不能改变你什么。”

“我给过你机会，可你不要。”他莫名其妙地说出这么一句，但是我明白，当时他要我留下，我没有为他留下，如今他在找借口，他的借口是惩罚我，惩罚自己，也惩罚这个世俗。

我淡然一笑：“借口只适合说给自己听，不适合告诉别人。”看着燃烧的火焰，我笑道，“楚大侠，还是开始讲你的故事吧，我和画扇姐姐等着听呢，别磨了我们的耐性。”

楚玉微笑：“眉弯姑娘是几时没了耐性呢？记得眉弯姑娘一直都是那么安静淡定。”

画扇笑道：“好了，我也要听，窗外飞雪纷扬，我们不要辜负了这温暖的时光，天一亮，什么都没了，虚幻都成了真实，面对真实，我想我们都没那么大的勇气。"

　　楚玉起身，缓缓走至窗前，负手而立，在昏暗的灯光下，我看到碎雪纷飞。我和画扇正在等待楚玉所诉说的传奇，他的传奇，与我无关，可我却真的想知道。

光怪陆离皆幻境

静谧的夜里，仿佛都可以听到雪花飘落的声息，炭火的燃烧声，还有彼此的呼吸声。屋内弥漫着檀香，还有窗外飘忽的梅香，这里没有熠熠红烛，只有一盏香油灯，一盏莲花灯，照彻寂寥萧索的雪夜。

我们三人围坐在炉火旁，在雪夜里品一盏清茗，闲话这流淌的岁月。我和画扇似乎在等待楚玉诉说一段故事，尽管故事的结果是什么，我们已经知道，只是想知道故事形成的过程，这个过程，带着传奇色彩，让人迷惑。

楚玉柔声笑道："你们想听我的故事，莫如听今晚发生的故事，会让你们觉得更惊奇。"

我和画扇齐声问道："今晚，何事？"

楚玉从腰间取下一个精致的葫芦，打开塞子，饮下一口酒，笑道："光喝茶无味，我还是喝自己随身携带的酒吧，雪夜饮酒，才能言欢。"

我饮下一盏茶，清香微涩，打趣道："这是佛门清净地，酒也是戒，你夜入庵庙，已经算是犯戒，如今又在此饮酒，算什么呢？"

楚玉嘴角轻扬，傲然道："难道沈姑娘竟忘了，我当年出家为僧时犯下无数比这更严厉的戒，可是又如何？不过是被逐出寺院，我依旧还是我。"

画扇用一种好奇又平和的眼神看着楚玉，轻浅笑道："还是说说你所遇之事吧，总是弄得这么玄幻，是不是懂玄术的人都是如此呢？那些称骨相面的江湖术士就是如此。"

楚玉朝画扇看去，又转头看着我，说道："你们既然信佛，信仙，为什么就不信我，不信妖魔鬼怪？"

我不解地问道："我有说我不信吗？既然会有你这样知晓天下一切的人，还有什么是不可信的呢？"

"好，你信，我方才来时在山径上就遇到一只白狐，还有一个女鬼。"楚玉毫不掩饰地说出来，话一说出，我心中的确有疑惑。看着画扇，她眉头轻蹙，似乎也在思索楚玉的这句话。

楚玉朗声笑道："怎么？你们不信？当然，你们是很难遇到了，就算遇到，也看不见。只有我，能真实地看到，这就是我的幸运，也是我的悲哀。"

我轻声道："就因为如此种种，所以你才会成了今天的楚仙魔，倘若你一切都不知道，你只是普通的凡人，这一切都不存在了，是吗？"

楚玉干脆地答道："是的，我承认，是这样，这一切只有亲身经历了才能明白，局外人是感受不到这份挣扎与悲哀的。"

画扇轻叹："可是做一个平凡人难道不悲哀吗？多少人羡慕你，像个活神仙一样，知晓一切，而平凡人，却只能焦躁地等待。"

"可是我知晓一切，唯独不知晓自己。"楚玉深锁眉结。

我笑道："既然不知晓自己，就把自己当平凡人，平凡人也不知道自己的未来，这样你与平凡人又有何区别，只是多了一份超强的预知能力，既然只是知道天地间的事，它又与你何干？最应该满足的人是你，而你却如此不去感恩，不去珍惜。"

楚玉看着我，眼神迷茫，一时间不知说什么好。

画扇岔开话题，问道："楚大侠，对于刚才你说的白狐和女鬼，我倒是很感兴趣。这么黑的雪夜，深山林里，会有这样的奇遇，想必只有楚大侠你可以遇见了。"

楚玉又喝了一口酒，畅快道："是啊，那只白狐受了伤，我为它疗伤，放归山林了。一百年后，在它身上会有一段爱情，但是不会有结局。"

我瞪大眼睛说道："白狐？百年后？爱情？"

楚玉煞有介事地笑道："是的，很奇怪吗？一点儿也不奇怪，它已经修炼了四百年，五百年的时候才可以遇见它要遇见的人，那时候，我们都不存在了，我只是告诉你们有这么一件事而已。"

画扇不以为意地笑道："原来楚大侠在这里跟我讲狐仙的故事啊，你怎么不把它带到这里来，一起把酒言欢，天亮后，再放归山林，也好让我和眉弯妹妹长点见识。"

"这不是故事，是就在方才发生的，我不能带它来此处，此处是禅院，它是进不来的，进来后会更加消耗元气，那时想要救它都难。"

我点头，恍然道："原来如此。"我脑中浮现出这样一种景象，苍茫的雪夜，雪花还在纷落，一个白衣男子拯救一只白狐，抱着它，为它疗伤，然后将它放生。狐走的时候，在山岔路口，对着这个男子回眸一笑，一笑倾城。随即，我朝着楚玉说道："百年后，那白狐的爱情，将在你身上发生。"

楚玉惊讶地看着我，问道："沈姑娘何出此言？我与这狐无丝毫瓜葛。"

我笑道："白狐报恩的故事，你难道没听说过吗？雪夜，你救它一命，它一定会将你报答。百年后，难道你不转世吗？几世轮回，它会找到你的。"

楚玉饮酒，朗声大笑："我知晓一切，是不是我会不知吗？"

"你在自欺，因为你不能知晓的，唯独就是你自己。我虽然不会预测未来，但是我能感觉到，那一世狐仙的爱情会给你。"我如此坚定地告诉他，并没有缘由，只是我的感觉。

画扇点头赞同："我也有此感觉，那么，在未知的将来，我先祝福你，楚大侠，那没有结局的爱情。"

楚玉看着我，眼中藏着许多我似懂非懂的情意，浅笑道："我只管今世，那未知的来生，与我无关，今世，像我这样的人，是否能拥有一段爱情？"楚玉的话直指我心，他看着我，是在告诉我些什么吗？他要的，我断然给不了，给不了的，我不会许诺。

我轻浅一笑："翩翩君子，多少名媛佳丽慕之。听我的，放掉现在的一切，你会轻松自如，然后找个如花美眷，过着你想要的田园隐逸生活，不过是一生，何不让自己豁达平和些呢？许多平凡人都能做到，你更可以。"

楚玉轻叹："缘分是可遇而不可求的，那么多的名媛佳丽，未必就属于我。难道我就是在等待那只还未幻化成人的白狐吗？"

"未尝不可。方才你不是说还遇见一个女鬼吗？有时候，人不如狐，人亦不如鬼。鬼应该是美丽绝伦的，凄清冷落的美。"我淡淡地说着，仿佛在期待他诉说什么。

他凝神点头："是的，一个女鬼，她行将魂飞魄散，无法转世投胎，如今元气大伤，只靠吸取男子的精气维持，是个悲哀的鬼。"我想象着这样荒凉的雪夜，一个飘忽的女鬼，穿过山林，到城里去寻找那些男子，只为吸取精气，保持那一缕魂魄，为何这一切就跟书上所说一样，那么美，那么凄凉。

我眼目迷离，哀伤地说道："像梦，你说的这一切都像梦，很凄美的梦。离现实太远了，若在宫里说这些事，都是犯忌的。仿佛离了宫，外面的世界总是这样扑朔迷离。"

画扇看着我，淡笑道："妹妹，这个夜晚本就这么不真实，也许不真实的是楚仙魔，他用他的不平凡酝酿了这样虚幻的梦境，这一切对他来说是真实地存在着，而于我们却是真的梦境。待他走后，我们的梦就会醒来，现在我们跌落在迷幻的世界里。你明白吗？"

楚玉凄凉一笑："你们终究还是不相信我。如今你们想要听的故事，似乎已经没必要诉说了。那些过程，只是一个人懦弱的表现，是欲仙欲魔的我人格的分裂。在我生下来的时候，我就已经是破碎的了，我的破碎注定了这一切。"

我决绝道："好，我不听，因为真的没有再听的必要了。如果要一个破碎的你再来讲述那些斑驳陆离的故事，这是残忍的，残忍的事，我沈眉弯暂时还做不出。"

楚玉嘴角泛过一丝冷笑："你现在做不出，将来你也会做得出。这是命数，你逃不了，人在得意时只看到别人的悲哀，不知道失意之时却是别人在看你的悲哀。"楚玉的话句句透露玄机，他所谓的命数，所谓的现在与将来，暗示着我的一切。难道将来的我，洗尽铅华，会做出极残忍的事？伤害他，伤害淳翌，伤害别人，抑或伤害自己？

画扇看着僵持的我们，朝楚玉问道："楚仙魔，我问你，你是否还会回到武林，做那所谓的武林至尊，掀起另一场腥风血雨，试图颠覆王朝，统一河山？"

楚玉冷笑道："你们还不明白吗？纵然我做尽一切，也不能改变什么。该变迁的已经有了变迁，该平静的依然平静。我所做的只是按着我自己的命数，注定这场风雨是由我来开始，我改变的只是过程，结局却不由我掌控。"他停顿了片刻，继续说道，"至于武林至尊，我根本就不在意，至于大齐河山，我一点兴趣都没有，我做不了至尊，我没有王者风范，最多就是做个江湖术士，或者在山林里捉捉妖，与狐仙、鬼魅做朋友。"

"这样的生活难道不好吗？既然你看得如此透彻，不如趁早离开，离开这一切，还给江湖一片平静。"我终究还是忍耐不住，说出我要说的话。

"你以为我走了，江湖就平静了，大齐就永世太平？"他语调依旧冷寂。

我轻叹："不会，但是没有人可以强得过你，你知道吗？当时我听到'楚仙魔'这几个字，我就想到，会有一场灿烂而残酷的战争行将发生。我想起，当时你没去参加武林大会，一定是因为你在犹豫，可你最终还是灭了京城萧员外一家上百口人，那么快狠，那难道不是你楚仙魔做的吗？"

楚玉毫不回避，坚定地说道："是我，是迷乱的我，是不知所措的我。那时候，杀人成了一种快乐，快乐之后又跌进无边的内疚。"他眉头深蹙，仰起头，喝下好多的酒，这样痛苦的楚玉，不是我想看到的。

我近乎疼惜地看着他："忘了吧，到佛前去，佛会原谅你所做的一切。忏悔，你会觉得舒适些，我知道佛不能净化你的邪恶，至少可以让你有短暂的安宁。一切都需要靠你自己，任何人都不能代替什么，真的。"

"你说的，我都明白，只是要做到，不是件易事。也许是我该退出的时候了，趁着混乱之时退出，群龙无首，后面的戏就由着他们去导演吧。"楚玉漫不经心地说道，而我似乎在他的言语里得到一些舒缓。

"你能不能告诉我，后面的故事是否是平静的？"我一字一句地问道，我亦不能免俗，许多的事，亦想知道。

"不可能一切平静，但是掀不起什么风浪，大齐如今是稳固的。而你所处的后宫，从此就不再平静了。"楚玉清晰地告诉我。

我轻轻点头："我明白，江山稳固，就该是后宫争宠的时候了。"

画扇轻轻执我的手，嘱咐道："妹妹，以后你更要多加小心，一定要好生珍重。"

楚玉用一种我无法诠释的神情看着我："是，回宫后，你要多加小心。"从楚玉口中吐露的话，让我明白，我回宫之后，不会再有安稳。

我冷冷笑道："从今后，风尘起落，各自保重吧。"万语千言，也只有这一句了。天一亮，楚玉继续他的江湖，或是隐没，反正是孑然一身地飘荡；画扇，回到烟花巷，继续做一个烟花女子，对着客人咽泪装欢；而我逗留两日，回到后宫，去接受那不平静的命运。

　　静，雪夜的寂静，仿佛所有的语言已是多余。我和画扇都在等待楚玉的离开，他的离开，是一种解脱，又带着淡淡的不舍。我在想，这样的雪夜里，那只白狐是否寻找到温暖的山洞，在想着它的救命恩人。而那个女鬼，明日又该寻找哪个男子为她充盈精气？今晚的楚玉，为何就不能温暖她？

　　待我醒转的时候，已是拂晓，楚玉走了，除了淡淡的酒味，什么也没有留下。昨夜的狐仙与鬼魅，仿佛是玄幻的梦境，而楚玉，也只是一个老去的传说。

淡淡晓烟埋雁迹

　　淡淡晓烟，冉冉薄雾，雪花变得很稀薄，粉碎的白沫，细碎地飘洒着，窗外已是银琼的世界，在一片洁净的白色里，我已经找不到别的颜色。只是沿着门槛之处，一串深浅不一的脚印隐现在白雪上。这是楚玉遗留下的，因为他走得不算久，所以这些碎雪还没有将其脚印覆盖遮掩。

　　我仿佛看到楚玉着一袭白色的狐裘大衣，隐没在薄雾的晨晓中，只留下一行脚印，耐人寻思。此去之后，他会如何，我不知道，我给不了他一生的爱情，我有的，就只是一点余温犹存的祝福了。

　　我站在窗边凝望远方，心中难免有些惆怅与寥落。画扇走至我身边，也朝窗外看去，轻轻说道："他走了，从来都是这样，来去如风，风过无痕，却吹散了一地的落花，吹乱了一池春水。"

　　我转头看向画扇，揣摩着她的心事，她说那如风的男子，吹散了、吹乱的究竟是谁的心事呢？淡淡又不经意地说道："是大家将他看得太神秘了，其实他只想做一个平凡简单的人，而世俗的力量太大，将他挤压得透不过气来。于是他想逃离，想躲闪，想要彻底地从玄幻离奇的意境里解脱，可是越回到世俗，越让他感觉到自己的与众不同，所以才会有世人对他的好奇，有他自我的矛盾。"

　　画扇看着我，眼神里藏着许多深意，似要将我看懂，又似已经懂了，浅笑道："妹妹，他爱上了你，已经很久。"

　　我心有悸动，仿佛她的话语碰触到我那根最柔软最不忍碰触的心弦，弦绷得那么紧，越是碰触越是要断裂。我转头看向画扇，低低回道："姐姐，他爱的不是我，他爱的是一种感觉，在他沉沦的时候，希望有人给他一只手，带他走出迷境。而我，恰好遇见了他，并听过他的故事，知道他某些不为人知的过往，而且懂他。所以，他视我为知己，就此而已。"我不知道我在极力争辩什么，但是我心中不愿承认楚玉真的爱我，他不曾许诺过我，却给了我诱惑，隐居田园的诱惑。我说过，我是个懦弱的女子，我不会为了他的诱惑而放弃如今的一切，迈出那一步，要么是重生，要么就是毁灭。我没有把握，结局会是什么，我不能冒险。为楚玉，我还做不到冒险。

　　画扇执我的手，似有万语千言，又不知如何说起，最后只轻轻叹息："妹妹，世间男女的情事是前世的因果，就像那只白狐，所欠的债，它终究是要偿还的，哪怕再等一百年，一个回眸，就是百年，可雪夜里欠下的，还是要还。"

　　"难道我欠了他的？哦，不，难道他欠了我的？是在何世？或者彼此相欠？可我与皇上呢，又是什么？"我感觉自己有些不知所云，说到淳翌的时候，我还想起了淳祯，这么多的因果，谁来告诉我，究竟是何世有过，要到今生来纠结。

　　画扇叹息："妹妹，莫要想那许多，我和你一样，纠结了太多。像我这样的烟花女子，从没有奢望过有什么爱情，只是有个男子可以依托，就足矣。"画扇语带无奈,有个男子可以依托,我恍惚记起在迷月渡时,画扇与岳承隍关系甚密。可岳承隍与殷羡羡又有过亲密关系,甚至与瑶沐,与许多的女子,可是我分辨得出,他对画扇有着别样的情感。他们之间究竟是什么关系,我不想多问,画扇是个聪明的女子,她不会让自己陷入尴尬的困境。可是岳承隍会给她一生的依托吗?如今画扇还是韶华当头,再过几年,风华不再,留下她的是莹雪楼,还是岳承隍呢?念及此处,我不禁为画扇的处境而感伤。我,虽然身处皇宫,不知将来命运如何,总算有个归宿,我是皇上的妃子——任谁也不能抹去的事实。

"妹妹……妹妹……"画扇唤醒沉思的我。

我回过神,看着她微笑:"姐姐,相信我,既然妙尘师太那么说过,一定有些什么在等待着你,只是你还没有遇到,你就安心在莹雪楼等待你的幸福,我相信,幸福会很快来寻找你。"

画扇看着白色莹亮的窗外,低低说道:"莹雪楼,今日我该回去了。"

我试图挽留道:"姐姐,雪下得这么大,这会儿虽停了些,可是山径的积雪一定很厚,如果贸然前行会很危险,我不放心你回去。我们命人去莹雪楼传个信,就说你再住两天,等积雪稍微化了再回去,妈妈定不会怪你的。"

画扇浅淡一笑:"妈妈怪我?她现在不会怪我,这几年都忍让着我,毕竟莹雪楼还离不得我,待到有一天,莹雪楼不需要我,那时候不需要她们说,我也会离开。如今,我在莹雪楼很自由,只是自由也是要付出代价的。"画扇的话让我明白,莹雪楼的妈妈不能为难她,因为她是花魁,是头牌,就像当初我得了花魁一样,许多的时候,我几乎可以自己做主,只要不离开那儿,其余的条件,她们都会尽量答应。

我宽慰道:"那就好,那姐姐就留下,待我走时再走,陪我这两日,我的期限是三天,明天,明天就该是我走的日子。"我看着窗外,冰雪银琼的世界,山路冰封,如何才能回宫,若不回去,淳翌会如何?

画扇轻轻点头:"此次一别,不知何日再相逢,或是再也不能相逢,人事难料，我答应你，我陪你，陪你在翠梅庵。"

　　我看着画扇，心有伤怀，低声道："姐姐，莫要如此说，说得我心里难过，我们会再度相逢的，我有预感，而且相逢之日不会很远，你信我。"

　　画扇深吸一口气，叹息道："妹妹，我身似漂萍，已经不再有风华，你知道，烟花巷的女子，没有风华，会落得何等的境遇，你还不能明白吗？"

　　"我明白，我自然是明白。姐姐，因为太明白，所以我才要问你，你是否对自己的将来有什么打算？"

　　画扇目光迷茫，轻轻摇头："妹妹，我真的没有把握，我不能把握自己的未来。那么多的男子，我不知道谁人可信，在我看来，他们任何一个人都不值得我去相信，我所能信的只有自己了。"

　　"那岳承隍岳大人呢？他也不可信吗？"我几乎是脱口而出，我说出岳承隍，并不是想揭画扇的隐私，只是想知道她究竟有何打算。

　　画扇盈盈笑道："他？妹妹怎么会想起他呢？"

　　我不解道："当初姐姐不是和他走得挺近的吗？我还以为……"

　　"以为什么？"画扇看着我。

　　"以为姐姐与他有深厚的交情。"我婉转地回答。

　　画扇看着我，苦涩一笑："深厚？谁会与烟花女子有深厚的交情，尤其像他这样的男子，已过而立之年，不再年轻，不会那样气盛的，一切的一切都会深思熟虑。而我，只不过是他许多女子中的一个。"画扇的话中之意我已经明白，岳承隍也许爱她，但是不会为了她而放弃什么。这不由得让我想起了淳翌，淳翌爱的亦是我这个烟花女子，我亦是他许多女子中的一个，可是何其幸运，他可以深情待我，而我是否该珍惜、该满足呢？

　　"妹妹，其实你要珍惜，真的，古人有诗云：易得无价宝，难得有情郎。皇上对你这般宠爱，你应该安稳地在后宫，做你的婕妤娘娘，甚至拥有更高的地位，以平和豁达的心态相待，你会拥有简单的幸福。"

　　"我一直想要的简单，似乎很难。"

　　画扇在我耳畔轻声问道："妹妹，有一事，姐姐想要问你。"

我看着她："何事？姐姐不妨直说。"

"你入宫就快两年了，这么长的时间，皇上专宠你，怎的一直还未曾怀有身孕，是有何原因吗？"画扇直截了当地问我。

我含羞答道："姐姐，这事，妹妹我哪儿知道呢，真是羞杀我了。"

画扇笑道："妹妹，这有何羞的，都入宫这么些时日，竟还不能适应吗？后宫女子，最重要的就是子嗣，皇家注重子嗣，有了子嗣，就能稳固妃子的地位，所谓母凭子贵，就算一朝失宠，但是有了子嗣，地位依然会存在。"

我点头应道："姐姐，这些我都明白，后宫女子争宠，其实都想为皇家绵延子嗣，好巩固自己的地位，可是最近皇上政事繁忙，很少有时间去别的宫里，就连我的月央宫也要隔一些时日才能来一次。所以……"

画扇微笑："这次回宫，妹妹要把握时机，姐姐不是希望你要多么风云不尽，但是你太淡泊，后宫不是一个适合淡泊的地方，所以你要把握机会，没有任何人比你更有机会，你是最幸运的一个，明白吗？其实，她们几个，都比你明白得多，尤其是舞妃。"画扇字字句句，都是真心，她的好，让我感动。

我凝思着，回想自己在后宫的淡泊，似乎的确有些太过了，太过了，反而显得矫情。想起舞妃，她想要的灿烂，却始终还未曾得到，她如此娇柔，亦愿意如此，那是因为她爱淳翌，因为爱，才会愿意为之付出一切。而我，没有深刻的爱，亦不会有深刻的付出。我深深呼吸，叹息道："姐姐，我会的，我会努力让自己好起来，至于绵延子嗣的事，就随意吧，这也是强求不得的，我会劝皇上多和其他的姐妹接触，否则，妖惑皇上的罪名又要我来承担了。"

画扇点头微笑："妹妹，其实你才是真正豁达的女子，如若是我，或许就不是这样了。"

我凝思，半晌，才问道："姐姐，你想进宫吗？"

画扇抿唇微笑："妹妹，好像你问了我两次了，这问题我就不回答了，因为是遥不可及的事。"

我点头："好，且不说这个，姐姐今日交代的事，妹妹会把握珍惜，此后姐姐也要自己多珍重，如若有机会，千万莫要放弃。无论你在哪儿，离我有多遥远，我们都要彼此珍重，彼此祝福。"

钟声悠扬地响起，惊扰了我与画扇的谈话，此时青尼们应该在早课。画扇执我的手，说道："妹妹，趁现在早课还没结束，我们也去吧，我心里总想着昨夜楚仙魔说的白狐和女鬼，想去为之祈福。"

"好，为白狐和女鬼祈福，也为楚仙魔祈福，亦为你我祈福。"

行走在满是碎雪的廊道上，凉风拂过，白色的世界会显露一切，也会遮掩一切。昨夜，楚玉的来去真的像是一场梦，这朗朗乾坤，深山禅院，何来的狐仙与鬼魅？

菩提不忘灵台净

神圣的殿堂，佛高高在上，俯视芸芸众生，仿佛世间一切都与他相关，又与他无关。他漫步云端，悠然世外，又坠身红尘，关注世人的起落沉浮。

跪于蒲团上，看千盏莲灯明明灭灭，只有那袅袅的檀香萦绕不断，钟声响起，木鱼阵阵，极力想要惊醒梦中人。我们带着尘海漂浮的厌倦，抖落一身尘埃，只为这短暂的澄净。我相信许多人来庙里，都是为了洗尘。洗尘，洗去尘埃，再去俗世，沾染一身风尘味，又来此处，这样反复，次数多了，想来佛也会厌倦。

我看着佛，带着无数的倦累，低声道："佛，我累了，一夜不眠，辗转在梦里，不想醒来，可是却醒得太快。"

佛淡笑："你信楚仙魔？"

我惊讶地抬头，问道："你知道他来过？"问完后，我有些后悔，佛会不知道吗？

佛笑我："我是佛，还有我不知道的事吗？预测天下一切，楚仙魔毕竟还是凡人，他有悲欢离合，有生老病死，而佛没有。"

我莞尔一笑，看着佛："你说，这是楚仙魔的悲哀，还是佛的悲哀呢？他可以拥有平凡人的生老病死，而佛，不能。佛生生世世，世世生生，接受的都是同一种的命运。佛，你会厌倦吗？"

佛依旧温和，不因我的话而有丝毫的触动，他眉目慈祥，淡定地看着我，微笑："沈眉弯，你知道要修炼多少世，经历多少次轮回，才能修炼成佛吗？这无数的艰险与苦难，都要凭自己的坚毅，努力去忍受，才能得到最后的超脱。"

我轻轻点头："所以，你们告诉自己，要好好珍惜，珍惜这无数轮回所换来的成果。佛界与仙界，不能接受一点错误，只是一点点，就会毁灭，无论你曾经有过多么深刻的付出，只是一点错误，就会扼杀全部，是这样的吗？"

佛看着我，有种相逢恨晚的感触："是这样的，想不到，世人不懂的，你懂。这就是佛，需要坚定和毅力，似磐石不能转移，一旦转移就是毁灭，永生永世，都无法再超脱。"

我叹息："只是这么多的轮回，这样的执着，只为一个佛的真身，值得吗？度自己，再度世人，为何此时，我觉得慈悲，都成了一种负累，就像是债，一个无法偿还的债。"

佛淡笑："我不入地狱谁入地狱，总是需要有人去走这一步，走对了，就是佛，走错了，就是魔。很幸运，我是佛，并且我不会让自己犯错。"

我为佛的话而感动，又品味出话语间那淡淡的无奈，只低声问道："佛，那么多的劫数，最难的，一定是情劫吧？你用了几世，才脱离了情劫？因为仙佛，最不能动的，就是情。"

佛坚定地回答："是的，仙佛动情，天地不容。仙佛，首先要做的，就是无情，无情无欲，三界才会安宁。仙佛只需要闲坐在云端，超然世外，看着世人的生老病死。佛的使命是为了拯救，而魔的使命，是为了毁灭。"佛没有回答我想要知道的问题，他究竟用了几世才脱离了情劫，得以修炼成佛，他只是告诉我，他的使命是为了拯救。

我低眉凝思，许久，才问道："楚仙魔，究竟是成仙，还是成魔？抑或只为人，只做他的凡人？"

佛浅笑："其实答案你早就知道，不是吗？"

我不想假装什么，只能点头："是，他有情，所以他不能修仙，也不能入魔，因为两者，都要抛弃情欲。他做不到，我不知道他需要修炼多少世才能做到，但是今世一定不能。"

我低低地说："慈悲至圣，酷冷成魔。要的就是决绝与彻底，任何一点杂质都不能有，不能软弱，不能犹豫，不能彷徨，不能矛盾，不能倾斜，任何一种不坚定，都不能。"

佛点头："是，你看得很透彻，只可惜只能说，却无法做。我留不住你，能留住你的，依然是那碌碌尘海，因为你来自那里，你不会为了任何一种结局而执着，你甘愿，接受生生世世的轮回，你太慵懒了，一种颓废而美丽的慵懒，在你身上，我能看到。"佛的话，我懂，他似乎穿透了我的一切，连慵懒，都成了一种美丽的颓废。

我笑："只是今世而已，说不定来世，我也要修炼，修炼成仙，或者成魔。如果有这样的念头，我愿意成魔，慈悲太累，有太多的顾忌，慈悲是可恨的。而魔，可以肆无忌惮，连恨都是淋漓的。所以，我愿意做一个彻底的魔，爱与恨，我选择恨。"

佛轻笑："聪明如你，岂能不知没有爱就没有恨，爱过才知道恨，否则，你拿什么去恨。"

我亦笑："聪明如你，岂能不知没有恨就没有爱，恨过才知道爱，否则，你拿什么去爱。"

佛慈爱地看着我，温和地微笑："你真是个可爱的孩子，人间的精灵，我竟有些不忍，不忍你入佛门，踏进这道岑寂的门槛，从此，青灯古佛，淡泊清净。"

我笑道："你怕人间少了一个像我这样的女子，可是如若我入了佛门，以后，你我就可以朝夕相对，你说我们还能像这样交谈吗？"话毕，我却在思索，如果每日与佛交谈，是否会有那一天，佛为我动情？我为自己的想法感到羞愧，玷污了佛，是我的罪过。

佛似乎知道我在想什么，柔和地看着我："朝夕相处，之后，就是厌倦。我了解你，你澄净如月，明净似水，又薄凉若烟，你不属于任何人。"

我坚定地回答："是，我只属于我自己，我可以为任何人付出，但不属于任何人，我的一生，只交给自己，包括我的死。"

佛点头："好，你离去吧，以后你可以不必再来，既然你想决绝，那么就请彻底些。"

我微笑："佛，你恼了，世间的人都可以恼，唯独你，不可以。我的来去，只由我来决定，我的人生，不会为任何人而倾斜。佛，请你记住，命运可以决定我，却不能扭曲我，如若这一生是喜剧，我要让它成为悲剧，如若是悲剧，我要让它成为喜剧。"

佛不以为然："你还是个固执的孩子，这样好，让我看到你心底深处的纯真与稚嫩，没有被红尘的染缸给染透，就这样很好。以后的路，你自己走好，无论有多长的路程，你都要走好。"

我坚定地回道："从来的路，都是我自己走，那么多的岔道，每次转弯的时候，我都不会回头。无论对错，无论善恶，我都不回头。离弃别人，是残忍，离弃自己，是背叛。我可以残忍，但不能背叛。"

佛挥手："你走吧，这个雪季过去之后，就会春暖花开，只是，春暖花开，未必就是幸福。这所有的一切，在于你自己，命中虽有注定，但是人也可以改变许多，相信我，一切都在于你自己。"

我抿紧唇，启齿道："我相信，我一直都相信，只是很多时候，我不屑去改变，我习惯了慵懒，并且冷漠地看着这一切。"

　　"颓废。"佛挤出这两个字，似乎对我的慵懒有些失望。原来佛的忍耐也是有限的，方才的美丽似乎荡然无存，如今只剩下颓废。

　　钟声尽去，早课已然结束。我叩首，是对佛的尊重，我说："佛，我走了，明日我不再与你道别，如若有缘，还会再见。"

　　佛点头微笑："去吧，佛无处不在，见我，未必要到庵里，世间的每一个地方，都可以，只要你想见，念着经语，唤声佛陀，佛就出现了。"

　　我笑道："佛真是威力无穷，可以听到芸芸众生的呼唤，知晓任何一处的苦难。佛属于天下人，却又不属于任何人，这才是佛的超然，真正的超然。转过这么多次的轮回，修炼这么多年的岁月，为的就是如此，沈眉弯佩服。"我话中似乎缺少了许多真诚，却又真的没有嘲笑之心，他是佛，任我多么清傲，亦不敢嘲笑他。最多，我只能自嘲。

　　佛垂目看着我，依旧慈悲，只是不再言语，因为他知道，再多的语言，对我来说，都是苍白的，都不再生动。

　　踏出槛外的时候，我抬头看见雪花纷飞，这雪不知为谁而落，这般不知疲惫，这般忘乎所以，而我们，是否会为这场雪而逗留？

　　转头与画扇，还有舞妃、谢容华与顾婉仪相视而笑，无须只言片语，仿佛每个人心里都懂得，我明白，方才，她们都与自己心中的佛对话，有祈祷，有祝福，亦有太多的倾诉。

　　舞妃抬头看着飞雪，说道："你们说这雪是否会留人呢？"

　　谢容华接话道："雪姐姐是说，雪下得大了，山路封锁，我们可以延迟回宫？"

　　顾婉仪捧着雪花，微笑："到时我们跟皇上说，抗旨的不是我们，而是雪花吗？把罪过推给雪花，这个理由说得过去吗？"

　　我盈盈一笑："有何说不过去，相信皇上听了，倒觉得有趣。只是我并不想在此处逗留了，尽管这里安宁，清净，我却想回宫了。"话毕，我望着白茫茫的天空，好朦胧的白日，翠梅庵适合沉醉，但不适合沉沦。

　　舞妃微笑地看着我："妹妹，想念皇上了吗？"她终究还是忍不住问我了，其实想念淳翌的只怕是她，可是她把这份想念给了我。

我不想承认，也不想否认，只微笑道："我们许诺过皇上，只三日，三日后回宫，许诺过的，我们都要做到。雪会停的，而路径也会畅通无阻。"

画扇执我的手："妹妹还是如此，承诺过的就一定做到。明日我也要回去了，尽管翠梅庵住得安静舒适，可我是这里的过客，只能回到属于自己的地方。"

谢容华点头微笑："那我们各自珍惜今日的时光，再来时，不知是何年了。"

顾婉仪笑道："那我们各自回房，静心参禅吧。"

大家相继点头，而我，有画扇相陪，昨夜不曾歇息好，今日可以伴雪而眠。在翠梅庵的日子就是这样平静，那些青尼，或是邀约一起煮茗讲禅，或是独自在禅房读经。这样安宁的日子，再好也就是一日，过了今夜，我们都要回到属于自己的地方，接受沉浮。

雪花，你落吧，我喜欢你重重地落下，无论明日如何，我都要回到紫金城。我不会让佛，笑话我。原来，我为的，不是对淳翌的承诺，而是，对佛的承诺。

菩提不忘灵台净，明镜出匣照无尘。

缘来缘去太匆匆

又是一夜的雪，这雪仿佛要验证我的毅力，摧毁我的诺言，动摇我的思想，试图将我改变，又试图将我留下，而我会如此听信于它吗？

对佛来说，我只是个倔强而任性的女子，我所做的一切都是徒劳无益的。我不过是想证实自己不会因为任何的诱惑而改变要回到红尘的决心，这样做，究竟是为了什么，连我自己都不明白。拥有菩提心情，向往莲花境界，渴慕得到一种远世离尘的超脱，却不愿低头，不愿对佛低头，不愿对万象的苍茫低头。宁愿让自己回到俗世，接受尘埃的浸洗，也许只有这样，我才能看清自己。

夜还是黑的，我和画扇同在一张床榻上，屋内有些黑，只有一盏孤独的香油灯在闪闪摇摇。所幸的是有炭火的温暖，伴我们长夜凄清。

画扇侧过身子，对着我，轻声问道："妹妹，你也没有睡着吗？"

我缓缓睁开眼，看着她："是的，也没有睡熟，只睡了一小会儿，做了一个梦，梦见我们都白发苍苍，坐在一个不知名的院落里，晒着温暖的阳光。"

"白发苍苍，你和我，可以活到白发苍苍吗？我真的没把握。"画扇低声道。

"我是一定不能，纵然会，我也不想要，我厌倦那么久地活着，活到思想干涸，活到没有一丝气力，活到连厌倦都成了多余。"

画扇入神地望着那盏香油灯，低低念道："一灯如豆最相思，半世浮沉且自迷。"

我看着那香油灯，将挂在墙壁上的琴映照出浅淡的光亮，而那光亮，仿佛要划破人的心弦。我只微微叹息："空坐琴台虚夜半，人情已逐月斜西。"画扇将手轻轻地搭在我手上，有着淡淡的温暖，透过经脉，我仿佛明白，她在给我力量，支撑着我走完以后的路，而她也需要借着我的温暖，支撑着走完她的人生。我们是迷失在莲台的女子，欲要留下，不能留下，只得舍弃一切，抛掷一切，回到红尘，做回原有的自己。

许久，画扇才轻声说道："妹妹，无论将来如何，我们都要彼此珍重。就算是辜负，我们也要做得彻底些。"

我应道："好，我会的，姐姐，你比我更难，如果有机会，你一定要把握。因为我们已经没有太多的时间让我们去错过，没有多余的流年去虚度，请你一定，要把握好任何机会，离开烟花巷，离开莹雪楼，结束歌伎的生涯。"

画扇看着我，点头："我会的，你莫要担心，我不相信，世间这么多的男子，没有一个人真心待我。只是妹妹，你也要把握机会，你现在拥有最好的机会，你要学会珍惜。纵然有真心待你的男子，你也要真心待他，以心换心，才会有美好的结局。"

我嘴角泛起一丝无奈的笑意："姐姐，你们都觉得我是薄冷无情的吗？

似乎所有人都只看到皇上的宠爱，而没有看到我对皇上的好，她们都认为我不珍惜，任意地挥霍皇上对我的宠爱，就连皇上也这么认为，他说我给他的感觉是若即若离，忽冷忽热。"

画扇握紧我的手，说道："妹妹，并不是我觉得你薄情，是你的性子注定了如此。纵然你爱，你也不会说出口，纵然是你想要的，你也不会去恳求，我太了解你了。就因为如此，她们才会误会于你，而皇上，是九五之尊，他习惯了那些女子极尽娇媚的逢迎，需要时间才能适应你的淡然。有时候，淡然是一种颓丧，会让身边的人，也一起失去力量，失去温暖。你明白吗？正因为如此，所以皇上才会觉得你对他若即若离，一个骄傲自负、拥有天下的君王，如何能够忍受一点点的失落？"画扇如此真挚地告诉我，试图点醒我，无非就是希望我多些热情，少些淡漠，在我看来，我的平和，对她们来说都是淡漠。也许我真的是过于淡漠，连佛都觉得颓丧，淡漠到无心，才会如此。

我低低地回道："谢谢姐姐如此真心劝慰我，我会努力地释放我的热情。"

"还有那件事，可千万要放在心上，母凭子贵，你的将来，还得靠这个，既然入了宫门，就要为将来打算，不可意气用事，其实生死都在于自己，你要凭着自己的毅力，克服一切阻碍，就算是为了活着而活着，也要活出自己。"画扇依旧不厌其烦地劝导我，让我心生感动，因为她明白我，从来不会为这些俗事而做出任何的努力。

我笑道："好，我都记着了。"话毕，想起舞妃和谢容华她们这次来还为求送子观音，希望天赐麟儿，而我只记得与佛交谈，将这一切都忘记了。

沉默半晌，画扇突然说道："对了，妹妹，我觉得舞妃并不如你以前所说的那般柔弱，她骨子里非常坚毅，带着一种摄人的力量。而谢容华和顾婉仪让我觉得平实。"

"姐姐的意思是？"我轻声问道，事实上，舞妃骨子里的坚毅与蠢蠢欲动的热烈，我很早就感觉到了，从她下棋与谈吐间，我明白，她外表柔弱，内心却刚毅。

"妹妹，话说得太深了，反而觉得无味，聪明如你，相信你也知道。只是她既然是你在宫里的知己，为人处世这些都不重要，只要彼此交心，对方是怎样的性情，又何必在意呢？"

"是，我一直就是这么认为的。其实，她只是爱皇上，才会如此，她爱得刻骨，她说过，要在自己最灿烂的时候死去，她希望自己热烈地盛开，为皇上一人而盛开。"我边说，边想起舞妃当时的表情，在她的眼中，我读出了坚决。

画扇问道："她有如此之说？"

"嗯，透露过好几次了，哪怕如同昙花，只为了那一刻的璀璨。其实我佩服她这样的女子，为一个男子如此热烈真实地活着。"

"呵呵，都是骗人的。"画扇似有不屑。

我惊讶："姐姐何出此言？"

画扇说道："妹妹，你说她只渴望那一次灿烂，其实她早已灿烂过了不是吗？在你之前，难道她没有灿烂过？在你出现之前，皇上不就是被她翩然如蝶的舞蹈所吸引的吗？我相信那时候皇上一定对她宠爱至极。只是灿烂之后，就是消亡，她的灿烂抵达顶峰的时候，就要一点一滴地消失。而她不满足，觉得太过短暂，似昙花凋落。"回首当初进宫时，云妃对舞妃的妒忌，实则就是因为当时舞妃被皇上深宠，只是因为我的出现，舞妃才丢失了许多，难道她就真的一点不怪我吗？

我沉声道："我的灿烂，也会消亡的，只是不知道会是哪天而已，花期有长有短，所幸我从来没有抱太多的热情，所以消亡的时候，我会很平静。"

"这就是妹妹的与众不同，人和人的分别就是这么大，其实我与那个舞妃有些相似，所以我比你更了解她。也许她舍不得的不一定只是皇上，更多的是那份尊荣。"画扇笑了，在暗淡的香油灯下，我看不清她的笑容，似乎带着几许轻视，还有几分自嘲。

我轻轻拍她的手背，说道："姐姐，睡会儿吧，天就要亮了，歇息好，天一亮，就要准备启程。只是山路被积雪封锁，是否我的承诺真的要成空？"

画扇轻笑："其实，这又有什么重要的呢？我们不必为了一句话，而去执着地累自己。我根本就不在意明天会如何，雪终究会化，一生终究会过尽，只是，我想要的，也一定会得到。"

"姐姐要的是一个真心相爱的人，还有那份至高的尊荣，可是我却看到姐姐要的更多的是与我一样的平静。"

画扇摇头："妹妹，在平静之前，一定有过极端的不平静，才会要那份最后的平静。我要的，还没有得到，所以我还不能平静。"画扇的话，我大致已然明白，她的命运还牵系着一句诗：欲将此生从头过，但看青天一缕云。她的确不能平静，只是她的此生，还需要她自己来争取。

"睡吧，明天醒来，又是新的一天。"我轻轻合上眼，依稀仿佛听到窗外雪花纷飞，不知今夜，那只白狐留宿在何处？而那个靠吸取男子精气的女鬼，又要冒着这样的风雪进城吗，又将会寻找哪个男子呢？好悲哀的故事，楚玉真是残忍，为什么要告诉我？楚玉，这样的风雪之夜，他又在哪里？

这些如梦似幻的人和事，伴随着我入眠，待我醒来的时候，雪真的停了，尖锐的阳光刺疼我的双目。

才起床，已听到红笺的叫喊声。

"小姐，如你所料，今天我们真的可以回宫了。"

我不解地看着她，还有她身边的秋樨，问道："怎么回事，你说清楚些。"

红笺指着窗外，说道："已得到消息，皇上派了军队，连夜铲除了从翠梅庵到城内的积雪，一路上已经畅通无阻了，我们今日可以回紫金城。"

我惊立在那儿，喃喃道："连夜铲除积雪，这么长的路程，该派了多么庞大的军队？"

画扇看着惊讶的我，笑道："妹妹，看来皇上对你的宠，已经到了佛陀也不能抵达的境界了。"画扇的话，让我似懂非懂，而我此时的心里，想的只是淳翌所费的苦心。

我微笑："看来，今日是非回去不可了。姐姐，相聚之日，也是分别之日。我和皇上的相聚，就是和姐姐的分别。"

画扇点头笑道："这是昨日都知道的事，所以我们都很平静，不是吗？"

"是的，很平静，没什么可惊讶的，来的时候，就知道要回去。皇上开辟了一条雪径，为的也是三日期限，君无戏言，他不想我们有任何借口抗旨，他为的不仅是我，还有王者的尊严。"我仿佛在揣测淳翌的心思，想来应该是如此。

该收拾好的都收拾好了，无须与任何人告别，无论是佛，还是妙尘师太，都知道回城的路已然开通，我们是如何来的，就要如何回去。我希望淳翌可以更加了解我，让所有参与铲雪的军队撤退，给这条雪径安宁，而我们可以安静地归去，一路观赏着琼碎河山的雪景。

我没有留恋，我知道画扇也没有留恋，只是不知道舞妃、谢容华和顾婉仪是否会有留恋。

梦醒归来月央宫

走出寺庙的时候，我第一次回头，佛知道，我心有不舍，只是他不去揭穿我那柔软的弱处。我坐上马车，与翠梅庵告别，与妙尘师太告别，也与佛陀告别。低低吟咏了一首《临江仙》，算是诠释心中的感叹。

我自莲台悲寂寞，菩提万境皆空。

禅心云水两般同。无须沉旧梦，旧梦已从容。

应记浮云堪过往，烟霞寄予清风。

缘来缘去太匆匆。一声多保重，从此各西东。

淳翌也是守诺之人，一路上，山径畅通，被铲开的雪堆积在道路的两旁，似高低不等的雪山，原本洁净的白，染上了尘土的黑，失去了那份纯洁的色彩，这还是雪吗？铲雪的军队已悄无踪迹，一定是淳翌命他们离开，他知道我需要一份清净，怎么来的，就怎么回去，那些庞然大军，只会让我觉得眩晕。

车马抵达盛隆街的时候，恰好到了我与画扇分别的巷口。轿子与轿子临近，我们都没有走下来，只是掀开轿帘，两只手紧紧地执在一起。

我微笑地看着画扇："姐姐，多保重了。"

画扇点头，微笑地看我："妹妹也多保重，我相信再见之时，你我都会好。"

我坚定地说道："嗯，我也信，无论多么遥远，都要记得，我一直陪在你的身边。倘若遇到难事，可以想办法，命人入宫找我。"我想起了她身边还有个岳承隍，相信画扇的事都可以迎刃而解。只是这样男女之间的情意都不得长久，倘若需要，她可以找我，但紫金城的宫门，又岂是寻常人可以叩开的？

画扇笑道："我知道了，你保重自己就好，我比你好得多。"

话别后，我和舞妃、谢容华她们继续赶路，这里离紫金城很近了。想起当日从明月山庄回来，就是在这盛隆街遇刺的，那一幕幕惊险，还在眼前，可是现在的盛隆街繁华异常，温暖的阳光倾泻下来，百姓还在回味着这一年的喜庆和悦，丝毫感觉不到有任何的动乱。这一切告诉我，现在是太平盛世，江山稳固，国泰民安。其实我多么想楚玉此时就在人群中，过着普通百姓的生活，娶一个贤良的妻子，生几个孩子，过着平淡的一生。而我却希望我是那个平民女子，过上这样简单快乐的生活，也许这样，我们都会幸福。

梦只是梦，梦过之后，就是现实。当车马缓缓驶入宫门的时候，我才恍然，已经回到紫金城，一切又要回到最初，仿佛有无数双眼睛在看着，看着我们归来。

与舞妃、谢容华和顾婉仪一一道别，我回自己的月央宫。只是三日，没有什么改变，一切都是老样子，月央宫的积雪被扫尽，宫里的人排列整齐迎接我。

我径自朝梅韵堂走去，从翠梅庵到紫金城很短的路程，而我却感觉已惹了一身尘埃。回到暖阁，让秋榉命梅心、竹心为我准备热水，我要沐浴更衣。

暖阁里弥漫着银炭和沉香屑的气息，我躺在温热的水中，闭着眼，感受着这熟悉的味道。一年多，我在这里度过，深受淳翌的宠爱，不曾受那许多的苦。淳翌，今夜他会来月央宫吗？其实我有些想他了，想他身上的气息，想他对我的温存。

红笺轻轻地拿花瓣擦拭我如雪的肌肤，旧年的冰肌玉骨，似乎没有丝毫的改变。我闭上眼，在氤氲的水雾中放松自己。

只听到红笺轻声说道："小姐，方才梅心拉着我过去说了一些话。"

"说了些什么？"我漫不经心地问道，依然闭着眼，享受着水中的温暖。

"是关于皇上的。"红笺似乎语带怯意，看来这几日出了一点与皇上相关的小事。

我并不惊讶，语气缓缓："继续说吧。"

"皇上这几日都留宿云妃娘娘的云霄宫。"红笺很缓慢地说出这句话，似乎还言犹未尽。

我淡淡问道："还有呢？还有什么？"

"没有什么，就是这几日都留宿云霄宫，我也是听梅心这么说的。"红笺慢慢说出，可我闭着眼都感觉到红笺还有话不曾说完。其实，淳翌接连几日留宿云霄宫，也令我有些惊讶，留宿云霄宫不惊讶，可是接连几日在那儿，倒让我觉得有些不寻常。因为这些时日，淳翌与云妃有了很明显的隔阂，偶尔临幸云霄宫，还是我劝去的，这一次，我也不得而知了。

但我明白红笺一定还听到些什么，于是禁不住继续问道："说吧，在我面前，还有什么可隐瞒的吗？"

红笺一边为我擦拭皓腕，一边说道："听梅心说是那日云妃病了，还病得厉害，后来皇上去云霄宫看她，她就发疯似的哭闹，不让皇上离开。外面传，其实云妃没病，只是想留住皇上。"

"就这样？"我嘴角扬起了一丝轻视的笑意，缓缓睁开眼，水雾蒸腾着我的思绪。

红笺看着我，轻轻点头："嗯，我听到的就是这么多了。"

我笑道："用病，用哭闹来留住皇上，不像是云妃的作风。你一会儿传我命令下去，月央宫的人都不许嘴碎，皇上留在妃子那里是很正常的事，皇上不是也经常接连留宿月央宫吗，照这么说来，还不知多少人在背后说我呢。"

红笺急忙辩道："这不同，云妃与小姐怎么可以相提并论呢？"

我转头看她，带着一丝犀利："有何不同？她是高高在上的云妃娘娘，而我只是一个三品的婕妤，论地位，天渊之别。如果皇上宠爱一个云妃娘娘，都会被认为惊奇的话，那宠爱一个婕妤，又算什么呢？"

红笺跟随我这么多年，我的心思她自然明白，她忙点头道："我明白了，小姐，一会儿就吩咐下去，让他们对此事只字不提。"

"还有什么吗？"我淡淡问。

红笺摇头："没有了。"

起身，秋榫忙为我披上厚厚的外袍，长长的黑发包裹起来，沐浴后感觉到无比地舒适。坐在炉火前，秋榫为我解开长发，细细地擦拭梳理。

秋榫什么也没说，她一贯聪慧，她知道，对这些事，我不会介意，所以，没必要对我说太多。

任由淳翌在云霄宫留宿几夜，我有把握，他今夜就会回到我的月央宫，我心中想要他来，几日不见，不能说没有丝毫的想念，却又不想他来，如果他今夜匆匆回到我的身边，云妃这几日的辛苦算什么呢？她势必会更加恨我。

独自坐在暖阁里，一坐就是一整日，记得以往从翠梅庵回来，淳翌总是在月央宫等我，或是我进门后不久他便会到来，今日果然与那几次不同，但我丝毫感觉不到他的心与我有疏远。

用过晚膳，我临着窗看月亮，今日大晴，明净的月光挂在雪树梢头，还有晶莹闪亮的星子。我的静伫，是为了等待，又或者是为了其他？

他的脚步声临近的时候，我悄然转身，与他的眼眸相触，只是这瞬间，我明白，他的迟来是有理由的。他的心，与我不曾有丝毫的疏离。

我忙施礼："皇上，臣妾失迎了。"

他走过来执我的手——因为走了寒冷的夜路，有着淡淡的凉意——温和地笑道："湄卿，无须多礼。"随后打量着我，说道，"让朕好好瞧瞧，方才几日，似隔几秋。"

我含羞地看着他："皇上，才三日，臣妾是到庵庙去静心，并没有去看繁华世界，若说要变，也应该变得更清心了些。"

淳翌拥我入怀，柔声道："朕可不想你太清心，太清心了朕如何受得。"我心想这几日你一直留宿云霄宫，当真是受不得了。

我盈盈笑道："皇上，臣妾觉得小别几日倒好，会心生想念。有时在宫里虽然也好些日子不见，可是总感觉到在同一处，同一个庭园，所以并没有分离的感觉。而翠梅庵不同，一走进去，仿佛与红尘都断绝。"

他抚摸着我披肩的长发："朕亦有同感，所以朕命他们，无论如何也要铲平到翠梅庵的雪径，否则，湄卿又如何可以完成三日后回到朕的身边的约定呢？"难为淳翌有心，应付云妃的同时，还要下如此命令，记挂着我们。

我偎依在他的臂弯，静静地享受着这份久违的温暖，不再言语。

他轻轻贴近我的耳畔，柔声道："有想朕吗？"

我微微点头："嗯。"

淳翌将我拥得更紧："朕也想你，这一次回来，就静心地在月央宫，朕不许你轻易离开了。"

"嗯，臣妾不离开。"我显得很温驯。

他深吸一口气："关外的事处理得差不多了，朕赐予了晋阳王许多他想要的东西，唯独这大好中原，朕是不可能拱手相让的。相信可以平静些时日，朕也可以好好歇息。"

我欣喜点头："那就好，臣妾今日打盛隆街而过，看到繁盛的景致，当时臣妾就深刻地感觉到，大齐江山稳固，国泰民安，这样的太平盛世，没有谁可以动摇。"

淳翌温和地看着："朕一直相信湄卿的感觉，所以朕很放心，大齐的国土是不允许在朕的手中流失一寸一厘的。"

"臣妾也一直相信皇上。"我紧紧地偎依着他，想把身上的疲累都交付于他。而关于他与云妃的事，我一点也不想知道，相信他也丝毫不会提起。

停了片刻，淳翌问道："这次去翠梅庵可有什么收获？"

我微笑："还是老样子，唯一的收获，就是下了这场漫天的飞雪，给禅院添了别出心裁的意境。"我边说边回忆，想起了那雪夜，楚玉的到来，还有狐仙与鬼魅的故事，那一切，离紫金城太过遥远。

淳翌轻轻拍我的背脊，轻声道："回来就不想那儿的事了，那是尘外，这是尘内，完全不同的世界，沉浸了，你会很累。"

我点头："臣妾知道，所以臣妾要回来，回到月央宫，回到皇上身边。"

淳翌将我拦腰一抱，笑道："朕也迫不及待地想要湄卿回到朕的身边，站在这儿太累，我们到寝宫去，躺在榻上细细长谈吧。"

我娇羞地偎在他怀里："皇上太坏了。"

"呵呵，朕可从来没要你说朕好啊。"

淳翌抱着我，往寝殿走去，我紧紧贴在他的怀里，双手搂着他的颈项，突然间，觉得这样的感觉很温存，我喜欢上这份温存的暧昧。看来佛是错的，他说我颓废，漫不经心。其实只有我自己明白，我不能一生安守在翠梅庵，让自己心静如水。我是红尘中的女子，有血，有肉，有情感，我需要淳翌的温暖。

任是无情也动人

　　鸳鸯枕，牡丹祥云被，红烛高照，帷帐疏垂。我想起了与淳翌的初夜，在长乐宫，一片明黄的世界，那个世界代表了皇族的至高无上，我陷落在那个温柔的夜晚，将自己交付的那一刻，我已不再是从前的我。

　　他着明黄的锦缎内衣，紧紧地拥我入怀，我偎依在他舒适的臂弯，如瀑的长发，缠绕着他，他温热的唇贴上我的额，我的脸，喃喃道："湄儿，朕如何觉得今夜好似那个初夜，很温馨，温馨得令人沉醉。"

　　我闭着眼，沉醉在他的温存里，柔声道："皇上，您也有此种感觉吗？臣妾亦有如此之感，一切好熟悉，好柔软。"

　　我想起了那晚的皓蓝明珠，将我映衬得妩媚妖娆，而今的皓蓝我已尘封，可是这熠熠红烛却不能吹灭，隐隐约约能看得到我和淳翌的影子。

淳翌轻抚我的眉，柔声道："眉似月儿弯，别致的人，有着别致的名字。"

我还是禁不住问道："皇上，眉弯在您心中究竟是个怎样的女子呢？"

淳翌深情地看着我，仿佛要穿透我内心深处所隐藏的一切，缓缓说道："纯粹而美好，忧郁而内敛，高贵而典雅，清淡而冷漠，还有你的才华与气度。"

我用手指轻捂他的唇，低声道："皇上，您说的都是美好的，缺点却不告诉臣妾。"

淳翌亲吻我的额："湄儿，你难道不知道，在爱人的眼里，连缺点都是完美的吗？更何况，这一切，朕都认为是最美好的。试问，后宫三千粉黛，谁能集这些美好于一身？"

"难道冷漠也成了一种美好吗？"我笑着问道。

淳翌缓缓点头，低语道："是的，无情也动人，有时多情反而成了累赘，人间的事，很难说得清，尤其是情事，不能按常理和常心来对待，连朕都是如此，更何况那些寻常人呢？"淳翌的话令我心动，人间最难消受的的确是一个情字，若无情无爱，也就不会有怨有恨了，这样的人生又是否有任何的意义？我是那种任是无情也动人的女子吗？我知道，我心中有情，正因为有情，才冷漠，我不愿意为任何一个人而沉醉，我太骄傲了，骄傲得什么都输得起，什么都输不起。

我贴在他的胸前，感受着他平稳而起伏的呼吸，还有盛年男子灼热的温暖，我不舍离开，只想着如藤一般地依附。许久，我喃喃道："皇上，臣妾是喜欢您的，是喜欢的，只是不知道该如何才算是好喜欢，如何才算是好爱。臣妾不同于其他的女子，臣妾的心就是如此，如此冷漠又温情。皇上，臣妾也许不是最美的女子，可是臣妾是用心来喜欢的，您喜欢的，是臣妾的心吗？"只是瞬间，我竟不知，我是如何会说出这许多的话语，这许多我自己都不知道的话语。难道，我真的就是这样爱上了淳翌，连自己都不知道是何时爱上的？不，我不承认这是爱，这只是依附，一种温柔的依附。当我离开了禅院，抛弃了云水禅心，我就决心做个红尘中的女子，百媚千红。是的，我拥有的是后宫的百媚千红，既然如此，我没必要那般清心寡欲。

淳翌用惊讶的眼神望着我，带着几分欣喜，还有几分不确定，拥紧我，微笑道："湄儿，今晚的你真的很美丽，很动人，听你说的这番话，解了朕这么多日夜的相思。朕当然是用心来爱你，爱的当然是你的心。你忘了吗？朕说过，朕宁可负天下人，也不负你。"言犹在耳，历历在目，仿佛昨天。他的确有过这样的许诺，然而，他与云妃这几天的朝朝暮暮又算什么？我在吃醋吗？不会，我不会吃醋。我不爱他，我只是喜欢他，喜欢依附他。纵然是爱，我的心胸也是豁达的，我不屑卷入那样无趣的斗争中。

我用纤细的手搭在淳翌的肩上，柔声道："皇上，您待臣妾真好，臣妾不要您负天下人，臣妾只做您的湄卿，不祸国，不殃民。"

淳翌搂紧我，朗声笑道："不祸国，不殃民，湄卿，你太可爱了，像你这样安静的女子，想要你争宠，钩心斗角都难。"

我不以为然道："皇上，后宫佳丽三千，可您独独最宠幸我，这对她们任何一个人来说，都是一种伤害。自古以来，最怕的就是帝王专宠，过于沉迷会耽误朝政，亦会引起后宫女子争风吃醋，很多悲剧就是这样造成的。"

淳翌神态沉郁，轻微点头："这些朕都知道，后宫安宁，朕才可以安心地管理朝政，自古后宫从来都是不平静的。可是你不同于她们，你淡然安静，朕宠你，你不会恃宠而骄，这样不骄不媚的女子，众目而过，难求一人。"淳翌对我的了解，在我心中滑过一丝淡淡的舒适。

我低低道："皇上，臣妾这次回来后，就希望皇上不要专宠臣妾，既然现在政事稍稍安稳，皇上应该让后宫的嫔妃侍寝，如皇后所说，雨露均沾，为皇家绵延子嗣。"说这句话，我是真心的，真心地希望淳翌可以多临幸后宫其他的女子，我不想要他的专宠，不想负累太多。因为我时常会想起楚玉的话，暗示着我那不幸福的将来，还有佛的话，佛说过，我此时不残忍，将来也会残忍。我试图想要改变些什么，我的将来，我的人生？

淳翌凝思片刻，微笑地看着我："朕答应你，不过今晚，朕要先临幸你。"话毕，他也不顾我如何反应，那温热的唇亲吻过来，开启我的唇，温湿而缠绵。

他缓缓褪去我薄薄的罗裳，雪白的肌肤露出来，吻似樱花般落下，滑过我的颈项，我的手臂，我秀挺的乳，我仿佛被一团滚烫的烈焰焚烧，烧得喘息有些重。我闭上眼，不敢与他炽热的眸相视，我的心跳越来越快，他的吻越来越急促。我问自己的心，沈眉弯，你喜欢吗？你喜欢这样炽热的温存吗？喜欢这样狠狠的缠绵吗？

他温暖的身子与我交缠，走进我的时候，我才知道，原来我可以如此与他珠联璧合，天衣无缝。我是属于他的，从来都是，楚玉于我，今生只能是淡淡的知交，而淳祯于我，只能是多情的过客。

这个夜漫长而短暂，我睡睡醒醒，一直躺在他温暖舒适的臂弯里。我感觉到他起身离开我，他一贯都是准时早朝。我假装在梦里，不曾睁开眼，感觉到他温柔的唇贴近我的额，然后听到他离去的脚步声。

又是新的一天，感觉一切都是新的，像是蝶的蜕变，需要重生，曾经的我，不曾死去，今日为何又会有重生之感呢？

醒来后，梳洗一番，只吃了几口燕窝汤，便急急赶往皇后的凤祥宫，这么些天不去问候，从翠梅庵回来的第一个清晨，我该去请安。

一路上的那未曾化尽的雪景，我也无意欣赏，白云出岫，凤祥宫的方向祥云笼罩，朝霞似锦，映衬出紫金城的繁盛，我再一次深刻地感觉到，大齐江山的祥瑞与太平。

抵达凤祥宫的时候，看到门口已停留了几辆车轿，难道我又来得太迟？走进丹霞殿，果真见得已有嫔妃早早来至，而皇后也高贵地端坐在凤椅上，左右两旁坐着舞妃和云妃，她们装扮得精致华丽，这一切景致竟是这般熟悉，仿佛时光倒流。

我缓缓上前，朝皇后施礼道："皇后娘娘金安。"

皇后仍旧一脸的和气，微笑地看着我："妹妹不必多礼，平身。"

我随后又朝云妃和舞妃施礼，云妃依旧一脸傲慢的笑意，舞妃却是温和地对我微笑。

坐回自己的位置，见一些妃子正私语交谈。

皇后朝舞妃看去，缓缓问道："舞妃这次和湄妹妹她们去了翠梅庵一定收获不少吧。本宫一直信佛，以前也常去翠梅庵小住，近几年身子骨弱，也不曾去了，那里的妙尘师太，与我很是熟悉，这次也忘了让你们替本宫问声好。"话毕，她捂着锦帕咳嗽起来。

舞妃点头宽慰道："皇后娘娘多保重身子，臣妾只是小住几日，但的确让人很清心。妙尘师太有问皇后娘娘金安。"

云妃朝舞妃笑道："舞妃这次定是收获不少了，你们去之前也没听到点动静，这么好的机会，皇上就舍得留给你们。"

舞妃莞尔一笑："我们是请求皇上，征得同意才去的，云妃娘娘这几日也好呢，气色比前些日子好多了，看来身子大好，妹妹先恭喜你了。"舞妃的话也暗藏玄机，想必她也得知这几日淳翌留宿云霄宫的事，此话直指主题了。

云妃撩起了锦帕，漫不经心道："那倒是，这几日得皇上格外眷顾，自然是比以往要好得多。"云妃将"格外"两个字说得很重，似要提醒大家，这几日她是多么威风。

舞妃不以为然道："所以妹妹我先恭喜姐姐了，保重身子才不辜负皇上的一片心思。"

云妃看过舞妃，锐利的眼神朝我这边扫视过来，对我笑道："我该先恭喜湄妹妹的。"

我假意迷惑，不解地问道："云妃姐姐，妹妹我何来之喜？"

云妃瞟过我，说道："妹妹，这还不喜吗？只要你每次想出宫，皇上必定恩准，只要你一回来，皇上必然专宠你，风华不减啊。"

我盈盈笑道："姐姐说笑了，皇上对姐姐的宠爱丝毫不逊于任何人，皇上宠湄儿，湄儿也深感皇恩浩荡，湄儿只想与皇后娘娘和各位姐妹和气相处，共同侍候皇上，才是湄儿真正的福气。"

云妃嘴角扬起一丝傲冷的笑意："湄妹妹，几日不见，你比以往能说会道多了。"

皇后朗声笑道："湄妹妹这几句话中听，大家都要感恩皇恩浩荡，要和气相处，后宫安宁是对皇上最大的支持。"停了停，继续说道："还有一句话是老生常谈了，各位妹妹入宫也这么久了，还一直未怀有子嗣，我这六宫之主很是着急，这些都是我的职责所在。前段时间皇上政事繁忙，没有空闲，如今稍歇下来，你们更要殷勤服侍。"

大家忙回道："是，谨遵皇后娘娘教诲，臣妾们定尽心服侍皇上，不负皇恩。"

皇后微笑道："你们都回去歇着吧，本宫身子有些不适，想必大家也累了。"

大家问候了几声，各自退离丹霞殿。

走出凤祥宫，我低头想起方才云妃和舞妃的对话，不禁笑了，仿佛许多的人，生来就注定要成为陌路，有时候不得不信缘分这东西，不是巧合，而是一种真实的存在。

看着云妃和许贵嫔她们傲然地打我身边走过，留下轻蔑的笑意，我没有丝毫的感觉，有时候，实在不屑与这些人为伍。

朝舞妃和谢容华打过招呼，道别一声，我也有些倦了，虽有阳光，但是风大，寒意犹在，我们各自坐着车轿回自己宫里。

一枝红杏赠春光

第一枝杏花，在风中摇曳的时候，我知道春天真的来了。这是我在紫金城的第二个春天，跟来时一切没有太多的区别，我与这里，依旧若即若离，不能彻底地走进去，又不能彻底地离开。而月央宫，已经是我唯一的家。

算来已过两月，这看似安宁又不安宁的后宫生活就这样随时光一起流逝。淳翌这两月政事不再繁忙，他似乎奔走于后宫其他嫔妃的寝宫，或者是她们去长乐宫侍寝。这些在我看来，都已经是再寻常不过的事了，无论他是为了后宫的安宁，还是因为其他，我都不介意。

云妃依旧与我们争锋，她似乎看到我和舞妃就有无数的牢骚，每次都需要宣泄一番，数落一番，甚至是讥讽一番，才会得到满足。舞妃似乎也不甘示弱，会时常与她争执，话藏讥讽，而我，却依旧沉默的时候多，不想与她多说，仿佛连说话，都需要力气。

　　山峦青如黛，烟光草色新，温润的春风像绸缎，梳理着嫩绿的柳条，时光像胭脂，将这季节涂染得格外妖娆。

　　这一日，小行子帮我将椅子移至前院，我躺在杏花树下晒太阳。微风拂过，已有杏花轻轻疏落，拂了一身还满。

　　轻轻地摇动椅子，感受着这份春天独有的美丽。秋槿为我取来一床小小的锦被，轻盖在我身上，关切地说道："娘娘，这春寒料峭的，虽然有阳光，你身子没大好，当心又着凉了。"她一提醒，我倒觉得真的有点凉了，这些日子，身子一直不是太舒适，觉得全身乏力，胃口也不好，许是受了风寒，也不愿请太医，就每天喝点姜茶。

　　我轻咳两声，微笑道："没事，这阳光还挺暖和的，就是风稍微大了点。"淡淡的花香在空气中弥漫，我闭着眼沉醉在这清新的柔风中。

　　宁静中，听到有轻微的脚步声朝我靠近，风吹动环佩和璎珞发出声响，我能感觉到，来者是个身着裙裾的美人，心中猜想，不是舞妃就是谢容华了。

　　忙转过头去，见谢容华一袭翠绿裙装，款款向我走来，身姿曼妙，堪称绝色佳人。她对我微笑道："姐姐果真是好闲情，好雅致，竟躺在这儿赏景呢。"

　　我掀开锦被，起身相迎："好妹妹，今日怎么得闲到月央宫了，有些日子不见你呢。"

　　谢容华执我的手，微蹙眉黛："这不被风露所欺，病了好些日子，今日看这春光诱人，便想着来看看姐姐怎么样。"

　　我仔细打量着她，面色苍白，人也比前段日子瘦多了，忙关切道："妹妹要多保重身子，怪我不好了，这些时日也没去看你。"说完，我又轻咳几声，缓下来，说道，"这些日子，我身子也不大舒服，给这天气闹的。"

　　谢容华抬头看那一树杏花，赞道："这杏花真美，一路上，我观赏了许多景致，上林苑也比以往热闹，许多人出来在林苑游赏，似乎互相传送着一个消息——赶春须趁早。"

我的眼神充满了对春天的向往，盈盈笑道："一梦华胥，又近千红万紫时节。其实春日的感觉真的不同，以往我嫌春日太过美好，少了一些残缺的美，可现在却欢喜着这明丽的春景，温和的春光与春风让人赏心悦目。"

谢容华喃喃道："一梦华胥，又近千红万紫时节。好美，仿佛就真的做了一场梦，醒来已是这明媚的春光。"

我站在风中，白衣飘袂，朗声道："是啊，就像是一场梦，自从打翠梅庵回来，我就感觉到一种蜕变，如蝶般脱茧而出，之后，这一路都感到很豁然，不再似从前那般萧疏寡寂。"

谢容华温和地微笑："姐姐一直都是豁达平和的人，寡寂的时候是少的，素日里又有几人能及姐姐的才华与气度呢？"才华与气度，这话是淳翌曾经对我说过的，为何听起来这般悦耳动听，我喜欢这五个字。

我看着温和的阳光，深吸一口气，说道："妹妹，我们去上林苑走走如何？"

谢容华点头道："好啊，外面的景致很好，鸟语花香，真是久违的春天。"正欲走时，她又说道："只是外面风太大，怕姐姐身子受不了。"

"我没事，这点风还受得了。"话毕，我看着谢容华，面色憔悴，嘴唇苍白，想着她方才从风中走来，一定累了，便转话道："妹妹，我们还是改日再去，等我们身子好些，天再暖些，约上雪姐姐和顾妹妹，一同踏青游园，好吗？"

谢容华会意地点头："好，姐姐有心担忧我，我心中也担忧姐姐。这样子出去，彼此都挂心，倒不如到暖阁小坐，喝茶，谈心，很惬意。"

我微笑道："好，姐姐我也正有此意，不如我们姐妹到暖阁去喝茶谈心。"

二人挽着手朝梅韵堂走去，穿过梅韵堂，直抵暖阁。

暖阁里已没有冬日里那银炭的气息，清晨红笺采了几枝红杏插入花瓶，一进暖阁就觉得清新，仿佛春天就在枝头。

谢容华走近窗台，靠近杏花，赞道："都说红杏出墙，这枝红杏却被无由地采摘，到这儿来做了装饰。"

"呵呵，它装饰了我的窗子，我又装饰了别人。这也像是一种轮回，都是有因果的。"话一落，我想着每个人都在做着装饰，楚玉装饰着他的玄幻世界，我装饰了淳翌，淳翌装饰了天下。

挨着桌子坐下，秋樨已为我们端来了许多的点心，泡上淡雅的茉莉花茶，柔和的春风从窗外徐徐吹进，令人无比地舒心惬意。

我取了一枚玫瑰糕吃着，感觉过于甜腻，有些反胃想呕的感觉。谢容华忙问道："姐姐怎么了？"

我喝了一口茉莉花茶，缓缓道："不知道，大概是受了风寒，又有些咳，最近一直觉得反胃、干呕，很不舒适。"

谢容华关切道："姐姐可有请太医来诊治？这身子得好好调理呢。"

我轻轻摇头："不曾请，不喜欢见那些太医，明明没病，也要吃那些药，闻到药味都想呕了。"

谢容华笑道："姐姐像个孩子似的，病了当然要看医生的，不然拖久了更不好。"

我看着她憔悴的面容，问道："妹妹你看了病吗？"

她点头："我当然有，我一病都要请太医的，是贺太医为我诊治的，不过这次还是拖得时间久了点，吃药也没见什么效。我觉得还是放宽心怀，四处走走，闷在屋子里更不好。"贺太医，贺慕寒，我想起了那个男子，想起了谢容华在明月山庄的一个雨夜填的词，想起谢容华心中可能有他。这是个没有结局的故事，所以谢容华不会让它开始。

我点头："那就好，药还是要坚持吃，病来如山倒，病去如抽丝，都是如此的。"

"所以我们都要爱惜自己。"

停了片刻，谢容华又说道："姐姐，最近云妃的气焰好像又高了，说话总是傲慢得很，还听说她在云霄宫拉拢人心，巩固自己的势力。"

"哦，有这回事？"我心想谢容华在病中还能知道这事，毕竟是比我先进宫，应该也有自己的心腹，好些消息都是她告知我的。

谢容华点头道："是的，姐姐难道看不出她近日嚣张的样子吗？皇上这几月去她的云霄宫比以往频繁多了，那一次我们去翠梅庵，皇上也是接连几夜宿在她那里的。所以，她自以为又回到了从前，其实这些都与我无关，只是前几日与她相撞，把我也奚落一番。我这人从来都是如此，人不犯我，我不犯人，人若犯我，我也恼人。"谢容华的确一贯不在意这些，但是她的个性我也明白，不会惹人，但是也不会让自己吃亏。

我淡然笑道："她强由她强，其实聪明如她，又何必如此呢？所谓明枪易躲，暗箭难防，所以她这样的不可怕，可怕的是躲在背后的一些人。"

谢容华看着我，凝思道："姐姐的意思是？"

我浅笑："其实也没什么意思，我只是想要说，像云妃这样子，个性表露出来的，并不值得担忧。因为知道她的性子，大家都会防着她，看着她。你看，就连她巩固势力，都被人看得出，还有什么可怕的呢？让人害怕的是那些躲在暗处，悄悄地谋划一切的人，陷害了人还神不知鬼不觉的。"

"姐姐说的我明白，这不由得让我想起，当初你进宫没多久，雪姐姐中毒的事，之后你也中毒，这事后来被兰昭容扛下来了，事实上，究竟是何人下毒，还不知呢，也许这人就是姐姐方才说的躲在暗处的人。"谢容华提出我们中毒的事，这件事，我也觉得没有那么简单。后宫的女子太复杂，那么多的面孔，认识的，不认识的，看得到的算是幸运，看不到的才是可怕。

我缓缓道："就是如此，所以说，云妃其实是最好防的，而其他的人，我们所不知道的更要防。往往是朝廷安静下来，后宫便不宁静。皇上专宠一人，后宫不宁，皇上往返于各个宫里，同样也是不安宁。"

"姐姐的话我明白了，不过我倒是不介意这些，我的地位一直都是如此，没有起伏，也没人关注我。倒是姐姐，虽然皇上这几月也去别的嫔妃那儿，可是他对你依然算是专宠，相信嫉妒姐姐的人还是很多的。"

我微笑："妹妹放心，我知道的。今日我们不提她们，就喝茶谈心，看看窗外的春色，过几日，我们约上雪姐姐和顾妹妹一同游赏上林苑。不管那些女子在争执什么，我们继续我们的雅兴。"

谢容华赞赏道："好，我就喜欢姐姐的豁达。"

"这不是豁达，是无所谓。"

两个人临桌而坐，喝着茉莉花茶，赏着窗外明媚的春光。在这么多芳菲面前，我们都要嫣然留笑。

春心恰与春风同

转眼又是几日，春光已是多情时，暖坞莺歌，杏花烟粉，蝴蝶彩翼，鸳鸯锦羽，十分清意，座谈春柳。

我的病依旧不见好转，却也不见更坏。春困秋乏，我每天都觉得倦倦懒懒，仿佛睡眠不够，可是我的睡眠又是那么浅，因为那个纠缠了我几年的噩梦还是不离不弃，就像淳翌对我的爱情，从那一日根植，就再也没有拔去。但我相信，时间会冲淡一切，爱恨都会消散，而这个噩梦，终有一天，我会让它彻底消失。这所谓的心魔，有何力量，可以如此折磨我，难道真想看到我形销骨瘦，等着我香消玉殒？就为此，我也要争斗到底，我说过，沈眉弯纵是死，也要自我了断，绝不让任何人、任何事羁绊我，折磨我，害死我。

　　淳翌告诉我，整日闷在屋里会更加疲累，趁这春光明媚、春景妖娆之时，应该多出去走走。哪怕不去上林苑，也可以到月央宫的后花园漫步，清新的空气，可以消去疲惫，不再那般昏昏欲睡。

　　淳翌似乎真的豁然多了，他不再只是沉迷于我的月央宫，他行走在其他嫔妃的宫殿里，不知疲惫，却看不到更多的笑容。他甚至在喝醉酒的时候问过我："湄儿，我这样子，你满意了吗？这一切都是你想要的吗？"

　　而我却是沉默的，面对他的话，我觉得没有什么语言比沉默更好。

　　清晨起来，就觉得有些反胃，命秋槿为我煮碗酸梅汤，加上少许的雪花糖，喝下去舒服多了。

　　闲来无事，独自一人，愁对春窗，只捧着一本《诗经》，打发着疏懒的春困。

　　"昔我往矣，杨柳依依。今我来思，雨雪霏霏。行道迟迟，载渴载饥。我心伤悲，莫知我哀。"想着窗外此时正是春意浮软，流莺起处，几多垂柳影翠。虽有踏春之心，却无赏景之意。欲调琴弦，又不知琴音谁度，欲醉春梦，又怕误了春光。

　　正慵懒无聊之时，有盈盈的笑声从暖阁外传来，清脆悦耳，人未看到，已听见谢容华笑喊道："湄姐姐，快快出来，这么好的春光，莫要辜负了呢。"

　　我起身放下手上的书卷，只见谢容华已走入暖阁，紧随在她身后的有舞妃还有顾婉仪。谢容华的气色看起来好多了，面若桃红，似逢喜事。

　　我忙笑道："疏桐妹妹遇得喜事呢，气色比前几日要好看多了。"

　　谢容华执着一方丝帕，掩唇而笑："姐姐，喜事没有，只是心情舒畅多了，心情一好，病也自然就好了。"她又执起我的手，说道："所以姐姐也不要整日闷在屋里，这样子病很难好起来。今日，我喊上雪姐姐和顾妹妹，邀你一起踏春赏景呢。"

　　我转头看向舞妃和顾婉仪，人比花娇，仿佛只有我，憔悴在这狭隘的屋子里，不知春来，却等着春去。

舞妃温和对我一笑："妹妹，听说你近来身子不适，可要多多保重。"

我微笑点头："不见好转，却也不见坏，就这样子，挺好的，方才疏桐妹妹说得对，是我辜负了春光。"

顾婉仪走上前，执着我的手："谁说姐姐辜负了春光呢，有我们在，就不许姐姐辜负。今日来月央宫，就是要唤姐姐出去，晒晒阳光，在柔和的春风下，你会惬意得多。"

我望着窗外，日暖晒帘，纤枝垂梦，心中顿生游春之意，饶有兴致地说道："好，你们不来，我想我今日又要这样荒废了，独自一人实在是不想出去，春困，春困，一点也不错，每日都觉得疲惫不堪，没有丝毫的力气。"

谢容华拉着我的手："姐姐，这就同我们一起出去，离开月央宫，外面的世界通透明净，回来时就会有力气了。"

她们也不坐下，就这样你牵我挽地将我带离月央宫。

一出宫门，才知道外面的世界已是春光明丽，嫩草细言，淡柳抽黄，红蕊轻放，偶有白蝶翩跹，逐香而去，玄燕斜徊，贴水争飞。

过御街，穿过长廊幽阁，水榭曲径，我深吸一口气，笑道："果真是清新雅逸，这春情春景让人心旷神怡，太惬意了。"

谢容华点头称道："是啊，前些日子，我每日闷在羚雀宫，身子一直不见好转。那日贺太医说，一切都由心结而起，解开心结，多去上林苑走走，看碧水青草，看垂柳繁花，心情慢慢就会舒解，病也自然就好了。"

我撩开眼前的垂柳，转头看她："果真有如此神效？"

舞妃走过来说道："我也相信疏桐妹妹说的话，整日闷在屋子里，心情如何能舒解，更不能读《诗经》等书，看似可以释怀，实则移了性情，反而陷入那种境界。我是深有体会，这些日子，我平和多了。"

顾婉仪轻折一枝细柳，观赏道："其实每一天都是一样，主要还是看心境，当然自然景观很重要。今日大家一起出来踏青赏景，相信郁结在心中的烦忧都可以消解。"

走至一凉亭，四人坐下歇息，各自看着碧湖烟水，感叹着大自然的神奇，竟有如此鬼斧神工，创造出这样的天然绝景。

沉默许久，舞妃突然看着我，启齿问道："湄妹妹，不知道近日皇上是否常在你的月央宫留宿？"这话舞妃问得突兀，而且也不像她一贯细腻的风格。

我愣了半会儿，微笑道："近日来，我身子都不好，皇上来月央宫一般都是小坐一会儿，与我闲聊，或者坐那儿听我抚琴，不常留宿。"我很坦然，实话实说，尽管我不知道舞妃有何用意。

谢容华看向舞妃，说道："皇上最近不是常去雪姐姐那儿，还有云妃那里吗？不过别的嫔妃处他也去，仿佛换了一个人似的。"

舞妃浅淡一笑："是的，常来，只是再也不是当年滋味，的确像是换了一个人。"她看着谢容华，问道，"妹妹，你难道感觉不到皇上的人到了我们这儿，可是心却依旧不在吗？"舞妃话藏锋芒，一时间，令我不明白她是何意，皇上的人在她那儿，而心不在，此话是何意？我不便插嘴，继续听她们说下去。

谢容华笑道："是姐姐多心了，皇上依旧是从前那样，只是在一起相处久了，慢慢就变得平淡，不可能一直是当年那般滋味的。就如同一件心爱的物品，时间久了，那份喜欢也会变得淡然，尽管依旧喜欢，可是却不会那样牵肠挂肚。而得不到的，会一直追求，得到了，能淡淡珍惜已然是不错了。"

顾婉仪给了谢容华一个赞赏的目光："的确如此，疏桐姐姐看得明白，皇上身边有这么多的妃子，时间久了，心就淡了，不可能日日那般的。"

我不以为然："其实也跟心境有关，皇上的心应该比我们更累，所以他怎么做，我都可以理解。"话虽如此说，但是我深刻地感觉到，淳翌对我的爱依旧如初，并不因为他去别的嫔妃处，而觉得他不再专宠我，甚至其他。我感觉得到他对我的爱，更感觉得到他的累，还有那份淡淡的无奈。

舞妃煞有介事地说道："外面传言，上次我们去翠梅庵，皇上留宿云霄宫，专宠云妃，是有缘由的。"我想起从翠梅庵回来，沐浴的时候红笺告诉过我，说云妃生病，闹着要皇上陪她。我当时还想过，这不像聪明的云妃的作风，这样小的计谋也留不住淳翌。

谢容华接话道："雪姐姐，你说的可是云妃的父亲长翼侯？"长翼侯，难道又跟政事有关？

舞妃点头："是的，长翼侯乃开国元勋，又掌握大半兵权，现在虽然说局势稳定，但皇上还是非常需要这名老将的。这次长翼侯对镇压关外的晋阳王又立了大功，云妃的地位自然随之抬高了，而我们这些默默无闻的小人物，也只好继续忍耐。"舞妃话毕，我几乎明白了，对于云妃，淳翌真的是轻不得重不得，他所做的一切我都能理解。

顾婉仪淡然一笑："人与人不同，身世不同，性情不同，不要去做任何的比较，越是比较心情越是无法好起来，这些道理，雪姐姐应该比我们更明白。"顾婉仪的话，令我觉得舞妃似乎真的比以往浮躁了，也许一个女人面对爱情就会如此患得患失，越是在意，就越是怕失去，心里也更是紧张。

舞妃笑言："其实这些我都明白，只是觉得云妃气焰过于嚣张，而且每次总是针对我与湄妹妹，我本不想与她争执什么，可她却没完没了的。长此下去，我也无法安宁。"

我执舞妃的手，宽慰道："姐姐，心放宽些，与她计较太累。你安心陪着皇上，珍惜自己可以珍惜的，也把握自己的机会，才是对自己最有利的事。"

谢容华接嘴道："湄姐姐，你还记得前几日我说云妃结党吗？她看准了皇后娘娘身子不好，又不大管后宫之事，皇后下面就是她和雪姐姐了，所以她最想除去的就是雪姐姐了，另外还有皇上心中最宠爱的妃子，也就是姐姐你。只有你们两人被冷落，她才算得上后宫之主，到时许多事还不都是她说了算？"

"强极则辱，做得这么明显，她算不上是个聪明的人。刚入宫的时候，我还认为她城府极深，现在看来也不过如此。"顾婉仪字句见血，她的聪慧我早就明白。许多人就是如此，不显山，不露水，却真的有内涵。

　　我轻轻起身，看着樱花影碧，柳醉烟浓，提议道："我们继续走走吧，这会儿提这些事，倒让我觉得不舒心。"

　　"好。"舞妃答道。

　　四人走出长亭，沿着湖岸，往上林苑风景绝佳处走去。

应知月小似眉弯

　　风景为许多活着的人而生，也会为许多行将死去的人而死。当紫金城沉浸在一片旖旎柔媚的春光里，甚至整个金陵城还有整个中原都沉浸在最鲜妍的春色里，而关外，那个叫镇天门的地方，正发生一场激烈的战争。

　　晋阳王终究还是按捺不住，发动了几十万雄兵，请来了一位懂战术的军师，欲闯关口，幸好几度被万箭穿心阻挡住。可是双方军队也损失惨重，城外边关的那些百姓也跟着遭殃，朝廷调集粮草，准备跟晋阳王打一场持久战。

　　自我游园回来后的第五日的大清早小行子得到这消息，至今又是三日。淳翌三日不见，想来定是又在为此事忙碌。原本以为已经平静下来的战事，如今又突儿地起了波澜，原来这一念之间的平静和波澜，都在于那些掌权者。百姓，永远都只能默默地看着这一切，安宁与起伏，就在于这些掌权者了。

我没有不安，为此事，我没有丝毫的不安。但我看到紫金城这样繁盛的春景时，会想起那样的场景，就像是一幅苍凉的画，漫漫黄沙，硝烟古道，似血残阳，猎猎的军旗在风中摇曳，那些远在烽火边城的战士，远离亲人，在刀光剑影中厮杀，心中牵念的又会是什么？

楚玉说得对，就算没有他，也会有别的人挑起战争，无战争的历史与世界无关。只是不一样的人，会发起不同的战争，会有不同的结局而已。也许楚玉发起的战争会比现在好，因为他想要的毕竟不是整个天下，只是为他个人不安的心性。而晋阳王，觊觎中原这么多年，他势必想要得到天下，为此他甘愿付出一切代价。只是许多人，争执一生，机关算尽，也得不到自己想要的。天时、地利、人和，一样也不能缺少。我心中隐隐有种感觉，晋阳王处心积虑的策划，他的帝王梦，恐怕终究还是会破灭。许多景象都让我深刻地觉得，大齐国运昌盛，还不到灭亡之时，一个昌盛的国家，想要摧毁它是需要强大的力量的，他，还不够。

我依旧病着，我自己觉得这不叫病，这叫倦懒，一种属于春天的倦懒。踏青归来，我觉得更累，但是那明媚的春光，的确让我陶醉，并且留恋。

这日黄昏，我让秋棹为我煮了碗酸梅汤喝下，便回暖阁歇息了。最近因为呕吐，总想着吃点酸的，不至于那么反胃。

一轮弯月遥挂在柳梢，和暖的春风踱进窗牖，让我觉得清新，这样的感觉，只属于春天。不知从几何起，月上柳梢，人约黄昏，仿佛那样的柔软只有在烟花巷才会有，这个皇城亦会有，可是有太多双眼睛，太多的束缚，这是个有着皇权的地方，代表着高贵。同样是牢笼，在烟花巷的牢笼可以自由地放浪，在这里不能，这是后宫，一切都需要隐忍。

煮茶待客，我有预感，今晚他会来。

茉莉清香，最近迷恋上这份淡雅，茶才沏好，客人已至。淳翌身着朝服，头戴高贵的皇冠，走至我面前，我感觉到他身上那浓郁的帝王气息在蔓延。

淳翌一来便坐下，深吸一口气道："真累，这几日真累，湄卿，朕好不容易偷闲过来看看你。"

我将沏好的茉莉花茶端给淳翌，微笑道："皇上，喝杯清茶，可以舒缓您的疲惫。"

淳翌端起，轻轻地品了一口，看着我，问道："这是茉莉花茶？怎么与平日品尝的不同呢？"

我笑道："是，茉莉花茶，有何不同呢？不是一样的吗？"

淳翌蹙眉，继而又展眉，说道："开始觉得淡，淡到几乎不知道是茶，品过之后，很浓郁的芬芳在舌尖萦绕，的确让朕舒心呢。"

我莞尔一笑："皇上，开始无味，是因为皇上心情太沉重，不适合品这么淡雅的茶。后来觉得有浓郁的芬芳，是因为皇上已经被这份淡雅打动，心绪慢慢地平和，所以可以品味到茉莉的芬芳。"

淳翌再品一口，点头道："这味道还真是好闻，看来不同的心境，要品不同的茶。朕才忙完，连朝服都没换下，便来到湄卿这儿，果然是给了朕一份惊喜。"

"一盏清茶的惊喜？"

"嗯，自古茶最能品得性情，能安神，静心。"

我站至淳翌身旁，柔声道："皇上，臣妾为您揉揉太阳穴如何？臣妾帮不上什么忙，只能为皇上尽点绵薄之力。"

淳翌扬眉看着我，微笑："好。"

我站在他身后，用我纤柔的手指轻轻为他揉着太阳穴，他闭目说道："湄卿，朕早该想到，你这纤柔的细手，除了会弹琴，还会……"他话没说完，可我明白，我这双弹琴的手，还会给他柔情。

淳翌缓缓启齿道："湄卿，想必边关的事，你是知道的吧？"

"是的，臣妾知道，臣妾知道皇上近日为政事劳累，可臣妾帮不了您什么。"

　　"这是朕的事，是男儿的事，湄卿只需在后宫，在朕疲累之时，为朕沏一壶清茶，陪朕闲聊便好。"淳翌端起茶，慢慢地品着。

　　我停了停，缓然道："皇上，恕臣妾斗胆直言，其实，臣妾觉得晋阳王此次突然发起战争，是因为忍耐太久所爆发出来的蛮劲。"

　　淳翌突然用力拍了一下桌子，大声呵斥道："这老家伙背信弃义，上回朕已命人送去许多财物珍宝，他原来是假意妥协，竟有如此贪得无厌之人。"

　　看到淳翌恼怒，我不心惊，仍缓缓道："皇上，他算不上背信弃义，他当时的确是答应了，因为他自知江山稳固，镇天门的万箭穿心又坚不可摧，只能妥协。还有一点是，他需要的不是珍宝，他缺的不是这些，他缺的是中原明媚的疆土。"

　　"你说得对，朕也没信他，只是觉得他突然来这么一遭，让人烦心。"

　　"其实皇上知道，他一直存在着，所以这也不叫突然，只是辛苦了皇上，辛苦了守城的战士，也辛苦了百姓。"我轻轻为他揉着太阳穴，希望可以舒缓他的神经。

　　"若不是他请的什么军师在那儿助纣为虐，谅他也没那么大的胆敢闯朕的万箭穿心，这次双方损失都很大。朕准备跟他打持久战，非要挫挫他的锐气不可。"淳翌的话，让我听出他胸有成竹，我一点都不担忧。

　　"皇上，您放心，他想夺取天下，需要天时、地利、人和，如今，似乎他一样也不具备，您说他拿什么跟您打持久战？等到那个军师用尽了他的阵势，晋阳王的气数也要尽了。"我语气很平缓，似乎了解许多，其实这一切都是我自己的想象。

　　"有奏折来报，关外有许多的伤者、残者，那么多惨景，朕还真是不忍心。"

　　"自古战争都是如此，流血、牺牲，有破碎，才会有完整。他们的破碎，就是为了国家的完整。您是王者，比谁都明白，只是是个慈悲的王者，天下需要慈悲，才可以安宁。慈悲，可以宽容，但是不能纵容。"我觉得自己的话语有些过激，停下手，走至他面前，缓缓坐下，也端起一杯茶品着，芬芳宜人。

淳翌点头："是，可以宽容，却不能纵容，朕不会纵容任何人，无法拯救，就任其毁灭，朕是天子，不是佛。"身着朝服的他，明黄的龙纹，在我眼前，渐渐地放大，淳翌的形象就这样强大起来，这个帝王，与我从前想象的不同。他是盛大的，又是温和的；他是霸气的，又是慈悲的。

我投给淳翌一个赞赏的目光："皇上，臣妾会一直支持您。"

淳翌执我的手，柔声道："朕没事，其实朕心里有数，他兴不起什么风，作不了什么浪，只是朕疲于这样。有时候，朕想要个对手，一争高下，可是朕要为子民着想。"他看着我，"你该不会忘记那个楚仙魔吧？此人近些日子，像失踪了一样，朕在想，奇人就是奇人，来无影，去无踪，想要做什么就做什么，不需要顾忌，不需要思索。若是此时，他出现，与前朝余孽联手，让朕腹背受敌，你觉得会如何呢？"

我淡然一笑："出现了又能如何，每个人都有弱点，抓住其弱点，就够了。再者皇上兵力充足，边关那边无须调遣更多的兵力，那里需要的是智取。那位设置了万箭穿心的军师，相信比晋阳王的军师出色许多。既然关外可以抵挡，皇上不必心忧，此事交与他们去处理便好。前朝余党，策划了这么多年，虽然遍及全国，可是力量依旧薄弱，不敢贸然行动，一动则伤，他们要想好是否伤得起。强化一个团队是非常难的，毁灭起来，只是一朝一夕。"我不知道自己的分析是否正确，可能沾不到主题，但是我心里真的很平静。

淳翌起身，走至窗前，抬头看着那轮柔和的弯月，说道："金陵花似锦，又见月儿弯。湄卿，你说此时的关外，又是怎样的景致呢？"

我遥望月色，低声道："想来此时那些战士，也在望着这轮月亮，遥寄着对亲人的相思吧。熊熊的篝火，他们围坐在一起，各自沉默地相思。"

淳翌搂过我的腰身，柔声道："湄儿，这个时候，朕觉得心中柔软，更加厌倦厮杀，只想珍惜眼前的你，好好地珍惜。"

　　我偎依在他怀里："皇上，臣妾也是这么想的，一种荒凉后面的宁静，我们都要如此优雅地活着。"

　　他轻轻抬起我的下颌，温柔的眼眸看着我："湄儿，你消瘦许多。"

　　"没事，只是春困，过去就好。"

　　"珍惜自己，就是珍惜朕。"

　　我柔婉地点头。

　　他的唇贴上我的唇，我感觉到一种温湿的潮热，还有那茉莉芬芳的交集，好绵长的吻，我希望一切都可以停止，在这个春风柔和的夜晚，月小似眉弯的夜晚。

　　我心中轻轻低吟这几个字：月小似眉弯。

玉镜湖中漾波澜

时光似流水，匆匆又匆匆，都说时光可以抚平一切，消散一切，埋葬一切。这些日子，我希望时光可以流逝得快些，这样，等我醒来，关外的战争已经平息。可是又希望时光去得缓慢些，这样，我就可以留住明媚的春光。不知从几何起，我喜欢上明净的色调，拒绝寒冷与苍凉，因为，人间少了太多的温暖，我又何必添上那荒凉的一笔。

下了一夜的雨，醒来春寒料峭，落红满径，那璀璨的枝头多了几分萧疏。

每日，我都会命小行子去打探消息，边关的消息，尽管，我不是那么在意，可是我依旧关心着，我关心着天下的局势，关心着边关的战士，也关心着边关的百姓。其实，这不是因为我慈悲，而是因为内心深处一份莫名的感触。

烽火边城，残者、伤者越来越多。百姓已纷纷离开那个战乱的地方，淳翌调集粮款，救济难民。

我披衣立在窗口，雨后的天空澄澈如洗，温润的晨风依旧带着几丝寒凉。柳色青青，红杏铺洒苔径，桃花有种洗过后的洁净，碧草上凝结着水珠，这样的景致让人心境怡然，与边关，成了明显的对比。

凉风袭来，我轻轻咳嗽几声。

"小姐，别总站在风口，晨风最凉，喝杯热茶，润润喉。"红笺递给我一杯热茶，用关切的眼神看着我，这些日子以来，我身子不适，闹得红笺和秋榐都不得安宁。

"没事，这晨风清凉而温润，呼吸这空气，我觉得精神好多了。"我轻抿一口手中的茶，茉莉的芬芳萦绕不去。不同的心境品味不同的茶，我几时放下梅花茶，选择了茉莉，已经记不起，但是茉莉的芳香真的令我沉醉。

秋榐走至我身边，贴紧我耳畔，低声道："娘娘，昨晚翩然宫出事了。"

我一惊，神色立即紧张起来，忙问道："出了何事？舞妃怎么样？"

"娘娘且先宽心，舞妃娘娘没事，只是她的贴身丫鬟如意昨夜掉进湖里，死了。"秋榐不紧不慢地说道。

"如意？她怎么会这么不小心，知道是什么原因吗？"我脑中闪现出如意的模样，一个娇柔却机灵的小丫鬟，就在这样一个春雨的夜晚，落湖而死。

秋榐轻缓摇头："不知道，才得到的消息，说是昨夜舞妃遣她去皇后娘娘那儿送点东西，结果一夜不见回，今晨才发现死在玉镜湖。"

"玉镜湖？上林苑的玉镜湖？"我想着玉镜湖是从翩然宫去凤祥宫的必经之路，我曾经那么喜欢的风景，那么澄澈的湖，如今多了死亡，如意的魂魄留在那里了吗？

"是的，就是上林苑的玉镜湖，可惜了，这么好的女孩子。"秋榐深深地叹息一声，看得出她眉间有惋惜之意。

"没什么可惜，韶华错开，误了好裙钗，如此而已。死未必不是好事，只是她为别人做嫁衣，成了他人的代替品，成了一个阴谋的牺牲品。这样，就难免令人多了几分惆怅。"我望着窗外，满地的残红，不就意味着死亡吗？美丽的死亡，连疼痛都是多余的。

我轻轻咳嗽，觉得胸口微疼。

"娘娘，您要多保重身子。"秋榠关切道。

我点头："嗯，我会的。"说完，朝门口望去，"你且命梅心去一趟羚雀宫，请谢容华到月央宫来，就说我有事找她。"每次有事，我总是命人去唤她，却极少去她的羚雀宫，反正慵懒已成了我的习惯。

秋榠退出门外，红笺看着我，问道："小姐要去翩然宫吗？"

"嗯，我去看看舞妃，出了这事，我不放心。"我看着青瓷花瓶里的桃枝，这是昨日清晨摘的，窗外一夜的雨，将桃花洗尽铅华，而我屋内的，依旧灼灼。

"舞妃身边两个贴身丫鬟相继离去，这对她，不能不说是一种打击。"红笺话语间亦带着惋惜，她所说的两个贴身丫鬟，一个是涣霞，因为下毒之事，她也做了替代品，之后便是如意。我心中不禁担忧起红笺，她跟随在我身边，与我最亲，那些嫉恨我的人，是否会对她心怀歹念？

"红笺……"我沉声唤道。

"小姐，你放心，我没事，我会很小心的，我平日就在月央宫陪着小姐，也不会出去碎嘴。再者以小姐的能力，一般人又岂能害到我呢？"红笺竟然明白我心中所思所想，她知道我此时在忧心于她。

我温和地对她微笑："你这丫头，几时这般机灵了。"

她调皮地眨着眼睛："小姐，我一直都是你最聪明的红笺，不然做你的丫鬟也是不配的。"

谢容华匆匆赶到的时候，我已梳洗打扮好——近日整日在屋子里，慵懒不梳妆。

"姐姐，这事我也听说了，这其中定有原因，不会这么巧合，不是意外，很有可能是人为。"谢容华直截了当地进入主题。

"妹妹先歇会儿，不着急。"我递给她一杯清茶，缓然道，"很明显，这事不像是偶然，哪儿会有这么巧合的意外？只是如意一直是个机灵的丫鬟，这次难道在她身上出了什么事？或者纯粹只是别人设计害她，主要是给雪姐姐制造恐慌？"

"若是单纯地制造恐慌，倒也没什么可怕的，只是又白白地葬送了一个如花似玉的女子，未免有些残忍。许多人，总是拿自己的争斗去伤害毁灭别人。"谢容华带着叹息说道，在她内心深处，有着对行凶者的不满，也有着对如意的惋惜。

我淡淡回道："自古以来都是如此，没有死亡，又叫什么争斗，这是争斗的必经之路。唯有残忍，才能达到目的。"

谢容华深深地蹙眉："反正不能让有心制造恐慌的人得逞，我们这就往雪姐姐那儿去吧，看看情况如何。"谢容华起身，执我的手就往门外走，从她的神色看得出她很关心舞妃。我虽然心中也急，但在事情弄清楚之前，我不认为会有很大的风险与危机，如意的死，只能表明，有人试图挑起斗争而已，而舞妃有足够的时间来防备。事实上，就是给舞妃制造恐慌，哪怕看到她慌乱，那也达到了目的。

匆匆赶往翩然宫，这雨后的上林苑更加清新洁净，途中恰好也要经过玉镜湖。湖面平和如镜，碧水粼粼，在阳光下微漾，充满了生机，让人丝毫觉察不到，昨夜有一个年轻的生命在这里死去。我做了短暂的停驻，试图寻觅到一些遗迹，最终只是徒劳，太安静了，就像一切都不曾发生过。

"姐姐，你感觉到什么了吗？"谢容华望着玉镜湖，试探地问我。

我一脸的茫然，轻轻摇头："没有，太平静了，似乎什么都没发生，让我恍惚地以为，我们所得到的消息是假的。"

"是啊，太平静了，这里与平日没有任何区别，仿佛更加淡静，静得让人怀疑一切都是假的。"谢容华的眼睛依旧没有离开玉镜湖，我能感觉得到，她如同我一样，试图寻找些什么，可是一无所获。

我淡然道："尸首打捞起来了，也就什么都不存在了。这是皇宫，有严格的制度，出了事大家也不能聚在一起议论纷纷，反而都离这里远远的，唯恐惹来不必要的事端。所以这里看起来会比平日更加安静。"

谢容华点头赞同道："是啊，想必就是如此。不过只要我们闭上眼，还是能感觉到昨晚风雨交加的时候，如意沉浸在水中奋力挣扎的场景，甚至有人就站在一旁看着她慢慢地死去。"

"然后便有了清晨的喧闹，尸首打捞起来了，被拖走了，围观的人也走了，就剩下此时的寂静，这样令人有些毛骨悚然的寂静。"我脑中浮现了一连串的情景，感觉到生命真的很轻贱，昨日还灿烂地欢笑，今日已成了冤死的鬼魂。

谢容华轻微叹息："真是如水上浮萍，安静地漂浮，被打捞起来，就什么都不存在了，连痕迹都找不到。"

抵达翩然宫的时候，我本以为会无比地喧闹，或者是别的什么，总之一定不会与平日相同。然而我错了，翩然宫与往常没有分别，似乎更加井然有序。

有内监为我们开门，几名宫女迎上前来施礼："参见婕妤娘娘，参见谢容华。"

"免了，你们家娘娘呢？"我朝着大堂望去，因为隔得远，什么也看不见。

宫女恭谨道："回婕妤娘娘，我们家娘娘在暖阁下棋呢。"

"下棋？同谁下棋？"我不解地问道，心中立刻浮现了许多的不解，舞妃的贴身丫鬟昨夜沉湖而死，究竟有什么理由，让她今日可以如此平静，还有闲情与人下棋？

宫女轻轻答道："没有外人，娘娘独自下棋，同自己下。"宫女话音刚落，我似乎明白了些什么，可脑中还是一片迷乱。

与谢容华对视，彼此的眼中都写着两个字：茫然。

执谢容华的手朝大殿走去，大殿也有宫女内监守着，对我们行礼。我们不予理睬，径自往舞妃的暖阁行去。

立在门后，见得舞妃独自一人坐在椅子上，桌案上摆放着一盘棋，她左手握白子，右手握黑子，正全神贯注地对弈着。

我也不在意是否会打扰她，和谢容华一同迈过门槛，走至她身边。她恍若走进棋境，丝毫觉察不到我们的到来，眼睛望着棋盘，仿佛凝聚了所有的精神。

谢容华打破宁静，启齿喊道："雪姐姐，你如何一人在此下棋，还这般入神呢？"

舞妃也不回头，只低低说道："两位妹妹且先坐下，稍等一会儿便好。"舞妃的话，让我得知她已经觉察到我们，只是不便起身相迎，不便招呼我们。

我和谢容华坐下，只相视看着，都不知何解，又不便说话，只默默地静坐等待。

回想这一路走来的情景，似乎都无比宁静，玉镜湖的平静，以及这翩然宫的井然有序，加之舞妃的特别之举，让我有些费解。

然而，这一切究竟是什么原因呢？也许只有等一会儿与舞妃探讨，才会知道结果，也许，她也一无所知。

一重风雨一重凉

　　窗外微风吹拂，纤枝摇曳，一枝红杏斜斜地穿入窗棂，为什么她院外的红杏也是如此按捺不住寂寞，难道红杏生性如此？倚云而栽，攀墙而过，它们是在失落些什么，还是在追寻些什么？

　　紫玉香炉青烟袅袅，氤氲着一段禅寂的光阴，我试图在这氤氲的烟雾中寻求宁静，可心里却隐隐地浮躁。

　　我与谢容华坐在那儿沉默不语，而舞妃只一心关注自己的棋，左右对弈，我不知道她在推测什么，又或者是谋划着什么。

　　半晌，她才放下手中的棋子，盈盈起身，走至我们身边，微笑道："让两位妹妹久等了，实在抱歉。"

　　我打量着舞妃，着一袭流霞的云锦宫装，略施粉黛，眉间隐现几许风流韵致，丝毫觉察不出有半分悲痛，很难想象今晨她知道自己丧失了一名最贴身的宫女。

谢容华忙走上前，挽她的手："姐姐，我和湄姐姐特意赶过来看你呢。"说到这儿，我想谢容华看着舞妃此时的情景，亦不知如何将所知道的事提起了。

"姐姐好雅致，方才竟独自对弈，湄儿还是第一次看到呢，平日也会偶尔一个人钻研棋局，却无法左右相对，更别说自己下完一盘棋了。"我朝她微笑说道，似乎也避免提起与如意相关的话题，因为此时实在没有那种气氛。

舞妃浅淡一笑："呵呵，哪儿有什么雅致，不过是有些事想不通，自己排遣而已。棋并未下完，想不通的事依旧想不通，不如不去想，轻松自己，也轻松别人。"舞妃的话让我有些费解，又似乎明白些什么，她有心事需要排遣，而她的心事一定与如意的死有关。只是她表现得过于平静，平静得恍若不曾有一丝波澜。

我轻轻走至棋旁，见棋局走得平稳，黑白二子相应，分不出伯仲，更不要说胜负了。我暗自惊叹，舞妃在如此情况下还能保持这样的心境，真是不容易。换作是我，一定是心乱棋乱了，人与人竟这般不同。我的棋艺，与舞妃相比，永远都是天渊之别，心境也不同一般。我多了份沉寂，她的是镇定；我多了几分淡漠，她似乎又带有几分热情。我的淡漠，是对人和事，她的热情，又似乎只对皇上。

许久，我才缓缓说道："姐姐，你的棋艺与心境真的很让我佩服，湄儿自叹弗如。"

舞妃浅笑："妹妹，每个人心中都有一盘棋，自己是主角，就看你如何安排，如何布局了。其实，我也只是为一份挑战，或者是自我怡情，别无其他。"

"棋中品人生，棋中知日月，棋中论成败，太多太多了，富含着禅机，又似乎一切都是空无。姐姐的知音是舞和棋，而我更多时候，宁愿慵懒地静坐，看一枚落叶，或者什么都不看，什么都不想。"我淡淡地诉说着，若是我遇到烦心事时，排遣的方式也有许多种。

"我也不过是自我宽慰罢了，至于可以从中得取什么，就随意了，刻意去追逐的事，往往令人失望。"舞妃看一眼棋局，淡淡地说道。

"姐姐，我实在忍不住，你真的没事吗？你这样子，倒让我更担心呢。"谢容华终究还是按捺不住，看着舞妃急急说道。

舞妃轻微地笑道："没事，妹妹不必担心，真的没事。这些不过是小风小浪，算得了什么呢，对我来说，根本就不算什么。"舞妃极力想要掩饰什么，却又真的做到了处乱不惊。

"要做到处乱不惊何其之难，更何况此事不单纯是恐吓，而是真实地发生了，姐姐如此镇定，湄儿还是佩服的。"话一出口，连我自己都听不出是褒还是贬，事实上我想要表达的是舞妃的淡定，而不是想要说她心冷，我知道她不是那样的女子，不会这般冷情。

舞妃转头看着我，清冷一笑："妹妹，不这样，我又能如何？让整个翩然宫沉浸在一片悲痛中吗？或是让翩然宫的内监、宫女都去哀悼那逝去的人？如果这样，不是亲者痛，仇者快吗？我不，她们想要给我制造恐慌，我偏不让她们得逞，我要镇定，镇定得让始作俑者害怕，让她们陷入良心的不安。"

"良心？她们还有良心就不会这样草菅人命，她们或许真的会害怕，害怕被人揭穿真面目，害怕行将接受的惩罚，而不是害怕良心的谴责。"谢容华对那些人的做法嗤之以鼻，一脸的恼意。

舞妃倔傲道："我就是要让她们害怕，我的翩然宫若纷乱，她们的目的就达到了，她们就是想看我的笑话，想让我的神经高度绷紧，这是最高明的手段，在精神上折磨人。不过这手段还欠火候，她们没办法夺去皇上的专宠，只能对我身边的人下手，以为我会怕吗？"从舞妃的话中，很明显，她看得清一切，比谁都看得清，而她的镇定也成了以牙还牙的手段。她以静制动，不采取任何措施，就等着那些搅乱是非的人自己心虚。我实在说不清，究竟是谁比谁高明。

　　"姐姐……"我欲言又止，一时间，真的不知说什么好。我赞同她的镇定，可是这样守株待兔又会换来什么呢？若是对方见计策失败，想出更多的计策，又当如何？

　　舞妃看着我，眼神里隐含着深意，缓缓道："湄妹妹，你放心，你想要说的我明白，所谓防患于未然，这次之后，我会更加小心。若真是惹急了我，我也会采取措施，难道只许别人主动，不许我主动吗？在她眼里，我傅春雪，没家世，只凭一支曼舞取媚于皇上，才侥幸得到如今的地位。人不欺我，我或许不欺人，人若欺我，我必不饶人。"舞妃的话中隐透着锋芒，我在她的眼神中看到一丝锐利，人不欺我，我或许不欺人，人若欺我，我必不饶人。这话似乎谢容华也曾说过，只是舞妃多了"或许"二字，意义又不同了。

　　谢容华忙赞同道："对，我也是这样，在后宫，能做到不主动欺人，已经是很难得的了。若还要做到被人欺，不反抗，就太傻了，我是不要做傻子。"

　　我还是忍不住问道："雪姐姐，如意的事，你是否知晓一二？"

　　舞妃眉头深蹙："我是有感觉的，我能感觉得到如意的死绝对不是意外，而是有人蓄谋，有人陷害。"她停了一会儿，继续说道："妹妹，我遣如意去给皇后娘娘送雪香丸，原本是要白天送去的，可黄昏后才拿到丸药，耽搁了时辰，以往这丸药都是如意亲自送去，别人送我不放心。没料到又下起了雨，如意这一去，就没回来。很晚的时候，我也派人悄悄去寻，因为是给皇后娘娘办事，我不敢过于声张，就遣了翩然宫几个内监去，结果一无所获。挨到天亮，才得到消息，如意已淹死在玉镜湖。"舞妃话有哽咽，看得出她心里亦十分悲痛，毕竟如意跟随了这么多日夜，如此贴心，若说不痛，都是虚假的。

　　我握住舞妃的手，宽慰道："姐姐，你心中的疼痛我都明白，我深有体会。"我想起了烟屏，我与烟屏的情义一定比她跟如意的要深，且烟屏是直接为我而死，如意的死虽跟她有关，却不如烟屏那般令人惊心痛骨。

谢容华也安慰道："姐姐，好好安葬如意，且要给她讨个说法。"

舞妃悲伤地点头："我已遣人安排好了，如意与我极为投缘，胜过涣霞，她的死我心中悲痛难当，只是我要忍耐，我要让谋划者知道，我傅春雪并不懦弱，她想看到我痛，我偏生要让她看到我开心。"舞妃语气坚定，脸上有着无比深刻的隐忍。

"她？难道姐姐知道是谁躲在背后使诈吗？"谢容华疑惑地看着舞妃，似有不解。

舞妃嘴角泛起一丝冷笑："自然是知道的，妹妹，能不有感觉吗？这么些日子，明里暗里谁看我最不顺眼？谁总是人前人后地讥讽我？谁总是与我处处争斗？"舞妃话中之意是指云妃，她认定是云妃与她作对。

"你说的是她？只是她会这么做吗？做得这么明显？"谢容华也知道舞妃话中意思，略带惊奇地问道。

舞妃冷冷道："不会吗？她有什么不会做的，巩固自己的势力，整日召集一些人到她的云霄宫，神神秘秘地不知道做些什么，难道不就是为了对付她眼中看不惯的人？而我，这几年，就是那个与她平起平坐的人，也是她最不喜欢的人。除去我，她才能心中豁然，然后再慢慢地除去那些不为她所用的人。"舞妃看向我，似乎在告诉我，我就是后面的那一位。尽管我的地位与云妃悬殊，可是我毕竟是淳翌最宠爱的妃子，宠冠后宫，至今无人能及。

我定定神，平和道："姐姐，这些事等查清了再说。也许未必是她呢，我总觉得那些太过招摇的人反而不具备危险，而那些隐藏在背后的人，更让人防不胜防。她既然知道自己与你作对，如果她这么做，很显然会让人怀疑到她，她也是个聪明的女子，难道会让人一下猜测到是她吗？"

舞妃轻轻摇头，对我说道："妹妹，除了她，我还真的想不出会是谁，平日我与她们虽不算友善，却也犯不着来害我，再者我也不是那样招摇的人，做事都不会太过。唯独她与我的地位一样，她最想除去的人一直都是我。"

谢容华说道："我觉得你们说得都有理，反正在不知道真相之前，许多人都有嫌疑。只是此事还是不能声张，否则影响更大，许多人都在看热闹，所以雪姐姐现在这样做也是对的，以静制动，让她们猜测不到你的想法，反而给她们心中添了几许恐慌。只是以后万事要多加小心，如意的死，也代表了有人的行动即将开始，或许真的按捺不住想要掀起波澜。无论如何，都是不好的开始。"谢容华的话让气氛瞬间变得紧张起来，有山雨欲来风满楼的味道。事实上已经如此，昨夜的风雨飘摇，已经令舞妃痛失贴身宫女，还有什么比人死去更为严重的呢？

"我知道该如何做，只是这些人太不光明了，要针对我，直接冲我来，何必伤害我身边的人！"舞妃满怀愤怒地说道。

我轻叹："每个人行事不同，姐姐放宽心怀，死者已矣，需要自己来调节心情。这需要一个过程，你表面平静，内心会更加疼痛。"我不得不想起烟屏的死，曾经在我心口划过深深的痕迹，到如今，偶尔还会发作，会疼。

舞妃执我的手，轻轻点头："妹妹，我会的，我早已看淡生死，真的。只是若说不痛是假，凡事都有个过程，我不能让如意白白为我而死，至少要给她一个交代。"她停了片刻，叮嘱道，"妹妹，你也要多加小心，所谓高处不胜寒，如今说来，其实你比我更高，说不定除我是假，要算计你才是真。"舞妃表情严肃，她的提醒一点都不为过，我隐隐地也感觉到自己处在风口浪尖，稍不留意，摔得重的会是我。

我感激道："姐姐，谢谢你，此时还顾及我，我们齐心，纵然不会算计别人，但是也要防范别人，保护好自己，好吗？"

"嗯。"舞妃紧紧地握住我的手。

谢容华也将手搭上："给彼此力量吧，我与你们相比是最为安全的，但是我希望你们都平安。任何一个人，发生什么事，我都会难过。"

"傻丫头，我们都要珍重，在这个后宫，没有什么比珍重更好的了。"我微笑地看着谢容华，心中暗暗给自己两个字：珍重。

　　我和谢容华在翩然宫坐了一会儿，希望舞妃的心情可以真正地平静，而不是那种压抑的忍耐。

　　在翩然宫一起用过午膳，便提议回去，行走在春日明媚的上林苑，感受着万物彻底苏醒的鲜活，那么璀璨，在阳光底下耀眼。经过玉镜湖，阳光洒落在湖面，波光粼粼，谁会知道，昨夜这里有过死亡？

　　我往月央宫走去，路其实还很远，而故事，似乎还很长。

欲上层楼观世象

又恢复了平静，每当一件事发生后，紫金城都会给我一种莫名的平静之感。这种用代价换来的平静，相信没有多少人会喜欢，仿佛所有的人都在极力地压抑，都在悄然地等待，等待着另一场戏的开始，或许你本身就是主角，或许你只是一名看客。可是无论你是以怎样的身份存在，你都与紫金城脱离不了纠缠，这种纠缠如藤一般牵附着你，那么牢固，那么不可分离。无论你是欣喜，还是悲哀，都不会有任何的改变。

此时的我，站在月央宫的楼阁，看着绵延起伏的风景。我的视线有限，我所能看到的都是层叠的楼阁殿宇，是无边的春情春景，沐浴着柔和的春风，轻轻地倚着朱红的栏杆，安静地看着雁南飞。

又有谁会想到，这样一个正值韶华的佳人，这样一位宠冠后宫的妃子，此时的命运，也许正处于风口浪尖。那不可知的祸福，在悄悄地等待，我隐隐地感觉到，关外的战争行将结束的时候，后宫的战争就要开始。而这场战争，就是从玉镜湖开始，从如意的死开始。她的死证实了有些人已经在采取行动，试图制造祸乱，或许有些人已经按捺不住心中蠢蠢欲动的欲望，想要打破这后宫已久的平静。而她们唯一的目的就是：争宠，争地位。这已经成了后宫千百年来不变的主题。

我之所以来到楼阁，是想站在高处，看着远方的风景，希望思想可以通透、豁达些。是想静静地思索这些时日所发生的事，而我又行将做的事。身子一直不见有很好的康复，这一个春困，消磨了我赏春的心情，还有最后一丝对生活的渴望。但我告诉自己，无论将来命运如何，我都会坚强地活下去。我答应过佛，回到红尘，我依然做我骄傲的沈眉弯。骄傲的人，是不允许潦倒，不允许自我放逐的。

关外的局势慢慢地平复，大齐国有足够的兵力与粮草和晋阳王周旋。镇天门的万箭穿心牢不可破，任他们如何布局，到最后，虽弄得两败俱伤，可是想攻破城门，都是徒劳。淳翌似乎胜券在握，对于关外的战事不慌不乱，只需要少许的意见，他们都能办得很好。

楚玉自那次雪夜离开之后，便再也没有消息，江湖还是当年的江湖，只是许多人仿佛都销声匿迹，那些前朝余党并不曾停止过他们的复国之梦，只是皇皇盛世，令他们的心也生出几许怯懦。淳翌对于他们，从未曾松懈过，一直暗中安排人，关注他们的一举一动，所以他们小案可犯，若要犯大案，掀起大的波澜，也不是那么容易的事。

关于淳祯，这个许久不曾与我谋面的陵亲王，这么些日夜，他是否会偶然地想起我？尽管这些日子不曾出现，可我隐隐地感觉到，将来的故事，还有许多与他相关。

从舞妃那里回来至今已有几日，相信她的心也慢慢地平复下来，死者已矣，生者何必过于哀痛。只是此事不是单纯的如意之死，舞妃想得更多的应该是那个对她暗中下手的敌人。而这个人究竟会是谁，目的又是什么？下一步她又会做出怎样的事？环环扣扣，直逼人心，让人不得不思量。

我想起那日舞妃告诉我，她遣如意去给皇后娘娘送雪香丸，之后便出了这事。这不禁让我想起当初殷羡羡之死，而烟屏也是去取这种叫雪香丸的药，所不同的是，那一次死去的是主角殷羡羡，而这次死去的是宫女如意。这雪香丸究竟是怎样的一种药，可以治疗头疼、心口疼，抑或是别的疼痛？为什么总感觉与之相关的事，会令人迷惑，甚至带着死亡的气息？舞妃曾经告诉我，此药是她从宫外的朋友那里得来，而她口中的那位朋友又是谁呢？殷羡羡的药，从何得来？皇后娘娘究竟为何需要此药？

许多的事，都不是我所能想通的。云妃最近一直在拉拢人心，许多的人都为她所用，她的势力似乎越来越强大，加之其父亲长翼侯的兵力，令她在后宫的地位更加高高在上。除了皇后，也无人敢与她抗衡。相反，舞妃却安静得多，虽与她地位相同，却显得势单力薄，没有家世的支撑，没有拉拢那么多死党，皇上又不是专宠她，念及此，我心中又多了几分愧疚。如不是我的出现，也许她的舞会永远令淳翌着迷，那是一种无人可以超越的美，而我与淳翌那不寻常的邂逅，注定了这份缘，也注定了我们的拥有，她们的失去。

微风渐起，我禁不住咳嗽起来，只感觉到肩上有人为我披上了披风，我以为是红笺，也不作声。

"当心着凉，在这儿想什么呢？"这声音分明是淳翌的，我转过头去，恰好与他的眼眸相视，他的眼中充满了关切。

我忙施礼："参见皇上。"

他扶起我的手："湄儿不必多礼，这会儿身子都不舒服，又没外人，要这礼节做什么。"

我微笑："皇上怎么到这儿来了呢？"

淳翌答道："还未到月央宫，在远处就看到湄儿独立楼台，好似有满腹心事，这才进得院门，就直接来寻你了。"

我莞尔一笑："皇上，臣妾只是觉得天气不错，站在高处看看风景，心里会舒坦豁达得多，所以就来这儿了。倚栏观景，无比惬意。"我眺望着远方那迷茫得看不到的山峦，但落在眼前的依然是紫金城层叠的宫殿，好大的皇城，这般的气派辉煌，里面关住了这么多丢失了魂魄的女人。我就是众多女子中的一位，同她们一样，住进了这个华丽的囚城，过着奢侈的生活，却失去了真正的自由。

淳翌也随着我视线的方向望去，只见他舒展眉结，轻声道："每次站在高处，望着这偌大的皇城，朕都有一种强烈的满足感，可以真正地感受到何为王者，何为至尊的气派。可是，又有一种孤独之情油然而生，这整个皇城都属于我，我高高在上，高得那么孤独，那么旷远，这份感觉很难用言语来表达，不知湄儿你是否有能明白。"他转头问我，眼神中含有期许。

我轻轻点头："臣妾当然明白，所谓高处不胜寒就是如此，臣妾能明白皇上那种至高无上的孤独。越是繁华，越会感到落寂。皇上的心胸宽远，臣妾是不能企及的，臣妾站在高处，只是望着远方，希望思绪能宽阔些，不再那么狭隘。"

"湄儿无论身居何处，都可以做到明净豁达。"淳翌一脸的赞赏之意。

我浅淡一笑："臣妾不能做到足够的豁达，有许多许多的事，也想不清楚，分辨不清，也有许多迷乱。"

淳翌不解地看着我，问道："湄儿遇到心烦之事吗？告诉朕，让朕来替代你，朕可以为你解决一切。"解决一切，我心中低语，他是帝王，也许可以解决许多的事，却不能解决一切，很多的事，对他来说都是无奈的。比如边关的战争，他不能只手遮天，彻底解决。比如后宫的钩心斗角，他也是无可奈何。比如朝廷的许多事，他也无力彻底去改变。

我轻轻摇头，淡笑："没有，臣妾没有遇到烦心之事，一切都很平静，很好。"我不想告诉淳翌许多我解不开的谜团，总觉得这些事，越说越纠缠不清，再者与我没有很直接的关系，我不想提起。

淳翌叹息："你没有，可是朕有，朕烦透了这些没完没了的事。"

"何事让皇上如此烦心？"我禁不住问道。

"边关的事且搁在一边，虽然构不成多大的威胁，可还是令朕心烦不已。前朝余党的事，江湖虽已平静，但是又恐掀起波澜，还有朝廷的明争暗斗。最伤脑筋的是这后宫，原本这些事都归皇后掌管，可是皇后身子不好，加之这些妃子整日不得安宁，都是因朕而起，朕不管也不行。"淳翌一脸的烦闷，看得出他心绪的确纷乱，太多的事需要他去处理。他所提起的后宫，此时该是他最烦心的了。

我轻轻说道："后宫虽不算安宁，但也没有起太大的波澜。皇上已经做得很好了，不必太过操心。"

淳翌嘴角泛起一丝冷笑："是的，朕自认为做得够好，这几月，朕听你的，不再专宠月央宫，也临幸她们。可却激起了她们沉寂的欲望，你看最近，一个个不像从前那样死气沉沉，有了生机就开始想要闹事，朕烦透了这些女子。"淳翌很是气恼，他这句话说得真好，他的宠幸反而激起了她们沉寂的欲望，当初她们都自认为如进了冷宫般沉寂，如今沾得雨露，又似乎看到了自己的希望，有了希望，自然要为自己争取，又要开始新的争斗了。许多事，就这样弄巧成拙，难道错又在我吗？

我沉沉叹了一口气："皇上，是臣妾的错，对吗？"

"与你何干，你不会同她们那般，喜爱争斗，在乎名利，她们太过热烈，有时，你又太过淡漠，人与人就这么不同。"

"那是因为我得到的都比她们多，所以我无须去争。"我淡淡地说道，似有意，又似无意。

淳翌温和一笑："若得到的不多，你也不会去争，朕了解你。"

我浅笑："我不喜欢做太累的事，损人也不利己，何必。"

停了片刻，淳翌说道："舞妃的事，你知道吧？我去看过她，她很平静，平静得让朕害怕，不哭不闹，这样子反而让朕不知所措。而云妃的哭闹，又让朕烦心。都说拥有三千佳丽是福，可朕却觉得是债。不知哪天才能还清，除了这月央宫，别的地方朕都不想再踏足了。"

我宽慰道："皇上，给点耐心，臣妾相信都会安静下来的。"我说得很轻，因为我知道，她们都不会安静下来，我一点把握都没有。

"如意的死，朕也想过去彻查，只怕越查越乱，到时事情会像滚雪球一样越滚越大。朕实在没有精力去收拾这些残局，都是朕的女人，朕就不明白，她们为什么就不能安静点。不缺吃穿，平白地闹什么，若是被朕查出谁在挑弄是非，莫说地位，只怕到时性命都难保。"淳翌扶着朱红的栏杆，神情气恼。

我将手搭在他的手上，温和道："皇上，为国事已经很操心了，不要再为这些事费心，一切都看事态如何发展吧，舞妃的沉默，意味着她的忍让，越是如此，那些躲在背后使坏的人越不敢声张。因为她们探不清虚实，就不会再贸然行动了。"

淳翌看着我，轻轻为我撩开眉前被风吹散的几丝发，柔声道："唯有湄卿知朕心意，朕也会命人暗中调查，若查出是谁，朕定不会轻饶。"

我柔柔偎依在淳翌怀里，低声道："皇上，且让我们都忘了这些纷乱，就静静地立在这儿吹吹风，看看紫金城的景致，一切都是宁静的。"

月央宫的楼阁，朱红的栏杆边，我与淳翌温柔地偎依在一起。他拥紧我的腰身，我倚在他的肩上，看着紫金城的大气与辉煌。柔柔的春风徐徐吹过，飘盈着青草香与花香，一切真的很宁静，只是这样的宁静究竟能维持多久？

多少春风寄故人

和暖的春风，满树满树的杏花在阳光下舒绽，杏花如雨，拂了一身还满。我坐在暖阁，听蜂过蝶起，看芭蕉疏卷，敲韵帘栊，绿纱淡淡。

晨起时，我坐在菱花镜前，红笺为我梳妆。流云髻，梅花翠玉簪，折了一朵白色的芙蓉斜插在鬓边，清新而雅致。在迷月渡的时候，我也总是清新地装扮自己，与她们的鲜妍都不同，我不喜欢热烈夺目的颜色，喜欢一种平淡与简约。迷月渡的妈妈总是说我过于阳春白雪，曲高和寡，好在有那些附庸风雅的男子，甘愿花银子听我弹曲唱歌，而我所能做的也就是陪酒卖笑，但那份冷漠的气质对我从来都是不离不弃。

红笺为我穿好白色的锦缎宫装，袖口和领口都绣着素净的梅花，镜前的我宛若一枝清丽的白梅，雅致又不失高贵，简约又不乏风情。

"小姐，你真美。"红笺微笑地站立在我的面前，用赞赏的目光打量着我。

我盈盈笑道："你都随了我这么多年，还没看够吗，大清早打趣我。"

"哪里看得够，素素净净，高贵清雅，小姐，你似乎永远都是如此。"红笺伸手为我别好鬓边的白芙蓉。她的话让我想起佛对我说过，现在的我是慈悲，以后就未必是。现在的我是清雅素净的，以后的我未必是。的确，一切都可以改变，许多人许多事都可以，我沈眉弯也不过如此，不过是凡人，未必看得真切，所以也不能超凡脱俗。

我淡淡微笑："怎么会是永远，人都会改变，容颜改变，就不会是这样。到时满脸的沧桑，都是岁月的纹路，再也找不到一丝清新淡雅了。"

"岁月可以改变容颜，却不能改变根植在你身上的气度。"红笺的话竟有了深意，我心中暗自惊服，原来她是这般了解我。

我轻浅一笑，不再说什么，只是看着镜中的自己，苍白而憔悴，明显消瘦了许多。

红笺临在我身边，朝着镜中的我问道："小姐，你瘦多了，这些日子，一直不见你身子好转，是否要去请个太医过来诊治呢？"

我轻轻摇头："不必，太医来了，还是那几句话，我都听烦了，吃来吃去也还是那几味药，自己都会开方子了。我没有病，我憔悴的是心，是倦怠，是慵懒。"

"昨夜又做噩梦了吗？"红笺怜惜地问道。

"是的，每夜都是那么恍惚，从来都没有停止过。只是心绪好的时候淡些，心绪不好的时候浓些而已。"我微蹙眉头，淡淡说道，执过红笺的手，轻轻叹息，"这些些夜晚，把你和秋榭都给累坏了，陪着我，没有安稳地好好睡过。"

正在整理寝殿的秋榭走过来，轻轻说道："奴婢不累，只是娘娘总是这样夜不能安寝，奴婢心里着急。以前用过的法子都不管用，虽然比来的时候要安静些，可是夜里你从未安稳地睡过。"

"心魔，他们都说这是心魔，我始终无法明白，究竟是何心魔。我从来不贪慕紫金城的华贵，不留恋月央宫的安稳，我将这里，只当作一个栖身之所，若是有一天，我能离开，我不会带着丝毫的眷恋。可是为何还会有心魔？难道我的前生与这里有关？"我喃喃说道，我知道这些话，秋榍和红笺未必会明白，看似问她们，我也在问自己，究竟是为何？我知道这答案只有楚玉能给我，可是我不想问他，他曾经想要告诉我，我拒绝了。我怕答案不是我想要的，我不够坚强，许多的事，我宁愿不知道。

秋榍宽慰道："娘娘，不要想太多，胡妈妈说过，您要多出去走走，到上林苑去，看看风景，心情一好，梦也就少了。"

红笺赞同道："是的，我也是这么想，整日闷在屋子里，怎么能好呢？"她用手指着窗外，"你看，阳光多好，杏花正艳，我们去紫藤轩，去荡秋千，好不好？"红笺不提，我几乎忘了还有个紫藤轩，那个我与淳祯初次邂逅的地方，在上林苑最幽静处。紫藤秋千架，是小行子为我扎的，这样的季节，是适合荡秋千的，我的眼前，那满树的杏花，在风中飘落。

我饶有兴致地说道："好，现在我们就去紫藤轩，我想荡秋千。"

秋榍为我披上一袭白色的披风，我带上她和红笺、小行子、小源子往上林苑的紫藤轩走去。出了月央宫，才知道已是百芳竞举，万蝶起舞，这么浓郁的春色，断然不能辜负。

走过长长的御街，穿过楼台水榭，柔媚的春风扑面而来。过柳畔桥头，苍石水袂，闲看飞鸟逐云，淡将落花谈品。

紫藤轩在上林苑最清幽处，那一次偶然的寻访，让我至今难忘。穿花影，过石桥，见池中浮萍数点，已有嫩绿的荷叶浮出水面，想到再过一季，这里应该是荷花盈盈，碧波清荡了。

满树满树的杏花极尽热烈地绽放，风拂过，斑斑点点，纷洒红尘，紫藤的秋千架在杏花树下，随风飘荡，人还不曾坐上去，却已经醉了。

我站在杏花树下，抚摸着紫藤，那上面淡紫色的小花，将藤蔓缠绕，杜若、紫藤，这名字都让我欢喜。

坐上去的时候，感觉自己整个身子都轻了，红笺轻轻地在我身后推荡，我抬头看着湛蓝无尘的天空，感受着清风的柔软。

我白色的衣袂在风中翩跹，听得见环佩叮当的声响，我荡漾着，一浪高过一浪，我感觉自己又如那只蝶，翩然起飞的蝶，我甚至在想，这样纵身一跃，是否可以穿越到前世。我调皮地用脚踢着杏枝，那绣花的小鞋离杏枝越来越近，我欢喜地唤道："红笺，再高一点，再高一点我就可以沾到杏花了。"我希望那杏花是被我催落，而不是被风吹落的。

一浪高过一浪，看着纷落的杏花，看着飘摇的杨柳，我感觉到有些眩晕，呼吸也有些疼痛。这时候，只听见悠扬的笛音从上林苑深处传来，瞬间，所有的风景都为之生动。

我的心一阵惊颤，双手有些软，差点要握不住藤蔓。

"小姐，当心。"红笺急唤道。

我回过神，握紧藤蔓，这荡漾的秋千迎风而摆，红笺已经不推动我，可是那惯性还是让我止不下来。我感觉头越来越晕，低低唤道："你们快帮我止住，这架子……"

小行子、小源子他们忙上前来，紧紧地将藤蔓握住，红笺挽扶着我的身子，我缓缓地下来，眩晕，秋樨和红笺扶着我，好一会儿，才缓过来。

"小姐，你的脸色很难看。"红笺关切地看着我，轻轻地拂过我散在额头的细发，别好我发髻上倾斜的玉簪和白芙蓉。

我虚弱地微笑："没事，只是荡得急了，有些眩晕。"笛声依旧，我明显地感觉到自己的手沁凉。其实让我凉的不是这笛声，也不是那个吹笛的王爷，而是那短暂的悸动。迎风荡漾时的短暂悸动，那惊心的笛韵，吹彻了人生的颤抖。

笛声渐行渐近，我知道，他正在走向我，我只立在那儿不动，不是等待，什么都不是。

穿过花树柳影，他横吹玉笛，玉树临风般地立在我面前，华贵的白衣，那么俊朗不凡，那么翩然无尘。在他的身上，总能找到几分卓然远逸的感觉，因为他喜欢寄情于山水，而淳翌，少了这样的闲逸。

他停止吹笛，手握笛垂下，微笑地看着我："姑娘，人生真是何处不相逢。"他一声姑娘，令我想起了与他初次邂逅的情景，那时我误以为他是淳翌，那么相似的人，相似得连呼吸都一样。

我微微施礼："见过王爷。"

他搀扶我的手："不必多礼。"

我将手取回来，低头，也不看他，只能恍惚地看到他的白衣在风中飘逸。

秋槿、红笺还有小行子和小源子都退下，杏花树下，只有我和淳祯，风过，落花离枝，纷洒尘泥。

"你脸色不太好，身子不舒服吗？"淳祯看着我，轻轻问道。

"没，没有，挺好的，可能是刚才秋千荡得有点急，头有些眩晕。"我极力想要掩饰什么，不想把自己的累告诉他人。

他指着一旁的亭子，说道："要不，我们到亭中坐坐？"第二次的邂逅，我曾与他在亭中小坐，浅酌对话，如今想来，一切都那么遥远，遥远得如同隔世。

循径而上，坐于亭中，可观园中佳景。

"最近可还好？仿佛过了一个冬天，就不再见过你了。"淳祯看着我，眼眸温柔，清澈如水。

我微微点头："是的，很久了，再见时，恍若隔世。"我没有回答他的话，我好不好，仿佛已经不重要，重要的是什么，我自己也不知道。我转头问向他："王爷呢，可还好？"

"小王一直都是如此，寄情于山水风月，逍遥度岁。"淳祯轻浅地笑着，很淡，淡得似乎忘记了，他内心深处，对我还有一份情感。我从他的眼神中，分明能感觉到，他还会想我，还记着我。

我禁不住说道："王爷，今日的邂逅，难道又是巧合吗？"我想起与他几度在桥边邂逅，紫藤轩又是我们春日邂逅的地方，难道有这么多的巧合？

我不信。

淳祯微笑地看着我："这重要吗？重要的是我见着了你，终于见着了你。"

"你在等我？"我抬头看他，直白地说道。

淳祯亦不回避，坦然道："是，我在等你，第一缕春风吹拂的时候，我就在这里等。我相信你会来这儿，我每次来，都在杏花树下，看着空荡的秋千在风中摇摆。我想象你坐在上面，翩然如蝶的美丽。"

"你说得很美，很动听，我信你，你说的，我从来都信。"我平静地看着他。

"因为一切都是真的，所以你会信。"他亦是平和地看着我，这个瞬间，我们有了短暂的默契，很短暂。

我淡然微笑："我信你，不需要理由。"

沉默，彼此都在沉默，看着满园春色，不知道让我们醉心的究竟是什么。

许久，他缓缓说道："以后你要照顾好自己，那么多争斗，都不适合你。虽然你淡定，可别人却不是如此，我想我不多说，你也会明白。"淳祯的话，让我明白，后宫的事，他也知道不少，并且在关心着我。

我轻轻点头："有劳王爷，我没事。"说完，我起身，施礼，"王爷，眉弯先告辞了，您慢慢赏这春光。"

淳祯忙起身："不多坐会儿吗？好容易才见着你。"

"不了，有些疲累。"我淡淡地回道。事实上，我的确有些累，而且我不想与他在这里谈话，一则怕有人设了眼线，二则哪怕坐下，也无话可说，因为要说的，我们彼此都知道。不知从几何起，我们已像故人，一切都随意而自然。

他温和地看着我："那好，你早些回去，答应我，照顾好自己。"他的话，让我感觉到，他看出我的状态不佳，我想这张苍白的脸与瘦弱的身子，逃不过任何人的眼睛。

"好。"我说完，头也不回，走下台阶。

我知道他在看着我的背影，我能感觉到那眼神。行走在落花的石阶，我思索着，今日，我与淳祯的邂逅，意味着什么，只是简单的邂逅吗？那搁浅了许久的人，在我的生命里重新晾晒，或者，又是其他？

一片飞花是坠离

原以为我可以洒脱地离开，不再回头，这一次，我的确没有回头，也不再看一路上明媚的春景。回到月央宫，我一如既往地静坐，直到黄昏，直到夜色来临，没有任何的变化，只是我会想起他，想起他醉人的笛音。

轻浅的夜里，我却做了一个浓郁而下坠的梦，我梦见我衣着华贵，穿着大燕朝公主的朝服，站在高高的楼阁，倚着朱红的栏杆。城墙上是绵延起伏的赤龙，看不到边际，梦里我能深刻地感觉到，那是一个皇皇盛世，不弱于大齐王朝。湛蓝的天空澄澈如洗，我那么优雅地倚着，看一群一群的雁南飞。

一片飞花不知从何处飘来，那粉色的花瓣，在风中飞舞，美得令人心痛。它在我的眼前摇曳，就是不肯坠落，我试图用手抓住它，它又飘飞远去，我不停地追逐，追逐它的美丽。就在它要坠落的时候，我纵身一跃，抓住了它，而我的身子，不知何时已脱离了地面，从高高的楼阁往下坠，像飞花一样往下坠。

这么灿烂的死亡，原本不属于我，那一刻，我想起了舞妃，这灿烂的死亡，应该属于她。我沈眉弯纵然要死，也要自我了断，不会为了一片飞花而坠落。我极力想要挣扎，可是身子越来越轻，就在我行将重重地摔落时，猛然惊醒。

红笺紧紧地握住我的手，急急唤道："小姐，小姐，没事了，没事了。"

我缓缓地睁开眼，被耀眼的烛光刺伤，觉得整个人跟虚脱了似的，竟无一丝气力，低低地说道："我又做梦了，好浓郁的梦，悠长的美丽，惊心的坠离。"我感觉到自己额头渗出丝丝细汗，感觉到自己连呼吸都是痛的。

红笺坐在床沿，我柔弱地偎依在她肩上，她轻轻拍打我的背脊，缓缓道："只是梦，醒来就没事了，小姐，真的没事了。"

这旁秋榠为我端来一盏清茶，我微微地抿了一口，觉得心口的疼痛在慢慢地减轻。

红烛过半，明月西沉，我轻轻问道："过了三更吗？"

"快四更天了。"秋榠答道。

"嗯，你们陪着我，我不想再睡了。"我轻蹙眉头，依旧斜斜地偎依在红笺的肩上，没有一丝气力。

秋榠为我将枕头垫得高高的，扶我斜躺着，我看着那盈盈的烛光，忽明忽暗，就像我的梦，忽喜忽悲。我在回忆刚才的梦，为何我转瞬成了前朝公主，为何我会穿上大燕朝公主的朝服，为何每次梦里出现的皇上皇后都身着大燕朝的服饰？难道我与大燕真的有着某种不可知的关联？或者这整个月央宫寄栖了他们的灵魂？记得我在明月山庄也无梦，在翠梅庵也无梦，为何一住进月央宫还有长乐宫，就会做如此的梦？确切地说，是一住进紫金城就做这样扑朔迷离的梦。这其中到底纠结了怎样的故事，还有今日的梦与以往又不同，我如何成了大燕公主？那片飞花又代表了什么？我清晰地记得，我纵身一跃后的坠落，念及此处，心还在悸动。

"小姐……"红笺握紧我的手，低低地唤道。

我回过神，虚弱一笑："嗯，我没事。"

"你的手好凉。"她揉搓我的手，我自己也感觉到手指冰凉，没有一丝温度。我在害怕吗？害怕什么？为何下坠的时候，我会有那样不祥的预感？一种不祥的预感直刺心间，我说了，连呼吸都是疼痛的。

"没事，舒缓过来就没事了。"我依旧虚弱地对着红笺和秋檐微笑，想要告诉她们，却又怕她们胡想。再说梦境本就迷离，又有几人能够说得清？未来的事不可预知，纵然楚玉在我身边，我也不会去询问什么，或许这一切楚玉都知道，只是这是我的人生，他不能惊扰，也无力改变，只能看着我，祸福随缘，生死由天。

红笺和秋檐静静地陪伴着我，若有若无地闲聊着，这些夜晚，经常会被噩梦惊醒，之后就是这样坐着，她们就这样陪着我，熬到天明。我总想，她们一定是前世欠过我的，不然为何今世要如此尽心地偿还。如若没有相欠，那么来世，该是我偿还她们了。

好不容易才熬到天亮，起床觉得身子轻飘飘的，如同踩在飞絮上。立于窗前，感受着又一个明媚的春日，为何白天与夜晚竟那么不同？其实，我一直喜欢夜色的宁静，若不是因为这噩梦的纠缠，我几乎不愿看到天亮。所以说，人有时候的转变，许多都是出于无奈，并非依顺自己的心。

坐于镜前，我朝红笺淡淡说道："妆化得柔和一点，浓烈了会觉得刺眼，太淡了遮掩不住我的疲惫。"

红笺细心地在我脸上抹着胭脂，微笑道："小姐，我知道，你不用说我都知道。"红笺每次都会很细致地为我装扮好，可我看到镜中的自己，总会忍不住说出这样的话，我需要柔和，否则，我自己看了都会厌倦。

吃过秋檐亲自为我煮的燕窝粥，我精神略好些，出寝殿，走至梅韵堂，见院外春景秀丽，我禁不住又想起昨日在紫藤轩荡秋千的情景，心中好生眷恋。昨日我走的时候，不是那么决绝淡然吗？我的淡然是对淳祯，而不是对那风景，那依依杨柳，纷纷杏花，还有承载着我欢笑的秋千架，令我无比想念。

"去紫藤轩。"我丢下这么一句话，径自走出梅韵堂，也不管他们是如何追随着我，只顾自己这样急急地走去。

一路匆匆地赶赴，搀扶我的依旧是红笺和秋楫，小行子和小源子也跟在身后。今日与昨日看似相同，又似不同，昨日我的心绪很淡，对于紫藤轩，而今日，我真心地想念那紫藤扎的秋千架，我希望可以荡去我可怕的梦魇，荡去我无端的烦扰。

一路上，那么多流转的风景，我都不在意，无论淳祯是否在那里，我都不回避，我为的只是自己的放逐，与任何人都无关。

紫藤轩，我已来到紫藤轩，只是一夜，杏花已是满径，不知是哪个偷懒的宫人，因为这里偏僻，竟还没来扫去这儿的落花，反而成就了这样绝美的意境。看着这满地的落花，我竟想着，刹那间，我应如何接受这么多灿烂的死亡。灿烂的死亡，昨夜的梦里，追逐飞花的下坠，就是一种灿烂的死亡吗？

没有遇着淳祯，这里很安静，安静得可以听到杏花落地的声响，安静得就像世外桃源，断然想不出，这是皇宫，是上林别苑。

我站在秋千架旁，上面的紫藤花似乎比昨天少了，杜若的芬芳让我有着短暂的迷离。我坐上秋千架，红笺推动着我，我抬头看着蓝天，欢呼着："红笺，高点，再高点。"尽管，我有些头晕，可我还是想极力地放纵，像燕子一样追云逐日，放飞自己，像我昨夜一样，那样纵身一跃，有着美丽的坠落。

我用绣花鞋不停地沾着杏枝，花瓣纷纷坠落，我感觉到我的身子飘飘似仙，我白色的衣袂在风中幻化成羽，就在我闭着眼睛感受这飘飞的姿态时，突然觉得身子好轻好轻，我听到断裂的声音，藤蔓断裂的声音，而我整个人就随着秋千摇荡的惯性，在风中飞舞起来。此刻我才反应过来，我命休矣！

当我重重地跌在落花铺满的尘泥上的时候，我想站在一旁的红笺、秋樨，还有守在远处的小行子和小源子都惊吓得不成样子了。我还有知觉，只是觉得身子有种碎裂的疼，我的头，似乎撞击到了硬物，如锥刺一般疼。

"小姐……"红笺飞奔到我的身边，蹲下身子抱着我。

"小行子，快喊人……"秋樨焦急地唤道，这些我都听得很清楚。

红笺和秋樨紧紧地抱着我，我努力地睁开眼，忍住碎裂的疼痛，虚弱地朝她们微笑："没事……我没事……"尽管痛，痛得无法呼吸，可我告诉自己，我还是清醒的，我还能说话，我能说话就没有死去。我承诺过自己，我沈眉弯纵是死，也要自我了断，秋千架，秋千架不能害死我，谁也不能。

我听到匆匆的脚步声朝我走来，我用眼睛的余光看到那袭白衣，那白衣，我认得的白衣。他如何在这儿，他如何还会在这儿。

淳祯俯身，我只看到那眼眸，那眼眸沉浸的疼痛，让我想要落泪。他用力抱起我，什么也不说，只急急地往紫藤轩外走去。

我已经无力环着他的颈项，双手轻轻地下垂，我能感觉到他沉重而焦急的呼吸。这感觉让我想起在明月山庄，我落水后，也是淳祯救的我，如今这个怀抱是这么熟悉，只是那一次他抱着我，我失去知觉，只是潜意识的感觉，而这次，我有记忆，我能深刻地感觉到他胸膛的温暖，他急促的心跳，他的喘息。

他一直看着我，我虚弱地与他对望，我心里在告诉他：我没事，真的没事，请你的眼神，不要那么疼痛。我不喜欢疼痛，疼痛会让我更悲伤，我需要你平日的温和，温和地对我吧。

他似乎听见我心中的话语，眼中的疼痛慢慢地消退，继而平和地看着我，柔声道："别怕，我不会让你有事的。"他的脚步更加匆匆，我知道他要带我去月央宫。

　　我感觉全身都痛，痛得无法言语，只是虚弱地偎依在他的胸膛，静静地感受他的呼吸。我的意识越来越浅，觉得天旋地转，我问自己，这一切，是否是因为昨夜的梦，那片飞花，终究还是不愿意放过我，它的坠落需要我的陪伴，它的死亡也需要我相陪。我用最后一丝力气告诉自己，沈眉弯，你不可以这样死去，你的死，只能由自己来了断。

　　之后，眼前一片黑暗，我失去了意识，甚至觉得自己停止了呼吸。

图书在版编目（CIP）数据

月小似眉弯. 2，一梦华胥 / 白落梅著. —长沙：湖南文艺出版社，2017.5
ISBN 978-7-5404-8022-6

Ⅰ.①月… Ⅱ.①白… Ⅲ.①长篇小说—中国—当代 Ⅳ.①I247.5

中国版本图书馆CIP数据核字（2017）第057448号

上架建议：畅销书·文学

YUE XIAO SI MEI WAN.2 YI MENG HUAXU

月小似眉弯. 2 一梦华胥

作　　者：白落梅
出 版 人：曾赛丰
责任编辑：薛　健　刘诗哲
监　　制：于向勇　马占国
策划编辑：刘　毅
文字编辑：肖　莹
特约编辑：王槐鑫
营销编辑：刘晓晨　罗　昕　刘文昕
封面插图：画　措
封面设计：仙境书品
版式设计：潘雪琴
出版发行：湖南文艺出版社
　　　　　（长沙市雨花区东二环一段508号　邮编：410014）
网　　址：www.hnwy.net
印　　刷：三河市鑫金马印装有限公司
经　　销：新华书店
开　　本：875mm × 1270mm　1/32
字　　数：314千字
印　　张：11
版　　次：2017年5月第1版
印　　次：2017年5月第1次印刷
书　　号：ISBN 978-7-5404-8022-6
定　　价：36.00元

质量监督电话：010-59096394
团购电话：010-59320018